W0073836

Bernd Schroeder

HAU

Roman

Carl Hanser Verlag

1 2 3 4 5   10 09 08 07 06

ISBN-10: 3-446-20756-2
ISBN-13: 978-3-446-20756-1
© Carl Hanser Verlag München Wien 2006
Satz: Satz für Satz. Barbara Reischmann, Leutkirch
Druck und Bindung: Ebner & Spiegel, Ulm
Printed in Germany

Für Peter Beauvais (1916–1986)
Es sollte ein Film werden –
jetzt ist es ein Roman

KAPITEL I

Ajaccio, Korsika, Mai 1901

Der junge Mann im Leinenanzug, die Jacke über die Schulter gehängt, schlendert mit aufreizender Selbstverlorenheit über den jetzt zur Mittagszeit menschenleeren Strand, als wüßte er, daß zwei Augen jede seiner Bewegungen beobachten, als spürte er das Herzklopfen, als ahnte er etwas von dem, was Olga später, als er um die Ecke des Grandhotels gebogen, außer Sichtweite ist, in das unter ihrer intimsten Wäsche versteckte Buch schreiben wird. Wieder eines jener Gedichte, die sie selbst kaum halblaut zu lesen wagt, den vielen anderen hinzugefügt.

Wieder werden Reime, mit einem lilafarbenen Band verschnürt, ihre Sehnsüchte zusammenhalten müssen. Mit dem Schlüssel stenographischer Zeichen vor Mutter und Schwester verborgen, schlummern da Geständnisse, die sie nur sich selbst zu machen wagt. Die aufregenden Entdeckungen am eigenen Körper, das Ahnen, Vermuten und heimliche Beobachten der Männer, die Sehnsucht nach Berührungen, Umarmungen, Küssen. Die Eifersucht auf Lina, die ältere Schwester, die von den Männern schon als Frau wahrgenommen wird, während sie immer die Kleine, das Küken, das Nesthäkchen ist. Und nur dieses Büchlein, verschnürt unter der Wäsche, weiß, wie sehr Olga schon Frau ist und sein will. Hat nicht Betty, die älteste der sechs Schwestern, schon in ihrem Alter den Oberst Bachelin geheiratet, diesen steifen, knorrigen Militärkopf, der sich sehr schnell als Familientyrann entpuppte? Und! Olga hat das ausgerechnet: Betty war schon schwanger, als sie mit neunzehn Jahren vor den Traualtar trat. Hatte damals mit einem Mann schon alle Intimität erlebt, von der Olga noch träumt.

Und jetzt dieser Jüngling! Wie ein Engel vom Himmel geschwebt, wie ein Prinz aus den Wellen des Meeres an Land gekommen, tauchte er vor ein paar Tagen plötzlich hier auf, saß einen Tisch weiter im Hotelrestaurant, schlenderte durch die Halle oder am Strand entlang, sprach mit niemandem, war Blickfang für die Frauen, hatte etwas Geheimnisvolles. Schon hatte sich Olga gelangweilt. Seit Jahren verbrachten sie die Sommermonate in Ajaccio. Olga hatte sich schon nach den Baden-Badener Alleebäumen gesehnt, den einzigen Zuhörern, denen sie ihre Gedichte vorzulesen pflegte, nach der stillen, schattigen Villa Molitor oben am Hügel über der Stadt, nach der behäbigen Ruhe des Badeortes. Da tauchte er auf. Blaß, schmal, mit großen, durchdringenden Augen, vielleicht so alt wie sie, achtzehn oder neunzehn Jahre, mit der Eleganz des erfahrenen Mannes, die man auch Hochmut hätte nennen können, wäre man nicht wie Olga und ein paar andere junge Frauen vom ersten Blick auf ihn verzaubert gewesen, wenn nicht sogar verliebt.

Nun wurde Olga zur Detektivin. Da sie einen Großteil des Personals kannte, die Zimmermädchen zuvorderst, gelang es ihr, einige Details über die Identität des Jünglings zu erfahren. Sie behielt sie für sich. Daß auch Lina, die sich hier in den letzten Wochen der Blicke eines kleinen, dicken, fast kahlköpfigen Papierfabrikanten aus dem Badischen erwehren mußte und in den Gedanken an einen Offizierskollegen ihres Bruders Karl, mit dem man sie verloben will, keinen Trost fand, daß also auch Lina ein Auge auf den Jüngling geworfen hatte, entging Olga in ihrem Eifer. Sie schrieb ihre Gedichte und verschnürte sie mit dem lilafarbenen Band, als könnte sie ihn damit an sich ziehen, festhalten, binden.

KAPITEL 2

Schiff auf dem Ärmelkanal, 7. Januar 1907

Zum dritten Mal ist Inspektor Smith in einer derartigen Mission unterwegs. Er erinnert sich, es muß im heißen Sommer nach der Jahrhundertwende, im Juni oder Juli gewesen sein. Der Delinquent war ein international gesuchter Hochstapler und Heiratsschwindler aus Berlin, der trotz seiner Festnahme und bevorstehenden Auslieferung an die deutschen Justizbehörden nicht aufhörte, die Rolle weiterzuspielen, die ihn zum Verbrecher gemacht hatte. Schon im Wagen vom Untersuchungsgefängnis in Brixton auf der Fahrt nach Harwich, wo man auf das Schiff nach Hamburg gelangte, schwadronierte er in einem Kauderwelsch aus Deutsch, Englisch und einigen anderen Sprachen, die er angeblich beherrschte, über seine Taten und die ungerechte Welt, die diese zu Untaten erklärte. Für den Inspektor und die beiden Wachhabenden war es eine kurzweilige, bisweilen sehr lustige Überfahrt gewesen, zumal der zu Überstellende keinen Moment versuchte, durch einen Sprung über die Reling das Weite oder den Tod zu suchen, was unter allen Umständen zu verhindern war. Im Gegenteil. Das kleine, beinahe kugelrunde Männlein mit den intensiven, nicht stillstehenden Knopfaugen, selbsternannter Graf, Baron oder Fürst mit vierzehn verschiedenen, durchwegs adeligen Identitäten, unterhielt seine englischen Bewacher auf das prächtigste. Er erzählte, wie er eine bayerische Baronin in Tegernsee, eine italienische Duchessa in Parma, eine österreichische Gräfin, Witwe, wie fast alle seine Eroberungen, in Sankt Pölten, eine schottische Gutsbesitzerin in Edinburgh und eine russische Gräfin in Frankreich zum Traualtar geführt hatte, und wie er dann als Reisender in internationalen Aktiengeschäften das Geld seiner jeweiligen Angetrauten wahlweise angelegt oder verspielt oder verpraßt und seine weitverzweigten Latifundien nebst den ahnungslosen Gattinnen betreut und betrogen hatte. Unrecht, so sagte er, sei das alles nicht gewesen, denn alle seine Frauen hätten ihn abgöttisch geliebt, und er habe es ihnen gutgehen lassen, wenn die Herren verstünden, was er meine. Er sei sich sogar sicher, bekräftigte er, daß seine sieben oder acht Gattinnen, dürften sie als Geschworene über ihn richten, ihn einstimmig freisprechen würden. Auf die Frage von Inspektor Smith, wer er denn nun in Wirklichkeit sei, antwortete er nach einigem Überlegen, das wisse er nicht mehr, das habe er vergessen.

Der zweite Auszuliefernde war ein grobschlächtiger Kerl. Hamburger Matrose. Er hatte in seiner Heimatstadt zahlreiche Raubüberfälle und Einbrüche begangen, dafür im Gefängnis gesessen, war ausgebrochen und über den Kanal geflüchtet. Da er auch in London seiner Neigung nachging, andere Menschen gewaltsam um Hab und Gut zu bringen, fiel er sehr schnell der Polizei in die Hände. Nun sollte er auf Gesuch der Hamburger Justizbehörden ausgeliefert werden.

Smith mied diesen Kerl, überließ ihn den beiden Bewachern, die fasziniert seinen Einbruchs- und Ausbruchsgeschichten lauschten. Daß dieser Mann, der damit prahlte, jedem Gefängnis der Welt zu entkommen, zu fliehen versuchen würde, das hatte auch Inspektor Smith nicht erwartet. Man war inzwischen weit auf dem Kanal, und das Wasser hatte jetzt, im November 1905, etwa 6 Grad, so daß kein Schwimmer lebend das Ufer erreichen würde. Und doch, der Ausbrecherkönig sprang, als sich die Wachhabenden einem Nickerchen hingaben. Smith sah es, hätte es eventuell durch beherztes Eingreifen verhindern können, tat es aber nicht, worüber er weder sich selbst noch sonst jemandem Rechenschaft schuldig zu sein beschloß. Während Smith sich fragte, ob denn dieser Mensch, der doch immerhin zur See gefahren war, tatsächlich angenommen hatte, lebend entkommen zu können, fischte man den Leichnam aus dem Wasser.

Er hat sich selbst gerichtet, sagte der Kapitän.

Oder er war ein Dummkopf, antwortete Smith.

Er hätte keine Chance gehabt.

Aber das wußte er nicht.

Doch. Er konnte ja nicht schwimmen.

Woher wollen Sie das wissen?

Herr Inspektor, lächelte der Kapitän, es gibt auf dem Kontinent und auch bei uns auf der Insel keinen Matrosen, der schwimmen kann.

Das verwirrte Smith. Ist es denn nicht die Voraussetzung, um zur See zu fahren?

Aber nein, sehen Sie, die christliche Seefahrt könnte es nicht ertragen, daß ein schiffbrüchiger Seemann stundenlang vergeblich um sein Leben schwimmen müßte, um dann doch der Kälte, den Wellen oder den Haien zum Opfer zu fallen.

Dann können Sie also auch nicht schwimmen?

Doch. Ich hab es als Kind gelernt. Aber ich habe es immer verschwiegen.

Smith, ein getreuer Untertan seines obersten Vorgesetzten, des Königs, war trotz des großen Mißtrauens gegenüber deutscher Justiz, das viele seiner Kollegen teilten, von der Richtigkeit der Auslieferung in den beiden Fällen überzeugt. Warum sollte man die englischen Gefängnisse mit deutschen Ganoven füllen? Abschiebung und Auslieferung würden für die, die glaubten, sich über den Kanal vor der gerechten Strafe retten zu können, immer als Abschreckung geeignet sein. Und man hatte nun wahrlich in den eigenen Gefängnissen und Gerichtssälen genug mit den hiesigen Delinquenten zu tun. Die Zeiten waren schlecht, die Straftaten häuften sich.

In diesem seinem dritten Auslieferungsfall sieht Inspektor Smith das ganz anders.

Er beobachtet den jungen, eleganten Mann, der trotz der eisigen Kälte seit einer Stunde an der Reling verharrt und auf das

Wasser schaut, den Blick nicht von den gischtigen Wellen lassend, die das Rad nach oben wirbelt und in feinem Regen über den Betrachter sprüht. Smith hat die beiden Wächter nach unten geschickt, sich selbst mit einem Plaid umwickelt und in einem Deckchair Platz genommen. Es ist kalt, aber die Luft erfrischend. Unter Deck riecht alles feucht und muffig, nach nassem Holz und Rattenkot. Der Untersuchungsgefangene, amerikanischer Rechtsanwalt deutscher Herkunft, beachtet den Inspektor nicht.

Dieser höfliche Mann mit den perfekten Umgangsformen paßt nicht in das übliche Bild von den Delinquenten, mit denen Smith sonst zu tun hat. Gestern abend haben sie beim Kapitän in der Kajüte gespeist und auch ein paar Flaschen Wein getrunken. Der Deutschamerikaner war sehr aufgeräumt, erzählte von seinen vielfältigen Reisen vor allem in den Orient, wo er im Auftrag der amerikanischen Regierung zahlreiche, allerdings höchster Geheimstufe unterstehende Geschäfte zu tätigen hatte. Da war nichts von Geltungssucht, von protzigem Gehabe, kein Hochmut. Ein gebildeter, weitgereister Mann von gerade einmal 26 Jahren berichtete aus seinem interessanten Leben, so daß selbst der altgediente, weit herumgekommene Kapitän nur staunen konnte. Über den Mordfall, der seit geraumer Zeit die Journaille bis nach Amerika bewegt, weil dieser drüben angesehene junge Mann für den Täter gehalten wird und die Indizien zumindest für eine Festnahme und Auslieferung nach Deutschland ausreichten, redeten sie gestern nicht. Smith kennt alle Details des Falls, war von vornherein damit befaßt. Die Indizien sind nahezu erdrückend. Und doch, denkt Smith immer wieder, es fehlt das Wesentliche, ein Motiv. In England würde man mit einem guten Anwalt einen Freispruch erzielen – mangels Beweisen. In Amerika, was man so hört, wohl auch. Daß das in Deutschland so sein wird, bezweifeln Kenner der dortigen Justiz. Und es wird ja nicht in Hamburg oder Berlin verhandelt, wo man durchaus schon von positiven Urteilen erfahren hat. Ein Großherzoglich-Badisches Geschworenengericht in Karlsruhe wird ihm den Prozeß machen. Man erzählt sich Schreckliches über die dortigen Gesetzesvertreter. So soll es üblich sein, schon während der Untersuchungshaft vor dem Zellenfenster des Angeklagten über Tage hinweg ein Schafott aufzubauen! Der Satz »Im Zweifel für den Angeklagten« habe dort, heißt es in etlichen Schauergeschichten, keine Gültigkeit.

Nebelschwaden ziehen über das Schiff. Für ein paar Minuten sieht Smith den jungen Mann nicht. Das wäre der Zeitpunkt zu springen, der deutschen Justiz ein Schnippchen zu schlagen, aber auch ein blühendes Leben wegzuwerfen. Ein Schuldeingeständnis wäre es, zumindest für die Öffentlichkeit, allerdings auch. Der junge Mann springt nicht, schaut sich aber, nachdem sie sich wieder sehen können, um und lächelt. Sie haben beide dasselbe gedacht. Smith steht auf, zieht die Decke enger um sich und geht zu ihm.

Was hätten Sie getan, Herr Inspektor, wenn ich gesprungen wäre?

Nichts.

Sie hätten Schwierigkeiten bekommen.

Ich hätte es dem Nebel zugeschrieben.

Gehindert hätten Sie mich nicht?

Nein.

Sie halten mich für schuldig?

Nach kriminologischen Gesichtspunkten ja, nach moralischen nein. Wir haben unter Kollegen Wetten abgeschlossen.

Und wie stehen die für mich?

Gut und schlecht. Sieben von zehn Kollegen halten Sie für unschuldig und neun von zehn glauben an Ihre Verurteilung.

Und wie haben Sie getippt?

Wie die Mehrheit.

Warum halten Sie mich bei der Beweislage für unschuldig?

Mir fehlt das Motiv.

Wer suchet, der findet.

Sie werden einen guten Anwalt brauchen.

Ich habe ihn.

Verzeihen Sie, man sagt, es handele sich um einen namenlosen Pflichtanwalt.

Er ist Staffage. Mein Vater hat ihn engagiert und nach London geschickt, das konnte ich nicht ausschlagen. Er hält mich für schuldig und würde mich gerne für verrückt erklären. Ein kleiner Geist. Ich bin selbst mein bester Anwalt.

Wenn Sie das wirklich glauben, Sir, Sie, der deutsche Gerichtsbarkeiten kennen muß, dann sollten Sie springen. Am besten springt man direkt in die Schraube dort. Das geht am schnellsten.

Danke für die Empfehlung. Aber ich hänge am Leben.

Smith muß lachen. Sie beginnen, die Reling entlangzugehen.

Jetzt muß ich Sie doch was fragen, was mir nicht ganz in den Kopf will, aber vielleicht liegt da der Schlüssel zum Motiv.

Nur zu.

Warum sind Sie damals von London aus noch einmal nach Deutschland gereist? Und warum in dieser Maskierung?

Ich wollte nicht erkannt werden.

Aber was wollten Sie in Deutschland?

Der junge Mann zieht den Mantel enger, fröstelt.

Darüber, Herr Inspektor, werde ich niemandem Auskunft geben.

Das werden Sie müssen.

Nein. Das ist eine Privatangelegenheit.

Was das badische Gericht nicht akzeptieren wird.

Dann soll es so sein.

Sie schweigen, kommen wieder ans Ende des Schiffes.

Ich gehe jetzt hinunter, Sir. Ich lasse Sie allein, was ich nicht darf. Nutzen Sie die Gelegenheit, wenn Sie das wollen. Wie gesagt, es geht schnell, schneller als mit dem Schafott.

KAPITEL 3

Rom, Viale San Nazzaro 10, 2. Februar 1926

Nein, Signore, Gott behüte, der Avocato Roncati ist schon
lange tot. Massimo! He, Massimo! Wann ist der Avocato ge-
storben?
Achtzehn, neunzehn, kurz nach dem Krieg! Warte mal, unsere
Giuseppina ist im Oktober achtzehn gestorben, da lebte der
Avocato noch. Dann war der harte Winter, ja, im Frühjahr
neunzehn ist er gestorben. April neunzehn, ja, so ist es.
Sie hören es, Signore, der Avocato ist schon lange tot. Hatte ja
keine Angehörigen. Da lebt niemand mehr. Kannten Sie ihn?
Nein. Danke, schon gut.

Tivoli bei Rom, 4. Februar 1926

In den Ruinen des Villa Adriana genannten Palastes des Kai-
sers Publius Aurelius Hadrianus grasen die Schafe und spielen
die fünf Kinder des Schäfers Francesco Marinelli. Es ist Mit-
tagszeit, Amabilia stellt die Schüssel mit der Minestra auf den
Tisch, und Francesco geht hinaus vor die Tür und pfeift auf
zwei Fingern einen Pfiff, der noch unten beim Hotel zu hören
ist. Aus verschiedenen Ecken kommen die Kinder gelaufen.
Papa, da ist ein Mann!
Was für ein Mann?
Ein toter Mann.
Wo?
Da unten, am Venustempel.
Vielleicht ist er nicht tot.
Der schläft nur.
Aber vielleicht ist er tot.

Kommt rein jetzt, Kinder, laßt den Mann schlafen. Wenn er schläft, will er seine Ruhe, und wenn er tot ist, hat er seine Ruhe.

Der beleibte, glatzköpfige Mann in heruntergekommener Kleidung, der an den Torso einer Säule gelehnt von den Schafen bestaunt und beschnuppert wird, schläft nicht mehr, aber er ist auch noch nicht tot. Er ist in dem Zwischenreich, von dem die wenigen, die noch einmal zurückgekehrt sind, sagen: Es war alles weiß und friedlich, alle meine Lieben waren um mich, aber sie spielten für mich keine Rolle, denn ich war schon drüben, und es war gut so.

KAPITEL 4

Grandhotel Ajaccio, Mai 1901

Ferdinand Wöhrle kannte den alten Herrn Medizinalrat Molitor sehr gut. Da dieser wie auch er selbst die Zeit von Mitte April bis Mitte Mai als die schönste auf der Insel ansah, hatte es sich über die Jahre ergeben, daß man sich, obwohl zu Hause nur durch einen Berg voneinander getrennt, hier kennenlernte und die eine oder andere Unterhaltung unter Männern bei einer Zigarre pflegte. Wöhrle, Besitzer einer Papierfabrik im Murgtal mit Villa in Gernsbach, war zwar des öfteren in Baden-Baden, aber er hätte es nicht gewagt, sich in der Villa Molitor zu einem Besuche einzuladen, obwohl der alte Herr mehrfach betont hatte, daß es ihm eine Freude wäre, den Herrn Fabrikanten auch im heimischen Hause zu sehen und zu sprechen, ihn, den Schöpfer des Papiers, das wir brauchen, um unsere kühnsten und geheimsten Gedanken darauf zu bannen, dem wir aber auch das anvertrauen, was wir naturgemäß nicht bei uns halten können und wo die Weisheit auch des besten Koches ihr Ende findet. Frau Medizinalrat Molitor schätzte derartige, meist mit lauter, sonorer Stimme vorgetragene, nicht selten frivol gewürzte Reden ihres Mannes genausowenig wie seine theosophischen Theorien, die allzusehr geeignet gewesen wären, sie in ihrem katholischen Glauben, in welchem sie auch ihre sieben Kinder unterwiesen hatte, zu erschüttern. So verwunderte es nicht, daß man Frau Molitor und die Töchter mit dem Ehemann und Vater nur zu den Mahlzeiten im Hotelrestaurant zusammen sah und daß Frau Molitor mit den Töchtern ansonsten eigene Wege zu gehen pflegte.

Wöhrle, als kleiner Fabrikant, wie er sich selbst bezeichnete, gegenüber den Badener Honoratioren immer etwas befangen, fühlte sich geschmeichelt durch die Tatsache, daß der Geheime Medizinalrat, ein im Badischen angesehener Mann, nicht nur das Gespräch mit ihm suchte, sondern auch bereit war, sich für seine Lebensumstände zu interessieren, was natürlich Teil seines theosophischen Denkens war.

Wir sind alle desselben Ursprungs, geboren aus einem Augenblinzeln im Antlitz der Ewigkeit, ins Weltall geworfen für einen Tag, denn mehr sind wir nicht, gemessen am Ganzen der Schöpfung, weder Sie, mein Freund, noch ich. Unsere Geburt ist das Aufwachen an einem Morgen, unser Leben ist das Tagewerk, unser Tod ist das Schlafengehen. Das ist wie Tag und Nacht, wie Ebbe und Flut. Der Kreislauf zwischen Leben und Tod. Unsere Existenz übersteigt die menschliche Vorstellungskraft, sie ist undenkbar und unaussprechlich. Durch menschliche Einordnungen in wertvoll und unwert oder gut und böse kann unsere Existenz nur erniedrigt werden. So gesehen sind alle Menschen gleich, nur ihrem Gewissen unterworfen, nicht irgendwelchen weltlichen Weisungen. Wenn wir nach der Erforschung unseres Gewissens etwas getan haben, was als falsch erkannt wird, so haben wir doch das Richtige getan, denn wir waren unserem Gewissen treu. Ja, wir sind alle gleich – aber nicht vor irgendeinem Bild eines Gottes, sondern vor der Unendlichkeit. Ihr Arbeiter ist nicht weniger wert als Sie, Herr Fabrikant, mein Patient ist nicht weniger als ich; liegt er im Todeskampf, ist er mir schon weit voraus, der Richter ist nicht besser als der Verbrecher und so fort. Der Richter glaubt, die Wahrheit schon zu kennen, und er kann irren, der Verbrecher hat schon geirrt und befindet sich somit schon weiter auf dem Wege zur Wahrheit.

So konnte er stundenlang reden. Nicht jeder wollte das hören, die meisten Männer – Frauen ohnehin – mieden den Herrn Medizinalrat, denn sie waren ja zur Kur hier, wo sie sich höchstens ein kleines Konzert zur Teestunde gefallen ließen, nicht aber die Reden eines Weltverbesserers, dem man sich nicht mehr entziehen konnte, wenn man ihm einmal ins Netz gegangen war.

Wöhrle war bereitwillig erlegen. Ihm war Balsam auf seine Seele, was der Geheimrat sagte, sprach er doch aus, was er, Wöhrle, oft zu fühlen glaubte, aber nicht zu denken oder gar auszusprechen gewagt hätte. Waren das nicht die Antworten auf die Fragen, die er sich selbst insgeheim stellte, die Zweifel, die er an seiner strengen katholischen Erziehung im Internat hegte? Widerlegten sie nicht alles, was die Priester von den Kanzeln predigten, erlösten sie ihn nicht aus seinen Ängsten vor Gotteszorn und Fegefeuer, vor Todsündenqualen und ewiger Verdammnis? Hoben sie nicht die Beichte auf, die für ihn, der zwar nur in Gedanken sündigte, die schlimmste aller Qualen in seinem katholischen Leben war? Die Welt, die der Medizinalrat Molitor als die ideale Welt pries, würde auch seine Welt sein, eine Welt, in der der Kaiser nicht über dem Fabrikanten Wöhrle und Gott nicht über dem Kaiser stünde, wo alle gleich wären, nur ihrem Gewissen verpflichtet.

Und nun ist der Geheime Medizinalrat Dr. Molitor im Februar des Jahres in Baden-Baden gestorben. Wöhrle hatte es in der Zeitung gelesen und überlegt, ob er nicht zur Bestattung nach Karlsruhe fahren sollte, fand das aber dann doch nicht angemessen. Es hatte in der Anzeige geheißen, man wolle den Gatten und Vater, Freund und Kollegen, hochgeachteten Mediziner und verdienten Bürger im Familien- und Freundeskreise zur letzten Ruhe geleiten.

Daß die Witwe Molitor auch in diesem Frühjahr mit den beiden im Hause verbliebenen Töchtern nach Ajaccio kommen würde, hatte Wöhrle gar nicht zu hoffen gewagt, sich aber wegen seiner heimlichen Verehrung für die ältere Tochter erträumt. So war er über die Maßen freudig überrascht, als die Damen, Trauer tragend, wie es sich schickte, dann doch zur gewohnten Zeit anreisten und ihren angestammten Platz im Speisesaal einnahmen. Zwar kam es zur Begrüßungsformalität zwischen Wöhrle und den drei Damen, aber die Distanz zwischen ihnen ist jetzt größer als zu Zeiten des stets auch im Speiseraum über alle Tische hinweg kommunizierenden Medizinalrats und als es der eine Tisch zwischen ihnen vermuten läßt. Die Witwe Molitor interessiert sich nicht für die Urlaubsbekanntschaften ihres verstorbenen Mannes, und die jungen Damen haben seit ein paar Tagen nur noch Augen für den eleganten jungen Mann, der an dem Tisch nächst dem der Familie Molitor zu speisen pflegt.

Er mag im Alter der jüngeren Tochter, Olga, sein, etwa neunzehn oder zwanzig Jahre, obwohl er in der Art zu sprechen und sich zu bewegen ein Gehabe angenommen hat, das ihn älter erscheinen läßt. Wöhrle, dem Augenzeugen des fraglos imposanten Auftretens des jungen Mannes, mißfällt dessen Erscheinung, gibt sie doch dem Eifersüchtigen Anlaß, an seiner Wahrhaftigkeit zu zweifeln. Daß nicht nur die jüngere Schwester, Olga, sondern auch Lina, die ältere, sichtbar Wohlgefallen an dem neuen Tischnachbarn zu haben scheint, sticht Wöhrle tief ins Herz. Hätte sie ihn nur einmal so forschend angesehen, hätte sie nur einmal eine seiner Bemerkungen mit einem so offenen, hellen Lachen quittiert, hätte sie ihn überhaupt auch nur einmal als Mann wahrgenommen, wie sie diesen dort wahrnimmt, er hätte längst schon um ihre Hand angehalten.

Jugendlicher Charme, die Leichtigkeit dessen, der das ganze Leben noch vor sich sieht, gepaart mit perfekter Etikette, treffen auf drei Damen, die innerlich längst bereit sind, den Habitus der Trauer durch unterhaltende Zerstreuung zu ersetzen, und denen dieser Erlöser in Gestalt eines schmalen, bleichen, klugen Jünglings mit ausgesuchten Manieren und geistvoller Eloquenz wie vom Himmel geschickt erscheint.

Josefine Molitor, 56 Jahre alt, Witwe des Medizinalrats Molitor, Mutter von sieben erwachsenen Kindern, einem Sohn und sechs Töchtern, deren zwei jüngste noch an ihrem Tisch sitzen, wirkt, so scheint es Wöhrle, jünger als in den Jahren davor, als der Medizinalrat, der etwa zehn Jahre älter als seine Frau war, das Regiment über die drei Damen führte. Daß nicht nur die Töchter, sondern auch die Mutter der Faszination des neu aufgetauchten Hotelgastes erliegt, erstaunt Wöhrle denn doch. Da ist Lachen und Flüstern, Fragen und Augenaufschlagen, Lächeln und Hüsteln, Staunen und gekünsteltes Erschrecken, wohliges Schaudern und keckes Kopfschütteln, da färben sich die Wangen, da rascheln die Röcke und knistert es in der Luft, da ist die ganze Palette weiblichen Werbens, deren Farben Wöhrle nicht bekannt sind. Hinter all dem sich immer noch an der Grenze des Schicklichen Bewegenden, das wird Wöhrle schon am ersten Tag zur Gewißheit, lauert Gier. Gier nach Berühren, Anfassen, Küssen, Lieben und Geliebtwerden, Besitzen. Ein Spiel. Daß er selbst nicht an diesem Spiel teilhaben kann, daran droht Wöhrle in den kommenden einsamen Nächten verrückt zu werden. Ach, hätte er doch endlich eine Frau! Eine wie Lina, die doch trotz ihrer Bemühungen bei dem jungen Mann gar keine Chancen haben wird. Es wird die Zeit kommen, tröstet sich der Fabrikant, wo die beiden jugendlichen Menschen ihre entstehende Verliebtheit außer Sichtweite von Mutter und älterer Schwester leben werden, wo Lina dann wieder neben der Mutter wie auf dem Heiratsmarkt angeboten sitzen wird. Hatte nicht der alte Medizinalrat schon vor einem Jahr gesagt, die müsse jetzt mal unter die Haube? Wenn er nicht auch gesagt hätte, daß ihr keiner gut genug sei, nicht einmal ein Offizier aus bestem Hause und sogar von Adel, dann hätte Wöhrle schon damals die Gelegenheit genutzt, beim Vater um die Hand anzuhalten.

Er sei, sagt der junge Mann, auf dem Weingut, einem alten Rittergut seines steinreichen Vaters, aufgewachsen, nur von Privatlehrern ausgebildet und von einer Stiefmutter erzogen worden, der schönsten Frau, die ihm je begegnet sei, außer den anwesenden Damen natürlich. Sein Vater sei in Bernkastel, von wo er stamme, der angesehenste Bürger, sei Direktor einer Bank, Vorsitzender aller Weinbauern der Gegend und jahrelang Abgeordneter im Parlament gewesen. Er selbst habe mit siebzehn bereits die Matura erlangt, habe dann in Berlin Jurisprudenz studiert, sei vor einem Jahr nach Freiburg gewechselt und trage sich mit dem Gedanken, sein Studium in Amerika an der George-Washington-Universität zu vollenden, was die allererste Adresse für eine von ihm angestrebte internationale Karriere auf diplomatischem Parkett sei. Von seinen geistigen Veranlagungen her sehe er keinen Grund, warum sich seine vom Vater pekuniär großzügigst unterstützte Karriere nicht entsprechend erfüllen sollte. Lediglich seine Gesundheit habe ihm im Moment ein Schnippchen geschlagen, sonst wäre er nicht hier. Das viele Studieren habe seine gesamte körperliche Konstitution dermaßen angegriffen, daß er nun ein paar Wochen Kur brauche, ehe er nach Amerika gehe.

Die Damen sind beeindruckt. Frau Molitor denkt, daß dieser junge Mann wohl eine geeignete Partie für Olga wäre. Die vertraut ihre grenzenlose Verliebtheit ihren Gedichten an, und Lina bedauert die fünf Jahre, die sie älter ist als Olga und der junge Mann, denn wegen dieser fünf Jahre werben um sie stets die unverheirateten, schon in die Jahre gekommenen Offizierskameraden ihres Bruders Karl oder kleine, dicke badische Papierfabrikanten.

Wöhrle, allein an seinem Tisch, von den Damen nicht mehr beachtet, hört und schaut zu und macht sich seine Gedanken, die natürlich von Eifersucht und Enttäuschung getränkt sind. Sind da nicht Widersprüche in den Erzählungen des jungen Mannes? Sitzen die Damen Molitor nicht vielleicht einem Angeber und Hochstapler auf, zumindest einem mit vielen Wassern gewaschenen Schwadroneur? Würde denn, das fragt sich der Fabrikant, jemand, der so im Reichtum eingebettet aufgewachsen ist, nicht selbstverständlicher damit umgehen, statt zu prahlen? Hat man es in dem jungen Mann nicht vielleicht

mit einem gewieften, durch allzu frühe Ausschweifungen körperlich strapazierten Bürschchen mittlerer Herkunft zu tun, mit
einem kleinen Größenwahnsinnigen, einem kranken Spinner?
Wöhrle, aufgewühlt, traurig, verletzt und enttäuscht, sich seiner Grenzen bewußt, mit dem Schicksal hadernd, ahnt in diesem Frühsommer 1901 in Ajaccio noch nicht, daß seine Einschätzung schon in wenigen Jahren Bestätigung finden wird.

KAPITEL 5

Zug von Hamburg nach Karlsruhe, 8. Januar 1907

Hören Sie zu! Wir wollen im Zug kein Aufhebens haben. Also reisen Sie mit den zwei Wachhabenden sozusagen inkognito. Wie Sie sich zu verhalten haben, muß ich Ihnen wohl nicht sagen. Ich mache Sie ausdrücklich darauf aufmerksam, daß wir im Falle eines Fluchtversuchs rücksichtslos von der Schußwaffe Gebrauch machen werden. Ich werde im Nachbarabteil sitzen. Wir reisen bis Frankfurt, dort wechseln wir den Zug. Also, wie gesagt, ich appelliere an Ihre Vernunft. Und soweit es sich vermeiden läßt, keine Gespräche mit fremden Passagieren. Stellen Sie sich taubstumm, oder regeln Sie das sonstwie. Soviel kann ich Ihnen jedenfalls schon sagen: Bei uns pfeift ein anderer Wind. Wir sind nicht mehr in England. Und schon gar nicht in Amerika. Daran werden Sie sich gewöhnen müssen.

Jawohl, Herr Kommissar, ich spüre das bereits.

Kriminalkommissar Schwendt schaut den jungen schlanken Mann haßerfüllt an. Er mochte ihn vom ersten Anblick an nicht. Alles, was man bisher über ihn erfahren hatte, bestätigte sich sofort: eingebildet, frech, überheblich. Eben ein amerikanisierter Deutscher, schlimmer als die Amerikaner selbst. Man wird ihm zeigen müssen, was ein Großherzoglich-Badisches Gericht kann. Aber was soll's, denkt Schwendt, so wie die Beweislage in dem Falle aussieht, endet die Angelegenheit ohnehin auf dem Schafott. Da wird das zarte Hälschen, das jetzt noch ein neckisches Tüchlein ziert, durchschnitten und es hat sich mit der Arroganz. Mit solchen sind wir noch immer zurechtgekommen. »Wir« denkt Schwendt gerne. Wir, das ist das Badische. Unsere Sprache, unser Land.

Besonders verärgert hat es den Kriminalkommissar, daß sich

der englische Inspektor, ein Mr. Smith, so höflich und überschwenglich von dem zu Überführenden verabschiedete, als
er ihn übergab. Hätte Schwendt, der kein Englisch gelernt
hat, verstanden, was Inspektor Smith dem jungen Mann zum
Abschied gesagt hat, er würde für eine standrechtliche Er-
schießung noch auf dem Hamburger Bahnsteig plädiert haben.

Es war mir eine Freude, Sie kennengelernt zu haben, Herr
Doktor. Ich danke Ihnen für die ebenso interessanten wie
kurzweiligen Stunden, die wir miteinander verbracht haben.
Ich bewundere Ihren Mut, und ich wünsche Ihnen alles Gute,
verbunden mit der Hoffnung, daß trotz Ihrer mißlichen Situation diese Barbaren Sie nicht um Ihren klugen Kopf bringen
werden. Machen Sie's gut, seien Sie der gute Anwalt, für den
Sie sich halten.

Ich danke Ihnen, Herr Inspektor. Sollten mir die Barbaren die
Freiheit wiedergeben, werde ich mich bei Ihnen melden, danke
und auf Wiedersehen. Ansonsten werde ich im Himmel schon
mal ein gutes Wort für Sie einlegen.

Das alles verstand Schwendt zwar nicht, aber er fühlte es. Er
sah dem englischen Inspektor die Mißachtung seiner Person
an. Zu dem mit an Bord gekommenen Hamburger Kommissar
war Smith freundlicher. Der sprach allerdings ein paar Brok-
ken Englisch. Das brauchen wir, sagte er, weil wir ja ständig
die schweren Jungs zurückholen müssen, die nach der Insel
ausbüxen.

In Schwendt, da er nun in seinem Abteil sitzt, den Angeklag
ten sicher in Händen der beiden hünenhaften Gendarmen wis-
send, braut sich etwas zusammen, was er in späteren Jahren
sowohl für seine Karriere als auch für sein persönliches Le-
bensgefühl gut hätte brauchen können, wäre er nicht schon
1915 bei Verdun gefallen: ein Gemisch aus Minderwertigkeits-
gefühlen, Ordnung und Fleiß, Verachtung der Intellektuellen
und Künstler, Kadavergehorsam, Rache- und Vergeltungsge-

danken, badischem Stolz. Wir haben schon das Schafott, die Engländer strangulieren noch, bei uns fließt schon das Blut, bei denen bricht nur das Genick.

Selbst kaum älter als der Angeklagte, fühlt er sich dem, je näher man Karlsruhe kommt, wo von braven, unbescholtenen badischen Bürgern über das Schicksal des Delinquenten entschieden wird, unendlich überlegen. Er, Schwendt, ist bodenständig geblieben, macht hier seine Karriere, ist zufrieden mit dem, was sich ihm bietet, steht auf dem Boden von Gesetz und Ordnung, verehrt Gott, Kaiser und den Großherzog in korrekter Reihenfolge und ist ein angesehener junger Mann.

Jener suchte sein Heil in Amerika, wie so viele, von denen man nie mehr etwas gehört hat. Und nun sitzt er hier, und es hilft ihm gar nichts, daß er, wie man berichtet, dem amerikanischen Präsidenten schon einmal die Hand geschüttelt hat. So kann es gehen, sagt sich Schwendt, wenn einer meint, er kann fliegen, und er packt kurz vor Braunschweig seine mitgebrachten Brote aus.

Auch die beiden Wachleute, die den Untersuchungsgefangenen in die Mitte genommen haben, sind bei ihrer Vesper angelangt. An ihnen, die bei den Langen Kerls Friedrich Wilhelms I. Ehre eingelegt hätten, ist alles groß, die Hände, der Hunger, die Eßwerkzeuge, das Schmatzen und unentwegte Reden darüber, wie gut doch so eine Schwarzwälder Vesper sei. Sie bieten ihrem Mitreisenden, der noch gestern abend auf dem Schiff mit Mr. Smith und dem Kapitän auf das vorzüglichste gespeist hat, von ihrem Brot und dem Schwarzwälder Speck an, doch der lehnt ab. Nicht, weil er keinen Hunger hätte, sondern weil er kurz davor ist, sich zu übergeben. Auch den Schnaps, nach dem ihn eigentlich verlangt, lehnt er ab. Keine Vertraulichkeiten, kein Sichgemeinmachen mit denen, die ihn kaltblütig erschießen würden, versuchte er jetzt zu fliehen. Als sie fertig gegessen und mit diversen Rülpsern kundgetan haben, wie wohlig ihnen nun ist, genehmigen sie sich ein Schläfchen, das schnell in Tiefschlaf übergeht. Als der Zug in Hannover hält und die beiden nicht aufwachen, könnte sich der Gefangene ohne weiteres davonmachen, um im Gewühl des Bahnsteigs unterzutauchen. Bis die beiden wach wären, hätte ihn der Bahnhof schon verschluckt. Er tut es nicht. Er hat das, was jetzt mit ihm passieren und auf ihn zukommen wird, so gewollt. Ja, er will es, will die große Show, in der man ihm keine Schuld wird nachweisen können. Es wäre doch ein leichtes gewesen, sich der Festnahme in London zu entziehen, das Schiff nach Amerika zu nehmen, von wo niemand ausgeliefert werden würde, seien der Verdacht noch so zutreffend und die Beweise erdrückend. Wäre nicht Flucht ebenso ein Schuldeingeständnis wie der Sprung in die Fluten, über den er einen winzigen Augenblick lang nachgedacht hat? Nein, dieser Prozeß und seine eigene Verteidigung, die ein Meisterwerk sein wird, werden ihn berühmt machen. Und er wird ein freier Mann sein, dessen ist er sich sicher. Noch. Es braut sich zusammen. Dieser Kommissar Schwendt und seine beiden schnarchenden Hünen, die sich im Schlaf inzwischen an seine Schultern gelehnt haben, so daß die ganze Ausdünstung ihrer Vesper sich über ihn ergießt, sind Vorboten. Denn sind nicht die Simplen die Gefährlichen? Was, wenn die Schöffen von diesem Naturell sind?

Nachdem nun zwei weitere Passagiere im Abteil gegenüber den dreien Platz genommen haben, wachen auch die beiden Polizisten wieder auf. Befriedigt stellen sie fest, daß er noch da ist. Besorgnis darüber, daß auch das Gegenteil jetzt der Fall sein könnte, beschleicht ihre schlichten Gemüter nicht.

Einer der neu hinzugekommenen Mitreisenden, ein Herr im Rentenalter, kaum hat er sein Gepäck verstaut, den Nietzschebart durchgekämmt, seinen Platz mit seiner enormen Körperfülle zurechtgesessen, sucht Opfer für sein grenzenloses Mitteilungsbedürfnis. Mit flinken, in einem feisten Gesicht eingebetteten Äuglein tastet er die anwesenden Herrschaften ab und bleibt bei dem eleganten jungen Mann hängen, der da zwischen zwei grobschlächtigen Männern sitzt.

Gestatten, Hopf, Berlin, Seifen und Kosmetik en gros. Jeden Kopf ziert Pomade von Hopf! Er steht auf und hält dem Opfer seiner Neugier die Hand hin. Die Wachhunde werden aufmerksam. Was tun? denkt der Gefangene. Er entscheidet sich, Amerikaner zu sein, spricht, als könne er kaum Deutsch, gebrochen mit starkem Akzent.

Charles Howe, Washington.

Ah! Amerikaner!

Der zeigt auf seine Wächter:

My German Mitarbeiters.

Nun ist der Pomadenfabrikant nicht mehr zu halten. Aus allen Winkeln seines Gedächtnisses kramt er Fremdsprachenkenntnisse zusammen, deren Gesamtergebnis er für amerikanisches Englisch hält, denn seiner Erfahrung nach, als vielreisender Mann, spreche der Engländer, den man schließlich auch bisweilen auf dem Kontinent antreffe, ein ganz anderes Englisch als der Amerikaner, obwohl es, wie man ja wisse, denselben Ursprung habe; seiner bescheidenen Meinung nach müßte man das Englisch des Amerikaners Amerikanisch nennen. Charles Howe, Amerikaner aus Washington, kann sich auf yes und no und ah und oh und zustimmendes Kopfnicken beschränken, während sich sein Gegenüber als der Gourmet schlechthin zu erkennen gibt, als Kenner aller Tempel leiblicher Genüsse des Kontinents.

Wenn er, Mr. Howe, in Hamburg gewesen sei, dann habe er doch sicher bei Pfordte gespeist? Nein!? Oh, da habe er aber etwas versäumt, das sei geradezu unverzeihlich, in Hamburg gewesen zu sein und nicht bei Pfordte diniert zu haben. Das sei, wie wenn man in Rom gewesen sei, ohne den Papst gesehen zu haben.

Ich war schon zweimal in Rom und habe den Papst nicht gesehen, will Mr. Howe sagen, doch er schweigt.

Er schätze die Hamburger Küche ohnehin höher ein als beispielsweise die Berliner oder gar die Münchner Küche, aber Pfordte sei nun schlechthin der Tempel der guten Genüsse. Gewiß führe den amerikanischen Freund sein Europatrip wieder nach Hamburg zurück, und da müsse er bei Pfordte dinieren, die Zeit müsse er sich nehmen. Die »German Mitarbeiters« verneinen wortkarg die Frage, ob sie ihrerseits bei Pfordte diniert hätten, sie geben sogar zu, von diesem Etablissement noch nie gehört zu haben, da sie der Weg zum ersten Mal nach Hamburg geführt habe.

Er seinerseits diniere heute bei Stahl in Baden-Baden, eine vorzügliche Adresse, dafür unterbreche er extra seine Fahrt nach Basel. Und wie sich denn nun die weitere Reise des Amerikaners gestalte?

We just go to Karlsruhe, to meet some friends. I think, we will have a pretty nice dinner there tonight.

Ob er denn den Namen des Lokals, in dem sie dinierten, erfahren dürfe?

Einer der »German Mitarbeiters« scheint die Frage verstanden zu haben. Villa Hübsch, sagt er lakonisch und lächelt leicht.

Davon habe er noch nie gehört, aber man könne nun nicht alles kennen. Er notiert sich den Namen. Bei nächster Gelegenheit! sagt er. Und er wiederholt mehrfach, um ihn sich zusätzlich zur Notiz zu merken und als lese er schon die Speisekarte und das Wasser laufe ihm im Mund zusammen: Villa Hübsch. Ab Frankfurt ist für die Überführung des Untersuchungsgefangenen ein Erste-Klasse-Abteil reserviert. Der Pomadenfabrikant empfiehlt sich. Jetzt sitzt Schwendt bei den dreien. Da ist für die Wachhunde an Schlaf, nach dem ihnen ist, nicht zu denken. Die Fahrt verläuft stumm.

In Karlsruhe empfängt eine johlende Menge die Delegation auf dem Bahnsteig. Schwendt schimpft auf die Kollegen, von denen einer wieder einmal nicht dichtgehalten habe. Mit Mühe und der Hilfe von zwei weiteren Wachhabenden gelingt es, zur vor dem Bahnhof wartenden Droschke zu gelangen.

Fabrikant Hopf hat den Menschenauflauf, der zweifellos dem von Gendarmen geschützten Amerikaner galt, von seinem Zweite-Klasse-Abteilfenster aus beobachtet. Daß der junge, sympathische und elegante Mr. Charles Howe, begleitet von diesen seltsam sprachlosen Mitarbeitern, in Karlsruhe so viele Freunde hat, erstaunt ihn. Es muß sich, denkt er, um eine berühmte Persönlichkeit handeln, die nur er, der er sich weder für Politik noch Kultur, noch gesellschaftlichen Klatsch interessiert, soweit dieser nicht mit dem Reich der Seifen und Düfte zu tun hat, nicht kennt. Ein Diplomat vielleicht, oder ein Geiger oder Pianist, ein Seiltänzer oder Zauberer, oder ein Hungerkünstler. Die beiden Mitarbeiter werden die Leibwache sein, und die Tatsache, daß man einen Teil der Fahrt zweiter Klasse fuhr, ein geschickter Schachzug der Sicherheitskräfte. Er wird sich erkundigen. In Baden-Baden wird man wissen, um wen es sich handelt. Ein berühmter Opernsänger könnte er auch sein. Aber der Fabrikant ist sich nicht sicher, ob es in Amerika berühmte Opernsänger gibt. Sind das nicht immer Italiener? Er muß erfahren, welcher berühmten Person er so nahe war. Er notiert sich zur Villa Hübsch den Namen: Mr. Charles Howe, so schreibt man das wohl, Washington, berühmt (???).

Der solchermaßen im Notizbüchlein eines Pomadefabrikanten Verewigte war sehr überrascht, seltsam berührt, sogar geschmeichelt von diesem Empfang. Er spürte, daß ihm neben der allzu menschlichen Neugier des Pöbels und einigen Krakeelern, die Mörder! Mörder! riefen, vorwiegend Sympathie aus der Menge entgegenkam. Kommissar Schwendt spürte das auch, und es ärgerte ihn derart, daß er den Gefangenen mit brutaler Härte durch die Massen zum Bahnhofsvorplatz schleppen ließ.

Der, schon im Zug an den Armen gefesselt, ertrug es mit Ge-

duld und der Ahnung, daß sein Weg zu einer berühmten Persönlichkeit steinig sein würde und eventuell am Schafott enden könnte.

KAPITEL 6

Lago Maggiore, 25. Januar 1926

Dreimal habe die Russin schon auf ihn geschossen, sagt Adriano, beim dritten Mal sogar in das Boot, das dann abgesoffen sei. Nein, das riskiere er nicht mehr. Dreimal habe er sich überreden lassen von Menschen, die auf die Insel wollten. Die Baronessa kennt mich, die Baronessa erwartet mich, lauter solche Erklärungen. Und jedesmal riefen sie ihren Namen hinüber, aber die Baronessa kannte sie nicht oder wollte sie nicht empfangen und schoß.

Sie schießt verdammt gut. Aber sie ist verrückt, Signore, müssen Sie wissen, total verrückt. Da können Sie tausendmal sagen, Sie kennen sie, die erkennt Sie nicht und schießt. Jetzt, wo ihr der Deutsche im Genick sitzt, sowieso. Ihre Tage da drüben sind gezählt. Wissen Sie das, Signore? Das müssen Sie doch wissen, wenn Sie sagen, daß Sie sie kennen.

Ja. Ich habe davon gehört. Ich war lange nicht hier, fünfundzwanzig Jahre.

Dann wird sie Sie nicht mehr kennen.

Doch. Wir waren Freunde. Fahren Sie mich hinüber, oder geben Sie mir das Boot.

Mein Boot, was denken Sie!

Einige Männer sind zusammengekommen, Fischer zumeist, die ihre Netze reparieren, Giacco der Kutscher mit dem Muli, der Touristen aus Ascona in die kleinen Dörfer fährt. Sie diskutieren. Die einen wollen Adriano überreden, andere warnen.

Sie müssen keine Angst haben, Signore, sie schießt gut, jagt Ihnen eine Kugel um die Ohren. Fahren Sie hinüber, hier, mein Boot können Sie nehmen. Lassen Sie mir Geld da für alle Fälle.

Es ist ein Jammer, eine Schande. Wir hatten alle Arbeit bei

ihr. Der deutsche Signore donnert mit Motorbooten herum. Bringt Arbeiter von anderswo her. Es wird nicht besser werden. Es wird nie mehr so werden, wie es war. Ein Paradies ist das da drüben. Waren nur Kaninchen und Schlangen auf den Inseln. Jetzt das große Haus, die Pflanzen. Alles haben wir hinübergefahren. Sie hat kein Geld mehr. Und Adriano verliert seine Arbeit. Alles wird verkauft. An die Deutschen mit dem Geldsack. Mit den Motorbooten werden die Fische weniger. Wir zahlen die Zeche. Es ist unser See. Es sind auch unsere Inseln. Aber wir haben nichts damit gemacht. Nur Kaninchen geschossen. Sie hat was daraus gemacht, hat uns Arbeit gegeben. Fahren Sie hinüber, Signore. Sagen Sie ihr, daß wir auf ihrer Seite sind. Unsere Baronessa. Die Russin. Wußten Sie das, Signore, sie hatte sieben Liebhaber. Sind alle gestorben. Es heißt, sie hat ihnen die Glieder abgeschnitten und trägt sie nachts am Gürtel, wenn sie über die Insel geht. Die getrockneten Glieder ihrer Liebhaber. Nein, gesehen hat das keiner. Aber alle reden darüber. Es wird viel über sie geredet. Eine Zarentochter soll sie sein. Unsere Baronessa. Eine feine Frau. Rudern Sie hinüber, Signore. Sie können mein Boot haben. Meins auch. Suchen Sie sich eins aus. Nachts schießt sie. Was, weiß keiner, sie schießt. Vielleicht übt sie, damit sie den deutschen Signore abknallen kann. Wäre nicht schade um ihn. Die arme Frau. Man hat sie um ihre Inseln betrogen. Die Banken haben sie betrogen. Und die Italiener. Und der Deutsche. Er will ihren Palast sprengen, heißt es, einen größeren bauen. Na, da gäbe es wieder Arbeit. Aber nicht für uns. Wissen Sie, daß sie Erfindungen gemacht hat? Alkohol aus Torf. Ja, da staunen Sie. Und Puppen hat sie gemacht und nach England verkauft. Eine tüchtige Frau. Hat selbst angepackt. Sie spricht unsere Sprache. Unseren Dialekt. Wie eine von hier. Sie kann viele Sprachen. Ein Genie ist sie, jawohl. Nehmen Sie ruhig mein Boot, Signore. Jetzt hat sie drüben nur noch den Alten. Auch ein Russe. Ihr Diener. Ihr Liebhaber wird er nicht sein. Ein alter gichtiger Russe. Schlurft durch die Hallen. Fahren Sie, Signore, viel Glück!

Von zahlreichen Helfern unterstützt steigt Hau schwerfällig, sich seiner Körperfülle zum ersten Mal bewußt, in den Kahn, nimmt die Ruder, wird vom Ufer abgestoßen, mit vielen Ratschlägen bedacht. Zuerst ist er sehr ungeschickt, dann findet er den Rhythmus und rudert hinaus. Die Männer stehen da und schauen ihm nach. Als Hau auf der Mitte zwischen dem Porto Ronco und der Insel angelangt ist, hat er das Gefühl, daß jetzt das ganze Dorf dort steht, um seine Überfahrt zu bestaunen.

Seine Arme schmerzen. Er ist körperliche Anstrengung nicht mehr gewohnt. Er hält inne, blickt auf die Berge gegenüber, wo die Häuser, neue Häuser, bis auf halbe Höhe hinaufgekrochen sind. Er sieht die Leute am Ufer, schaut sich um nach der Insel, die friedlich in der Sonne daliegt. Ein schöner Fleck Erde, mag er denken, das alles ein Paradies. Ach, könnte er sich hier niederlassen, ankommen nach dieser Flucht, unter einem anderen Namen da oben irgendwo in einer Hütte hausen, niemand sein, schon gar nicht Carl Hau. Er rudert weiter, nähert sich der Insel, schaut sich immer wieder um, hat die Insel im Rücken. Dort rührt sich nichts, deutet nichts auf Leben hin. Natürlich wird sie ihn nicht erkennen, sie kannte den Jüngling, den schmalen, gutgekleideten charmanten Grandseigneur aus Konstantinopel. Wie soll sie in diesem beleibten Mann mit der Perücke, die eine Glatze verdeckt, hinter diesem Bart den Hau von damals erkennen? Aber auch sie ist einundzwanzig Jahre älter, muß an die Sechzig sein, eine alte Frau. Schon ist er im Schatten der Bäume angelangt, deren Stämme im See stehen, da fällt ein Schuß, pfeift, wie man es ihm prophezeit hat, an seinen Ohren vorbei.

Was wollen Sie!? Wer sind Sie!?

Er holt die Ruder ein, steht auf, dreht sich um, sieht am Ufer eine kleine Frau in langem weitem Rock mit einem Revolver in der Hand. Er formt die Hände zu einem Trichter vor den Mund und ruft:

Ich bin Mr. Hau, Mr. Carl Hau aus Washington!

Carl Hau ist tot!

Nein, ich lebe. Ich bin Carl Hau. Guten Tag, Madame Saint Léger! Ich bin Carl Hau!

Was tut er da, er ruft den Namen über den See, liefert ihn dem Echo der Berge aus, den Namen, der in allen europäischen Polizeistationen und Postämtern und Bahnhöfen unter einem Fahndungsphoto steht. Das ist Selbstmord.

Sie sind nicht Carl Hau!

Doch. Erinnern Sie sich! 1905 Konstantinopel! Hotel Pera Palace! Pascha Nouri Bey, Tashin Pascha! Otero! Unsere elektrische Straßenbahn! Konsul von Schönfeld!

Kommen Sie!

Er rudert ans Ufer, und ehe er etwas tun kann, hat sie schon die Röcke gerafft, zahlreiche bodenlange Röcke, scheint sie übereinander zu tragen, hat das Boot zu sich herangezogen, das Seil genommen, es an einem Baum festgezurrt, ihm aus dem Boot geholfen.

Sie ist es, Antonietta, er hätte sie überall, in jeder Menschenmenge sofort erkannt. Ja. Sie ist älter geworden, nein, eigentlich nicht. Sie ist braungebrannt, herber im Gesicht, aber es sind diese großen flinken Augen, die dicken, hinten zusammengebundenen, aber bis auf die Schultern reichenden Haare, damals schwarz, jetzt grau. Eine kleine drahtige Person, in einem Meer von Röcken, aber mit der geschnürten Taille eines jungen Mädchens.

Mr. Hau, Sie sind's tatsächlich? Hat es dieser deutsche Pöbel nicht geschafft, Sie umzubringen? Kommen Sie, erzählen Sie, mein Gott, es ist soviel zu erzählen. Pjotr! Pjotr! Alter, wo steckst du? Besuch! Wir haben Besuch!

Ein gichtiger, krummer Mann hohen, aber undefinierbaren Alters kommt angeschlurft und verbeugt sich vor Hau.

Willkommen, Euer Gnaden.

Freut mich.

Pjotr, das ist Mr. Hau aus Washington, der beste Anwalt der Welt.

Nanana, zuviel der Ehre. Nichts davon, nichts.

Mr. Hau ist unser Gast, solange er das wünscht.

Nein, Baronessa, für mich ist kein Bleiben. Die Hunde sind hinter mir her.

Sie müssen erzählen. Pjotr, mach uns ein Feuerchen im Wintergarten. Es ist so eine schöne Sonne dort. Und mach uns einen Imbiß, Pjotr. Na los, worauf wartest du noch?!

Jawohl, Euer Gnaden.

Er schlurft weg. Antonietta und Hau machen einen Rundgang. Beide erzählen. Vor allem Hau. Vom Prozeß erzählt er. Den hat sie damals noch mitbekommen, danach habe sie nichts mehr gehört und angenommen, er sei tot, was ja im Zuchthaus wohl kein Wunder gewesen wäre.

Durchaus nicht.

Und Sie haben das ertragen?

Hätte es einen Revolver gegeben, ich hätte mich sicher erschossen. Aber mit dem Bettuch ans Fenstergitter, nein, das wäre meine Art nicht gewesen.

Dann erzählt er von der Entlassung, von seinen Büchern, von Plänen, die es gegeben hätte, vom erneuten Haftbefehl, von der Flucht.

Und auch sie erzählt, flicht in die Erklärungen über die Insel das Drama um den deutschen Hemdenfabrikanten ein, der über ihre Banken, diese Betrüger, die Inseln gekauft hat.

Später, nachdem man beschlossen hat, daß Hau bis zum nächsten Morgen bleiben wird, sitzen die beiden im Wintergarten. Vor dem Fenster streckt eine Kamelie ihre halbgeöffneten Blüten der Sonne entgegen. Hau, der sich nie für die Natur interessiert hat, der keine Pflanze mit Namen kennt, staunt. Eine solche Pracht zu dieser Jahreszeit!

Das ist meine Candidissima, sagt Antonietta stolz.

Der Imbiß ist bescheiden. Die Vorratskammer scheint nicht mehr viel herzugeben. Es ist ein Spiel zwischen den beiden Alten. Antonietta fordert Kaviar, und Pjotr bringt Salami.

Zum ersten Mal seit seiner Flucht aus Berlin scheint Hau ein Glücksgefühl zu spüren, den Zustand, in dem man den Lauf der Welt auf unbestimmte Zeit anhalten möchte.

Hau, Sie hat mir der Himmel geschickt. Sie sind mein Mann. Ein genialer Denker, guter Anwalt, jajaja, das sind Sie, keinen Widerspruch, ich habe das damals in Konstantinopel gemerkt, und man hat es Ihnen nachgesagt.

Das ist lange her, sehr lange. Sie kennen doch jetzt meine Geschichte, Baronessa, da ist nichts, nichts.

Sie ist unbeirrbar.

Das verlernt man nicht. Sie werden für mich das Geld vom italienischen Staat holen. Ich habe ein Recht darauf. Sie werden meine Patente verkaufen. Ich werde wieder reich werden, reicher, als ich je war. Und dann werde ich diesem deutschen Gecken mit meinem Geld das Maul stopfen! Sie müssen mir helfen, Mr. Hau, Sie sind jung, Sie brauchen Arbeit.

Madame! Sehen Sie mich an. Ich bin ein schwerer alter Mann. Als ich während des Krieges im Zuchthaus fast verhungert wäre, es gab monatelang nur Wassersuppe mit Wanzen als Fleischeinlage, habe ich danach nur noch gegessen, alles, was ich bekommen konnte, alles. So habe ich mir diesen Leib angegessen.

Auf diesem Leib sitzt immer noch ein klarer Kopf.

Madame, ich werde nichts für Sie tun können. Ich bin niemand, darf der, der ich war, nicht mehr sein. Ich habe heute meinen Namen über den See gerufen, vielleicht stehen drüben schon die Gendarmen, um mich festzunehmen. Wenn dem so ist, werde ich mich vorher erschießen. Ich habe keine Existenz, ich werde überall gesucht. Wenn es mir gelingt, nach Afrika zu gelangen, dann werde ich dort untertauchen, irgendwo bei Beduinen.

Lieber Hau, das ist alles dummes Gerede, erschießen, Beduinen! Sie sind jung und gesund, Sie haben noch ein langes Leben vor sich. Was soll ich sagen, die ich ein bettelarmes altes Weib bin? Soll ich aufgeben? Nein! Kämpfen, Hau, wir müssen kämpfen gegen den Pöbel, der uns zerstören will. Es sind die Deutschen, immer die Deutschen. Das Unheil der Geschichte sind diese Deutschen. Sie haben Sie eingesperrt, mich wollen sie zerstören, austreten am Boden wie eine Wanze. Ein Dichter aus München war vor ein paar Monaten hier. Es ziehen dort primitive Horden durch die Straßen und rufen nach einem starken Mann, sagt er. Und sie haben schon einen. Dasselbe in Italien. Diese Faschisten! Sie sind so schlimm wie die, die mein Heimatland zerstören. Links oder rechts, sie sind alle gleich. Seit der Pöbel die Stiefel trägt, Mr. Hau, ist das Elend in der Welt größer geworden. Wo sie die Monarchen verjagen und sich die Proleten in die Seidenbetten legen, ist die Welt zu Ende. Mr. Hau, Sie müssen etwas tun. Und Sie können etwas tun. Passen Sie auf: Pjotr! Pjotr! Bring das Buch mit den Adressen, los, los! Gott, er wird immer langsamer. Sie wissen nicht, Hau, was ich leide.

Pjotr bringt ein abgegriffenes, halbzerfleddertes Büchlein.

Bitte sehr, Euer Gnaden.

Und die Lupe, Pjotr! Du weißt doch, daß ich die Lupe brauche.

Bitte schön, Euer Gnaden.

Sie blättert.

Avocato Roncati, Domenico. Ein lausiger Anwalt, aber ein guter Freund von mir. In Rom müssen Sie zu ihm gehen. Er wird Ihnen helfen. Er wird Ihnen einen neuen Namen besorgen und einen Paß. Das ist seine Spezialität. Das kann er, er hat alle Kontakte, die man dazu braucht.

Madame, ich fürchte, ich werde das nicht bezahlen können.

Bezahlen!? Ich sagte Ihnen doch, Roncati ist ein Freund.

Hier haben wir ihn. Viale San Nazzaro 10. Schreib Mr. Hau das auf, Pjotr. Ach, du kannst ja nicht schreiben. Es ist ein Elend mit dir.

Danke, ich merke mir das. Ja, Madame, Rom ist meine letzte Hoffnung. Danach kommen die Beduinen, in der Tat.

Mein lieber Hau, ich denke natürlich nicht uneigennützig: Wenn Sie dann in Rom eine Identität haben und Unterkunft, dann übernehmen Sie meine Angelegenheiten. Die Unterlagen für die elektrische Bahn sind bei Roncati, und auch die Patente. Er konnte das nicht, ein lausiger Anwalt. Sie holen mir mein Geld von diesen italienischen Banditen, und Roncati ist der Strohmann. Er offiziell auf dem Papier, Sie im Hintergrund. Es soll natürlich Ihr Schaden nicht sein. Ich weiß, Mr. Hau, wenn Sie die Dinge in die Hand nehmen, dann wird etwas daraus.

Sie nimmt seine Hände in die ihren und strahlt ihn an wie ein kleines Mädchen.

Sie sind mein Retter. Wir beide lassen uns nicht unterkriegen, Hau. Wir ziehen wieder die Stiefel an und zertreten diesen deutschen und italienischen Pöbel. Pjotr! Bring noch eine Flasche Wein!

Verzeihung, Euer Gnaden, wir haben keinen Wein mehr!

Wir haben keinen Wein mehr!?

Das war die letzte Flasche.

Warum wurde keiner eingekauft?

Euer Gnaden, der Weinhändler beliefert uns nicht mehr.

Was fällt dem ein!?

Es ist wegen der offenen Rechnungen, Euer Gnaden.

Wir haben also keinen Wein?

Nein, Euer Gnaden.

Dann bring Champagner!

Pjotr schlurft weg und bringt tatsächlich eine Flasche Champagner, öffnet sie, schenkt ein, zittrig, stellt den beiden die Gläser hin, die stoßen an.

Auf die Zukunft, Mr. Hau.

Auf die Zukunft, Baronessa!

Wie jung sie in ihrer Begeisterung wirkt! Sie ist immer noch eine schöne Frau. Wenn neben ihrem Lebensmut noch die Leidenschaft von damals vorhanden ist, wird Hau heute nacht bei ihr liegen.

Führen Sie einen Revolver mit sich, Hau?

Nein.

Wie wollen Sie sich denn erschießen, wenn Ihre Häscher in Form von zwei Gendarmen drüben am Ufer stehen?

Ich habe Gift bei mir. Sie bekommen mich nicht lebend. Das mit dem Erschießen war dahingesagt, wie man das so sagt.

Gift! Wie schrecklich! Was Sie brauchen, bekommen Sie von mir: einen Revolver und drei Kugeln.

Drei? Für mich genügte eine.

Wäre es nicht gerecht, die beiden Gendarmen mit ins Jenseits zu nehmen?

Hau muß lachen.

Sie werden die Waffe bekommen.

Nein. Gift ist das leichtere Gepäck.

Sagen Sie, Hau, haben Sie schon mal einen Menschen erschossen?

Wieder lacht er.

Das, Madame, ist der jüngste Versuch, mir nach fast zwanzig Jahren ein Geständnis zu entlocken.

Verstehe, verstehe. Keine weitere Frage.

Und Sie?

Sie denkt nach.

Zu wenige, Mr. Hau, leider zu wenige.

KAPITEL 7

Ajaccio, Mai 1901

Wie zart er ist, wie zerbrechlich und blaß, wie seidig sein dünnes Haar, wie feurig wach seine leicht hervorstehenden Augen,
die niemals auf einem Punkt verharren, die nie stillstehen, wie
die Wellen des Meeres. Ihn anfassen, streicheln, durch seine
Haare streichen, mit dem Finger seine Nase entlang, die eine
kleine Sichel ist in dem Gesicht, das sonst keine Knochen zu
haben scheint, Anlaß seines Lächelns sein, ihn küssen, seinen
leicht trotzigen Mund, ihn an sich pressen, seine langfingrigen, zartgliedrigen Hände auf sich spüren, auf dem Hals, den
Schultern, den Brüsten, seine Küsse hier und dort und überall,
seinen ganzen Körper spüren und von Feuer durchflutet werden, ihm den Sand des Strandes von der Haut pusten, ihm das
Salz des Meeres von den Lippen lecken, ihn verschlingen, vor
Liebe zerdrücken, verschlungen werden, in einer versteckten
Bucht Verbotenes mit ihm tun. Olga schreibt das alles zu Gedichten geformt in ihr Büchlein.

Lina liebt es nicht, wenn sich Olga produziert, wenn sie fremden Menschen ihre Gedichte vorträgt. Sie tut das stets mit
einer Inbrunst und einem Pathos, daß sich Lina dem immer
zu entziehen versucht oder in den Boden versinken will. Sind
denn Gedichte, denkt Lina, nicht etwas ganz Intimes, etwas, das man behütet, verbirgt, wie sein Tagebuch? Sie selbst
schreibt keine Gedichte. Sie findet es lächerlich, wenn Olga
durchs Haus wandelt und nach einem Reim sucht.
Die Blätter fallen – was reimt sich auf fallen?
Quallen, sagt Lina irgendwann entnervt.
Was, bitte schön, liebe Schwester, haben Quallen mit dem
Herbst in der Lichtenthaler Allee zu tun?

Das weiß ich nicht.

Nichts.

Die Blätter fallen, wenn der Jäger Büchsen knallen.

Olga pflegt sie dann anzustarren und scheint zu überlegen, ob sie das ernst meint oder nicht und ob das brauchbar ist oder nicht, und wenn es brauchbar ist, fragt sie sich, warum es ihr selbst nicht eingefallen ist, da *sie* doch die Dichterin ist.

Was soll das, die Jagdsaison beginnt im April, sagt Olga, und sie seufzt, denn man hat es nicht leicht als Dichterin in einer so profanen Familie, wo schon Schwester Louise nach München gehen mußte, um wegen ihrer Bilder, die sie malt, nicht belächelt zu werden. Die Suche nach dem Reim endet dann dergestalt, daß die Blätter fallen, wenn Winde sich zu Stürmen ballen.

Ganz hübsch, sagte Vater Molitor immer, wenn ihm Olga ihre Gedichte vorlas. Ganz hübsch, von ihm war das höchstes Lob. Er liebte diese jugendlich leichtfertige Art der Beschäftigung mit der Natur, der seine Jüngste in Reimen frönte. Er liebte die Natur, fühlte sich ihr als dem Wesentlichen der Schöpfung gemäß seiner theosophischen Theorien verbunden und machte sich keine Gedanken darüber, ob diese sympathische Veranlagung der Kleinen einmal für ihr Leben irgendeinen Nutzen haben würde. Sie hätte auch Kissenbezüge mit Naturmotiven besticken können, er hätte sie hübsch gefunden, wie er auch Louises Malerei hübsch fand.

Ihrem Vater hat Olga seine schlichte Anteilnahme und das oberflächliche, immer gleichlautende Lob nicht verübelt. Von allen anderen freiwilligen und unfreiwilligen Zuhörern verlangt sie allerdings konstruktive Auseinandersetzung mit ihrer Kunst und schlüssige Begründungen für Lob oder Kritik. Schließlich soll diese Leidenschaft nicht brotlose Freizeitbeschäftigung der Baden-Badener Großbürgertochter sein, vielmehr denkt sie an Veröffentlichung, Karriere und Ruhm, möchte Dichterin werden, wie Louise Malerin geworden ist. Und wenn sie dafür auch nach München gehen müßte, sie würde es tun. Hätte sie sich erst einmal mit ihren Naturgedichten einen Namen gemacht, dann käme die Sensation, dann hätte sie, glaubt sie, den Mut, ihre erotischen Gedichte der Öffentlichkeit zugänglich zu machen.

Lina kann sich denken, daß die neue Bekanntschaft, dieser junge Student der Jurisprudenz, dessen Gunst zu erobern sich Olga mit allen Kräften anschickt, nicht lange den Gedichten der Schwester entgehen kann. Nach ein paar Tagen ist die Gelegenheit gekommen. Ein sonniger Spätnachmittag, die Hotelgäste auf der schattigen Terrasse des Hotels, auf das Dinner wartend. In einer Ecke Lina, Olga und er, auf Liegen, er in der Mitte zwischen den beiden. Ein Ober bringt Getränke, von drinnen leise Klaviermusik. Die Mutter hat sich zur Nachmittagsruhe zurückgezogen. Olga hat die Arme über der Brust verschränkt und hält ein Büchlein darauf fest.
Lieben Sie Gedichte, mein Herr?
Er lächelt sie an:

Nimmer will ich dich verlieren!
Liebe gibt der Liebe Kraft.
Magst du meine Jugend zieren
Mit gewalt'ger Leidenschaft.

Haben Sie das geschrieben?
Goethe. Der große Meister. Sie kennen doch seine Gedichte?
Ich lese keine Gedichte, ich schreibe Gedichte.
Aber mein gnädiges Fräulein, das eine schließt doch das andere nicht aus.
Man verbildet sich den eigenen Stil, heißt es.
Dann dürfte ein Maler kein Bild betrachten, ein Komponist keine Musik hören. Ich bin kein Künstler, aber ich denke, das kann nicht sein. Der junge Strafverteidiger wird vom erfahrenen alten Kollegen lernen, beim Arzt wird es dasselbe sein.

Warum sollte die perfekte große Kunst, die eines Goethe, den ich so sehr verehre, nicht der jungen Dichterin Schule sein?

Olga schweigt leicht pikiert.

Sie sind Goetheaner? fragt Lina.

Ja. Meine Stiefmutter hat mir sein Werk früh nahegebracht.

Auch unser Vater dachte und sprach so. Dann glauben Sie auch nicht an Gott?

Nicht an den, den Rom uns vorschreibt.

Das sagte auch unser Vater, aber unsere Mutter lehrte uns den Wert des katholischen Glaubens. Ich bin froh darum. Mir gibt der Glaube an Gott Halt.

Das sind Fesseln, Fräulein Lina, Fesseln, von denen sich zu befreien mir schon in jungen Jahren gelungen ist.

Ich verspüre keine Fesseln, was meinen Glauben betrifft.

Ja, man spürt sie nicht, manche spüren sie nie, andere spüren sie eines Tages, und es ist für eine Befreiung zu spät. Daß man sie nicht spürt, das ist das Teuflische an ihnen.

Wie kann denn am Glauben etwas teuflisch sein?

Der Teufel, mein Fräulein, hat viele Gesichter, vielleicht das Gesicht dieses Obers oder dieses Herrn da drüben oder dieser Dame oder Ihres oder meines, was wissen wir, wie sehr das Teuflische schon in uns steckt?

Gott, daß Sie unseren Vater nicht mehr erlebt haben, das ist ein Jammer. Sie hätten sich gut verstanden.

Olga mißfällt es, daß Lina das Gespräch und die Aufmerksamkeit des jungen Mannes an sich gerissen hat. Sie spielt das trotzige Kind und bestätigt damit eine Beobachtung, die er schon vorher gemacht hat: zu seiner Rechten die erwachsene junge Frau im heiratsfähigen Alter, zu seiner Linken das Mädchen mit seinen gesammelten Reimen.

Wollen Sie denn nun ein paar meiner Gedichte hören?

Es wird mir eine Ehre sein, mein Fräulein, Ihnen zu lauschen.

Er sagt es und lächelt Lina vielsagend an, während Olga schon in ihrem Büchlein blättert. Lina lehnt sich zurück, schließt die

Augen und ist in ihren Gedanken mit ihm ganz woanders. Die Gedichte, die von der Lichtenthaler Allee in Baden-Baden zu allen Jahreszeiten, vom Battert und dem Merkur, den Hausbergen der Stadt, von den heißen Quellen und der mondänen Atmosphäre der Kurstadt erzählen, kennt sie alle. Lina spürt, wie die Gunst des jungen Mannes Vers um Vers von dem überschwenglichen Mädchen zu ihr selbst herüberfließt. Plötzlich, für einen kurzen Moment, berühren sich auf der Armlehne seine und ihre Finger, nur an den Fingerkuppen, aber intensiv genug, elektrisierend. Sie spürt, das war Absicht und kein Zufall. Sie ist sehr aufgeregt, weiß nicht umzugehen mit diesem zwar heißersehnten, doch kaum für möglich gehaltenen Gefühl. Es wird eine Gelegenheit geben müssen, mit ihm allein zu sein. Man wird sich einander erklären müssen. Aber wie, da Olga sich doch stets an ihre Fersen hängt und so offensichtlich in ihn verliebt ist, in ihn, der sie und ihre Jungmädchenhaftigkeit samt ihrer Gedichte belächelt.

Und Olga wirft Reim um Reim in den Kampf um seine Gunst und Anerkennung. Sie merkt nicht, daß er nur noch Augen für Lina hat.

Einer, der das alles schmerzlich erkennt, ist der Papierfabrikant Wöhrle, der hinter einer Zeitung versteckt die jungen Leute seit längerem beobachtet. Ihm zerreißt es das Herz, da er die Neigung des jungen Mannes zur älteren der Töchter Molitor bemerkt, und die Bereitschaft Linas, auf ihn einzugehen, zerstört den letzten Funken Hoffnung. Er wird abreisen, er will nicht über Tage und Wochen Zeuge einer Liebesgeschichte sein, die ihn unglücklich macht, einsam und traurig.

Hübsch, ganz hübsch, sagt der junge Mann, als Olga ihr Büchlein zugeschlagen und die Deklamation beendet hat. Das hätte er nicht sagen sollen, und Lina hätte dazu nicht glockenhell lachen dürfen. Beleidigt rennt Olga ins Hotel, wirft sich in ihrem Zimmer aufs Bett und weint herzzerreißend. Hat er

»hübsch« gesagt, hübsch, ganz hübsch, was der Vater immer gesagt hat? Hat er überhaupt zugehört? Versteht er was von Gedichten? Würde er ihre anderen, heimlichen, versteckten Gedichte auch nur hübsch finden? Sie wird Gelegenheit suchen, ihm welche vorzulesen, ihm alleine, nur ihm. Nein, so schnell gibt sie nicht auf.

Nimmer will ich dich verlieren!
Liebe gibt der Liebe Kraft.
Magst du meine Jugend zieren
Mit gewalt'ger Leidenschaft.
Ach, wie schmeichelt's meinem Triebe,
wenn man meinen Dichter preist:
Denn das Leben ist die Liebe,
Und des Lebens Leben Geist.

Er rezitiert und schaut sie dabei verliebt an, versinkt in ihren Augen, berührt wieder ihre Fingerspitzen, nicht mehr so verstohlen wie zuvor, nimmt dann ihre Hand und führt sie, die Finger küssend, an seinen Mund.
Mein Fräulein, ich möchte mich in Sie verlieben. Mit der Liebe und dem Geist des Lebens, wie es der Dichter sagt.
Dann tun Sie das.
Bin schon im Begriffe.
Ich werde, fürchte ich, nichts dagegen tun.

Am Abend, beim Dinner, zu dem ihn Frau Molitor an ihren Tisch gebeten hat, vollbringt der junge Student ein Meisterwerk an Diplomatie und Verführungskunst. Er referiert der Mutter, wie ihn der poetische Vortrag von Olga ergriffen habe und was für eine ausgezeichnete, begabte Dichterin ihre Tochter doch sei. Er, der, seit er lesen könne, Gedichte lese, glaube das beurteilen zu können. Er lobt und feiert Olga, und zu Linas Erstaunen zitiert er ganze Passagen aus ihren Gedichten, um an ihnen die Meisterschaft des Reims, des Rhythmus, der

Konstruktion zu erläutern. Er nennt Namen anderer Dichter, spricht von Hölderlin und Lenau, von Grillparzer und Matthias Claudius, von Mörike und Schiller und zieht schmeichelhafte Vergleiche.

Mein liebes Fräulein Olga, suchen Sie nicht nur den Reim, schreiben Sie Prosa. Schreiben Sie die Leiden der jungen Olga, und unsere Generation wird Ihnen zu Füßen liegen!

Olga glüht, und Lina ist selig, daß der Familienfriede zunächst einmal wiederhergestellt ist. Zu Dramen, das ahnt sie, wird es ohnehin noch kommen.

Frau Molitor freut sich, daß der sympathische und kluge junge Mann einen solchen Gefallen an ihrer Jüngsten gefunden hat, deren exzentrische und flatterhafte Art gerade in bezug auf Männer das Schlimmste hat ahnen lassen. Sollte da ein Gleichgesinnter sein? Einer, der zu ihr paßt, ein Deckel zum Topf? Wird sie Olga eher unterbringen als Lina, die Störrische, der keiner recht ist, was sie insgeheim gut verstehen kann, war ihre eigene Ehe doch mehr von Vernunft und Respekt als von Liebe oder gar Leidenschaft geprägt. Sie sieht dieses jungenhafte blasse Gesicht, die intensiven, durchdringenden Augen, bemerkt die Lust des Argumentierens, dieses ganz und gar tadellose Benehmen, die charmante Höflichkeit, die Eleganz der Bewegungen bis in die Fingerspitzen, die Klugheit, den Witz. Was sind doch die Männer ihrer älteren Töchter und ihr Sohn Karl für hölzerne Figuren gegen diesen. Sie weiß, daß sie sich in den auch verliebt hätte. Ein Gedanke macht ihr allerdings Sorgen: Wenn sich nur Lina nicht auch in diesen jungen Mann verliebt!

Ihm scheint die Welt zu Füßen zu liegen, die Welt der Frauen zumindest, der Rest wird folgen. Die Damen sind zu Bett gegangen, er, Nachtmensch, der er ist, sucht den Herrensalon auf, um dort eine Zigarre zu rauchen, ein paar Drinks zu nehmen, der leichtbekleideten, dunkelhäutigen Sängerin zuzuhören, sich die anderen Herren anzusehen, für die er im Hotel oder am Strand, wo er sich in den Blicken der Frauen sonnt, keine Augen hat. Ein Mann steht ihm gegenüber, hebt grüßend sein Glas. Er erwidert den Gruß, trinkt, hebt noch einmal das Glas. Dem anderen ist das eine Aufforderung, ihm ist es eher lästig, doch schon verbeugt sich der Mann und hält ihm die Hand hin.

Gestatten, Ferdinand Wöhrle, Fabrikant aus dem Badischen, Murgtal, wenn dem Herrn das was sagt.

Angenehm, Karl Hau, Großlitten, zur Zeit Freiburg, cand jur., demnächst Washington.

Großlitten, wo haben wir das denn?

Bei Bernkastel, ein kleiner Ort, der sozusagen meiner Familie gehört. Der Herr kuren auch hier im Hotel?

Ja, natürlich, jedes Jahr um die Zeit, seit zehn Jahren. Der Tisch neben Ihnen im Speisesalon, nächst der Familie Molitor.

Ach ja, natürlich, Verzeihung, mein Gedächtnis für Gesichter ist nicht das beste.

Wöhrle ärgert das nicht. Er ist diese Art gewohnt, die widerfährt dem bodenständigen, braven Badener Fabrikanten aus der Gesellschaft, an der er auf Grund seiner wirtschaftlichen Möglichkeiten teilnimmt, immer wieder. Und von diesem von sich selbst so grenzenlos eingenommenen jungen Mann hat er gar nichts anderes erwartet.

Sie haben es mit der Gesellschaft der Damen Molitor gut getroffen, mein Herr.

Ich denke, das ist so. Eine äußerst angenehme Gesellschaft, in der Tat. Wenn man sich hier so umsieht, nichts Vergleichbares.

Ich weiß, hatte ich doch über mehrere Jahre die Ehre, mit dem Geheimrat Molitor, dem Gatten beziehungsweise Vater der Damen, die interessantesten Gespräche zu führen. Ein Jammer, sein allzu früher Tod.

Spät in der Nacht, nachdem sie sich über Wöhrles gutsituierte Gegenwart und Haus glorreiche Zukunft auf das interessan-

teste unterhalten haben, nicht ohne den alkoholischen Getränken zuzusprechen, will Wöhrle, von Mann zu Mann sozusagen, wissen, welche der beiden Schwestern Molitor dem cand.
jur. Hau denn nun, was die bevorstehende Eroberung betreffe,
mehr zusage.

Hau ziert sich nicht: Die eine habe die Jugend, das Unbedarfte,
das Unerfahrene, das durchaus seinen Reiz haben könne, wenn
man das schätze. Die andere habe die Reife und den klugen
Geist. Das bevorzuge er auf Grund seiner frühen Erfahrungen
mit den Frauen, zumal er vermute, daß sich aus Geist und
Reife auch die größere Leidenschaft ergebe, was er aber noch
zu überprüfen habe. Und im übrigen, die wirkliche Leidenschaft sei ohnehin nur von den Frauenzimmern zu bekommen.
Doch dazu gebe es an diesem bedauernswerten Ort keine
Adresse.

Wöhrle spielt, wie er glaubt, seinen letzten Trumpf aus: Wenn
Sie, wie Sie eingangs sagten, demnächst nach Washington gehen, dann wird es sich doch mit dem Fräulein Molitor erledigt
haben?

Warum das? Möglicherweise nimmt man die Dame mit. Das
wird sich erweisen. Man wird sehen, was die Liebe bringt.

KAPITEL 8

Karlsruhe, 8. Januar 1907

Karl Haus Ahnungen waren richtig. Die badischen Untersuchungshaftbedingungen waren weit entfernt von denen in London. Während man dort dem Untersuchungshäftling mit ausgesuchter Höflichkeit begegnet, getreu dem Motto »Solange die Schuld nicht erwiesen ist, ist der Häftling ein Bürger wie jeder andere, allerdings mit eingeschränkter Bewegungsfreiheit«, scheint man hier davon auszugehen, daß jeder unter Verdacht Geratene auch ein Schuldiger ist, denn Unbescholtene geraten nicht in Verdacht. Was eine Minderheit des Pöbels schon auf dem Bahnsteig des Karlsruher Bahnhofes skandierte, Mörder, Mörder, Mörder, scheint hier in der Villa Hübsch dem gesamten Wachpersonal selbstverständlich zu sein: Wir haben es in diesem Manne mit einem Mörder zu tun. Einen solchen duzt man, nennt ihn nicht Herr, schon gar nicht Doktor, sondern schreit ihn an wie einen Rekruten.
Ausziehen, ganz! Er soll die Schwiegermutter umgebracht haben, hahaha. Gerade stehen, Arme hoch! Wenns auch nur die Schwiegermutter war, hahaha, ein Verbrechen ist es allemal. Kann den Kopf kosten, nicht wahr. Schade drum. Schönes Köpfchen. Nach vorne beugen, weiter, los, los, und Arschbakken auseinander! Gott, wer würde nicht gerne seine Schwiegermutter umbringen. Abtreten zur Entlausung!
Die Villa Hübsch, benannt nach einem Großherzoglichen Baudirektor, der die Anlage geplant hat, ist erst vor ein paar Jahren entstanden.
Hufeisenförmig angeordnete Gebäude aus rötlichem Backstein, ein Innenhof mit vergittertem Wandelgang, alle Zellen zum Innenhof gelegen, so daß man dem Gebäude von außen seine Zweckbestimmung nicht ansieht, gilt es als moderner Ge-

fängnisbau und soll nach dem Wunsch seines Schöpfers einen fortschrittlichen, modernen Strafvollzug dieses neuen Jahrhunderts symbolisieren. Ein frommer Wunsch, der bis ins Innere des Gebäudes nicht vorgedrungen ist. Hier geht es so zu, daß mancher Untersuchungshäftling glauben mag, schon im Zuchthaus gelandet zu sein. Einen nicht zu unterschätzenden Vorzug hat die Villa Hübsch, sie ist noch wanzen- und läusefrei. Dr. Ritter, ehemaliger Offizier, der Leiter der Anstalt, gibt den Ton vor, dem sich fast das gesamte Personal anpaßt:

So, da haben wir ja den Neuen! Verdammte Geschichte das, wollen mal sehen, ob er seinen Kopf retten kann. Hier herrscht Disziplin und Ordnung. Wir sind hier nicht in England oder Amerika. Daran wird er sich gewöhnen müssen. Was die Verköstigung angeht, so hat der Hausinspektor den Auftrag, innerhalb vernünftiger Grenzen eventuellen Wünschen Rechnung zu tragen. Das gleiche gilt in bezug auf Bücher und Zeitungen. Es ist dabei nicht außer acht zu lassen, daß er Gefangener ist und unter einer schweren Anklage steht. Jeder Luxus bleibt ausgeschlossen. Im übrigen hat er sich der Hausordnung unbedingt zu fügen. Übertretungen werden disziplinarisch geahndet. Abführen!

Gestatten Sie eine Frage, Herr Doktor?

Nein. Wünsche und Eingaben sind schriftlich zu verfassen.

Zackig, wie er gesprochen hat, geht er auch ab und überläßt Hau einem dicken badischen Wärter namens Schababerle. Gemütlich, bedächtig, schlurfenden Gangs, tut er, was er tun muß, und redet in breitem Badisch pausenlos vor sich hin. Er holt Hau aus der Zelle ab und bringt ihn zur Untersuchung und Entlausung, zur Vergatterung durch den Gefängnisleiter, schließlich zum ersten Verhör.

Dreißig Jahre arbeite er nun schon im Strafvollzug, habe alles mitgemacht, habe die, die von ihrer Unschuld sprachen, aufgeknüpft an den Zellenfenstern gesehen, andere, die sich anders das Leben nahmen, habe alte Gebrechliche sterben sehen.

Nicht zu sprechen von den zahllosen zum Tode Verurteilten, von denen die einen weinten und tobten und andere gefaßt, wie erlöst in den Tod gingen. Einer, ein Kammersänger, habe vor dem Galgen gestanden und so wunderbar gesungen, daß der Leiter der Hinrichtung, ein Liebhaber der klassischen Musik, immer wieder gerufen habe: Da capo! Und wieder habe der Delinquent gesungen, eine ganze Stunde lang, bis man ihn dann doch aufgeknüpft habe. Da habe er, Schababerle, gehört, wie der Leiter der Hinrichtung, ein Mann, der ansonsten die Gefühllosigkeit in Person gewesen sei, gesagt habe: Es ist eine Schande, daß man eine solch begnadete Stimme hinrichtet. Er habe von der Stimme gesprochen, nicht vom Menschen. Und dabei gehöre doch, dessen sei er, Schababerle, sich sicher, alles zusammen, indem doch nur ein wertvoller Mensch eine wertvolle Stimme habe. Wobei er ja nie begriffen habe, wie ein so wertvoller Mensch zum Verbrecher werden konnte. Insgeheim sei er, was diesen Sänger betreffe, davon überzeugt, daß der unschuldig war. Ja, damals, als er hier angefangen habe, im alten Gebäude in der Stadt, der Wanzenvilla, wie man sie nennt, da habe man noch aufgeknüpft. Dann kam, indem eben alles moderner geworden sei, das Schafott. Ob er, Hau, glaube, daß da für den Delinquenten ein Unterschied sei, tot sei doch tot, oder? Allerdings habe er festgestellt, daß die Leute, die sich das Schauspiel einer Hinrichtung gerne ansehen, das Schafott bevorzugten, da dort schließlich Blut fließe. Aber seit die Hinrichtungen nicht mehr öffentlich sind, habe das Interesse stark abgenommen. Im Prinzip seien es nur noch die Leute aus der Gefängnisverwaltung und die Gefangenen, die ja den Hinrichtungen beiwohnen müßten, als Abschreckung sozusagen. Und was er, Hau, denn den Dr. Ritter habe fragen wollen?

Ob in Deutschland, beziehungsweise im Badischen die Unschuldsvermutung noch gelte, habe er fragen wollen, oder ob Verdächtiger gleich Täter sei.

Dr. Ritter, sagt Schababerle, sei ein absolutes Wunder. Der

sehe dem Menschen an, ob er schuldig ist oder nicht. Bei der ersten Begegnung! Und der habe sich noch nie getäuscht in fast zwanzig Jahren. Immer hätten die Urteile das zum Ergebnis gehabt, was Dr. Ritter vorausgesagt habe. Dabei komme der gar nicht von der Juristerei, sondern vom Militär. Der habe ihn, Hau, jetzt gesehen und wisse bereits, ob er schuldig sei oder nicht.

Dann, meint Hau leicht amüsiert, könne man sich ja eigentlich die Gerichte und die teuren Prozesse sparen, wenn man solch einen famosen Kenner habe, dem man ja nur die Angeklagten vorführen müsse.

Schababerle schaut Hau an und hebt warnend den Zeigefinger und führt ihn dann langsam an den Mund.

Ha, so dürfetse aber mit de Herr Doktor nit rede, des mager nit.

Zum ersten Verhör kommt Landgerichtsrat Dr. Vischer, der Untersuchungsrichter, höchstpersönlich im Zweizylindermotorwagen zur Villa Hübsch herausgefahren. Zu späteren Verhören wird Hau von zwei Kriminalbeamten in der vergitterten Pferdedroschke ins Landgericht gebracht. Bedarfsweise wird er auch ins städtische Untersuchungsgefängnis verlegt, das an das Landgericht angrenzt und nicht wanzen- und läusefrei ist. Dr. Vischer, Mitte Vierzig, schmächtig, schüttere, schon leicht ergraute Haare, offensichtlich ein ehrgeiziger Karrierist, führt fort, was Hau nun zum Alltag geworden ist, er hält ihn für den Mörder und glaubt, in Kürze ein Geständnis aus ihm herauszupressen. Mit der Aussicht, statt des Fallbeils lebenslänglich zu bekommen, wurde schon mancher gesprächig. Dr. Vischer weiß, daß er es in Hau mit einem anderen Kaliber zu tun hat, als er das gewohnt ist. Aber ist das nicht gerade die Herausforderung für einen ehrgeizigen Mann wie ihn? Bei diesem Mann, das spürt er, ist die harte Tour falsch. Hier muß im intellektuellen Schlagabtausch die Wahrheit gefunden werden.

Dazu gehört ein Miteinanderumgehen auf gleicher Höhe, höflich, mit allem Respekt und aller gedanklichen Schärfe. Das können seine Kollegen nicht, das kann nur er, dafür schätzt man ihn oben. Die Prozesse, deren Anklageerhebung er als Untersuchungsrichter vorbereitet hat, waren immer sehr kurz, fast überflüssig, denn meistens war es ihm gelungen, sowohl ein Geständnis als auch Motive und Hergang der Tat detailliert darzustellen. Nicht selten bekamen die Vorsitzenden nach seiner Vorbereitung auf ihre erste Frage, ob der Angeklagte die Tat begangen habe, ein deutliches »Ja« zu hören, dem eine fast von Erleichterung geprägte Schilderung der Tat folgte.

Dr. Vischer freut sich auf diese Aufgabe, die, das weiß er natürlich auch, nicht leicht sein wird, denn dieser Hau ist nicht nur ein gebildetes und intelligentes Bürschchen, sondern, wie man hört, auch ein guter Jurist, hat in Amerika studiert, wo man es wohl gemeinhin mit einer sehr viel höheren Verbrechensqualität und demzufolge mit anspruchsvolleren juristischen Finessen zu tun hat. Dr. Dietz, der von Haus Vater angeworbene Verteidiger, ein Stammtischkollege von Dr. Vischer, hat über seinen Mandanten, den er in London im Gefängnis besucht hat, erzählt. Hau habe ihn, so Dr. Dietz, wie einen Schuljungen behandelt. Er respektiere in diesem Falle den Willen seines Vaters, habe er gesagt, sei aber der Auffassung, daß er sich sehr wohl selbst zu verteidigen verstehe und dies auch tun werde. Er habe, so der Verteidiger am Stammtisch, ihm die Tat quasi gestanden. Da war dann doch Aufregung. Herzog von den »Badischen Nachrichten« wollte schon aufbrechen, um diese Information in seine Redaktion zu tragen, da schränkte Dr. Dietz auf Dr. Vischers Nachfrage hin ein: Er habe Hau gefragt, nach welchen Maßgaben er ihn denn verteidigen solle, worauf Hau geantwortet habe, verteidigen Sie mich, als hielten Sie mich für schuldig. Daraus habe er, Dr. Dietz, den Schluß gezogen, daß dieser Mann verrückt und seelisch komplett zerrüttet sei und dementsprechend in Richtung

§ 51 verteidigt werden müsse. Es war dann noch ein gemütlicher Stammtischabend, geprägt von der gemeinsamen Einsicht, daß Amerika nicht der Nabel der Welt, Baden aber das Zentrum des gesunden Menschenverstandes sei. Mit Mühe konnte man Herzog von einer Veröffentlichung der neuen Informationen abhalten, die nur dazu angetan gewesen wäre, dem Gericht und der Verteidigung Schwierigkeiten zu bereiten. Kurz vor dem Prozeß veröffentlichte Herzog dann das »Geständnis« doch, um später vehement die Unschuld von Karl Hau zu propagieren.

Mit ausgesuchter Höflichkeit, die den an der Tür des Untersuchungszimmers stehenden Wachhabenden und den an einem Tischchen sitzenden Stenographen einigermaßen erstaunt, begrüßen sich die beiden.

Bitte setzen Sie sich, Herr Doktor Hau.

Danke, Herr Untersuchungsrichter.

Hören Sie mir zu.

Gerne.

Sie müssen als denkender Mensch einsehen, daß der Beweis Ihrer Tat völlig lückenlos ist.

Muß ich das wirklich?

Im Prinzip können Sie ein von mir vorbereitetes Geständnis unterschreiben. Das würde vor Gericht für Sie wohl die gnädigste Behandlung garantieren.

Oh, das nennt man aber mit der Tür ins Haus fallen!

Nun. Sie kommen von London nach Baden-Baden gereist in einer Vermummung, die keinen Zweifel darüber läßt, daß Sie nichts Gutes im Schilde führen. Ihrer Frau sagen Sie, Sie hätten auf dem Kontinent geschäftlich zu tun – offenbar eine Lüge. Warum diese Lüge? Weil Sie ihr doch nicht sagen konnten, daß dieses Geschäft darin bestand, ihre Mutter zu ermorden.

Hau lehnt sich zurück und lächelt.

Sie schärften Ihrer Frau ein, daß sie diese Reise vor jedermann geheimhalten soll. Warum das? Damit man in Baden-Baden nicht argwöhnisch werde?

Verzeihen Sie, daß ich Sie unterbreche, Herr Untersuchungsrichter. Meine Reise auf den Kontinent vor den Damen in Baden-Baden geheimzuhalten, war sowenig meine Absicht, daß ich meine Frau sogar ausdrücklich beauftragt habe, dieselben davon zu unterrichten, was sie auch getan hat.

Nun, das ist nebensächlich. Die Hauptsache: Sie reisen in der unheilverkündenden Vermummung von Frankfurt nach Baden-Baden, treiben sich den ganzen Nachmittag in der Gegend um die Villa Molitor herum, wo Sie zahlreichen Personen durch Ihr verdächtiges Aussehen und Benehmen auffallen. Am Abend locken Sie Ihre Schwiegermutter unter Vorspiegelung falscher Tatsachen aus dem Hause, und unterwegs wird die Dame ermordet. Sie sind doch Jurist und zu intelligent, um die absurde Behauptung aufzustellen, daß gerade an dem Tage, gerade zu der Stunde zufällig irgendein Dritter einherkommt und Ihre Schwiegermutter totschießt.

Ich stelle gar keine Behauptung auf. Aber gestatten Sie mir einen Einwand. Sie sagen, ich sei Jurist und tun mir die Ehre an, mich für intelligent zu halten. Ich gebe Ihnen das Kompliment zurück und frage Sie: Würden Sie – falls Sie einen solchen Mord geplant hätten – ich mache die Annahme natürlich nur argumenti causa – würden Sie die Ausführung des Plans in einer so blödsinnigen Weise bewerkstelligen, wie Sie das bei mir voraussetzen? Würden Sie sich Perücke und Bart bei dem Friseur des Hotels anfertigen lassen, wo man Ihren Namen kennt? Würden Sie sich nicht sagen, wenn Sie unterwegs bemerken, wie Sie allen Leuten auffallen: Sobald hier in der Nähe ein Verbrechen passiert, wird der Verdacht todsicher auf mich fallen? Mit anderen Worten: sind nicht gerade die Indizien, die Sie für so belastend halten, ein Beweis dafür, daß ich eine solche Tat gar nicht im Sinne gehabt haben kann, als ich nach

Baden-Baden fuhr und mich dort, wie Sie sagen, den ganzen Nachmittag in der Umgebung der Villa Molitor herumtrieb?

Dr. Vischer schüttelt den Kopf.

Gerade die schlauesten Verbrecher begehen oft die größten Dummheiten. Ein Glück, denn sonst könnten wir sie nicht fassen, die Tatsache wird Ihnen bekannt sein.

Es ist mir bekannt, Herr Untersuchungsrichter, daß die schlauesten Verbrecher bisweilen bei der Ausführung der bestgeplanten Verbrechen irgendeine kleine Dummheit begehen, die ihnen dann zum Verhängnis wird. Aber ich habe noch nie gehört, daß ein intelligenter Verbrecher einen Plan entwirft und ausführt, der von Anfang bis Ende nichts weiter ist als eine riesige Dummheit. Der größte Trottel hätte sich doch nicht dümmer benehmen können.

Aber wenn Sie nicht nach Baden-Baden gefahren sind, um Ihre Schwiegermutter zu ermorden, weshalb sind Sie denn hingefahren? Und wozu die Vermummung? Sie schweigen? Was, frage ich Sie, kann Ihr Schweigen denn anderes bedeuten, als daß Sie sich schuldig fühlen?

Es könnte doch auch etwas anderes bedeuten.

Dann möchte ich wissen, was. Und noch eins: Sie haben schon früher versucht, Ihre Schwiegermutter aus dem Weg zu räumen.

Wahrhaftig? Wann denn?

In Paris. Als Sie mit Ihrer Frau und Ihrer Schwägerin im Hotel Regina waren, haben Sie Ihre Schwiegermutter telegraphisch nach Paris gelockt. Angeblich war Ihre Schwägerin krank. Aber das war gar nicht der Fall. Die alte Dame reiste in Sorge sofort nach Paris, wo Sie wahrscheinlich beabsichtigt haben, sie irgendwo, vielleicht beim Ostbahnhof, in einer menschenleeren Gegend zu ermorden.

Das klingt ja sehr plausibel. Aber Sie sind wohl noch nie in Paris gewesen, Herr Untersuchungsrichter. Es gibt keine menschenleere Gegend dort. Zu keiner Tages- und Nachtzeit.

Nun, wenn nicht dort, dann irgendwo anders. Das wird schon noch ans Licht kommen.

Und was nehmen Sie an, warum ich dann den Mord in Paris doch nicht begangen habe?

Vielleicht fand sich keine Gelegenheit.

An Gelegenheit hat es sicher nicht gefehlt. Ich hätte mir doch für ein paar tausend Franken einen Mörder mieten können, der die Angelegenheit besorgt hätte. Wie gesagt, Gelegenheiten klügerer Art hätte es gegeben. Was fehlte, war ein Motiv. Ich hätte nicht gewußt, warum ich meine von mir geschätzte Schwiegermutter hätte umbringen sollen.

Ich würde einmal annehmen wollen, Herr Hau, daß Sie zu dieser Zeit gar nicht mehr über »ein paar tausend Franken« verfügt haben. Sehen Sie – und da suchen wir das Motiv. Und ich schwöre Ihnen, wir finden es. Wenn Sie uns dabei helfen wollen, sind Sie dazu herzlichst eingeladen. Genug für heute. Hat mich gefreut, Sie kennengelernt zu haben.

Ganz meinerseits.

Wir sehen uns morgen wieder. Auf Wiedersehen.

Auf Wiedersehen.

Ach, noch eins, Herr Kollege.

Danke der Ehre.

Spielen Sie Schach?

Leidlich.

Hier mein Zug: Der intelligente Verbrecher versteckt sich bewußt hinter der unintelligent ausgeführten Tat, da er annimmt, man traue ihm eine solche nicht zu. Verbleibe in Erwartung Ihres Zugs. Auf Wiedersehen.

Dr. Vischer bedeutet dem Stenographen noch, das anzufertigende Protokoll von Hau unterschreiben zu lassen. Dann geht er.

Hau unterschreibt das Protokoll nicht.

Verzeichnis der dem inhaftierten Rechtsanwalt Carl Hau aus Großlittgen gehörigen, hier aufbewahrten Gegenstände:

A

Ein Lederkoffer von hellbrauner Farbe mit grüner Segeltuch-umhüllung, gekauft in Wien, Kärntnerstraße No. 8 zum »Stock im Eisen«.

Dieser Koffer enthält:

1 Blechschachtel mit 12 Cigaretten mit Goldmundstück.

1 Flasche Cölnisches Wasser zu $^3/_4$ gefüllt.

1 Cognacflasche in Nickelgestell mit Nickelverschluß und Lederhülle mit etwas Cognac.

1 Glasflasche mit eingeschliffenem Stöpsel, zu $^1/_4$ gefüllt mit »Eau du Kinon for the complection«.

1 Tropffläschchen mit eingeschliffenem Glasstöpsel, zu $^1/_4$ mit schmutzigbrauner Flüssigkeit gefüllt.

1 Glasflasche zu $^4/_5$ gefüllt in der Hofapotheke des Dr. Rössler in Baden am 18. X. 1906.

1 kleine und 1 große Gummispritze (roter Ballon).

1 Kleiderbürste mit Metallbeschlag & Monogramm C. H.

2 ovale Kopfbürsten mit Metallbeschlag & Monogramm C. H.

1 Kamm mit Metallbeschlag ohne Monogramm

1 geschliffenes Kristallgefäß mit Metalldeckel & Monogramm C. H.

Dieses Gefäß ist gefüllt mit:

3 Vexierschlüssel

26 schwarze Hemdenknöpfchen

1 Kravattenschließer

8 Perlmutterknöpfchen

2 Stück Metalldraht

1 beschädigter Vorsteckknopf

1 grüner, gefaßter Stein

3 Zwei-Hellerstücke

2 türkische Silbermünzen

1 rotlederne Brieftasche – leer – Marke Kozponti Menetjegyir Oda Budapest

1 mit schwarzem Leder überzogene Zwickertasche mit goldenem Zwickergestell

1 Zwickergehäuse mit unbeschädigtem Zwicker ohne Goldrand

1 schwarzlederne Cigarrentasche (schmales hohes Format) & Monogramm C. H.

8 papierne Cigarettenspitzen, 10 Cigaretten

1 schwarzlederne Brieftasche mit einer Karte auf den Namen des Inhaftierten, ausgestellt von der »United States Casuality Company Police No. D X H. A. 30567«

1 schwarzlederne Tasche mit Druckknopf

Diese enthält:

2 Scheren

1 Stiefelknöpfer mit Elfenbeinhalter

1 Taschenmesser mit Elfenbeinheften

1 Schraubenzieher mit Hülse & Elfenbeinhalter

1 Nagelreinigungsinstrument mit Elfenbeinhalter

1 leeres blausamtenes Etui (Schmuckkasten)

1 Schuhlöffel

1 Handschuhweiter

1 Reisemütze

1 Putztuch

1 Cravatte

2 gesäumte weiße Taschentücher

1 Paar Lederhandschuhe

1 Paar dito, mit Fell gefüttert

Das Novemberheft 1906 von »The Strand Magazin«

1 Stadtplan von Paris

1 Hendschels Telegraf No. 7 Oct./Nov. 1906

1 angebrochenes Paketchen mit antiseptischer Watte

An dem Koffer ist ein Lederschildchen befestigt, welches die

Adresse des Inhaftierten trägt »Mr. Carl Hau Washington
D.C.«

B

Koffer, schmal. Krokodilleder – stark benützt – oben Messing-
schild mit Inschrift »Carl Hau Washington D.C.«
Dieser Koffer enthält:

1 Winterweste mit Ärmeln von brauner Farbe
1 buntes Herrenhemd, neu, gekauft bei Schostal & Hertlein in
  Wien
1 buntes Herrenhemd, neu, noch nicht getragen, gekauft im
  Unionsklub Schmitz in Baden
1 weißes, vorn offenes Herrenhemd – Halsbund eingerissen
1 Paar gelbgestreifte kurze Herrenstrümpfe
1 Paar mit grüner Seide bestickte kurze Herrenstrümpfe, ge-
  braucht
1 Paar mit roter Seide bestickte kurze Herrenstrümpfe, dito
1 seidene, in Paris gekaufte Cravatte
1 blauseidenes, weißgetüpfeltes neues Herrentaschentuch
1 weißseidenes gebrauchtes Herrentaschentuch
1 Paar graulederne Handschuhe
1 leerer Tabakbeutel (zum Ziehen)
1 Fieberthermometer
1 Blechbüchse mit Streuverschluß, enthaltend »Violet Talg
  Powder«
1 geschliffenes Parfümglas mit Glasstöpsel und Metallver-
  schluß, mit rotfarbener Flüssigkeit gefüllt
1 ebensolches Glas mit Cölnisch Wasser gefüllt
1 mit Korkstöpsel verschlossene, ³/₄ gefüllte Glashülse mit Sa-
  lol Kapseln des H. Lacroix
1 blaufarbenes Glasfläschchen mit Korkverschluß, gefüllt mit
  »Thonsons Digestive Tablets for Dyspepsia and Indigestion«
1 mit Nickelkapsel verschlossenes Glasfläschchen, zur Hälfte
  gefüllt mit »Soda-Mint Compressed« (Tabletten)

1 Beutel (weiß, blau) mit Zugvorrichtung und folgendem Inhalt:
4 Zahnbürsten
1 Nagelbürste
1 metallener Nagelreiniger (zugleich Feile) & Monogramm C. H.
1 Nagelpolierer mit metallenem Griff & Monogramm C. H.
1 runde Blechschachtel mit rosa Zahnpulver
1 Rest Toilettenseife
1 Schuhknöpfchen
1 Visitenkarte »W. Th. Wegner«
1 Visitenkarte »J. Howard Rhead«
1 Visitenkarte des Inhaftierten
1 Hotelrechnung.
Sämtliche Taschen der beiden Koffer sind leer.

C
Eine schwarze Pappschachtel, welche enthält:
1 Revolver
1 Couvert mit 5 Revolverpatronen
1 Pappschächtelchen mit 50 Revolverpatronen (grünes Etikett)
1 verschlossenes Dienstcouvert mit der Aufschrift: »Inhalt: Unerhebliche Photographien (Landschaften)«
1 verschnürtes Paket »belanglose Correspondenzen« überschrieben
1 Badisches Kursbuch 1906/1907 Winterdienst
1 Reichskursbuch 1906 Ausgabe 8
1 brauner Filzhut.

D
Eine (gewöhnliche) Pappschachtel mit:
1 Paar heller Tuchgamaschen mit Perlmutterknöpfchen
und in einer besonderen Schachtel:

1 Schnurrbart von dunkelbrauner Farbe

1 Backenbart dito

1 Perücke dito

E

Ein Ordenskasten (rotes Samtetui). Inhalt:

1 Ordensauszeichnungs-Stern (vermutlich) mit Brillanten –
Schefferkat-Orden?

Der Orden ist an einer mit Anhängevorrichtung versehenen
Ordensschleife befestigt, 5 weitere kleine Ordensbänder, ebenfalls in den türkischen Farben, sind beigegeben.

Im Ordenskasten sind weiter verwahrt:

1 Vorstecknadel aus Gold mit 2 übereinander angebrachten
Perlen, wovon die größere mit einem Brillantenkreuz umgeben ist

1 silberne Streichholzbüchse zum Anhängen. Dieselbe enthält:

3 goldene Hemdenknöpfe »14k« gestempelt

1 Paar Manschettenkettenknöpfe mit je 2 roten Edelsteinen in
Gold gefaßt

1 Couvert mit Monokel & goldener Kette mit kl. Anhänger

1 Couvert mit folgenden Schmucksachen:

1 Paar Manschettenkettenknöpfe (gelbe flache Edelsteine, in
Gold gefaßt, auf dem einen Stein eine Zeichnung, auf dem
anderen Stein Inschrift in türkischen Buchstaben)

1 Paar Manschettenkettenknöpfe (je 2 gefaßte Golddollar-
stücke)

1 Paar Manschettenkettenknöpfe (2 hellrote halbkugelige
Edelsteine auf Goldringen befestigt und zwei flache runde
Goldplättchen, letztere mit den Buchstaben C. H.)

1 Paar Manschettenkettenknöpfe (je 2 grüne gefaßte Steine)

1 goldene Vorstecknadel in Hufeisenform mit blauem Edel-
stein

1 goldene Vorstecknadel mit 2 kleinen Perlen, dazwischen ein

Brillant. Der Vorstecknadel fehlt oben etwas, vermutlich eine größere Perle

1 goldener Fingerring mit 2 übereinander angebrachten blauen Edelsteinen

1 Metallkettchen ohne Anhänger

1 abgerissenes Kettenstückchen mit Anhänger (Balken)

1 Schmuckstück mit 1 Perle von Goldklammern gehalten

1 Schmuckstück mit weißem Kopf – wohl unvollständig

1 rundes dünnes Goldplättchen mit kleiner kreisrunder Öffnung in der Mitte, an dieser befindet sich ein $^1/_2$ cm langes hohles Röhrchen

2 Teile eines goldenen Manschettenknopfes

1 Amethyst

1 beschädigte große (eiförmige) Perle

1 kleine runde Perle

1 Bescheinigung des Herrn Exp. Ass. Schleicher über Empfang eines dem Angeklagten gehörigen und beschlagnahmten Eheringes

F

Kleider in besonderem Paket:

1 schwerer brauner karierter Herrenmantel

1 hellgrauer Sommeranzug, bestehend aus Hose, Rock und Weste – die Hose hat einen kleinen Riß – der Anzug ist bei John Waldmann Washington hergestellt bezw. gekauft

1 Sommerüberzieher dunkelgrau

1 Paar braune Glacehandschuhe

1 Paar Lackhalbschuhe.

So, wenn Sie das gelesen haben und keine Einwände anzubringen sind, dann unterschreiben Sie da unten. Im Falle einer längeren Haft bekommen Sie das am Ende Ihrer Haft zurück. Im Falle Ihrer Hinrichtung geht das an Ihre Erben. Haben Sie das verstanden?

Jawohl.

Dann da unterschreiben.

Hau unterschreibt.

Die Zigaretten dürfen Sie gerne rauchen. Die werden ja nicht besser.

Das ist verboten.

Hau lächelt.

KAPITEL 9

Pfäffikon am Zürichsee, 22. Januar 1926

Jaja, er erinnere sich noch gut. So viele junge Damen, und schon gar aus den besseren Kreisen, hätten sich hier noch nicht umgebracht. Wie lange das wohl her sein mag? Fünfzehn, siebzehn Jahre, so was.

Gustav Diggelmann zieht an seiner Brissago und bläst kleine Wolken in die kalte Luft über dem See.

Neunzehn Jahre, sagt Hau, es war am 6. Juni 1907.

So, ja, das mag sein, das mag hinkommen, er habe ja 1905 hier im Strandbad angefangen, oder. Und habe im letzten Jahr sein zwanzigstes Dienstjubiläum gefeiert. Das sei der erste Selbstmordfall in seiner Laufbahn gewesen, oder. Sonst nur Unfälle. Kinder oder alte Leute. Selbstmorde selten, nun gut, man wisse es ja manchmal nicht. Es sei doch wohl ein Selbstmord gewesen damals das? Das müsse der Herr doch wissen, wenn er sogar das Datum erinnere.

Ja, das war es. Es war ja ein Brief und sogar ein Testament gefunden worden.

Ja, jetzt erinnere er sich noch genauer. Oder. Der Brief, das Testament im Hotel. Der Mordfall in Baden-Baden, der Prozeß. Man habe ja damals über diesen Fall gelesen. Den Namen des Mörders habe er jetzt vergessen. Aber damals habe man natürlich alles gelesen, nachdem man damit persönlich in Berührung gekommen sei. Eine schöne junge Frau sei sie gewesen, eine aus höheren Kreisen, das habe er sofort gesehen. Solche kommen auch heute nur selten hierher. Eine junge Frau. Sie habe nicht lange im Wasser gelegen. Wenn sie mal lange im Wasser liegen, ja dann! Aber er habe ja sofort nach ihr gesehen. War aber nichts mehr zu machen. Zu spät. Sie sei sehr jung gewesen und schön. Soll auch Gift genommen haben, habe es später geheißen. Die habe es wohl genau wissen wollen mit dem Sterben. Gift und Ertrinken, da ist nichts dagegen zu machen. Und war noch so jung.

Sie war sechsundzwanzig, Mrs. Hau aus Washington.

Ja, so habe sie wohl geheißen. Und den Mann, den Mörder der Schwiegermutter, habe man wohl, wenn er sich recht entsinne, nicht hingerichtet, sondern lebenslang eingesperrt?

So ist es.

Ob der noch lebt?

Er lebt. Wurde vor zwei Jahren entlassen.

Na ja, so was erfahre man hier nicht. Warum auch.

Da, schauen Sie, dahinten ist sie rausgeschwommen. Ich seh sie vor mir, oder. Dann hat sie da einen Bogen gemacht. Sie ist gut geschwommen. Das ist mir aufgefallen. Gibt nicht viele solche. Die meisten können gar nicht schwimmen, gerade die aus den besseren Kreisen, die feinen Damen. Aber sie ist da hinaus. Und es war kalt, obwohl es schon Juni war, sehr kalt, daran erinnere ich mich. Ich seh sie jetzt direkt vor mir, oder, hat da den Bogen, einen Bogen gemacht, und ist mir infolgedessen aus den Augen gewesen. Aber da denkt man sich ja nichts. Wollte an den Strand, hat man gedacht.

Er schweigt und starrt, als schwimme Lina da in diesem Moment tatsächlich und ziehe mit einem langsamen Schwenk des Kopfes die Bahn nach, die sie damals geschwommen sein soll. Hau steht neben ihm und starrt ebenfalls auf den See. Ach, Lina, hätte ich doch das Gift nehmen sollen, das du mir zugeschmuggelt hattest? Du hast es genommen. Und bist damit ins Wasser gegangen. Wolltest dich mit den Briefen, die ich dir geschrieben habe, beschweren und bist eben wegen dieser Briefe, die sich unter deinem Badekleid aufblähten, nicht untergegangen.

Jetzt eine Frage, der Herr: Was haben der Herr für ein Interesse an der Angelegenheit?

Ich war damals Anwalt und Journalist, habe für amerikanische Zeitungen über den Fall geschrieben. Jetzt wieder auf Europareise, will ich darüber schreiben, wieweit man sich noch an den Fall erinnert, der damals die Welt aufgewühlt hat. Übrigens, man ist sich heute sicher, daß dieser Carl Hau unschuldig war.

So? Das ist dann schon ein Schicksal, wenn er dafür so lange im Loch gesessen hat.

Man wird ihn rehabilitieren. Ich bin beauftragt, ein Wiederaufnahmeverfahren in Gang zu setzen.

Aber wenn er doch sowieso jetzt frei ist, wie der Herr sagt?

Es geht um die Ehre.

Ach so.

Jawohl, um die Ehre.

Das macht die beiden Frauen auch nicht mehr lebendig.

Als Gustav Diggelmann, der sich zur Zeit, da das Bad geschlossen ist, nur um dessen ordnungsgemäßen Zustand zu kümmern hat, ein paar Tage später seinen Schützenvereinsfreund Ueli auf der Polizeiwache besucht, sieht er ein Fahndungsplakat von Interpol. Es zeigt das dicke, etwas aufgequollene Gesicht eines Mannes mit kahlem Kopf. Es handelt sich um den entlassenen Karl Hau, der wegen Verstoßes gegen die Auflagen anläßlich seiner Entlassung international gesucht wird. Der Bademeister ist sich ziemlich sicher, daß der Mann am See dieser Gesuchte war. Hatte der nicht damals, als er die Schwiegermutter umgebracht hat, auch eine Perücke und einen falschen Bart? Er sagt niemandem etwas von seiner Begegnung, nur seiner Frau, die wie er zu der Auffassung kommt, daß eine Aussage wieder, wie damals, zu viele Umtriebe nach sich zöge.

Das Hotel Royal, in dem Lina am 5. Juni 1907 abgestiegen ist, um in Zimmer 75 ihre Abschiedsbriefe zu schreiben und sich auf den Tod vorzubereiten, war geschlossen. Hau hätte das

Zimmer gerne gesehen und eine Nacht dort verbracht. Obwohl er die Hotels meiden muß, die vom Gast verlangen, daß er sich ausweist. Die kleinen Absteigen, in denen man das Geld für die Nacht gleich auf den Tisch legt, sind es jetzt, wo er seine Nächte verbringt. Noch hat er Geld. Ullsteins Lektor Müller hat ihm einen Teil der Tantieme aus den Büchern in bar gegeben, als er untertauchen mußte. Was, wenn das Geld zu Ende sein wird? Wird es Müller gelingen, etwas an die römische Kontaktadresse zu schicken? Wird es noch Geld geben? Sie werden den Verkauf der Bücher im Zuge dieser Fahndung verbieten. Keine Bücher mehr, kein Geld. Es gibt offiziell keinen Hau mehr. Der Mann, der jetzt im Zug von Zürich nach Rom sitzt, hat keine Papiere, keinen richtigen und keinen falschen Namen, einen echten Bart und eine Perücke, an Kleidung nur, was er auf dem Leibe trägt. Aus dem schmächtigen, leicht kränkelnden, aber grenzenlos von sich und seiner Bedeutung in der Welt überzeugten jungen Mann, der 1901 in diesem Zug nach dem Süden saß, verliebt, verrückt nach Liebe und Anerkennung, verführerisch und verführbar, allen halbseidenen Abenteuern mit Lust zugetan, voller Lebensgier, ist ein schwerer alter Mann von 45 Jahren geworden, der müde und verzweifelt ist, auf der Flucht. Er ist niemand mehr, und er hat nichts mehr, nur noch seine Erinnerungen, die häufiger qualvoll sind als tröstlich.

Der Zug schlängelt sich schneller die Serpentinen zum St. Gotthard hinauf als damals. Er ist stärker geworden, und keine Dampfwolken trüben mehr den Blick in die eisigen Täler und auf die schneebedeckten Berge. Dort jetzt die Kirche auf dem Hügel, die man dreimal nach jeweiligen Tunnels und Kehren aus einer anderen Perspektive sieht. Er hat sie Lina damals gezeigt, und sie war so verzückt davon, daß sie in Göschenen aussteigen wollte, um sofort zurückzufahren und das Schauspiel noch einmal zu erleben. Doch Tante Tina, der jungen reisenden Frau als eine Art Gouvernante von der Mutter beigegeben, hielt nichts von solch törichtem Übermut, zu dem Lina mehr noch als die jüngere Schwester neigte. Vielleicht war es auch die sie völlig ausfüllende, sie seit Wochen durchglühende Verliebtheit in den jungen Hau, der nur heimlich, von der Tante in verschwörerischer Verbundenheit geduldet, mit den Damen mitreisen durfte. Tina Bulthaupt, mit 40 Jahren in der Mitte zwischen ihrer Cousine Josefine Molitor und deren Tochter Lina stehend, war allerdings selbst entzückt von diesem kaum Zwanzigjährigen, der die Damen und alle Reisenden im Abteil, jüngere und ältere Damen, Familien mit Kindern, brave Schweizer Kaufleute, kurzweilig zu unterhalten wußte.

Erst im späteren Verlauf der Reise kamen Tina Zweifel an Hau, denn zu häufig entdeckte sie haarsträubende Ungereimtheiten in den Erzählungen über seine Herkunft. Hau bemerkte die Verunsicherung der Tante sehr wohl. Geschickt flickte er dieses Gewebe seines jungen Lebens, flocht verbindende Fäden ein, reparierte das Bild, das von sich zu malen er sich entschlossen hatte.

Lina merkte von alledem nichts. Sie lebte von Tunnel zu Tunnel, um stets im langen oder kurzen Schutze der Dunkelheit kleine Zärtlichkeiten vom Geliebten zu erhaschen. Ihr konnten die Geschichten seiner Herkunft nicht opulent genug sein, ihr war er ohnehin ein Prinz.

Rom war das Ziel gewesen, Lugano, Bergamo, Venedig, Florenz sollten die Stationen sein. Man fuhr in den Sommer hinein, es war Mai, die jungen Leute waren verliebt, und die Anstandsdame, immer noch unverheiratet, und deshalb für männliche Bekanntschaften offen, ließ ihnen den Freiraum, heftige Leidenschaft zu entfachen.

Ja, Rom war das Ziel gewesen, wie Rom jetzt sein Ziel ist. Damals kamen sie nicht bis Rom. In Florenz wurde die Reise des Trios jäh von Mutter Molitor gestoppt, aus triftigem Grund. Hau lächelt.

Er hatte sie erobert, der jüngeren Schwester vorgezogen, deren kindische, von uneingelösten künstlerischen intellektuellen Ambitionen geprägte Art er schon in Ajaccio nicht mehr hatte ertragen können. Diese schwülstigen Gedichte, diese verschrobenen Phantasien! Als Olga allerdings eine erwachsene Frau geworden war, die, wie man unter Männern seinesgleichen sagte, »Rasse« hatte, zog er sie in seinen geheimen Gedanken, an denen der häufige Umgang mit käuflichen Weibern nicht spurlos vorübergegangen war, der blassen, ständig kränkelnden Lina vor.

Olga. Nie war sie so schön, so begehrenswert wie im Gerichtssaal im Zeugenstand. Sie, die im Gegensatz zu Lina den Glauben an seine Schuld, den ihr die gesamte Familie aufzwingen wollte, während des ganzen Prozesses nicht übernommen hat.

Später soll sie, das hat er erst jetzt vom Berliner Anwalt Alsberg erfahren, Hau für schuldig erklärt haben.

Wie weit das weg ist, und wie sehr es ihn doch auf dieser Reise quält, wie es seine Träume beherrscht und zu Albträumen wird, wie es symbolhaft wird für dieses leichtfertig weggeworfene Leben, dessen Ende er klarer vor Augen hat als damals angesichts des Schafotts in der Untersuchungshaft zu Karlsruhe.

Die vielen kleinen Tunnels und die lange Fahrt durch den St. Gotthard, damals willkommene Gelegenheit, Verbotenes verschämt zu tun, quälen ihn heute. Seit seiner siebenjährigen Einzelhaft leidet er Höllenqualen in geschlossenen, gänzlich dunklen Räumen, aus denen es keinen Ausgang zu geben scheint. Sein Herz klopft, Schweiß bricht aus und durchnäßt seine Kleider, er zittert und bekommt keine Luft, glaubt zu ersticken. Im St.-Gotthard-Tunnel rennt er zur Toilette, zögert kurz an der Tür des Waggons, hat schon die Hand an der Klinke. Jetzt ein Ende machen! Springen, das Leben auslöschen, diesen schweren, verhaßten Körper verlassen. Da ist plötzlich gleißendes Licht, hell, fast weiß, ein blendendes

Licht, blauer Himmel dann, das Tessin begrüßt und erlöst ihn.

Der Zug saust in die Täler, dann in die Ebene hinunter. Hier scheint sich im Gegensatz zur deutschen Schweiz in den 25 Jahren nichts verändert zu haben. Die Bergidylle, die erst schroff und kalt wirkt und dann immer mehr vom Süden kündet, Oleander, Palmen, Weinfelder, die rotgelben Kakifrüchte an den noch laublosen Bäumen und, durch neu ins Abteil kommende Passagiere hereingetragen, die geliebte italienische Sprache, die ihm Musik ist. Das Herz beruhigt sich, der Atem geht gleichmäßiger, ein neuer Schaffner möchte das Billett sehen, nur das Billett, in den Ohren löst sich der Druck, die Landschaft weitet sich in die Ebene, und die Unterhaltung zweier Männer findet Haus Aufmerksamkeit.

Von einem Hamburger Kaufmann erzählt der eine, der sich gerade die Kanincheninseln im Lago Maggiore gekauft habe, diese kleinen Inseln gegenüber von Porto Ronco bei Ascona, die sich eine Russin zum Paradies gemacht hat, nachdem es dort vorher nur Schlangen, Skorpione und eben Kaninchen gegeben hatte. Und was denn nun aus der Russin würde, und warum die denn um Gottes willen verkauft habe, ihr Paradies, das sie doch vehement gegen jedermann Unbefugten verteidigt habe, zur Not mittels eines Revolvers oder einer Schrotflinte mit abgeschnittenem Lauf, dem Unwillkommenen vor die Füße oder in die Planken des Bootes geschossen, was denn nun aus der werde?

Noch sei sie auf der Insel, ignoriere den Verkauf, suche verzweifelt Anwälte, um dagegen zu prozessieren, wolle die Tatsachen nicht anerkennen. Fakt sei, daß sie verkaufen mußte, beziehungsweise daß die Banken, bei denen sie hoffnungslos in der Kreide stand, sie zum Verkauf gezwungen haben.

Noch habe sie Schonzeit, aber schon im Herbst, spätestens im nächsten Frühjahr werde der Fabrikant aus Hamburg mit Baumaßnahmen beginnen.

Einer der beiden war einmal vor Jahren auf der Insel, hatte mit der Russin geschäftlich zu tun. Er schwärmt ebenso von der Schönheit der Insel wie von der eigenwilligen Art der Russin, die kein Geld gescheut habe, aus den Inseln ein Kleinod, ein wahres Paradies zu machen. Am Ende habe wohl das Geld nicht gereicht. Ja, meint der andere, sie war es als angebliche Zarentochter gewohnt, daß man ein Volk hat, das man ausbeuten kann zum eigenen Wohl. Daß das in der Schweiz nicht so war, das hat sie wohl nie bedacht. Eine Dame, die auch einmal Gelegenheit gehabt hat, die Inseln zu besuchen, wirft ein, daß sie der Russin genialen Umgang mit den Pflanzen sehr schätze. So besprühe sie in besonders harten Frostnächten, die es hier nun einmal auch gebe, ihre Kamelien, hohe, fast fünf Meter hohe Büsche, die schönsten, die sie, die Dame, kenne, mit Wasser, so daß das dadurch entstehende Eis die schon keimenden Knospen schütze.

Hau hört zu. Er würde sich gerne in das Gespräch einmischen, sein Wissen über die Russin zum besten geben, Fragen stellen, dabeisein, zu ihnen gehören. Er traut sich nicht. Zu groß ist die Angst, entdeckt zu werden.

Baronin Antonietta Saint Léger, die Russin, am Lago Maggiore die Baronessa genannt. Hau kannte sie, hatte sie 1904 in Washington kennengelernt und in Konstantinopel im Winter 1905 wiedergetroffen. Sie war die interessanteste und verrückteste Frau, der Hau je begegnet war. Sie war Mann und sie war Frau, sie war hart in Geschäften und leidenschaftliche Liebende, und meistens verband sie das eine mit dem anderen. Sie bekam Zugang zu schier unerreichbaren Kreisen der türkischen Regierung, der Pforte, indem sie sich den verantwortlichen Paschas hingab, die die Schlüssel zu den geheimnisvollsten Türen hatten oder selbst waren. Was Hau nie gelang: zu den wesentlichen Entscheidungsträgern vorzudringen, erreichte sie, denn das Bakschisch, das sie zu geben hatte, war ihr

Körper. Und das war unerschöpflich, anders als die Gelder, die Hau zur Verfügung standen.

Antonietta und Hau waren seelenverwandt, und das erkannten sie. Beide liebten die Macht des Geldes, den Erfolg, beide hielten nichts für langweiliger als die Wahrheit, beide sponnen ein Netz von Geschichten um ihre Person und Herkunft, gaben Rätsel auf, waren nie ganz durchschaubar, liebten die Bars und Cafés, nahmen sich Liebe, bezahlt oder erzwungen, waren unersättlich in ihrer Gier nach einem Leben ohne Halt, ohne Pause, einem Leben als Rausch. Und sie versuchten, ein Geschäft miteinander zu machen, nämlich der türkischen Regierung eine elektrische Straßenbahn zu verkaufen, was Antonietta schon mit Italien gelungen war. Sie scheiterten. Daß sich die etwa 15 Jahre ältere Antonietta, die sich damals nahm, was sie begehrte, auch Hau unter ihre Liebhaber einordnen wollte, war selbstverständlich.

Wie wäre das mit uns, Mr. Hau? sagte sie eines Nachts, nachdem sie lange in der Bar des Hotels Pera Palace, in dem sie beide wohnten, gezecht hatten.

Stehe selbstverständlich zur Verfügung, Madame, sagte Hau, aber ich denke, wir sollten meine entzückende kleine Otero mitnehmen, um richtig Spaß miteinander zu haben.

Nein, Mr. Hau, keine Frau dazu, aber wie wäre es mit dem kleinen armenischen Kellner dort?

Das wiederum lehnte Hau ab. Sie mußten viel lachen über diese mißglückte Annäherung, tranken in den Morgen hinein, bis es hell wurde, spannen Geschichten, bauten Luftschlösser von lukrativen Geschäften und gingen dann – Hau mit Otero und deren Freundin Carmensitta, Antonietta mit dem armenischen Kellner – jeder auf seine Suite.

Als der italienische Staat die elektrische Straßenbahn in Bergamo zwar baute, aber Antonietta nicht bezahlte, heiratete sie den reichen Iren Saint Léger, der in ihrem Leben keine große Rolle spielte, aber ihren fürstlichen Lebensstil garantierte. Als sie Konstantinopel verließ, sagte sie, daß sie jetzt ins Paradies gehe und es nie mehr verlassen werde – ihre Inseln im Lago Maggiore.

Der Zug fährt in den Bahnhof von Bellinzona ein. Hau steigt aus.

Er wird versuchen, einen Wagen nach Ascona zu bekommen.

KAPITEL 10

Baden-Baden, Mai 1901

Selten war so viel Aufregung im Hause Molitor in der Stadel-
hoferstraße 11. Nach dem Tode des geselligen Hausherrn
war es still geworden im Dreifrauenhaus, wie Dr. Neumann,
Freund des Hauses und Hausarzt, die Villa Molitor zu nennen
pflegt. Auch lag ja, da Medizinalrat Molitors Ableben gerade
einmal vier Monate her war, noch der Schleier sittsamer
Trauer über dem Haus. Nun aber, an einem schönen Sonntag
Ende Mai, sollte der Schleier gehoben werden.
Das Personal, zur Zeit durchwegs weiblich, mit männlichem
Personal hatte Frau Molitor stets Schwierigkeiten, hat sich
gerade an die Ruhe im Hause gewöhnt, und nun diese Aufregung.
Man hat zum Lunch geladen, man höre und staune, eine Person. Daß es eine männliche sein würde, sah das kundige Personal an den aufgeregt roten Wangen der Töchter, die noch
reichlich Puders bedürfen würden. Bei den Einladungen, die
Vater Molitor für seine theosophischen Freunde gegeben hatte,
waren die drei Frauen in den Hintergrund getreten, hatten
sich beinahe versteckt, und das Personal war der Bekehrungs-
wut der Weltverbesserer ausgeliefert gewesen, die, getreu ihrer
Lehre, keinen Unterschied zwischen Geheimrat und Boten zu
machen, am liebsten auch noch den Hund des Hauses vom
wahren und richtigen Leben überzeugt hätten. Nun aber –
man kann es kaum anders sagen – spielen die drei Frauen verrückt, so daß das Personal raunt, es gehe wohl darum, für
Fräulein Lina eine gute Partie zu sichern. Aber war da nicht
neulich erst ohne solchen Aufwand der Leutnant Beyerle
empfangen und allerdings von Lina denkbar kühl behandelt
worden? Mit dem heute zu erwartenden Besuch muß es etwas

Besonderes auf sich haben, da nicht einmal die eigene Küche gut genug ist und man die Speisen aus dem Hôtel d'Angleterre kommen läßt, dem Hause, in dem Frau Molitor aufgewachsen ist. Wann hat es das schon einmal gegeben? Gerade einmal zu den Hochzeiten der älteren Schwestern.

Ein Student aus Freiburg wird erwartet, cand. jur., den man in Ajaccio kennengelernt hat, aus sehr gutem, wohlhabendem Hause, wie man gehört hat.

Daß es zwischen den Schwestern, den Besuch betreffend, Eifersüchteleien gibt, bleibt dem Personal ebenfalls nicht verborgen. Sollten sich beide für diese Partie interessieren?

Im Laufe des Vormittags kommt es zum Streit. Lina wirft Olga vor, sich nicht genügend an den Vorbereitungen auf den Besuch zu beteiligen.

Es ist dein Besuch, sagt Olga schnippisch.

Es ist ein Besuch des Hauses.

Außerdem weiß ich noch gar nicht, ob ich überhaupt zugegen bin.

Was soll das heißen?

Ein Freund hat im Rahmen seiner Vernissage zum Lunch geladen. Möglicherweise begebe ich mich dorthin.

Das sagst du jetzt, nicht vor drei Tagen, als wir Hau eingeladen haben.

Da wußte ich noch nichts von der Vernissage.

Olga, ich bitte dich, das kannst du uns nicht antun.

Ich habe mich noch nicht entschieden. Mit Sicherheit sind dort die interessanteren Gäste.

Sprichts, schnippisch, wie sie sein kann, und geht nach oben, um dann später doch, perfekt zurechtgemacht – schaut mich an, bin ich nicht die Aufregendste von Baden-Baden – den Gast zu begrüßen, als sei er einzig und allein ihr Gast.

Er kommt vom Bahnhof mit der Droschke vorgefahren, der schmächtige, blasse Mensch mit den intensiven Augen und den dünnen Haaren. Schon an der Gartentür ereignet sich Besonderes, indem nämlich der Hund (ebenfalls weiblich), der jeden Fremden mit wütendem Gebell zu erschrecken pflegt, schwanzwedelnd auf den Besucher zuläuft, an ihm hochspringt, um ihm die Hand zu lecken. Das Personal staunt wiederum.

Dann begrüßen ihn der Reihe nach die Damen, erst Frau Molitor, freundlich ihn willkommen heißend, dann die Töchter, die eine wie die andere einen tiefen Blick in seine blauen Augen wagend.

Man speist. Hau ist von ausgesuchter Höflichkeit und besten Manieren, wirkt auf Frau Molitor älter, reifer, als er an Jahren ist, und scheint ihr für Olga eine respektable Partie zu sein, der es gelingen könnte, ihre jüngste Tochter in ihren Ungebärdigkeiten zu zügeln und die allzuoft aufgepeitschten Wogen ihrer Gefühle zu glätten, aus dem Mädchen eine Frau zu machen. Erstaunlich, wie doch ein gediegenes Elternhaus einem zwanzigjährigen jungen Mann die Sicherheit mit ins Leben gibt, die den reifen, vertrauenswürdigen und ernstzunehmenden Erwachsenen so vorteilhaft erscheinen und auftreten läßt. Frau Molitor ist von dem jungen Mann verzückt, und ihre aufgeregten roten Wangen vermag kein Puder mehr zu verbergen.

Er erzählt von seiner früh verstorbenen Mutter, an die er kaum eine Erinnerung hat, von der Schulzeit in Köln und Trier und der Stiefmutter, die sehr jung und sehr hübsch sei, so gar nicht wie seine Mutter wirke, vom Vater, der Bankier und Weingutsbesitzer sei, ein einflußreicher Mann in Bernkastel, angesehen und schon zum Bürgermeister gewählt. Und er erzählt von den lang ausgedehnten Spaziergängen in den elterlichen Weinbergen, auf denen er große Pläne für sein Leben entwarf oder den Versen der großen Dichter auf der Spur war, laut vor sich hin deklamierend.

Mit Goethe, Claudius und Heine auf den Lippen, Fräulein Olga, vielleicht auch einmal mit den Versen von Ihnen.

Olga lächelt verlegen.

Sie geben doch heute etwas zum besten, hoffe ich.

Ja. Später.

Was sind das für große Pläne für Ihr Leben, von denen Sie im Weinberg träumten? fragt Frau Molitor.

Es sind nicht mehr nur Träume, gnädige Frau, es ist meine Zukunft. Ich meine, ich deutete das in Ajaccio schon an, nicht wahr. Ich werde das Studium abschließen – hier in Deutschland mit dem ersten Examen –, werde dann nach Washington gehen und dort fertigstudieren, das zweite Examen und den Doktor ablegen, um dann an der Universität eine Professur zu übernehmen und zugleich in den diplomatischen Dienst zu gelangen.

Sie sehen Ihre Zukunft in Amerika?

Durchaus. Eine internationale Karriere kann nur von dort ausgehen. Deutschland ist zu eng, zu klein, zu vielstaatlerisch. Großherzoglich-Badisches Gericht, Königlich-Bayerische Justiz, das ist nicht meine Welt. Sehen Sie, meine Damen, ich liebe meine Eltern, meine Heimat, aber ich entwachse ihr zusehends. Je mehr ich mich fortbilde, desto mehr entferne ich mich.

Und was, will Lina wissen, sagt Ihr Vater dazu?

Er hat mir das schon gepredigt, als ich noch klein war, Karlchen, sagte er, wenn du etwas werden willst, mußt du hinaus in die Welt. Hier kannst du nur Weinbauer werden oder Bürgermeister. Er ist bereit, meine Entwicklung großzügigst zu unterstützen, solange ich nicht selbst über das Geld verfüge.

Sie sind das einzige Kind?

Ja.

Das wäre ich auch gerne gewesen, platzt Olga heraus.

Frau Molitor lacht. Lina ist entrüstet:

Was soll das denn heißen?

Es würde sich alles um mich drehen, ich wäre immer der Mittelpunkt.

Das bist du doch sowieso.

Kinder, Kinder, Schluß damit.

Hau lacht: Ich finde das köstlich! Vielleicht gestatten die Damen, daß ich dahingehend einen Vorschlag mache: Fräulein Olga liest uns ein paar Gedichte vor – und schon ist sie der Mittelpunkt.

Olga ist verlegen, Lina verwirrt – bis ihr Hau verschwörerisch zuzwinkert. Er weiß die Kleine zu nehmen, denkt Frau Molitor, und sie schließt ihn ganz heimlich mehr in ihr Herz, als sie das gemeinhin zu tun pflegt, mehr als es ihren eigenen Maßstäben entsprechend zuträglich und schicklich ist. Wäre ihr ansonsten vorherrschender mütterlicher Verstand nicht von fraulichen Gefühlen gegenüber dem jungen Mann getrübt, ein Gefühl, das sie schon damals in Ajaccio verspürt hatte, sie hätte sich jetzt sagen müssen, was ist das doch für ein raffiniertes, frühreifes und arrogantes Bürschchen, das mir meine Töchter verrückt macht? Wollen wir doch mal sehen, ob das alles wahr ist, was es uns erzählt.

Doch nichts davon.

Olga wählt ein Gedicht, das so recht zu alldem paßt, was der Besuch von sich gegeben hat.

Ein Vogel wäre sie gerne, um sich über dieses ihr Leben, über das Haus, die Allee, die Stadt, die Rheinauen, das Land zu erheben, ihr eigenes Leben klein zu sehen und zu anderen Leben zu fliegen, sich dort niederzulassen, in anderen Ländern, Kontinenten, um aber auch wieder zurückzukehren, geläutert, die Schönheit hier zu erkennen, weil man die Schönheit anderswo geschaut hat.

Lina kann nicht verbergen, daß sie das Gedicht schon öfter gehört hat und daß es ihr immer etwas peinlich ist, wenn Olga sich produziert. Mutter Molitor ist ganz geduldige Mutter mit dem Verständnis für eine harmlose Marotte ihrer Kleinsten.

Hau ist oder gibt sich begeistert.

Sie sprechen mir aus der Seele, Fräulein Olga. Das ist es, was ich sagen wollte, dieses Hinauswachsen über die Grenzen, die einem mit einem sogenannten normalen Leben gesteckt werden, anderes zu schauen, anderes zu denken, zu tun, zu leben, zu neuen Ufern schwimmen – oder fliegen, um bei Ihrem Bild zu bleiben, das natürlich das intensivere Bild ist, das Fliegen, der Urtraum des Menschen, fliegen zu können, gefährlich auch, wie wir von Ikarus wissen.

Das zweite Gedicht handelt von Träumen, diesen »Freunden der Nacht und Feinden des Tages«, wie es heißt, die versprechen, was sie nicht halten können, die den enttäuschen, der an sie glaubt, der sie in die Wirklichkeit des Tages mit herübernehmen will.

Ein schönes Gedicht, sagt Hau, und er sagt es, als sei er selbstverständlich der Experte, der hier die Noten zu verteilen habe, was gegenüber dieser Olga, die voll wirren Schaffenswillens ist, aber kaum über wirkliche Bildung verfügt, sehr leicht ist. Sie ist ein flatterig zerzauster Vogel, der hier und dort wahllos ein Korn aufpickt, ein Vogel, dem man einen eleganten Flug nicht zutraut. Hau weiß, was zu tun ist, um diesen naheliegenden Eindruck nicht aufkommen zu lassen und ihn in gewisser Art in Schranken zu weisen, um Lina nicht gänzlich in den Schatten zu stellen.

Aber Sie tun den Träumen, meine ich, unrecht.

Wie meinen Sie das?

Die Träume, mein Gott, die Träume!

Er macht eine übergroße Geste, als gelte es, Träume aus einem Füllhorn zu schütteln.

Ist das Leben ohne das süße Laster der Träume überhaupt ein Leben? Hat nicht das Leben nur den Wert, den die Träume ihm geben?

Olga strahlt leicht verwirrt.

Das süße Laster der Träume, das haben Sie schön gesagt. Ist das von Ihnen, darf ich das benützen?

Oh, mein Fräulein, manchmal weiß ich das selbst nicht, sind das meine Gedanken, oder hab ich sie irgendwo gelesen. Einerlei, die Urheberschaft ist mir im juristischen Sinne nicht bekannt, also schenke ich Ihnen das.

Danke.

Er weiß genau, daß er das irgendwo gelesen hat. Er merkt sich solche Sätze, oft nur sinngemäß, aber da er wahllos viel liest, weiß er oft nicht mehr, wo das war. Würde es ihm in diesem Moment einfallen, daß er es bei »Niels Lyhne« von Jens Peter Jacobsen gelesen hat, er würde den Damen wohl ein umfangreiches Plädoyer für dieses Buch halten, das ihn und seine Kommilitonen tief bewegt hat. Das süße Laster der Träume, das steht doch als seine Formulierungskunst ganz schön im Raum.

Es ist Zeit, es schickt sich zu gehen und die Damen der sonntäglichen Nachmittagsruhe zu überlassen.

Frau Molitor, überglücklich, eine solche Seelenverwandtschaft zwischen Olga und dem jungen Herrn Studiosus wahrgenommen zu haben, lädt Hau überschwenglich ein, doch des öfteren den Weg von Freiburg nach Baden-Baden zu nehmen und das Haus mit seinem Besuch zu beehren. Seien Sie uns ein Freund des Hauses, sagt sie.

Danke ergebenst.

Olga bedankt sich artig für das Interesse, das er an ihrer Kunst gezeigt habe, und Lina kann ihm am Gartentor unter dem Vorwand, ein Weglaufen des Hundes zu verhindern, zuflüstern: Wir dürfen uns nicht mehr schreiben und sehen, kommen Sie bitte nicht mehr. Ich bin dem Leutnant Beyerle versprochen.

Bitte!

Dieses Bitte, ihm auf den Weg mitgegeben, das sagt, komm, nimm mich in die Arme, sei mein, ich liebe dich über alles, nimmt er mit, hält es fest, drückt es an seine Brust, geht die Lindenstaffeln hinunter zum Kurpark in Richtung Bahnhof.

Im Hause Molitor bleibt melancholische Beschwingtheit zurück. Selbst das Personal ist angetan von dem freundlichen, höflichen Herrn, der die Damen des Hauses so trefflich unterhalten hat. So viel verzücktes Lachen war lange nicht mehr in diesem Hause zu hören. Daß den Bediensteten das knisternde Buhlen beider Töchter des Hauses um den Studiosus nicht verborgen geblieben ist, versteht sich von selbst. Da wird es noch manches zu flüstern, zu tuscheln und zu raunen geben.

Die Frauen des Hauses ziehen sich zurück, eine jede auf ihre Art. Frau Molitor, keineswegs der Mittagsruhe bedürftig, geht in den Garten zu den Rosen, und sie hat zum ersten Mal das Gefühl, daß es auch für diese, ihre letzte Tochter, die so schwierig und exzentrisch ist, so ganz anders als die anderen, so aus der Art geschlagen, ernstzunehmende Partien gibt, wie diesen jungen Mann zum Beispiel. Sie wird das pflegen wie ihre Rosen, gemächlich angehen, Zeit lassen und die richtigen Momente erkennen, in denen man handeln muß. Dieser Hau, dessen ist sie sicher, fasziniert Olga mehr als diese Künstlerfreunde, mit denen sie sonst Umgang hat, einen Umgang, den Frau Molitor überhaupt nicht schätzt. Es sind ungepflegte, meist betrunkene Tagediebe, die sich Künstler nennen, in schwarzen Überziehern durch die Allee schlurfen, pöbeln und singen und wie zerrupfte Krähen aussehen, bedauerns- und verabscheuenswert. Wird Olga nicht mehr diese Kreaturen als Publikum für ihre Gedichte haben, sondern gebildete, zielstrebige junge Männer wie diesen Karl Hau, dann wird man vielleicht auch in gehobeneren Kreisen ihr Dichten ernst nehmen. Die beiden sind jung, man wird sehen, was die Zeit bringt. Wichtiger ist, daß Lina jetzt endlich verheiratet wird. Der Leutnant Beyerle ist ein braver Mensch, Karl, ihr Sohn, sein Vorgesetzter in Metz, spricht nur Gutes von ihm und empfiehlt ihn wärmstens als Partie für Lina. Lina, denkt Frau Molitor, die Gott sei Dank nicht diese Leidenschaft ihrer Schwester Olga hat, sondern eher ein nüchterner, pragmatischer Charakter ist, wird in einer solchen Verbindung sicher ihr Glück – Glück, ach Glück, was ist das, war sie glücklich? Selten, meistens nicht, Glück ist flüchtig –, wenn nicht das Glück, dann doch ihren Platz und ihre Bestimmung finden.

Die Rosen haben dieses Jahr schon früh den Rost und außergewöhnlich viele Läuse, und wie wird es sein, wenn sie einmal alleine hier im Haus ist?

Olga geht mit dem süßen Laster der Träume, das er ihr geschenkt hat, auf ihr Zimmer und baut es in das Träumegedicht ein, das dennoch holperig, seltsam unrhythmisch bleibt, was sie schon beim Vorlesen selbst gespürt hat. Er wird das auch bemerkt haben, dessen ist sie sicher, hat es aber aus schöner Höflichkeit nicht erwähnt. Später schreibt sie in ihr Tagebuch, wie sehr sie ihn liebt, wie sie ihn schon damals in Ajaccio geliebt hat, und daß sie ihn nicht Lina überlassen wird, die doch viel zu alt für ihn ist.

Lina macht einen Spaziergang, geht die Kaiser-Wilhelmstraße hinunter und über die Lindenstaffeln in den Kurpark. Dort flanieren die Sonntagsspaziergänger, einzelne Kurgäste, Paare, Familien, alle sonntäglich gekleidet, Fröhlichkeit versprühend, vorsommerlich gut gelaunt. Die Droschken haben tüchtig zu tun und auch die Photographen, die bevorzugt vor dem Denkmal der Kaiserin Augusta ihre Objekte positionieren. Lina ist weh ums Herz. Heimlich hofft sie, ihm noch einmal zu begegnen, vergeblich, er wird längst im Zug nach Freiburg sitzen.

Zur gleichen Zeit, da Olga ihrem Tagebuch ihre Liebe gesteht, schreibt Lina einen Brief. Sie wolle nicht mehr leben, ohne ihn wiederzusehen, sie liebe ihn so sehr, so sehr nur ihn, daß es keinen Leutnant Beyerle geben dürfe, man müsse sich schreiben, postlagernd, damit Olga, der kleine Teufel, nichts davon mitbekomme, sie werde in der nächsten Woche eine Verwandte in Luzern besuchen, über Freiburg kommen, wo man sich doch sehen könne.

Sie sind nicht nur die süße Last meiner Träume, Sie sind auch die Liebe meines Lebens, schreibt sie.

Ebenfalls zur selben Zeit sitzt Karl Hau im Zug nach Freiburg. Er scheint mit sich zufrieden. Die Herzen liegen offensichtlich zu seinen Füßen. Es ist schon etwas Besonderes, wenn da kein Mann im Hause ist. Wo ein Vater oder ein Bruder eifersüchtig die Tochter oder Schwester bewacht gegen den anderen Mann, den Eindringling, da erobern sich die Herzen nicht so leicht.

Olga, die Kleine, die Verrückte, es ist etwas Kindisches an ihr. Diese Gedichte scheinen ihm, der nicht viel von Gedichten versteht, doch sehr naiv. Diese Verseschreiber und Künstler, nein, das ist nicht seine Welt. Olga ist überspannt, flatterig, nicht wirklich eine Frau.

Lina ist es, die er begehrt, auch im wahrsten Sinne des Wortes. Ihre weise und vornehme Zurückhaltung, die glühenden Blicke, die alle Erinnerungen an die gemeinsame Italienreise, an die Verliebtheit wecken, ihre Scheu, hinter der er ein Feuer weiß, das reizt ihn. Sie zu verführen oder zu entführen, alles zu seiner Zeit, wieder an Florenz, die letzte Station ihrer Liebesreise, anzuknüpfen. Er weiß, daß sie anders sein kann als jetzt, da sie die Gediegenheit des Molitorschen Hauses versinnbildlicht. Was schlummert da, was ist da noch zu entdecken? Mehr als ein Feuer, ein Vulkan? Olga trägt ihr Wesen offen zur Schau, das langweilt ihn. Lina ist ein Geheimnis. Einem Offizier soll sie versprochen sein, Mutter Molitor deutete das einmal an. Wir dürfen uns nicht mehr wiedersehn, hat sie gesagt, ich bin dem Sowieso versprochen. Einem Offizier, einem Militär, er hat sich den Namen nicht gemerkt, will ihn sich auch nicht merken. Er mag sie nicht, die Militärs, mag ihr Gehabe nicht und ihre Uniformen, die sie wie bunte Papageien sonntags durch die Gegend tragen. Ihr Bruder Karl ist einer. Nein, so einem gönnt er sie nicht. Und so einer kriegt sie auch nicht. Da ist er davor, wie groß seine Liebe zu ihr auch sein wird, ihre Liebe zu ihm ist groß genug.

Wir dürfen uns nicht wiedersehen, hat sie gesagt. Und sie hat ihm ein unmißverständliches Bitte mitgegeben. Er hat es noch bei sich. Er wird es sorgfältig aufbewahren.

Doch, wir werden uns wiedersehen, Fräulein Lina Molitor!

In Bühl steigt ein Kommilitone zu. Er stammt von hier, hat seine Eltern besucht. Er spricht diesen breiten badischen Dialekt, der Hau immer etwas belustigt.

Hallo, Seifried!

Hallo! Ha wo kommschn du her, Hau?

Aus Baden-Baden, habe zum ersten Mal meine große Liebe besucht, du weißt, habe ich dir doch erzählt, die ich auf Korsika kennengelernt habe.

Hasch nit was von Schwestern verzählt?

Eben. Medizinalratstöchter, feinste Badener Kreise, Riesenvilla, reiche Leute.

Eine gute Partie also?

In der Tat.

Und welche, ich meine –?

Die ältere, reife, die zu lieben versteht, wenn du begreifst, was ich meine.

Jaja doch.

Ich werde sie heiraten.

Das verwirrt Seifried angesichts des Alters von Hau denn doch etwas. Aber er kennt die großspurigen Reden des Hau, mit denen er sich gerne interessant macht.

Sie schweigen. Die obstbaumschwere Gegend fliegt vorbei. Spaziergänger, dort sogar ein Automobil.

Beide sind schläfrig, schließen die Augen. Seifried gähnt ausgiebig.

Was meinsch, Hau, gehe mir heut noch zu de Frauezimmer?

Gehen? Wir fahren. Mit der Droschke.

KAPITEL 11

Baden-Baden, 8. November 1906

Protokoll der Zeugenaussage der Olga Molitor, 25 Jahre, katholisch, ledig, in Baden-Baden, Tochter der Verstorbenen, Schwägerin des Angeklagten, vorläufig unbeeidigt gem. § 57:
Zum Vorfall habe ich Folgendes zu sagen:
Ich war am 6. November 1906 bei Frau Maler Engelhorn, Bismarckstraße 20, etwa 2 Minuten von meinem elterlichen Hause entfernt zum Damenkranz. Ich hatte mich vormittags dort telephonisch angemeldet. Da das Telephon sich im Treppenhaus befindet, habe ich das sehr laut getan, so daß es möglich ist, daß das Dienstbotenpersonal etwas davon verstanden hat. Gegen Abend, nach Engelhorns Ganguhr war es ziemlich genau 6 Uhr, wurde ich hinausgerufen und fand außen meine Mutter, die mir Folgendes mitteilte:
Vor wenigen Minuten sei ihr vom Telephonamt aus telephoniert worden, das Original der Pariser Depesche sei eben angekommen. Meine Mutter solle sofort aufs Postamt kommen, die Sache sei dringend, sie selbst müsse sofort kommen. Meine Mutter sagte, sie habe sich trotz ihrer starken Erkältung doch entschlossen, aufs Postamt zu gehen, und sie bat mich, sie zu begleiten. Ich verließ also mit meiner Mutter zusammen das Engelhornsche Haus. Unterwegs sagte sie mir, sie habe sich sehr beeilt, habe ihr Hauskleid anbehalten & nur schnell ein langes Jackett, Boa und Hut angetan. Meine Mutter war sehr aufgeregt und schritt rasch. Es war dunkel und etwas feuchte Luft, ohne daß jedoch ein so starker Nebel geherrscht hätte, daß dadurch der Ausblick auf größere Entfernung gehemmt gewesen wäre.
Wir gingen die Bismarckstraße und dann die Kaiser-Wilhelmstraße. Wir gingen auf der rechten Seite der Straße auf dem

dort befindlichen erhöhten Fußgängerweg, zwar ohne uns zu führen, aber ganz dicht nebeneinander, so daß wir so ziemlich die ganze Breite des Bürgersteiges einnahmen. Als wir etwa Mitte des Jünkschen Anwesens gingen, begegneten uns zwei elegant gekleidete Herren mit offenen Überziehern, die in der Mitte der Straße gingen. Kurz darauf sagte meine Mutter, es sei ihr unheimlich, es laufe, wie sie höre, immer einer hinter uns her. Ich suchte meiner Mutter die Angst auszureden, hatte aber, wie sie, gehört, daß ein kräftiger Männertritt sich in einiger Entfernung hinter uns vernehmen ließ und uns folgte. Ehe wir den beiden Herren begegneten, hatte ich gesehen, daß eine Männergestalt, die ich nicht näher beschreiben kann, in der Kaiser-Wilhelmstraße in der Richtung von der Villa Meineck her, seitlich hinter uns in mittlerer Gangart herunterkam. Meine Mutter und ich strebten weiterzukommen und vermieden, uns umzuschauen. Dabei hörten wir immer wieder die Schritte hinter uns, und als wir in die Nähe der Lindenstaffeln kamen, schlug ich der Mutter vor, der Abkürzung halber dort hinunterzugehen. Ich hörte, wie die Schritte hinter uns sich beschleunigten und ganz nahe an uns herankamen, so daß ich dachte, der Betreffende wolle uns überholen. Als wir etwa 20 Meter vor den Staffeln an der dunkelsten Stelle angelangt waren, hörte ich plötzlich in nächster Nähe einen Schuß. Gleichzeitig sank meine Mutter, einen Schrei ausstoßend, nach dem rechts am Weg befindlichen eisernen Geländer hin zusammen. Ich war furchtbar erschrocken, bemühte mich um sie, fragte sie, was ihr sei, erhielt aber keinerlei Antwort mehr. Ich rief meinerseits um Hilfe, bis der Koch aus der Villa Nagell und der Friseur Baudrü herbeieilten. Während ich mich um meine Mutter bemühte, schaute ich einen Moment herum und sah einen großen Herrn von hinten mit fliegendem dunklen Überzieher in die Staffeln einbiegen und zwar in raschem Schritt. Er trug einen dunklen Hut, näher kann ich ihn aber nicht beschreiben, da der Überzieher, dessen Kragen hochgeschlagen war, seine Gestalt verdeckte, und ich ihn nur von hinten sah. Daß ein anderer als dieser Mann meine Mutter erschossen haben könnte, ist völlig ausgeschlossen.

9. November 1906

Protokoll der eidlichen Zeugenaussage des Dr. Franz Neumann, Großherzoglicher Bezirksarzt, Geheimer Medizinalrat in Baden-Baden, 62 Jahre alt, verheiratet, katholisch vor Großherzoglichem Untersuchungsrichter Dr. Vischer:

Von der Ermordung der Frau Molitor wurde ich am 6. November 1906, nach 6 Uhr abends durch die Polizei benachrichtigt. Darauf begab ich mich sofort in die Villa Helena, beim Hotel Messmer, wohin die Ermordete, die ich als Leiche vorfand, gebracht worden war. Dort traf ich Fräulein Olga Molitor, die augenscheinlich sehr unglücklich und traurig über den Tod ihrer Mutter war, sich aber nach und nach etwas beruhigte und mir das Vorgefallene zusammenhängend berichtete. Da ich die Olga nach dem Vorgefallenen nicht allein in ihrem Hause übernachten lassen wollte, lud ich sie zu uns nach Hause ein, was sie auch annahm. Bei mir besprachen wir die Sache natürlich noch wiederholt. Dabei erging sich die Olga auch in Vermutungen darüber, wer ihre Mutter getötet haben könnte, dabei erörterte sie zunächst, daß die Dienstboten beteiligt seien und erwähnte sofort in diesem Zusammenhang das Verschwinden eines von ihr an ihren Bruder geschriebenen Briefes, der am 3. abends hätte abgehen sollen. Sodann dachte sie an die Möglichkeit eines Racheaktes eines früheren Dieners, ließ aber diesen Verdacht sofort fallen. Endlich meinte sie, die Sache könne mit Geld, Erbschaftsangelegenheiten zusammenhängen; dabei nannte sie den Namen ihres Schwagers Fecht. Da ich die Richtigkeit dieses Verdachtes sofort bezweifelte und ablehnte, kam sie auf die Pariser Reise der Verstorbenen und äußerte, ohne Haus Namen zu nennen, den Verdacht, die Mutter wäre am Ende schon auf der Reise nach Paris ermordet worden, wenn ihre Tochter Fanny sie nicht begleitet hätte. Den Gedanken, daß der Täter hier irgendwelche Helfer gehabt haben müsse, wiederholte sie während unserer Erörterungen lebhaft. Bei all diesen Überlegungen bewegte sie sich in durchaus sicheren Gedankengängen. Nach meiner Kenntnis des Charakters der Beteiligten halte ich es für ganz ausgeschlossen, daß die Olga oder ihre Schwester Fanny dem Täter wissentlich oder unwissentlich in irgendeiner Weise Vorschub geleistet haben. Gerade die Olga stand der Mutter am nächsten und hatte das allergrößte Interesse daran, sich die angenehme Unterkunft bei der Mutter zu erhalten. So viel ich aus Andeutungen der Verstorbenen weiß, hätte die Olga schon Gelegenheit gehabt, sich zu verheiraten, ist aber auf derartige Annäherungen nicht eingegangen. Fanny, die in Freiburg studiert, ist eine gebildete, selbstlose Person, die beispielsweise bei einer Familie einige Jahre in uneigennützigster Weise Kindererziehung geleistet hat.

KAPITEL 12

September 1925

Es raschelte heftig im Blätterwald. Die »Berliner Zeitung am Mittag« hatte mit dem Vorabdruck von Karl Haus Zuchthaus-erinnerungen begonnen. Noch vor der Presse reagierte die badische Justiz. Sie pfändete beim Inhaber der Buchrechte, dem Ullstein-Verlag, Honorar in Höhe von 282,60 Reichsmark für rückständige Strafvollzugskosten. Damit, so argumentierte der Hausjurist des Verlags, hatte die badische Justiz Haus Gelderwerb sozusagen als ehrenwert anerkannt. Daß dem nicht so war, sollte sich zeigen.

Die Presse, die über siebzehn Jahre redlich bemüht war, den Fall Hau nicht in Vergessenheit geraten zu lassen, hatte ihn wieder, ihren Fall, den sie je nach Couleur auszuschlachten verstand.

Von »die Bekenntnisse des Mörders« bis zu »deutsche Feudaljustiz am Pranger« wurde nichts ausgelassen. Das las man auch in Karlsruhe und Bruchsal, in Baden-Baden und Worms. Die von Hau Beschriebenen, vom Mithäftling über die Wärter und Direktoren bis zum Justizminister, fühlten sich betroffen, beleidigt, herabgewürdigt.

Der Justizminister noch vor Drucklegung der ersten Folgen:
Es wird anheimgegeben, darauf hinzuwirken, daß sich Hau bei den Veröffentlichungen in den Grenzen hält, die ihm durch den Staatsministerialerlaß vom 12. August 1924 gezogen sind.

Unter dem Titel »Das Ullsteinbuch des Mörders« heißt es in der »Bruchsaler Zeitung«:
… Traurig ist es, daß sich Verleger für die Pamphlete solcher Verbrechertalente finden. Wäre es nicht Sache des Staatsan-

waltes, dafür zu sorgen, daß derartiges nicht unter die Leute kommt? Wenn es keine gesetzliche Abhilfe gibt, dann sollte wenigstens der Verkauf solcher Schreiberei auf den Bahnhöfen verboten werden.

Die Direktion des Zuchthauses Bruchsal schreibt an das Ministerium der Justiz in Karlsruhe am 21. Oktober 1925:
Hiermit werden auftragsgemäß die Erläuterungen zu dem Buche »Lebenslänglich« des früheren Strafgefangenen Karl Hau geziemendst vorgelegt und ebenso ein solches Exemplar mit den entsprechenden, blau gefaßten Noten. Die hauptsächlichen Beleidigungen befinden sich auf den Seiten 26, 69, 112/113, 147/148, 156, 159, 178.
Mit den Aufsehern des Männerzuchthauses wurde beschlossen, dem Herrn Minister das Vorgehen gegen Hau wegen der Beleidigungen zu überlassen. Die Gefangenen wurden nicht gehört. Vermutlich würden sie alles über sie Behauptete bestreiten.
Durch die Veröffentlichung hat Hau bestätigt, daß es ihm nur um die Sensation geht und ihm Ehre und Interesse anderer gleichgültig sind. Man würde es begrüßen, wenn Haus Strafurlaub widerrufen werden würde.
Gez. Dr. Fribolin.

Das Ministerium der Justiz in Karlsruhe schreibt an die Staatsanwaltschaft ebenda am 22. Oktober 1925:
Im Buche »Lebenslänglich« von Karl Hau heißt es auf Seite 20 wörtlich: Auch diese Bitterkeit ging vorüber. Ich wurde gefesselt und in den Wagen gesetzt, mir gegenüber zwei Kriminalbeamte, die sich in ihrer Art ganz anständig benahmen und mir später sogar eine Cigarre anboten. Der eine von ihnen versuchte ein Gespräch über den Prozeß in Gang zu bringen, um einen interessanten Bericht einreichen zu können, aber ich war einsilbig und hing meinen Gedanken nach.

Das Ministerium legt Wert darauf, zu wissen, wer die 2 Kriminalbeamten waren, die den Gef. Hau von Karlsruhe nach Bruchsal verbrachten; und ferner auch, ob es wahr ist, daß einer der Beamten dem Hau eine Cigarre angeboten hat. Entsprechende disziplinarische Maßnahmen sind zu tätigen.

Auf Seite 19 schreibt Hau von einem Aufseher des Amtsgefängnisses II in Karlsruhe: Gelle des war doch scheen von unserm Herrn Großherzog, daß er se begnadigt hed? sagte mir der alte Aufseher beim Abschied.

Wir wären um baldgefälligste Auskunft dankbar, wer der Aufseher war, der am 3. Dezember 1907 dort Dienst tat. Wir bitten, die Sache streng vertraulich zu behandeln.

Gez. R.

Die beiden Kriminalbeamten, deren einer Hau angeblich eine Zigarre angeboten hat, konnten trotz ausführlicher Recherchen schlampiger Bürokratie halber, wie sie der neuen Regierung als typisch für die alte dünken mag, nicht mehr ausfindig gemacht und bestraft werden. Und auch Schababerle, den einstigen Wärter im Untersuchungsgefängnis Villa Hübsch, der es gewagt hatte, mit dem Untersuchungsgefangenen ein paar freundliche Worte zu wechseln und seiner Freude über die Begnadigung zu lebenslanger Haft Ausdruck zu geben, konnte der Bannstrahl der Justiz nicht mehr treffen. Er war 1911 pensioniert worden und zwei Jahre später gestorben.

Sommer 1925

Hau hat sich vom Trubel in Berlin zurückgezogen, wieder in das Haus in der Mark Brandenburg, von Ullstein angemietet, wo er nach »Das Todesurteil« sein zweites Buch, »Lebenslänglich«, geschrieben hat. Er macht lange Spaziergänge, genießt den Herbst, spürt immer noch diese fast kindliche Freude über das Wunder Natur. Ich begreife es immer noch nicht, sagt er einmal zu Dr. Müller, seinem Ullstein-Lektor, der ihn regelmäßig besucht, ich begreife es immer noch nicht, daß ich stundenlang eine endlose Allee entlanggehen kann, daß es keine Mauer, keine Grenze gibt, keinen Zaun, keine Vorschrift, die das Weitergehen verbietet. Endlose Alleen, nie endend, den Erdkreis umspannend, ohne Anfang und Ende.

Er will und soll nun ein Schriftsteller sein. Der Erfolg der beiden Bücher, der sich jetzt schon abzeichnet, und die persönliche Eitelkeit verlangen das. Er verdient plötzlich Geld. Gutes Geld. Aber er braucht es gar nicht, weiß nicht so recht etwas damit anzufangen. Auch das hat er, wie so vieles, verlernt, den Wert des Geldes einzuschätzen. Damals gab er mit vollen Händen das Geld aus, das er gar nicht hatte. Jetzt weiß er mit dem Geld, das ihm zufließt, nicht umzugehen. Wird er das je wieder lernen? Er braucht doch fast nichts. In Berlin wohnt er bei Dr. Müller, hat zur Untermiete zwei Zimmer. Die Vorstellung, eine eigene Wohnung zu nehmen, ängstigt ihn. Nicht, um Gottes willen, über einen Gashahn verfügen, den man aufdrehen kann, wenn die Albträume kommen.

Und nun ist er wieder hier, in diesem ruhigen friedlichen Haus am Ende einer Allee. Er wohnt im ersten Stock, wo die Fenster nicht vergittert sind und eine ungeteilte Sicht über die Felder bieten. Ullstein-Autoren kommen hierher, um in Ruhe zu schreiben. Man holt sie aus dem Großstadtmoloch und – Hau war über das Wort zunächst erschrocken – *sperrt* sie hier *ein*, bis sie zur Zufriedenheit des Verlages ihre Arbeit abgeschlossen haben. Seele und guter Geist des Hauses ist die Alte, wie sie von allen genannt wird. Sie ist Hausmeisterin, Köchin, wenn es sein muß auch geduldige Zuhörerin und tröstende Mutter, alles in einer Person.

Ist das jetzt wirklich seine neue Existenz, Schriftsteller zu sein? Noch mißtraut er dem raschen Erfolg, weiß ihn der Sensation zuzuordnen, ahnt, wie schwer es sein wird, jenseits des Sen-

sationellen zu schreiben, auf dem Prüfstand der Literatur-
betrachtung.

Worüber soll ich schreiben? hat er Müller gefragt, als der ihn
im Auto herausbrachte.

Wer schreiben kann, kann über alles schreiben. Und Sie können schreiben.

Ach, so einfach ist das?!

In der Tat.

Aber von einem Karl Hau, dem Mörder oder Nichtmörder,
der seine zwei Sensationen geliefert hat, wollen die Menschen
keine Betrachtungen über herbstliche Alleen in der Mark
Brandenburg lesen.

Dazu hatte Müller zunächst auch kein Argument, um dann
aber doch getreu der Rolle des Verlegers zu sprechen.

Ihre Zeit in Washington, die Karrieren dort, Ihre Nähe zur
großen Politik und der Vergleich zu Europa, zu Deutschland
zumal. Dann die Türkei, Konstantinopel. Drei Erdteile, drei
verschiedene Kulturen, die Alte und die Neue Welt, Osten,
Westen, Ferner Osten. Sie sind ein gebildeter Mann, Sie –

Die Frauenzimmergeschichten!

Auch die, ja.

Die Bestechungen, die nutzlosen Geschäfte, die bakschisch-
hungrigen Paschas, ach, so fern, so fern.

Dann einigten sie sich doch auf ein Thema.

Hau wird ein Tagebuch schreiben, beginnend mit dem 25. August 1924, dem Tag seiner Entlassung. Wie einer dem Leben
wiederbegegnet, Wiederauferstehung. Das, so Müller, sei interessant, denn das werde vom klassischen Lebenslänglichen,
der entweder nie des Geistes Kind war oder im Zuchthause seiner geistigen Fähigkeiten für immer beraubt worden ist, nicht
geschrieben. Sie, Hau, sind der einzige, der das schreiben kann.

Und wenn es die Geschichte des Scheiterns ist? Der Entlassene
landet wieder da, wo er hergekommen ist, im Zuchthaus?

Das ist in Ihrem Falle ja nicht fürderhin denkbar, und dennoch wäre selbst das eine spannende, weil natürlich zutiefst tragische Geschichte.

Es könnte ja immerhin der Fall sein, mein lieber Herr Müller, daß das letzte Kapitel vom Autor Hau nicht mehr geschrieben werden kann. Es käme dann auf Sie zu, das zu tun, wofür Sie jetzt schon meinen Segen haben.

Ich verstehe nicht.

Letztes Kapitel: In Paris, Ajaccio, Washington, Konstantinopel oder sagen wir Rom, warum nicht auch Rom, wird die Leiche eines etwas dicken, glatzköpfigen Mannes gefunden. Da er keine Papiere bei sich hat und außer dreihundert Lire in Münzen nur das besitzt, was er am Leibe trägt, ist seine Identität nicht festzustellen. Der unbekannte Fremde. Niemand sucht ihn, keiner weiß, wo er herkommt. Hat er seinem Leben ein Ende gesetzt, ist er an Herzversagen gestorben, wen interessiert das? Italienische Behörden zum Beispiel sicher nicht, also wird es keine Obduktion geben. Und Hau, der Mörder, ist verschwunden. Wer fragt danach? Der Unbekannte wird als unbekannt bestattet, es gibt keinen Grabstein, vielleicht nicht einmal ein Gebet.

Dr. Müller kann nur mit Mühe verbergen, daß auch ein solches Ende seinen Vorstellungen von einem neuen Hau-Buch entspräche.

Sie vergessen etwas, Hau. Man hat Ihre Fingerabdrücke, man würde über Interpol herausbekommen, daß der unbekannte Fremde Karl Hau ist.

Wer hätte daran Interesse?

Zum Beispiel die badische Justizbürokratie, um die dreihundert Lire zu pfänden.

Zwei- bis dreimal in der Woche kommt Müller heraus, bringt Lesestoff, fragt neugierig nach, kontrolliert auf seine freundliche Weise, ob und was Hau schreibt, wie es ihm geht, wie sein Zustand ist.

Heute machen sie einen Spaziergang, gehen die Allee entlang, deren Bäume die ersten Blätter verlieren. Zunächst schweigen sie. Auf die Tatsache, daß Müller einen Vertrag für das neue Buch mitgebracht hat, reagiert Hau nicht. Das ist sehr weit weg von ihm. Er erzählt, wie peinigend und auch abenteuerlich es für ihn ist, das vergangene Jahr, dieses erste Jahr in Freiheit, zum Zwecke eines Tagebuchs in Erinnerung zu rufen, Revue passieren zu lassen.

Plötzlich bleibt Hau stehen.

Was halten Sie von dem Titel »Endlose Alleen«?

Müller strahlt, möchte ihn in den Arm nehmen vor Freude, doch das ist nicht zwischen ihnen. Körperliche Nähe, selbst den Händedruck, meidet Hau, wo er nur kann.

Endlose Alleen, Endlose Alleen. Müller spricht den Titel vor sich hin, bleibt stehen, schaut hoch, in die Ferne, wo die Bäume ineinanderzufließen scheinen, und strahlt. Ja! Das ist es. Wie Sie neulich gesagt haben, die Allee als das Symbol der Freiheit. Wunderbar. Und sehr literarisch. Hau, das wird Ihr Durchbruch!

Sachte, Müller, sachte. Das ist ein langer Weg.

Hau ist regelrecht verlegen, was doch Stolz, Hoffnung und Zuversicht in sich birgt.

Als sie zum Haus zurückkehren, wo die Alte sie mit Tee und Zimtkuchen empfängt, liegen da die neuen Zeitungen des Tages.

Müller sieht es zuerst, kann es aber vor Hau nicht verbergen. Der erschrickt, setzt sich, starrt vor sich hin. Müller liest mit zittriger Stimme vor, Hau schließt die Augen.

Haftbefehl gegen Hau! Das Staatsministerium hat am 27. Oktober beschlossen, den mit Entschließung vom 12. August vorigen Jahres bewilligten Strafurlaub des Karl Hau zu widerrufen. Gericht und Staatsanwaltschaft sind verständigt.

Es wird angewiesen, den Vollzug der Reststrafe unverzüglich einzuleiten.

Hau hat, so heißt es in dem Artikel weiter, den ihm bei der Entlassung auferlegten Bedingungen durch das Verfassen und den Inhalt seiner Bücher zuwidergehandelt, wodurch der siebenmonatige Strafurlaub nichtig ist. Der Rechtsanwalt Alsberg in Berlin, der sich mit der Wiederaufnahme des Verfahrens beschäftige, habe gegen die Maßnahme der badischen Justizverwaltung Protest erhoben und ihn damit begründet, daß die Veröffentlichungen in keiner Weise den bei der Entlassung auferlegten Bedingungen widersprächen.

Na, sagt Müller erleichtert, dann ist das ja in guten Händen. Alsberg wird das in Ordnung bringen. Keine Panik, Hau.

Das ist das Ende. Ich werde mich nicht stellen.

Davon kann doch auch keine Rede sein.

Ich werde fliehen.

So Sie wollen, fahren wir noch heute zu Alsberg.

Was da steht, ist unwahr. Alsberg ist nicht beauftragt, ein Wiederaufnahmeverfahren einzuleiten. Es wird das nicht geben. Er wollte es auf der Schuld der Olga aufbauen. Ich habe ihm unmißverständlich gesagt, daß es nicht in Frage kommt. Wie kommt er also dazu, so etwas zu veröffentlichen!?

Ich kann das nicht beurteilen.

Es ist eine Anmaßung.

Alsberg ist eine Instanz. Es muß ein Irrtum vorliegen. Oder Taktik. Sie können sich mit dieser Angelegenheit nicht in besseren Händen befinden.

Nein, nein, nein. Ich muß das Land verlassen. Es ist zu Ende, früher als ich dachte. Das Ende der Allee.

Aber das Ansinnen der Justiz ist haltlos. Dr. Alsberg wird das klarmachen. Sie bleiben ein freier Mann.

Alsberg wird sich an der badischen Justiz die Zähne ausbeißen. Er wäre nicht der erste. Und, lieber Herr Müller, Sie vergessen eines.

Bitte?

Alsberg ist Jude.

KAPITEL 13

Luzern und Baden-Baden, Juni 1901

Sie hatten sich wieder geschrieben. Er zuletzt postlagernd, wie sie es wünschte. Olga hatte zuviel gefragt, die Mutter hatte sich verärgert geäußert, daß sich da anscheinend zwischen Lina und Hau etwas ergab. Das paßte ihr nicht ins Konzept. Bewußt lud sie Leutnant Beyerle ein, zusammen mit Karl, ihrem Sohn, und man besprach die Heiratsangelegenheit. Doch Lina stellte sich dagegen und erbat Bedenkzeit, die wollte sie in Luzern bei einer Verwandten verbringen.

Olga brachte sie auf den Zug. Sie verabschiedeten sich.

Wirst du ihn sehen?

Aber nein, wo denkst du hin, das ist vorbei, log Lina.

In Freiburg stieg Hau zu, und die Begrüßung war überwältigend. So glücklich, sagte Lina, sei sie noch nie gewesen. Nun wollte sie aber überhaupt nicht von ihm lassen. Und weil sie so lieb miteinander waren und so fröhlich und fast übermütig, machte er ihr kurz vor Luzern – der Blick auf den See war auch gerade so wunderschön – einen Heiratsantrag. Da wurde sie schlagartig sehr ernst.

Aber schau, du – es war das erste Mal, daß sie du zu ihm sagte –, das geht doch nicht. Ich bin so viel älter als du. Du bist ein Student. Nein, nein, sag das nicht mehr. Laß uns einfach so sein, wie wir sind, so lieb jetzt, so miteinander, und dann laß uns auseinandergehen. Es darf nicht sein. Es schickt sich nicht. Die Frau kann nicht älter sein als der Mann. Das geht nicht. Du bist ein Student. Du kannst keine Familie gründen, nein, nein. Wir müssen uns trennen.

Wir sollen uns trennen, weil wir uns lieben?

Was würde meine Mutter sagen – und dein Vater? Ich bin dem Leutnant Beyerle versprochen.

Ich will nichts hören von einem Leutnant Beyerle. Liebst du ihn?

Sie schwieg.

Sag es mir, ob du ihn liebst? Liebst du Leutnant Beyerle? Wenn du mir ehrlich sagst, daß du ihn liebst, dann geh zu ihm, dann halte ich dich nicht. Liebst du ihn?

Wie könnte ich ihn lieben?

Er nahm ihre Hände in die seinen.

Wen liebst du?

Sie schaute ihn an. Sie weinte. Sie flüsterte.

Dich.

Dann werde meine Frau. Versprich es mir, jetzt.

Aber du bist doch zum Heiraten zu jung. Und ich bin schon bald zu alt.

Was redest du da? Wir müssen ja nicht jetzt gleich heiraten. Aber wir müssen es uns versprechen, uns verloben. Ja, Lina, wir sind jetzt verlobt. Und ich studiere fertig, und wir heiraten, und es gibt keinen Leutnant Beyerle und niemanden, nur uns. Sag ja. Sag es, bitte.

Meine Mutter wird verlangen, daß ich ihn heirate.

Das dürfen Eltern nicht verlangen! Niemals würde ich mir von meinem Vater vorschreiben lassen, wen ich heirate!

Das ist bei Männern anders.

Nein, Lina, nein. Es muß so sein, daß zwei Menschen, die sich lieben, zusammengehören.

Aber die Liebe vergeht, und dann muß Vernunft dasein.

Die Vernunft hat in der Liebe nichts zu suchen. Zum Teufel mit der Vernunft. Die gehört in die Juristerei. Dort muß man sie gegen die Willkür schützen. In die Liebe gehört keine Vernunft.

Inzwischen waren sie in Luzern angekommen, hatten den Bahnhof verlassen und waren in einen Park gegangen, an dessen Ende die Straße lag, in der die Verwandte lebte.

Er redete und redete, wiederholte alle Argumente, drehte sie zu immer wieder neuen, ihr einleuchtenden Wortgirlanden, blieb stehen, sprach wie ein Volksredner, beschimpfte die Gesellschaft, die es ewig Sichliebenden so schwer mache, forderte neue Freiheiten für alle Liebenden der Welt, wähnte in Amerika all diese verwirklicht, nannte Lina seine wundervolle Verlobte und brachte sie beinahe um den Verstand.

Er ist so klug, so lebendig, dachte sie, er hat so sehr mit alldem recht, was er sagt, ausspricht, sie aber kaum zu denken wagt. Sie liebt ihn, das wußte sie, sie hat nie so geliebt und wird auch nie mehr einen anderen lieben. Diese Liebe, gestand sie sich bange, oder der Tod. Müssen denn, dachte sie, zwei Menschen, die sich so lieben wie wir, in den Tod gehen, um die Erfüllung ihrer Liebe zu finden?

Dann waren sie am Ende des Parks angekommen und sollten sich trennen.

Er stand ganz nahe bei ihr, nahm sie in die Arme, wie er es noch nie getan hatte, legte sein Kinn auf ihren Kopf, legte die eine Hand in ihren Nacken, strich mit der anderen durch ihr Haar und schwieg. Sie drückte ihre Stirn an seine Brust und schloß die Augen. So standen sie da, als wäre das Bild eingefroren, lange.

Wie gut er ihr tat, wie sehr sie ihn liebte, wie gut er roch. Sie wußte, wenn dieses das letzte Mal war, daß sie sich in den Armen hielten, dann würde es in ihrem Leben keinen anderen Mann mehr geben, keinen Leutnant Beyerle und keinen anderen, keinen, der sie berühren, küssen, umarmen darf.

Dann ließen sie voneinander ab, sagten sich ganz rasch und aufgeregt Lebewohl.

Lebe wohl, meine Verlobte, auf bald.

Lebe wohl, für immer.

Sie flüsterte es, wandte sich schnell ab und strebte der Straße am Ende des Parks zu. Einmal blieb sie stehen, sah ihm nach, er aber drehte sich nicht um. Als sie ihn nicht mehr sah, setzte sie sich erschöpft, als habe sie eine lange Wanderung hinter sich, auf eine Bank, aufgeregt, aufgewühlt, ihre Gedanken und Gefühle nicht in Einklang bringend. So hatte sie noch nie geliebt, hatte nicht gewußt, daß es das gibt. Auf der Reise nach Italien, wo sie sich in Tunnels schnelle Küsse raubten, war das verliebtes Spiel gewesen. Jetzt, das spürte sie sehr genau, ging es um ihr Leben. Jetzt wollte sich ihr Schicksal ereignen. Ihr Schicksal, das war ihr deutlich vor Augen, würde dieser junge Mensch sein, der Studiosus, der jetzt vielleicht schon beschwingt seinen Kommilitonen entgegenstrebte, nachdem er gerade einen Heiratsantrag gemacht hatte.

Jetzt läge sie gerne bei ihm, würde ihn berühren, sich an ihn schmiegen und das Verbotene tun. Das Gefühl durchzuckte sie glühend, und es machte ihr Freude und angst.

Er saß im Zug und war auch überwältigt. So hatte ihn noch niemand geliebt. Im Gegensatz zu ihr hatte er allerdings keine Angst davor, das Verbotene zu wollen. Gerade das!

Er machte einen Plan. Als er in Freiburg aus dem Zug stieg, war er fertig.

Noch aus Luzern schrieb ihm Lina, daß sie ohne ihn nicht mehr sein und leben könne, daß er ihr nur ganz bald einen Brief schicken solle, nach Baden-Baden, wo sie in drei Tagen wieder sei, postlagernd solle er ihr wieder schreiben, denn Olga sei zu neugierig und die Mutter ungehalten. Sie fahre mit der Verwandten zurück, deswegen könnten sie sich nicht sehen. Kein Wort mehr, kein Gedanke vom Lebewohl für immer. Er schrieb ihr postlagernd, schrieb, daß sie sich, noch ehe sie diesen Brief lese, für immer in den Armen liegen würden, und daß er ihn eigentlich gar nicht schreiben müßte, es aber doch tue, aus Liebe und weil man ja nicht wisse, ob ein Plan, den man gefaßt hat, immer so aufgeht, wie man sich das vorstellt. Er schrieb noch alles, was ihm so einfiel über die ewige Liebe, die Leidenschaft, die ihre Erfüllung suche und dergleichen mehr. Darunter schrieb er: Dein geliebter Hausi. So nannte er sich, so wollte er von ihr genannt werden, so nannte sie ihn später auch, denn Karl, wie auch ihr Bruder hieß, wollte sie ihn nicht nennen. Den Brief bekam Lina nie zu Gesicht. An den Absender konnte er nicht zurückgeschickt werden, weil Hau keinen Absender genannt hatte, das Postlagerndsystem war anonym, und nachdem sich fünf Jahre lang niemand für den Brief interessiert hatte, mag es sich vielleicht begeben haben, daß im Oktober 1906 ein Postbeamter den Brief öffnete, ihn las, damit nichts anfangen konnte und ihn der Einfachheit oder der Ordnung halber in den Papierkorb warf. Hau hatte vielleicht über den Brief geschrieben »Student Karl Hau an seine Verlobte Lina Molitor am 1. Juni 1901«. Wenige Wochen nach dem eventuellen Öffnen des Briefes, im November 1906, hätte der Name dem Postbeamten etwas gesagt, und der Brief wäre vermutlich nicht im Papierkorb gelandet, sondern im Generallandesarchiv in Karlsruhe, wie alles andere, was je diesen Fall Hau betroffen hat, von den Hotelrechnungen des Pera Palace in Konstantinopel über das fingierte Telegramm aus Paris bis zum Photo der Leiche des Karl Hau.

Hau reiste dem Brief, wenn er diesen Brief denn überhaupt je geschrieben hat, was so unbewiesen ist wie vieles von ihm Behauptete, sozusagen hinterher. An dem Tage, an dem der Brief eintreffen würde, dem 3. Juni, fuhr er schon frühmorgens nach Baden-Baden und trieb sich um das Postgebäude herum, um Lina, wenn sie den Brief abholen kam, zu überraschen.

Baden-Baden ist für den Kursommer herausgeputzt. Gäste aus aller Welt flanieren, wenn sie nicht gerade in den heißen Schwefelbädern liegen, im Kurpark, den Promenaden, in der Sophienstraße, in der Allee. Die Herren im leichten Sommerrock, die Damen unter Sonnenschirmen oder -hüten. Der Studiosus Hau, ebenfalls sommerlich feingemacht, elegant, wie immer, fällt hier nicht auf, wird mühelos zu denen gezählt, die hier die Kunst pflegen, ohne Arbeit und ohne Sorgen dem Leben Sinn zu geben im Müßiggang. Die eine oder andere Dame von denen, die solo sind, weil der Gatte vielleicht heimatlichen Geschäften nachzugehen hat, hat schon den jungen Mann in Augenschein genommen und würde ihn als Kurschatten nicht von der Seite weisen. Die Damen allerdings, für die sich mit der Kursaison auch der alljährliche Heiratsmarkt eröffnet hat, legen ihr Augenmerk eher auf die etwas älteren Jahrgänge. Alle Damen mißdeuten Haus forschenden Blick unter die Sonnenhüte, in die Gesichter, denn er sucht die eine, Lina. Er geht den Weg, den sie kommen muß, passiert das Hôtel d'Angleterre, biegt nach links in die Allee, geht bis zum Denkmal der Kaiserin Augusta, die dick, als sei sie bis zur Hüfte in der Wiese eingegraben, als Büste dasteht. Von dort oben, die Lindenstaffeln herunter, über die Friedrichstraße muß Lina kommen, wenn sie denn kommt, wenn sie tatsächlich sehnsüchtig seinem Brief entgegeneilt.

Da kommt sie!

Mein schönes Fräulein, darf ich wagen, meinen Arm und Geleit Ihr anzutragen?

Sie sinkt völlig überrascht in seine Arme.

Jetzt gebe ich dich nie mehr frei.

Das wirst du müssen.

Ich entführe dich.

Ach du.

Mylady, das ist eine Entführung.

Du bist verrückt.

Morgen wird es in den Journalen stehen: Student der Jurisprudenz entführt Baden-Badener Medizinalratstochter!

Nein, nein, nein, du Verrückter.

Es ist mein Ernst.

Du begleitest mich jetzt zur Post, da hole ich den Brief meines Liebsten, dann sitze ich neben meinem Liebsten auf einer Bank und lese den Brief. Oder mein Liebster liest mir den Brief vor.

Sie hat ihre Stirn an seine Brust gelehnt. Wie gut er riecht. Wie sie ihn liebt, wie sehr sie ihn nicht mehr auslassen will. Küssen will sie ihn, bei ihm liegen, ach, das alles, was sie in stillen Stunden träumt, was sie aufwühlt, manchmal schier verrückt macht. Ja, mit ihm fliehen, denkt sie für einen Moment und erschrickt doch sogleich über ihren Gedanken. Aber nun ist er einmal gedacht und nicht mehr wegzudenken.

Du mußt den Brief nicht holen. Es ist ein Lockbrief. Es steht gar nichts darin. Es ist ein weißes Blatt.

Das glaube ich nicht.

Ein leeres weißes Blatt. Und stünde etwas darin, dann könnte dein Geliebter dir das alles erzählen.

Dann erzähl mir.

Wir fliehen jetzt miteinander. Wir fahren weg, weit weg.

Wohin?

Wo uns niemand kennt, wo wir unsere Liebe leben können, wo keine Mutter ist und kein Vater und keine Olga und keine Gouvernante Tina, niemand, nur du und ich und zwischen uns nichts. Wir fahren ans Ende der Welt.

Ihr wird, während sie sich immer noch nicht traut, ihn anzusehen und zu küssen, bewußt, daß er es ernst meint. Und sie will es auch so sehr, doch sie hat Angst, und sie will sich aber Mut machen, ist doch eine Frau von fünfundzwanzig Jahren, wem eigentlich verantwortlich? Ein erwachsener Mensch mit einem eigenen Willen, und warum soll sie nicht können und dürfen, was dieser junge Mensch, der noch nicht einmal volljährig ist, sich traut? Ja, sie wird sich von ihm an die Hand nehmen lassen, wird ihm folgen, und es wird gut sein, weil sie es will mit ihrem ganzen Herzen.

Wir werden sehr glücklich sein, sagt er.

Als sie wenig später in der Bank am Augustaplatz 2000 Mark von ihrem Konto abhebt, fast ihr ganzes Erspartes, da macht sie einen so entschiedenen und souveränen Eindruck, daß sich der Bankangestellte, der das Fräulein Molitor persönlich kennt, keine Gedanken macht, obwohl es doch eher selten vorkommt, daß eine der höheren Töchter eine solche Summe auf einmal verlangt. Hau hat draußen gewartet, und nun eilen sie wieder in die Allee, um dort eine Droschke zum Bahnhof zu nehmen.

Es ist der Kutscher Egid Braun, seit zwanzig Jahren Kutscher im Familienunternehmen in dritter Generation, der sich sehr viel später einmal an das junge verliebte Paar erinnern wird, das er am 3. Juni 1901 zum Bahnhof gefahren hat.

Vom Einsteigen bis zum Aussteigen küßten sie sich, erzählt er später den Kollegen. Sie sahen aus wie ein Paar, das auf Hochzeitsreise geht, aber sie hatten gar kein Gepäck. Es wird sich um eine Entführung handeln, sagt ein älterer Kollege. Das kenne man, irgendein Luftikus hat einer höheren Tochter den Kopf verdreht, und nun fahren sie mit dem Zug ins Paradies. Das ist dann in Bühl oder Offenbach oder in Freiburg in der Stube eines Studenten. Manchmal ende so was dramatisch. Vor ein paar Jahren habe einer eine junge Frau aus Baden-Baden nach Paris entführt und dort erschossen. So was komme vor in solchen Kreisen.

Von dem Moment an, da er plötzlich vor ihr stand, während sie, mit allen Gedanken bei ihm, seinem Brief entgegenfieberte, wußte Lina nicht mehr, wie ihr und was mit ihr geschah. Hau verfolgt nun seinen Plan konsequent. Oder ist er auch in einen Rausch geraten und tut Dinge, die nicht von seiner Vernunft gesteuert sind? Er handelt nicht, es passiert. Es passiert, was passieren muß.

In Basel steigen sie aus und gehen in die Stadt. Er kauft – von ihrem Geld, das sie ihm ausgehändigt hat – zwei Ringe. Sie stecken sie sich gegenseitig an, und er sagt feierlich: Jetzt sind wir offiziell verlobt.

Dann küßt er sie vor dem Juwelier.

Draußen weint sie auf einmal, weint und weint und kann sich gar nicht beruhigen. Er ist ratlos, will trösten, fragt, was denn nun plötzlich mit ihr sei.

Sie werden sich Sorgen machen, Mutter, Olga. Sie werden glauben, daß mir etwas zugestoßen ist, und die Polizei informieren.

Schick ihnen ein Telegramm. Komm, wir gehen zur Post und schicken ein Telegramm.

Das beruhigt sie etwas, sie gehen zur Post.

Was soll ich schreiben?

Bin auf Verlobungsreise, macht Euch keine Gedanken, Gruß von Karl Hau, Eure Lina.

Nein, so schreibe ich nicht.

Sie schreibt: Bin verreist. Macht Euch keine Gedanken. Lebt wohl, Eure Lina.

Warum schreibst du: Lebt wohl?

Sie schaut ihn unendlich traurig an.

Es gibt kein Zurück für mich, weißt du das nicht? Die Flucht wird irgendwo enden. Ich werde glücklich oder unglücklich sein. Aber eines steht fest. Es gibt nirgendwohin ein Zurück.

Das macht ihn nachdenklich, führt ihm für einen Augenblick, ja, für einen Augenblick nur, die Tragweite dessen vor Augen, was er da mit ihr macht. Er ist sich überhaupt nicht sicher, ob er das so sehen will wie sie, daß es kein Zurück gibt. Er wischt die Gedanken weg. Es sollte ein Abenteuer sein. Irgendwie wird es enden. Das Ende nicht wissen, das ist ja der Reiz.

Und sie? Sie schickt das Telegramm ab, läßt Lebt wohl weg und liefert sich wieder völlig dem aus, was er zu tun gedenkt. Es ist eine Liebessehnsucht in ihr, die eine Todessehnsucht werden kann und wird.

Sie kommen im großen Bahnhof in Zürich an. Es ist schon Abend. Sie ist bange vor dem, was kommen wird. Was wird man jetzt tun? Geht man in ein Hotel, ohne Gepäck, nimmt zwei Zimmer oder eins? Und dann? Sie ist müde. Er, sich jetzt ganz der Entführerrolle eitel bewußt, hat andere Pläne. Wieder sitzen sie in einem Zug, und Lina ist beinahe erleichtert, bedeutet es doch Aufschub. Aufschub wovor, wovon? Sie sitzen alleine im Abteil, fahren hinaus in die Nacht, die die Landschaften verschluckt, er weiß wohin, sie nicht. Sie will es nicht wissen.

Sie schlafen ein, ertappen einander beim Beobachten des anderen, der scheinbar schläft, lachen darüber, küssen sich, starren zum Fenster hinaus in die Nacht mit den wenigen Lichterpunkten, wie ein spärlicher Sternenhimmel. Man ahnt Berge, Brücken, Viadukte, Sturzbäche, die Alpen. Selten einmal sieht man ein Licht.

Einmal wacht Lina aus einem Halbschlaf auf, in dem sie gerade panischer Angst nahe war, da betrachtet sie ihn lange. Sein Gesicht, so jung. Er schläft fest. Der Zug steht für kurze Zeit in einem Bahnhof. Licht vom Bahnsteig beleuchtet fahl sein Gesicht. Wie schön er ist und wie jung, ein Junge, ein Kind fast.

Wie kann dieser Mensch sie, die eine erwachsene Frau ist, um deren Hand gestandene Geschäftsleute und Offiziere anhalten wollen, in einen solchen Bann ziehen, in ein solches Abenteuer? Es ist ein Wunder, denkt sie. Sie liebt ihn so sehr, würde ihn gerne streicheln jetzt, anfassen, küssen, tut es aber nicht, genießt es, seinen friedlichen Schlaf wach zu begleiten. Ja, sie liebt ihn, mag da kommen, was kommen mag. Hat sie überhaupt schon je wirklich geliebt? Sie weiß, daß sie danach nie mehr jemanden lieben wird. Danach? Gibt es ein Danach? Weg mit den schwarzen Gedanken, hinaus mit ihnen in die schwarze Nacht. Warum haben Liebende wie wir keine Zukunft? Warum sind das Normale diese Ehen, die ihre Schwestern führen, in denen ihr noch nie die Liebe und die Leidenschaft begegnet sind? Hermine führt eine gute Ehe, sagt Frau Molitor. Fecht, ihr Mann, trinkt, schlägt sie, beschimpft sie, ist dick und häßlich, grob und verlogen. Sie streiten ständig, auch vor ihren Kindern. Vermutlich spielt er und geht zu Frauenzimmern. Sonntags beherrschen sie sich für zwei Stunden, kommen zum Kaffee, plaudern und scherzen und sind der Mutter ein Wohlgefallen. Unsere Hermine hat es doch gut getroffen, sagt die Mutter dann zufrieden, obwohl sie weiß, daß ihre Tochter in dieser Ehe nicht glücklich ist. Aber diese Menschen haben Kinder, ein Haus, einen Garten, Freunde, Nachbarn, Vereinskollegen, Freundinnen, Teekränzchenbesuche, Damenabende. Sie sind angesehen und werden als ehrbare Mitglieder der Gesellschaft geschätzt. Und ich sitze hier, bin unendlich verliebt, aber für jede Zukunft verloren. Wieder oder immer noch betrachtet sie ihn. Es ist ein ganz anderes Gesicht, wenn diese intensiven, leicht hervortretenden Augen geschlossen sind. Fast ein Fremder. Ob auch sie im Schlaf ein anderes Gesicht hat? Vermutlich. Der Mensch hat mehrere Gesichter. Und Liebe ist vielleicht, denkt sie, wenn man alle diese Gesichter eines Menschen kennenlernen möchte und wenn man ein jedes liebt. Und sie träumt sich vom Wachsein in den Schlaf mit der Vorstellung, ihn zu heiraten, die Frau an seiner Seite zu sein, mit ihm nach Amerika zu gehen, wo er alle seine Vorstellungen von seiner Karriere verwirklicht und sie Kinder haben und ein Haus, wo sie glücklich sind und sie einen großen Haushalt führt.

Im Traum, aus dem er sie wachküßt, waren sie auf einem Ozeandampfer, standen an der Reling, Hand in Hand, und vor ihnen tauchte aus dem Nebel die amerikanische Küste auf. Wir sind gleich da!

Er ist schon hellwach. Der Zug fährt in einen kleinen Ort, hinter dem sich hohes Gebirge türmt. Es ist Vormittag, Wanderer sind unterwegs und Pferdekarren, Bauern treiben Mulis, hochbeladen, ins Tal, Kühe stehen auf satten grünen Wiesen. Ein Bilderbuch.

Hier ist es, das Ende der Welt!

Sie schaut, staunt, wird langsam wach, kommt zu sich und zu

der Situation, in der sie sich befindet, will verzweifeln, doch schon küßt er sie wieder.

Komm!

Der Zug hält, sie steigen aus. Die Luft ist wunderbar. Es ist der Morgen des 4. Juni 1901, und sie befinden sich in Realp im Urserntal, dem höchsten Ort des Kantons Uri, 1550 Meter über dem Meer, wo, das hat ein Kommilitone einmal zu Hau gesagt, das Ende der Welt ist.

Es wird ein übermütiger Tag voll Sonne und blauem Himmel. Sie machen eine Wanderung, soweit Schuhwerk und Kleidung das zulassen. Sie streicheln junge Lämmer, essen beim Bauern Käse, sitzen auf einer Wiese, und die Welt liegt ihnen zu Füßen. Dann stehen sie furchtsam an einem steilen Abhang, der auf Lina einen merkwürdigen Sog ausübt. Hau merkt das und zieht sie weg, zeigt ihr irgendwelche Blumen auf der Wiese, legt sich ins Gras, zieht sie zu sich, küßt sie. Sie spüren sich mehr als je zuvor. So vergeht dieser Tag, an dem Hau versucht, Lina in dauernder Hochstimmung zu halten. Dann ist es Abend. Sie essen im Restaurant des Hotels, einfaches Essen. Hau erzählt aus seinem Studentenleben. Je später es wird, desto stiller und nachdenklicher wird Lina. Sie hat mitbekommen, daß er ein Zimmer bestellt hat. Für Herrn und Frau Hau. Sie wird also diese Nacht bei ihm liegen, zum ersten Mal bei einem Mann. Was sie sich so sehr ersehnt hat und wovor sie doch so bange ist, wird geschehen. Wie gut, daß er es ist, er, ihre große Liebe, ihre Lebensliebe. Ob es für ihn auch das erste Mal ist? Hat er auch wie sie etwas Angst? Redet er deswegen so viel?

Dann stehen sie in dem Zimmer am Fenster und schauen in die klare Nacht. Tausend Sterne am Himmel. Sie küssen sich. Erst zärtlich, dann heftiger, dann wild. Sie will gar nicht von ihm lassen, küßt ihn immer wieder, drückt sich an ihn. Ja, sie wird sich ihm ganz hingeben, irgendwann in dieser Nacht.

Er geht auf die Toilette, die draußen im Hausflur ist. Als er zurückkommt, ist das Licht aus und Lina liegt zusammengekauert, angezogen auf dem Bett. Er macht das Licht wieder an, setzt sich auf einen Stuhl und betrachtet sie. Noch mehr zieht sie sich in sich zusammen. Sie wagt es nicht, ihn anzusehen. Und er, dem ein Professor in Berlin einmal gesagt hat, tun Sie mit Ihrer Angebeteten, Verlobten, Ehefrau nie das, was Sie mit den Frauenzimmern tun, auch wenn jene dazu bereit wären oder es sie sogar danach verlangt, zügeln Sie die Leidenschaft und beschränken Sie sich auf das in der Ehe Wesentliche, erhalten Sie sich in Ihrem Eheleben den Anstand, die Leidenschaft gehört ins Bordell – er tut genau das, was ihn die letzten Jahre immer wieder zu den Frauenzimmern in die Etablissements getrieben hat: Er befiehlt Lina, sich auszuziehen, und ergötzt sich an ihrer Angst, ihrer Scham und der doch gehorchenden Art, mit der sie tut, was er befiehlt. Die Frauenzimmer spielen das. Linas Scham und ihre Ängste sind echt, das erregt ihn sehr. Von einem Sessel aus betrachtet er ihren Körper, den sie Stück für Stück aus Kleid, Unterrock, Strümpfen und Mieder schält. Da liegt sie dann wie ein nacktes Küken in den zerbrochenen Eierschalen, und er genießt die Blässe ihrer Haut, ihr Ausgeliefertsein, gegen das sie immer weniger mit scheuen Gesten des Verhüllens ankämpft, um schließlich aufzugeben und nur noch ihr Gesicht zu vergraben, um ihn nicht ansehen zu müssen. Da liegt sie nackt, wie ein Bild im Museum, und er könnte sie die ganze Nacht betrachten, es verlangt ihn, sie anzusehen, nicht, sie zu berühren. So geht es ihm auch bei den Frauenzimmern, und es kostet stets doppelt soviel. Dann zieht sie ihn zu sich, über sich, will sich mit ihm schützend zudecken, ihm nahe sein, warm. Er nimmt sie mit einer Brutalität, die sie erschreckt, er fällt über sie her, fügt ihr unsagbare Schmerzen zu, ist rücksichtslos, besessen, roh, ein Tier. Sie kann sich nicht wehren, ist wie in einer Zwangsjacke gefesselt, in einen Schraubstock gezwungen, muß seine ganze Gewalt erdulden, die sie zutiefst entsetzt. Ist das die Leidenschaft des Mannes, denkt sie, die sein Gesicht wutverzerrt und ihn grob werden läßt? Sie weiß das doch nicht, hat es noch nie erlebt. Das ist doch nicht er, dieses Gesicht da über ihr, das ist das Gesicht eines anderen, ein böses, fremdes Gesicht. Sie weint, jammert, schreit durch die ins Kissen verbissenen Zähne, spürt nur noch Schmerz, krallt ihre Fingernägel in seinen Rücken, schlägt schließlich auf ihn ein, vergeblich. Endlich läßt er von ihr, wälzt sich neben sie, stöhnend, röchelnd. Sie spürt, daß sie blutet, sie fühlt sich verletzt, aufgerissen, zerschnitten, geschlachtet wie ein Stück Vieh. Sein verschwitztes Gesicht liegt jetzt neben ihrem noch schmerzverzerrten. Plötzlich ist in seinem Gesicht nichts mehr von dem bösen Tier, nur seine weiche, blasse Haut, seine übergroßen Augen, dann seine Hände, die ihren Kopf einhüllen, beschützend.

Jetzt, flüstert sie, möchte ich sterben.

KAPITEL 14

Baden-Baden, an den Lindenstaffeln, 21. Januar 1907

Das Spektakel, das es heute an den Lindenstaffeln geben soll, will sich der Kutscher Braun nicht entgehen lassen. Einen Ortstermin mit dem Angeklagten Karl Hau soll es geben. Ganz Baden-Baden scheint auf den Beinen. Schon am frühen Morgen sperren Gendarmen alle Zufahrtsstraßen und Zugangswege ab, so daß die Schaulustigen nur an wenigen Stellen die Chance haben werden, Hau und das Geschehen zu beobachten. Der Kurpark, die Allee, die Wiese um das Kaiserin-Augusta-Denkmal bis zum Theater und den Arkaden, alles ist voller Menschen. Kutscher Braun hat an der Kaiser-Wilhelmstraße einen Platz gefunden, wo man sich etwas verspricht. Eingezwängt in eine Menschenmenge wartet er.

Als er letztes Jahr am 7. November, einen Tag nach dem Mordfall, in der Zeitung las, daß man einen Mann suche, der es eilig zum Bahnhof gehabt habe, da ging der bedächtige Kutscher Egid Braun erst einmal in sich, überlegte und erinnerte sich des seltsamen Gastes, der am Alleehaus in die Kutsche gestiegen war, schnellstens zum Bahnhof wollte, um den 6 Uhr 15 nach Karlsruhe zu bekommen, ihm statt der 70 Pfennige zwei Mark für die Fahrt gab und sehr eilig im Bahnhof verschwand. Er hatte das Gesicht des Mannes nicht gut gesehen, es war ja schon sechs Uhr abends, und Nebelschwaden zogen von der Oos herüber. Außerdem hatte der Gast seinen Mantelkragen hochgeklappt und hielt die beiden Enden mit der Hand zusammen, so als fröstle er. Und dennoch, als man ihm später Bilder von Hau vorlegte, war sich Braun ziemlich sicher, daß das der Mann war. Er ging zur Polizei und meldete das Geschehen. Der Wachtmeister Behringer nahm es auf, und einige Tage später wurde

Braun zu einem Verhör geladen. Da bereute er es schon, sich überhaupt gemeldet zu haben, denn der aus Karlsruhe angereiste Kommissar Riedle war äußerst unangenehm. Er benahm sich, als sei ihm dieser Zeuge unwillkommen und lästig.

Ob er sich denn wirklich sicher sei, daß er den Mann, wenn er nun schon behaupte, daß das der Mann gewesen sei, am Alleehaus eingeladen habe?

Ja, wenn ichs Euch doch sag.

Und da irre er sich nicht?

Nein.

Es könne nicht genausogut auch bei der Kaiserin Augusta gewesen sein?

Nein.

Warum er sich denn da eigentlich so sicher sei?

Wenns bei der Augusta gewesen wär, dann tät ich mich dran erinnern, so wie ich mich dran erinnere, daß es beim Alleehaus war.

Aber man habe doch so Tage, das gebe es doch, wo man Sorgen habe, Krach mit der Frau, ein Kind krank sei, wo man also sozusagen verwirrt sei und solche Sachen dann durcheinanderbringe.

Wenn ich auf dem Bock sitz, dann gibt es das nicht.

Es könne nicht sein, daß dieser 6. November so ein Tag gewesen sei?

Wenn ich es Euch sag: Nein.

Sich in solchen Dingen zu irren sei doch menschlich, das könne jedem passieren, auch ihm, dem Kommissar, mein Gott, was bringe man oft nicht alles durcheinander.

Es war beim Alleehaus, wo ich ihn eingeladen hab.

Ob er gesund sei?

Egid Braun wurde ungehalten.

Was soll jetzt das?

Man frage ihn, ob er geistig und körperlich gesund sei, und darauf habe er zu antworten.

Ich war meiner Lebtag noch nicht krank.

Manchmal habe man doch Verwirrungen, Schlafstörungen, bringe die Dinge durcheinander, könne sich was nicht merken, verzähle sich beim Geld, schreie grundlos die Frau und die Kinder an.

Ich bin jetzt fünfundzwanzig Jahr in dem Beruf. Ich war Soldat und bin dreimal Schützenkönig gewesen. Es hat noch nie etwas gegeben bei mir, was nicht in der Ordnung gewesen wär. Und Spintisiererein sind nicht meine Sach.

Oft habe man aber einmal ein Schöpple getrunken und dann sei es mit der Erinnerung so eine Sache.

Solang das Pferd nicht im Stall ist, trinkt unsereiner nichts.

Aber da werde es doch genauso wie bei der Polizei auch einmal Ausnahmen geben. Einer habe was zu feiern, und schon gehe das Fläschle rum.

Bei uns nicht, solang das Pferd nicht im Stall ist.

Nun, also, es könne überhaupt nicht sein, daß er den Gast bei der Kaiserin Augusta aufgenommen habe?

Ha, warum wollens jetzt unbedingt, daß es bei der Augusta war?!

Es könnte Leben oder Tod davon abhängen.

Na, dann solls meinetwegen halt bei der Augusta gewesen sein, ich möchte jetzt jedenfalls meinen Frieden.

Den gönne man ihm gerne und danke ihm.

Eine andere Zeugin, Fräulein Eisele, Zimmerfräulein in der Pension Villa Maria, machte ähnliche Erfahrungen wie der Kutscher Braun. Man war an ihren Aussagen, die die Aussagen des Kutschers unterstützten und mit dazu hätten beitragen können, Hau zu entlasten, nicht interessiert.

Durch Lina Haus Freitod war der Mordfall Molitor Mitte Juni wieder stärker ins Licht der Öffentlichkeit gerückt, und das Interesse hielt bis zum Prozeßbeginn am 17. Juli und natürlich darüber hinaus an.

Wie überall, so war auch in der Pension Villa Maria der Fall Hau im Gespräch. Hauptfrage bei den Damen: Kann dieser Hau es wirklich gewesen sein? Jede der Damen von der Chefin der Pension, Frau Burger, bis zu den Zimmermädchen wünschte sich, daß der junge Mann nicht einen Kopf kürzer gemacht würde. Nur Fräulein Eisele sagte, was man bei ihr zu Hause in Geroldsau auch sagte, der wollte ans Erbe, also hat er die Schwiegermutter erschossen, das komme ja häufiger vor. Als man dann ein Bild aus der Zeitung herumreichte und Fräulein Eisele das sah, rief sie aus: Den hab ich gesehen! Sie erzählte dann, daß sie an dem Abend des 6. November, kurz bevor man den Schuß gehört hatte, auf der Fremersbergstraße diesen Mann eilig zum Alleehaus habe gehen sehen. Es sei dort sehr hell, wegen der beiden Gaslaternen, und sie habe genau das Gesicht gesehen. Sie sei dem Manne gefolgt, weil es ihre Richtung nach Geroldsau war, und habe gerade noch gesehen, daß der Mann in eine Droschke stieg, die Richtung Stadtmitte fuhr.

Warum sie denn damit damals nicht zur Polizei gegangen sei, fragt die Chefin. Ja, man habe doch immer von einem Mann mit schwarzem Bart gesprochen, der habe aber keinen schwarzen Bart gehabt, er habe so ausgesehen wie auf dem Bild da. Nun müsse sie aber jetzt zur Polizei gehen. Nein, das wolle sie nicht, da habe sie Angst.

Also ging Frau Burger mit ihr auf die Polizeistation. Beiden Frauen wird man vermutlich zugestehen müssen, daß sie zu dem Zeitpunkt die Diskussion um Schuld oder Unschuld nicht im Detail kannten, daß sie also nicht wissen konnten, ob die Aussage des Fräulein Eisele den Angeklagten be- oder entlasten würde. Der Wachtmeister Behringer hörte sich an, was das Fräulein zu sagen hatte, lächelte und sagte, daß das nun überhaupt nicht mehr von Wichtigkeit sei, denn der Fall sei soviel wie abgeschlossen, der Täter überführt und – darüber dürfe er eigentlich noch nicht sprechen – man höre, daß bereits

ein Geständnis vorliege. Er danke den Damen, aber die Arbeit sei getan, und das Fräulein Eisele solle doch einfach nach Hause gehen und vergessen, was es gesehen und gehört habe.
Fräulein Eisele ging nach Hause, aber sie vergaß nicht, was sie gesehen und gehört hatte. Und als sie neunzehn Jahre später, sie war jetzt Frau Aubele und hatte vier Kinder, im Auftrag eines Berliner Anwalts noch einmal zu dem Fall befragt wurde, da sagte sie fast wortgetreu dasselbe, was dem Wachtmeister Behringer im Juni 1907 nicht einmal das Aufschreiben wert gewesen war.

Justizrat Erich Sello, der später in seinem Buch »Die Hau-Prozesse und ihre Lehren« den Nachweis erbringen wollte, daß Hau zu Recht verurteilt wurde, schrieb:
Man kennt und fürchtet solche nachträglichen Zeugen, vor allem solche nachträglichen Zeuginnen, deren vermeintliche Wissenschaft zumeist aus der einer jeden cause célèbre entströmenden Suggestion entspringt und deren Erinnerungsvermögen an Umfang und Bestimmtheit stets im Quadrat der zeitlichen Entfernung wächst. Nach den Erkundigungen, die wir über sie eingezogen haben, soll Fräulein Eisele ein typisches Exemplar dieser Gattung sein. Lange soll sie auf Haus Schuld geschworen haben. Dann soll ihr allmählich, wohl gar im Traume, die Erinnerung an das aufgestiegen sein, was sie am 6. November gesehen und gehört haben will und woran sie jetzt zweifellos wie an etwas Selbsterlebtes glaubt.

Die Glaubwürdigkeit der Generalswitwe Terzi, die Hau um 5 Uhr 57 an einer Stelle gesehen haben wollte, von der aus er »bequem« in den verbleibenden fünf Minuten zum Tatort hätte gelangen können, um in aller Ruhe um 6 Uhr 02 den Mord auszuführen und an der Kaiserin Augusta die Droschke des Kutschers Braun zu besteigen, zog Sello nicht in Zweifel, obwohl Frau Terzi bei einer Gegenüberstellung Hau nicht erkannte, während Fräulein Eisele sich erst gemeldet hatte, als sie in dem in der Zeitung abgebildeten Hau den Mann wiedererkannte, den sie in der Fremersbergstraße gesehen hatte.

Nun hätte man noch annehmen können, daß nur Personen bestimmten Standes Glaubwürdigkeit zugestanden wurde, also einer Generalswitwe sehr wohl, nicht aber einem Kutscher oder einem Zimmerfräulein, wenn nicht auch die Aussage der Freifrau von Reitzenstein, einer Nachbarin der Molitors, in Frage gestellt worden wäre. Ihre Beobachtung, die sie unter Eid bekräftigte, paßte nicht ins Indizienkartenhaus des Staatsanwaltes Dr. Bleicher. Frau von Reitzenstein wollte kurz nach 5 Uhr 50 von ihrem Gartentor aus gesehen haben, wie Hau in Richtung Fremersbergstraße strebte, was bedeutete, daß er dann nicht der Mörder auf den Lindenstaffeln gewesen sein konnte und die Aussagen des Fräulein Eisele und des Kutschers Braun gestimmt hätten. Im Gegensatz zu Frau Terzi erkannte Freifrau von Reitzenstein Karl Hau wieder.

Staatsanwalt Dr. Bleicher, der in seiner Beweiskette für die Zeit 6. November 5 Uhr 45 bis 6 Uhr 15, die Zeit, in der der Mord passierte, nichts als eine weiße Stelle sah, ließ Hau nicht, wie es Frau von Reitzenstein behauptete, zur Fremersbergstraße gehen, sondern den Weg über die Lindenstaffeln nehmen, um dabei zu morden. Als Dr. Bleicher die Aussage der Frau von Reitzenstein als die Gespinste einer verwirrten alten Dame abtat, forderte ihn Hauptmann Freiherr von Reitzenstein zum Duell mit zwei Pistolen, um die Ehre seiner Frau, seiner Familie, seines Standes zu retten. Duelle waren bereits verboten. Es kam also nicht zu demselben. Der Herausforderer aber wurde zu einem Monat Festungshaft verurteilt und schrieb danach eine Broschüre über den Fall Hau unter Zugrundelegung der glaubhaften Aussagen seiner Gattin.

Nun soll es also heute, den 21.1.1907, zum Ortstermin an den Lindenstaffeln kommen. Untersuchungsrichter Dr. Vischer will den Mord nachstellen. Und wenn es schon nicht mehr den Schauder der öffentlichen Hinrichtungen gibt, so will man dem Publikum doch mit dieser Inszenierung Genüge tun.

Von überall her streben nun die Neugierigen Baden-Baden zu. Es ist ein sonniger, klarer, nicht allzu kalter Wintertag. Auf den Feldern liegt eine geschlossene Schneedecke, während in der Stadt der meiste Schnee bereits abgetaut ist.

Auch der Murgtaler Papierfabrikant Ferdinand Wöhrle ist nach Baden-Baden gekommen. Schon früh am Morgen fuhr er mit dem Zug nach Rastatt und von dort nach Baden-Baden. Da er am Bahnhof wegen des großen Andranges keine Droschke bekam, ging er zu Fuß in die Stadt. Seit Ajaccio im Sommer 1901 hat er von den Molitors nichts mehr gehört, bis dann dieser gräßliche Mord im letzten Jahr geschah, der Wöhrle im Innersten traf, ihn aufwühlte, in ihm wieder alle Gefühle für Lina aufbrechen ließ. Daß Hau der Täter war, daran zweifelte Wöhrle erst sehr viel später, nach dem Urteil. Damals kreisten seine Gedanken um Lina, die er so anbetete, die er so gerne zur Frau gehabt hätte, doch es hatte nicht sollen sein. Von einer Bekannten, die in der Nachbarschaft der Molitors arbeitete, hörte er damals, daß Hau und Lina geheiratet hatten und nach Amerika gegangen waren. Was man jetzt alles häppchenweise aus den Journalen erfährt, sprengt den Vorstellungsrahmen des Fabrikanten. Wie furchtbar, denkt er, muß es für die arme Lina sein, jetzt mit einer solchen Geschichte zu leben, die möglicherweise mit dem Tode des Gatten durch das Schafott endet. Wöhrle, der es immer noch nicht zu einer Ehefrau gebracht hat, denkt viel und oft an Lina, und er gestattet sich durchaus den Gedanken, daß er nach einer Verurteilung des Hau der Lina neue Zuversicht, neue Hoffnung, ein neues Leben zu ermöglichen imstande wäre, ihr und – da denkt er großzügig – dem Kinde des Hau. Und so gilt denn seine Reise weniger dem angekündigten Spektakel, als vielmehr der Möglichkeit, Lina zu sehen und vielleicht sogar ihr so nahe zu sein, daß man sich im Rahmen des Schicklichen begrüßen und an Ajaccio erinnern und zugleich sein Bedauern über alles Geschehene aussprechen und auch noch ein nachträgliches Beileid, die Mutter betreffend, hinzufügen könnte. So wäre doch eine kleine, fast unsichtbare Spur zu ihr gelegt, die gegebenenfalls später einmal, je nach Lage der Dinge, wiederaufgenommen werden könnte.

Mit einem solchen Andrang hat Wöhrle nicht gerechnet. Schon letztes Jahr, beim Begräbnis der Frau Molitor in Karlsruhe, war eine so große Menschenmenge, daß die Polizei für Ordnung sorgen mußte. Dabei war das Publikum gar nicht in den Friedhof gelassen worden, denn die Trauerfeier fand im Familienkreise statt. Damals hatte Wöhrle Lina gesehen, schwarz verschleiert, kaum zu erkennen. Er hatte dann noch eine Beileidsdepesche an die Villa Molitor geschickt, darin auf seine Bekanntschaft mit dem Herrn Medizinalrat Molitor hingewiesen, aber nie etwas gehört.

Nun begibt er sich also zu den Lindenstaffeln, kommt bis zur Friedrichstraße, wird geschubst und gedrängt und geschoben und gelangt so ohne eigenes Zutun nach vorne und wird plötzlich von der nachrückenden Menge an die hohe Mauer des Messmerschen Grundstücks gedrückt, wo er überhaupt nichts sieht. Nein, hier will er nicht bleiben, das hält er nicht aus. Schon schwitzt er, es wird ihm leicht übel. Er läßt sich durch die Menschenmenge nach hinten treiben, gelangt schließlich in den Kurpark, wo er sich auf eine Bank setzt und beschließt, auf das Spektakel zu verzichten, das jetzt an den Lindenstaffeln beginnt. Eine Frau, die auf der Mauer sitzt, vor der Wöhrle eben noch stand, ruft laut: Da ist der Mörder!

Dr. Vischer macht seine Inszenierung. Ist es Selbstdarstellungssucht, Sensationslust oder törichte Pflichterfüllung, man weiß es nicht. Für Olga, die ihre Rolle in dieser fatalen und unwürdigen Schau spielen muß, ist das Ganze ein Greuel. Hau fügt sich, gibt sich so desinteressiert wie möglich, würdigt Olga keines Blickes, die Olga, die er seit Paris, wo sie ihm angeblich, wie er später behaupten wird, mehrere Küsse geraubt hat, zum ersten Mal wiedersieht. Dr. Vischer scheint das Schauspiel zu genießen, das ihn aus seiner Bürostube herausführt und ihn wichtig erscheinen läßt. Neben ihm wächst der lokale Polizist Behringer in seiner Rolle als Josefine Molitor über sich hinaus. Vor diesem Auftritt hatte er schon für Ordnung am Tatort zu sorgen, und es gelang ihm, einige seiner Freunde in günstiger Position zu plazieren. Und auch Kriminalkommissar Schwendt ist mit seinen Leuten anwesend, um jeglichen Fluchtversuch des Angeklagten mit dem Gebrauch der Schußwaffe zu quittieren.

Es beginnt. Dr. Vischer gibt die Anweisungen. Olga und ihre Mutter, also Behringer, sollen eingehakt die Kaiser-Wilhelm-straße heraufkommen und Hau hinter ihnen gehen. Sie stellen sich auf. Hau in Handschellen. Bitte! ruft Dr. Vischer. Die drei setzen sich in Bewegung. Olga bleibt an der Stelle, an der der Mord passierte, abrupt stehen, Behringer hat damit nicht gerechnet, er stolpert, wird sich dessen bewußt, spielt aus dem Stolpern heraus das Niedersinken der angeschossenen Frau Molitor. Leblos liegt er am Boden. Irgendwoher kommt Gelächter, auch vereinzelter Beifall. Hau ist einfach stur weitergegangen, hat die beiden gar nicht beachtet. Dr. Vischer ist leicht entnervt.

Halt! Halt! So geht das nicht. Herr Hau, Sie sind hinter den Herrschaften hergegangen, sehr nah, haben sich gebückt und geschossen und sind dann eiligst weggelaufen, die Staffeln hinunter.

Nein, Sie irren. Sie werden mir auch auf diese Weise kein Geständnis entlocken.

Dann tun Sie bitte, was der Täter getan hat. Und Sie, Fräulein Olga, möchte ich bitten, dann hinter dem Flüchtenden herzusehen und sich zu überlegen, ob Sie, wenn Hau derselbe gewesen ist, ihn erkannt hätten.

Olga nickt stumm.

Gut, wir machen das Ganze noch einmal. Bitte alle wieder auf die Ausgangsposition.

Hau weist darauf hin, daß er mit gefesselten Händen dieser ihm zugedachten Rolle nicht zufriedenstellend gerecht werden kann. Dr. Vischer, verärgert über die ironische Art, mit der Hau das vorträgt und damit auch Zustimmung und Gelächter beim Publikum erzielt, schreit, man solle dem Untersuchungsgefangenen in Gottes Namen die Fesseln abnehmen, und er erbitte sich, daß alle Beteiligten nun nach Kräften mitarbeiteten. Schwendts Männer halten ihre Pistolen schußbereit, so daß die Szenerie immer grotesker wird. Während die drei wieder auf ihre Positionen gehen, winkt Dr. Vischer den Kommissar Schwendt zu sich und flüstert ihm etwas zu. Schwendt gibt den Befehl, den er erhalten hat, an einen seiner Männer weiter. Das Spiel kann von neuem beginnen.

Auf ein »Bitte« von Dr. Vischer setzen sich Olga und Behringer, Arm in Arm, in Bewegung. Hau folgt ihnen. An besagter Stelle überholt Hau die beiden, bückt sich, simuliert den Schuß, der zum Schrecken zahlreicher Zuschauer tatsächlich aus der Pistole des instruierten Polizisten kommt. Behringer sinkt nieder, Hau flieht, Olga bückt sich zu Behringer, schaut dann hinter dem Fliehenden her, der auf halber Höhe der Staffeln bereits von Gendarmen festgehalten wird. Beifall brandet auf. Behringer verbeugt sich vor seinem Publikum.

Gnädiges Fräulein, beantworten Sie mir nun die Frage: Wenn Hau der Täter gewesen wäre, hätten Sie ihn dann erkannt?

Sicher nicht. Es war ja dunkel damals.

Wiederum Gelächter im Publikum, das sich inzwischen benimmt, als wohne es einer Posse auf dem Theater bei.

Dr. Vischer:

Danke allen Beteiligten, das wars. Bitte abführen. Ihnen, gnädiges Fräulein, ebenfalls besten Dank.

Aus dem Publikum kommt Karl Molitor, nimmt seine Schwester am Arm und führt sie weg. Hau wird abgeführt zum Wagen, der an der Kaiser-Wilhelmstraße steht. Der Wagen fährt davon.

Sie haben das sehr gut gemacht, sagt Dr. Vischer später zu Hau, als hätten Sie das schon einmal gemacht.

Hau lächelt.

Der Kutscher Braun, Frau von Reitzenstein und Fräulein Eisele haben vom eigentlichen Spektakel nichts gesehen. Wöhrle sowieso nicht. Er geht, als sich die Massen verloren haben, die Lindenstaffeln hinauf, zur Stadelhoferstraße. Vor dem Haus Nummer 11, der Villa Molitor, bleibt er stehen. Da ist niemand zu sehen. Wie ausgestorben, denkt Wöhrle und schaudert leicht. Was er nicht wissen kann, ist, daß Lina seit etwa einer Woche in Oldenburg, bei Tina Bultmann weilt.

KAPITEL 15

Berlin, Juli 1925

Sehen Sie, Herr Kollege – ich nenne Sie Kollege, das scheint mir angemessen, wenn Sie erlauben.

Danke der Ehre.

Sehen Sie also: Ich habe das alles im Detail noch einmal recherchieren lassen. Abgesehen von haarsträubenden formalen Fehlern, von peinlichen Pannen, von auch für damals contra legem getätigten Verfahren, die einzuklagen wir einen erheblichen, möglicherweise vergeblichen Aufwand betreiben müßten, gibt es ein paar Punkte, wo anzusetzen Aufgabe und Chance eines Wiederaufnahmeverfahrens wäre.

Ich bin gespannt, das zu hören. Sie müssen wissen, und Sie werden es sich denken können, daß ich in der Vergangenheit nicht einmal über die Informationen verfügte, die vermutlich der Presse alltäglich zur Verfügung standen.

Naturgemäß, naturgemäß. Nun die Details: Kutscher Braun, der aussagte, Sie am Alleehaus in die Droschke aufgenommen zu haben, sagt heute aus, daß er zu dieser Aussage stehe und daß man ihm damals nur das Wort im Munde verdreht habe. Man habe ihn verrückt gemacht, weil man ihm nicht glauben wollte. Desgleichen Fräulein Eisele, heute Frau Aubele, die bezeugt, Sie in der Fremersbergstraße, kurz vor dem Alleehaus, gesehen zu haben. Zuletzt die Aussage der Frau von Reitzenstein, leider vor drei Jahren verstorben, die aber durch ihren Gatten bestärkt wird.

Das alte Lied. Es wird nichts weiterbringen.

Hören Sie zu, Herr Kollege, der entscheidende Ansatz: Fräulein Olga Molitor, in Sie verliebt, vice versa. Ich weiß um Ihre Vorbehalte, Herr Hau. Aber lassen Sie mich das bitte zu Ende ausführen. Also. Erstens: Fräulein Molitor besaß nach Aussage eines Waffenhändlers in Baden-Baden eine Waffe, aus der, wie man bei einer routinemäßigen Überprüfung der Waffe feststellte, nachweislich im Zeitraum zwischen August und Dezember 1906 geschossen wurde. Kaliber neun Millimeter. Zweitens: Nach dem Mord fand im Hause Molitor, ebenfalls contra legem, eine Razzia statt. Briefe und persönliche Gegenstände wurden beschlagnahmt, wahllos wurde in einer beispiellos rohen Aktion das Haus sozusagen geplündert. Die Waffe wurde nicht gefunden, obwohl es sie gab. Sie wurde also vorher entfernt. Warum? Drittens: Olga Molitor hatte nach Aussagen des Personals permanenten Streit mit ihrer Mutter, die jeden Versuch der Tochter, sich aus dem Elternhaus zu entfernen, eifersüchtig bis zur Brutalität zunichte machte. Es sei, sagen Zeugen noch heute aus, ein ständiger Krieg gewesen, denn Frau Molitor habe Angst gehabt, einst im Hause alleine zu sein. Nehmen wir an, Fräulein Olga spürte Ihre Liebe und Zuneigung, deutete dort eine gemeinsame Zukunft hinein und befand, daß alles, eine Flucht mit Ihnen, ein neues Leben, möglich sei, wenn die Mutter nicht mehr im Wege wäre und sie über ein Erbe verfügen könnte. Am 6. November sah und erkannte Olga Sie vom Fenster der Villa aus. Sie konnte also annehmen, daß Sie zu ihr gekommen seien, um ihretwillen. Als die Mutter zur Post gerufen wurde, sah Olga die Gelegenheit, nahm die Waffe mit und erschoß die Mutter. Der fliehende Mann war Phantasie.

Hau lächelt.

Ich sehe schon, der gute Albert Herzog hat mich nicht nur bei Ihnen avisiert, er hat Sie auch mit seiner Sicht der Geschichte infiziert.

In der Tat.

Es ist verlorene Liebesmüh.

Ich verstehe nicht. Es scheint mir doch eine gewisse Logik darin zu liegen.

Olga Molitor war nicht die Täterin.

Dr. Max Alsberg, Staranwalt mit Kanzlei am Nollendorfplatz in Berlin, ist leicht ungehalten.

Verzeihen Sie, wer das mit solcher Bestimmtheit sagt, der muß den Täter kennen.

Oder selbst der Täter sein.

Das habe ich nicht gesagt.

Tut mir leid, aber ich kann einer Wiederaufnahme, die diese Version beinhaltet, nicht zustimmen.

Ich muß Ihre Entscheidung respektieren, versteht sich. Nun, was die Sache mit Ihren Ullstein-Veröffentlichungen angeht, so sehe ich keine Probleme. Aber lassen Sie mich da etwas ausholen. Eine einmal ausgesprochene Begnadigung kann grundsätzlich nicht widerrufen werden, an sie Bedingungen zu knüpfen, verletzt Reichsgesetz. Die badische Justiz geht davon aus, daß ein Verstoß gegen ihre Bedingungen eine Straftat ist. Eine Straftat muß verhandelt werden, um zu klären, ob sie wirklich begangen wurde und wie hoch das Strafmaß sein würde. Hier wird aber das Strafmaß, nämlich die zu verbüßende Restzeit, schon festgesetzt für eine noch gar nicht begangene und nach Lage der Dinge auch nicht zu begehende Tat. Und was »sensationell« ist, da läßt sich auch unter Juristen lange streiten. Außerdem vertrete ich die Meinung, und da stehe ich im Reich wahrlich nicht alleine da, daß die Auflagen, die man zu Ihrer Beurlaubung gemacht hat, massiv gegen Artikel 118, Absatz 1 der Staatsverfassung verstoßen, nämlich das Grundrecht des Bürgers auf Meinungsfreiheit. Ich würde also eventuellen Klagen oder Interventionen der badischen Justiz gelassen entgegensehen.

Daß dieses, sein Denken, im Deutschen Reich abgeschafft wurde, sollte Max Alsberg am eigenen Leibe erfahren. Schon 1931, im Prozeß wegen Landesverrats gegen den Journalisten Carl von Ossietzky, den Alsberg vertrat, wurde die Meinungsfreiheit mit Füßen getreten. Alsberg (»nichtarisch«)

mußte 1933 Deutschland verlassen, er erschoß sich im selben Jahr in der Schweiz.

Carl von Ossietzky schreibt in einem Artikel vom 16. November 1925:
Auch Hitler hat ein umfangreiches Buch geschrieben. Er schreibt und agitiert fleißig mitten in seiner »Bewährungsfrist«. Hitler bedeutet ständige Bedrohung der Staatssicherheit. Was ist Carl Hau dagegen? Man wird das peinliche Gefühl nicht los: Hätte Hau seine Frist benutzt, um in einem hakenkreuzgeschmückten Bande zu demonstrieren, die Weisen von Zion hätten ihn ins Zuchthaus gebracht, um einen Vertreter der langschädeligen, arischen Edelrasse zu ruinieren, er könnte heute in Karlsruhe friedlich spazierengehen.

Bernkastel, Herbst und Winter 1924

So eine Heimkehr, hatte Hau gedacht, muß sein wie die eines Soldaten, der aus langen Kriegsjahren nach Hause kommt. Er hatte in einem Buch einmal darüber gelesen. Das Haus geschmückt, Girlanden über dem Gartentor, ein Willkommen an der Tür, erwartungsvolle Verwandte, Nachbarn, Händeschütteln, Fragen, kleine Begrüßungsreden, Kaffee, Kuchen, Sekt, und nun erzähl mal!
Dem war nicht so. Jene kamen als Helden, egal, ob sie den Krieg gewonnen oder verloren hatten, sie lebten. Hier kam ein Mörder zurück.
Der Bekannte der Mutter, ein Freund des alten Hau, wie er sich bei der Begrüßung bezeichnete, der während der ganzen Fahrt im Automobil kein Wort sprach, hielt vor dem Haus, gab Hau seinen Koffer, wünschte alles Gute und machte sich davon. Kein Mensch zu sehen. Die Nachbarn konnte man hinter den halbzugezogenen Gardinen ahnen. Dann kam die

Stiefmutter aus dem Haus, und sie war Hau eine fremde Frau. Sie ihrerseits herzte und küßte ihn, als sei er tatsächlich heil aus dem Krieg zurückgekehrt. Hau wurde, als er sah, wie ärmlich die Verhältnisse geworden waren, sofort klar, sie hatte für diesen Tag gelebt, um nicht mehr alleine zu sein.

Nein, eine Heimkehr war das nicht. Aber wie hätte es für ihn auch eine Heimkehr geben können?

Die Stiefmutter, nenn mich doch Margarete, sagte sie, eine rundliche Person, leiblichen Wohlgenüssen sichtlich zugetan, denn auch sie hatte im Krieg gehungert, begann sofort damit, Hau zu füttern. Von Anfang an mußte er sich dagegen wehren. Und nicht nur dagegen. Innerhalb weniger Stunden, auf dem Sofa sitzend und ihr zuhörend – Klatsch aus der Nachbarschaft –, kam er sich vor wie ein Gefangener, das erschreckte ihn sehr. Er ging in den Garten hinaus, die Sonne schien, es roch nach frisch gemähtem Getreide. Durch das Gartentor, über den Bach, durch die Weinberge, den Hügel hinauf ging er zum Wald. Er begegnete niemandem und war froh darüber. Dann legte er sich unter einem Baum ins Moos und schaute in den Himmel, und jetzt spürte er so etwas wie Glück. Du bist frei, frei, du hast es geschafft, du hast alles ertragen, hast es durchgestanden, du bist frei! Er lauschte auf die Geräusche des Waldes, schaute den ziehenden Wolken hinterher und betrachtete die Baumwipfel, die sich leicht bewegten und immer wieder neue Muster an den Himmel zeichneten. Das ist das Glück. Ach, könnte man das jetzt für immer festhalten. Er wußte, das kann man nicht. Jetzt könnte das Leben auch zu Ende sein. In diesem glücklichsten Moment seit Jahren zu sterben, das wäre in Ordnung. Denn was nun kommen, was das Leben jetzt von ihm verlangen würde, das machte ihm angst. Vor allem der Gedanke, Menschen zu begegnen, schnürte ihm die Kehle zu.

Nein, Mutter, ich möchte jetzt nichts essen, nein, auch nichts trinken. Ich habe doch gerade gegessen, nein, mir ist nicht kalt. Nein, ich habe keinen Hunger. Ich möchte die Nachbarn nicht besuchen. Später, nicht jetzt. Nein, mir ist nicht zu heiß. Wenn es mir zu heiß wird, gehe ich in den Schatten. Ja, das tue ich. Nein, ich möchte jetzt nichts lesen. Wenn ich etwas lesen möchte, dann hole ich es mir. Ja, das tue ich. Nein, keinen Kuchen jetzt. Nein, nein, nein. Ich möchte einfach so dasitzen und nichts tun. Auch keinen Kaffee, nein. Nein, ich langweile mich nicht. Nein, ich möchte jetzt nichts essen, ich habe keinen Hunger, nein! NEIN!

Am dritten Tag schrie er sie an. Sie solle ihn doch einfach einmal in Ruhe lassen, den Mund halten, ihn mit ständigen Essensangeboten verschonen.

Ach, das sei der Dank für die Briefe, für die Päckchen, die Sorgen, die Begnadigungsbemühungen. Sie weinte, sie meine es doch nur gut, habe seinem Vater noch auf dem Totenbett versprochen, für ihn zu sorgen, obwohl er doch ihr Stiefsohn sei und sie ihn aber liebe wie einen eigenen Sohn.

Da mußte er sie dann wieder trösten, ihr sagen, daß er es nicht so meine, aber daß sie verstehen müsse, daß er sehr alleine war, die Einsamkeit annehmen habe müssen, um zu überleben, und daß jetzt jeder Kontakt zur Außenwelt sehr schwierig für ihn sei, auch das Zusammenleben hier im Hause, auch der Umgang mit dem Überfluß an Essen, daß er noch Angst habe, Menschen zu treffen, daß er sich gerne erst einmal in seine Bücher zurückziehen wolle und in sein gerade begonnenes Schreiben, und daß er dazu Ruhe brauche. Bitte, sie möge das doch verstehen.

Sie verstand es nicht.

Sie will ihn so mästen, daß er nicht mehr durch die Tür paßt und nicht mehr davonrennen kann. Er würde davonrennen. Hier würde kein Bleiben sein.

Er schrieb und schrieb wie ein Besessener. Nach wenigen Wochen hatte er »Das Todesurteil«, das Buch über seinen Prozeß, fertig. Er schickte es zu Ullstein nach Berlin, bekam von einem Dr. Müller begeisterte Antwort und dessen Besuch.

Außer flüchtigen, vorwiegend peinlichen und quälenden Begegnungen mit weiteren Verwandten, Kaffeeklatschtanten der Mutter und Nachbarn, hatte Hau bisher keinen intensiveren oder gar intellektuellen Kontakt zu Menschen gehabt.

Sie machten eine lange Wanderung durch die inzwischen verschneiten Weinberge. Dr. Müller lobte das Werk, sah große Chancen für einen Erfolg, hatte einen Scheck mitgebracht, und er fragte nach einem weiteren Buch. Er habe begonnen, sagte Hau, seine Zeit im Zuchthaus zu beschreiben, das sei noch sehr nah, darum nicht einfach. Dr. Müller, der lange zuhörte, wie Hau erzählte, der auch nachfragte, Geschichten aus Hau herauslockte, machte Mut. Als Dr. Müller nach zwei Tagen abreiste, war Hau traurig, und er wußte, er mußte hier weg. Nicht nach Berlin, jetzt nicht, noch nicht. Aber hier ging es nicht mehr. Es war ein Gefängnis.

Er schrieb bis zum Frühjahr 1925 an »Lebenslänglich«. Zur gleichen Zeit führte er verschiedene Korrespondenzen, eine mit Albert Herzog, der 1907 Chefredakteur der »Badischen Zeitung« war und sehr im Sinne von Haus Unschuld den Prozeß kommentiert hatte. Herzog hatte sogar von Olga Molitor eine Klage an den Hals bekommen, weil er in Erwägung gezogen hatte, daß auch sie die Täterin hätte sein können. Er wurde zu einem Jahr Gefängnis verurteilt, wovon er vier Monate in Freiburg zu verbüßen hatte. Kurz nach dem Krieg, mit der neuen Zeit, ging Herzog nach Wuppertal und übernahm die »Barmer Zeitung«. Nachdem Hau einmal in Wuppertal gewesen war und sich mit Herzog getroffen hatte, fragte er, ob es nicht möglich sei, unter anderem Namen, möglichst unauffällig, bei ihm zu hospitieren, um sich in das Journalistische einzuarbeiten, da Ullstein ihn eventuell als Korrespondenten nach Amerika schicken wollte.

Herzog sagte zu, Hau reiste an, nahm in Düsseldorf ein Zimmer und arbeitet als Volontär Dr. Karl Müller im Verlag der »Barmer Zeitung«. Albert Herzog, von Hau gerne Herzog Albert genannt, erinnert sich später in seinen unveröffentlichten Erinnerungen:

Morgens um sieben Uhr kam er von Düsseldorf nach Barmen herüber. Niemand außer dem Geschäftsführer und mir – auch meine Angehörigen nicht – kannte seinen wirklichen Namen. Niemand ahnte, daß dieser mit unaufdringlicher Eleganz gekleidete, ruhige und zurückhaltende junge Herr ein ehedem wegen Mordes zum Tode Verurteilter war. Nur ein junger Lokalredakteur, mit dem er allen Versammlungen und öffentlichen Veranstaltungen beiwohnte, witterte als einziger ein Geheimnis um den »Neuen«, vor allem, als dieser in einer Kollegendebatte über internationales Recht sich sehr überlegen zeigte und auf die herausfordernde Anzweifelung eines der Schriftleiter, woher er diese Wissenschaft habe, zur allgemeinen Verblüffung bescheiden antwortete: Ich war eine Zeitlang Professor des Internationalen Rechts an der Universität Washington. Was den Prozeß von 1907 anging, beteuerte Hau zwar vehement seine Unschuld, weigerte sich aber, einer anderen Täterschaft nachzugehen.

Als Hau einige Zeit später nach Berlin ging, empfahl ihm Herzog wärmstens seinen Freund Dr. Alsberg, den besten Anwalt, den er bekommen könne, falls er es sich mit dem Wiederaufnahmeverfahren doch noch einmal überlege, oder andere Probleme, mit den Veröffentlichungen zum Beispiel, habe.

Hau ging nach Berlin, und Berlin drohte ihn zu zermalmen. Alles griff nach ihm mit Sensationsgekreische. Die Gesellschaft wollte sich mit ihm schmücken, man begann, seine Geschichte zu verfilmen, und als im »Berliner Abend« die erste Folge seines ersten Buches erschien, mußte er fliehen. Dr.

Müller brachte ihn in das kleine märkische Dorf, wo der Ull-stein-Verlag ein Haus besaß. Hau zog nicht, wie vorgesehen, ins Parterre, sondern in den ersten Stock.

Das Zimmer im Parterre hatte ein Gitter vor dem Fenster.

KAPITEL 16

Juni bis August 1901

Was in der Nacht vom 4. auf den 5. Juni 1901 in Realp im Hotel Post im Morgengrauen, als die früh aufgestandenen Bauern einen Pistolenschuß hörten, den sie sehr wohl vom Gewehrschuß eines Wilderers unterscheiden konnten, was wirklich geschehen ist, wurde nie geklärt und wird nicht geklärt werden. Man war auf das angewiesen, was die beiden Betroffenen, Lina Molitor und Karl Hau, zu Protokoll gaben. Sie wollten, sagten sie, ihrer unerfüllbaren Liebe wegen beide aus dem Leben scheiden. Lina glaubte man das, Hau mochte man eine tatsächliche Bereitschaft dazu nicht abnehmen. Als der Schuß gefallen war und der Besitzer des Hotels in das Zimmer kam, lag Lina blutend im Bett und Hau kauerte davor. Die von der Frau des Besitzers herbeigerufene Gendarmerie nahm Hau als den Besitzer der Waffe kurzerhand fest und führte ihn ab. Ein Arzt kümmerte sich um Lina. Der Schuß, angeblich von ihr selbst abgegeben, hatte ihren Brustkorb gestreift, so daß keine Lebensgefahr bestand und eine ambulante Behandlung ausreichte. Hau gab auf der Wache dieselbe Version ab. Er sei zur Toilette gegangen, habe den Schuß gehört, sei ins Zimmer gestürzt und habe Lina, noch mit der Waffe in der Hand, blutend vorgefunden. In ihrem Wahn habe sie sogar gedroht, auch auf ihn zu schießen, das habe er verhindern können. Ja, sie hätten darüber gesprochen, vielleicht aus dem Leben zu scheiden, vor allem Lina habe das gewollt. Er selbst habe noch an die Möglichkeit geglaubt, durch Zureden die ganze Angelegenheit in ein ruhigeres Fahrwasser zu bringen.

Ob man wollte oder nicht, man mußte das so glauben. Man nahm alles zu Protokoll, ließ Hau unterschreiben, konfiszierte die Waffe, sprach eine Geldstrafe wegen illegalen Einführens und Besitzes einer Feuerwaffe aus und behielt Hau in Haft, da er die Strafe nicht in voller Höhe bezahlen konnte.

Lina lag unterdessen im Hotelzimmer und sah bange der Ankunft ihrer Mutter entgegen, die man verständigt hatte.

Du darfst ihn nicht verurteilen. Er ist jung. Ich liebe ihn, wie ich niemanden geliebt habe, bitte Mama, verzeih ihm und mir.

Und was soll nun daraus werden?

Wir sind verlobt. Wir werden heiraten, wenn du mir die Erlaubnis gibst, um die ich dich bitte, und wir werden nach Amerika gehen, sobald ich gesund bin.

Kind, Kind, Kind.

Ich habe mit dem Schuß eine Dummheit gemacht, verzeih es mir. Ich wollte sterben, wenn ich ihn nicht lieben darf.

Warst wirklich du es, die geschossen hat?

Ja, Mama, ich schwörs.

Nun, dann wollen wir sehen, was wird.

Ja.

Du sagst, sein Vater kommt?

Du mußt sie heiraten, sagte Johann Baptist Hau, der nach Realp gekommen war, um den minderjährigen Sohn bei der Gendarmerie auszulösen. Vater Hau bezahlte, Karl wurde entlassen, und die beiden waren auf dem Weg zum Hotel Post allein.

Verlangst du das wirklich von mir?

Das verlangt die Ehre.

Ich gehorche dir, Vater.

Es gefiel Karl, das Ehrgefühl des Vaters zu benützen, denn die Version des Hergangs, die er ihm auftischte, die möglicherweise ja die Wahrheit war, bezweckte nichts anderes, als die Einwilligung in eine Heirat und die Finanzierung des Amerikastudiums zu erlangen.

Er habe, da sie tatsächlich in einem Rausch der Verzweiflung aus dem Leben scheiden wollten, auf Lina geschossen, sie aber nicht richtig getroffen, auch nicht treffen wollen. Aber das könne man natürlich nicht öffentlich sagen, da man ihn sonst für Jahre einsperren würde.

Schweigend gingen sie nebeneinanderher. Mehrfach seufzte der alte Mann, als ahnte er, daß dieser, sein einziger Sohn, ihm noch ganz andere Sorgen bereiten werde.

Vater, bitte verzeih mir diese Dummheit. Ich werde dir nie mehr solchen Kummer machen. Ich weiß, es ist furchtbar, wenn der einzige Sohn solche Dinge tut. Andere haben mehrere Kinder, die können sich an die halten, die nicht aus der Art schlagen. Aber, Vater, du kennst meine schulischen Leistungen und meine Examensnoten, sie sind herausragend. Und ich habe meine Englischkenntnisse verbessert. Sprachen fallen mir ganz leicht, ich habe in zwei Wochen gut Italienisch gelernt. Ich werde in Amerika meinen Weg machen, du kannst dich darauf verlassen.

Jaja, schon gut. Aber wer soll das bezahlen?

Sieh, Vater, so ungern ich von Mutter und dir weggehe, so ist drüben doch meine Bestimmung. Ich werde dort mein Glück machen, und ihr werdet einmal stolz auf mich sein. Ich werde heiraten und Lina mitnehmen. Es ist sicher von Vorteil, nicht alleine im neuen Land zu sein, sondern eine Familie zu haben, einen Halt. Lina ist ein wunderbarer Mensch – und in ihrem Herzen ist sie nicht älter als ich.

Dann will ich mal mit ihrer Frau Mutter sprechen.

Also sprechen sie miteinander, Medizinalratswitwe Josefine Molitor und Johann Baptist Hau, Kaufmann.

Natürlich komme er für die Ausgaben auf, die durch die Schuld seines Sohnes entstanden seien. Und er habe mit seinem Sohn darüber gesprochen, daß es sich schicke, das Fräulein Molitor nun auch zu ehelichen, und der Sohn sei sich seiner Verantwortung vollkommen bewußt, habe ihm gegenüber von sehr großer Zuneigung und sogar Liebe zu dem werten Fräulein Tochter der gnädigen Frau gesprochen, was sicher, da diese Zuneigung offensichtlich erwidert werde, die Zukunft der beiden zu erleichtern geeignet sei.

Sie verhehle nicht, sagt Frau Molitor, daß die Umstände, die nun zwangsläufig zu dieser Verbindung führten, sie nicht gerade glücklich machten, dennoch teile sie durchaus seine Haltung und sei der Meinung, ihnen beiden bleibe wohl nichts anderes übrig, als dazu ihren Segen zu geben.

Den Segen zu geben, zögere er nicht, wenngleich auch er ausdrücken wolle, daß für ihn eine so frühe und aus solchen Umständen geborene Bindung eingedenk des jugendlichen Alters seines Sohnes nicht das sei, was er sich einmal für dessen Zukunft vorgestellt habe, was natürlich keineswegs als Abneigung gegen das Fräulein Braut, wenn er dieselbe schon einmal so nennen dürfe, zu verstehen sei, im Gegenteil, in günstigeren Umständen als diesen würde er – und er wolle das aber auch jetzt tun – die Verbindung seines Sohnes mit dem werten Fräulein Tochter als Ehre ansehen. Er sei ein einfacher Weinhändler, habe sein Auskommen und durchaus seine Reputation, könne aber aus seinen eigenen Mitteln eine Ehe und Familie und deren Leben im sicher nicht billigen Amerika nicht alleine finanzieren.

Frau Molitor ist erst einmal erstaunt, hat der Herr Sohn doch ganz andere Dinge über seine Herkunft und die wirtschaftlichen Verhältnisse seines Vaters erzählt, was sie nach dem Geschehenen nicht mehr nur einer jugendlichen Laune zuzuschreiben bereit ist, sondern einem gewissen Hang zur Hochstapelei. Darüber hinwegzusehen, wird ihr nicht leichtfallen, doch will sie nun, der Situation angemessen, erst einmal mit ihrer Entrüstung hinter dem Berg halten. Zugleich nimmt sie sich insgeheim vor, ein Auge darauf zu haben, ob sich mit der Verheiratung und der damit eventuell einhergehenden Reifung des jungen Mannes in dieser Hinsicht Veränderungen zum Positiven, zum Realistischen zeigen.

Natürlich werde sie, gibt sie Vater Hau zu verstehen, nicht zögern, das ihr Mögliche zu tun, das heißt, in dem Maße ihren pekuniären Beitrag zu leisten, wie er erforderlich ist, um das junge Paar in würdigen und angemessenen Verhältnissen leben zu lassen.

Zwei leidgeprüfte Menschen gleichen Alters, aber unterschiedlicher Herkunft und Lebensumstände, gehen auseinander mit dem gemeinsamen Wunsch, es möge sich durch das, was sie zu leisten bereit und imstande sind, eine Angelegenheit, die man ihnen aufgezwungen hat, zum Guten fügen. Unausgesprochen haben beide die Hoffnung, daß sich das Glück ihrer Kinder in Amerika erfüllen möge, und die Gewißheit, daß es so besser ist, als würde das auf dem Prüfstand hiesiger gesellschaftlicher Verhältnisse geschehen müssen.

Am 18. August 1901 heiraten Lina Molitor, geboren am 5. Oktober 1875, und Karl Hau, geboren am 3. Februar 1881, cand. jur.

Am 30. August geht das Schiff ab Antwerpen, das sie nach Washington bringen wird, in eine ungewisse Zukunft.

Im Hause Molitor ist großes Packen. Lina füllt Kisten um Kisten und Koffer um Koffer. Sie kauft ein und organisiert und beschäftigt das ganze Personal. Die Mutter hilft mit Rat und Tat. Und Hau, dessen Hab und Gut aus zwei Koffern mit Kleidern und zwei Koffern mit Büchern besteht, macht mit Olga ausgedehnte Spaziergänge durch die Wälder um Baden-Baden. Olga trägt ihm Gedichte vor, er lobt und kritisiert, sie reden über Gott und die Welt, können einander glänzend unterhalten, sprudeln über von Geschichten und liegen sich einmal für einen Moment in den Armen und fragen sich beide stumm, warum sie es nicht sind, die da zusammen in diese Zukunft gehen. Doch dann verbieten sie sich diese Nähe für immer.

Lina argwöhnt nichts, sie geht so vollständig in der Rolle der Ehefrau auf, die für das Nest der zu erwartenden Familie die Grashalme zusammenträgt, daß sie froh ist, wenn Hau Unterhaltung hat und ihr nicht mit irgendwelchen Fragen, ob man dieses oder jenes denn wirklich braucht, im Wege steht. Niemand merkt, daß Olga immer stiller und trauriger wird, je näher der Abreisetermin rückt. Und wenn Olga traurig ist, dann wird sie auch spöttisch und ungerecht. Als sie einmal so leicht dahin Lina fragt, ob die denn glaube, daß man hölzerne Kartoffelstampfer in Amerika nicht kaufen könne, ob sie Erkenntnisse darüber habe, daß der Amerikaner solche nicht kenne, da kommt es zum Streit. Beide giften sich an. Mutter Molitor sorgt für Ruhe.

Dann ist der Tag der Abreise gekommen. Mutter Molitor weint, das Personal ist gerührt, der Hund aufgeregt. Lina strahlt überglücklich, Hau verabschiedet sich höflich, und Olga zieht einen kleinen Trumpf aus der Tasche:

Und, Mr. Hau, sagt sie, wie abgemacht, ich schicke meine Gedichte und Sie schreiben mir dazu.

Wie abgemacht, Fräulein Olga, sagt Hau.

Dann reisen sie ab. Als die Kutsche nicht mehr zu sehen ist, gehen Olga und Frau Molitor ins plötzlich ungeheuer stille, große Haus. Olga geht sofort die Treppen hinauf nach oben. Frau Molitor bleibt in der Halle stehen, schaut Olga hinterher.

Olga!

Ja, Mama!

Ich wünsche das nicht, daß du Herrn Hau deine Gedichte schickst.

Olga bleibt stehen, starrt die Mutter an, ahnt, daß jetzt eine neue Zeit im Hause anbricht, in der man sich wird behaupten müssen.

Ich verspreche nichts!

Ich sagte, ich wünsche es nicht!

Trotzig verschwindet Olga nach oben.

Frau Molitor, die wahrlich lieber ihre jüngste Tochter in dieses Abenteuer hätte ziehen lassen, ahnt auch, daß es mit Olga nicht einfach werden kann, sie ahnt vielleicht sogar, und das ist ihr wiederum eine Beruhigung, daß sie sehr lange mit Olga alleine sein wird.

KAPITEL 17

Oldenburg, März 1907

Wütend teilte Lina dem Staatsanwalt Dr. Bleicher mit, daß
man sie mit weiteren Besuchen durch die Kriminalpolizei verschonen möge.
Ich suche hier meinen Frieden, um den mich die Angelegenheit
meines Mannes gebracht hat. Es ist eine Ungeheuerlichkeit,
daß Beamte sogar unangemeldet erscheinen, um mich zu verhören. Nehmen Sie geflissentlich zur Kenntnis, daß ich eine
ehrenwerte Dame bin und mir in der Sache ein Zeugnisverwei-
gerungsrecht zusteht.

Dr. Bleicher entschuldigte sich, bat aber dennoch um Hilfe:
Ob es ihr möglich sei, über ihre Kenntnisse des Geld- und Ge-
schäftsgebarens ihres Mannes zu berichten? Dr. Dietz, mit
dem Lina einen regen Briefwechsel pflegt, sagte, er habe in der
Sache keine Bedenken, da man in der Verteidigung ohnehin
auf geistige Verwirrung hinarbeiten werde. So könnte also das
Geschäftsgebaren des Hau, das, wie er aus den Akten wisse,
sehr abenteuerlich gewesen ist, von ihrer Seite nicht drastisch
genug dargestellt werden.
Nun sitzt Lina seit Tagen und schreibt auf der Schreibma-
schine, auf der Tina Bultmann ihre Feuilletons für die »Bunte
Seite« der Tageszeitung zu schreiben pflegt. Sie schreibt mit
zwei Fingern, das geht sehr langsam, und sie überlegt jeden
Satz, jedes Wort genau. Schließlich liest sie Tina das Geschriebene vor:
Aussage der Lina Hau über ihre Sicht der finanziellen Situation des Karl Hau:
Als Mr. Hau mit Mr. McLanahan die Sozietät gründete, sagte
er ihm, daß er von den Revenuen seiner Güter, die ihm regel-

mäßig durch einen Agenten gesandt würden, sich und seine
Familie erhalte. Außerdem bekomme er noch von seinem Vater
regelmäßig Geld. Sein Vater sei Reichstagsabgeordneter und
Bürgermeister und besitze einen großen Weinberg und sei
außerdem Präsident einer Bank, die große Geschäfte mache.
Er werde, sagte er ihm, einmal groß erben. Daß das so nicht
stimmte, wußte ich bereits. Aber ich dachte, in Amerika muß
man solche Dinge vortäuschen. Mein Mann sagte mir einmal,
man dürfe in seinem Beruf in Amerika keine Schwäche zeigen,
auch nicht den mittellosen Mann ahnen lassen. Wenn McLanahan jetzt sagt, daß er glaubt, Mr. Hau habe lediglich die 600
Dollars Verdienst an der Universität zur Verfügung gehabt,
dann glaube ich das nicht. Hau sagte einmal zu mir, McLanahan würde sich wundern, wenn er wüßte, wieviel ich verdiene.
Hau bezahlte im Oktober 1905 das Klavier von 950 Dollars
und gab mir vor seinen Reisen genügend Geld zur Hand. Wenn
das alles, was angeschafft wurde, nebst der Miete auch für das
Appartement in den Highlands, schon von meiner Mitgift ab-
gegangen wäre, dann wäre sie schon vor den türkischen Reisen
zusammengeschmolzen, wie ihr das später widerfahren ist.
Im Sommer 1905 waren Hau und McLanahan in Ölunter-
handlungen, sie erhielten aber weder Auftrag noch Geld. Hau
erzählte das anders als McLanahan. Er ging dieses Geschäftes
wegen, das ihm wenigstens die Reisekosten einbringen würde,
nach Europa, und auch um sich mit den französischen Geset-
zen vertraut zu machen, denn er sagte, daß ihm noch eine
Menge fehle, um Sicherheit in der Übernahme ausländischer
Cases zu erlangen. Es sollte eine Reise zu Studienzwecken sein.
Heute weiß ich, daß die Standard Oil nichts bezahlte und daß
ein Teil meiner Mitgift zur Finanzierung der Reise beitrug.
Während er in Paris und später in Karlsbad ein tolles Leben
führte, den amerikanischen Millionär darstellte und Liebes-
intrigen hatte, sehnten Bäbi und ich uns in den bescheidensten
Verhältnissen nach ihm ab.

Am Tage seiner Heimkehr hatte ich den ersten und einzigen Anlaß, an seiner Treue zu zweifeln durch einen Brief, dessen Inhalt er mir aber zu erklären wußte, so daß ich ihm glaubte.

Als Hau am 6. Januar 1906 nach der Türkei reiste, ließ er mir 1000 Dollars für vier Monate zurück, um alle Ausgaben, Miete und dergleichen, zu bezahlen. Er schrieb mir immer, ich solle nicht sparen, er habe Geld genug, ich tat es aber doch und setzte immer meinen Stolz darein, auszukommen.

Auf der Reise sollte es um den Verkauf eines Schiffes gehen. Hau und McLanahan steckten je 5000 Dollars in die Angelegenheit, die ihnen meines Wissens 5 Prozent des Schiffswertes einbringen sollte. Hau behauptete, er habe noch 2500 Dollars aus Deutschland investiert und von einem Türken, Nouri Bey, weitere 5000 geliehen. Als die Dinge trotz der Bestechungsgelder nicht vorangingen, sagte Hau, er habe den Nouri Bey in der Hand, weil der selbst investiert habe. Hau war immer sehr zuversichtlich, das Geschäft zu einem guten Ende zu bringen. Im Sommer reiste er deshalb noch zweimal nach Konstantinopel. McLanahan gab jetzt 7500 Dollars, Hau, weil er ja 2500 aus Deutschland angeblich schon erbracht hatte, noch einmal 5000, die er sich, was ich erst später erfuhr, zu 6 Prozent Zins von Mrs. McLanahan geborgt und nie mehr zurückgezahlt hat. Das Geschäft kam dennoch nicht zustande. Und auch die andere Sache, eine elektrische Bahn betreffend, erwies sich als nicht durchführbar. Hau sagte, die türkischen Kontaktmänner würden immer nur Bestechung nehmen, ohne Sicherheiten zu geben. Am 14. Oktober 1906 schrieb mir Hau nach München, er reise jetzt nach Deutschland ab, es sei nicht gut, länger zu bleiben, er sei müde und müsse sich erholen, wisse die Geschäfte aber in zuverlässigen Händen. Heute weiß ich, daß ein großer Teil der Gelder und mein ganzer, schon ausbezahlter Erbanteil von 60000 Mark nicht nur in den Händen der Türken verschwunden sind, sondern daß Hau ein verschwenderisches und liederliches Leben damit finanziert hat. Auch Mr.

und Mrs. McLanahan ahnen das, und sie sind begierig zu wissen, ob der alte Hau tatsächlich in Verhältnissen lebt, die ihm ermöglichen, die Schulden seines Sohnes zu bezahlen. Ich fürchte, daß das nicht der Fall ist. Mein Mann hat mir immer gesagt, daß wir genügend zu leben haben, auch wenn diese Geschäfte alle nichts einbrächten. Ich schreibe das alles auf, weil ich maßlos enttäuscht bin und weil es die Wahrheit ist. Ich möchte aber auf das Entschiedenste betonen, daß ich, sollte Hau freigesprochen werden, ihm verzeihe und daß ich nicht an seine Schuld in der Mordsache glaube.

Gez. Lina Hau geborene Molitor.

Tina hat interessiert zugehört.

Glaubst du nicht, daß du ihm damit schadest?

Wie kann ich mit der Wahrheit schaden? Wenn er die Tat begangen hat, was ich nicht glauben mag, weil es mir das Herz zerreißt, dann muß er gestehen. Wenn er unschuldig ist, werden sie ihn nicht verurteilen können.

Du hast einen schönen Glauben an die Gerechtigkeit der Justiz.

Ja. Seine Unschuld zu beweisen ist seine Sache. Er ist Anwalt. Wer, wenn nicht er, wäre dazu in der Lage? Und außerdem, das sage ich meinem Bruder und den Schwestern immer wieder, ein Betrüger ist kein Mörder. Dieser Mann, der mich so glücklich gemacht hat, ist kein Mörder.

Hat er dich nicht auch schon ebenso unglücklich gemacht?

Ja. Doch. Ja.

Ach Linakind, ich erinnere mich gerade an unsere Reise nach Italien. Ihr wart so verliebt. In jedem Tunnel habt ihr euch geküßt. Jede Möglichkeit, euch eure Verliebtheit zu zeigen, habt ihr genutzt. Ich mußte beide Augen tüchtig zudrücken. Kann es nicht sein, Lina, daß du für diesen Menschen zu gut warst, daß du zu ergeben warst, daß du – verzeih – zeitweise nicht bei Verstand warst, wie Verliebte das so an sich haben, und daß du dir das später nicht eingestehen wolltest, es immer noch nicht willst?

Lina schießen die Tränen in die Augen.

Ich habe so sehr an ihn geglaubt, an das Gute in ihm, und daß sich das durchsetzen werde.

Und bist nun eines Besseren belehrt?

Ja und nein. Er ist schwach. Das weiß ich erst jetzt. Ihr wollt mir alle nicht glauben, daß er mich in Amerika auf Händen getragen hat, daß er mir ein wunderbarer Ehemann war und Bäbi ein stolzer und liebevoller Vater. Das Verderben kam mit diesen Geschäften, an denen er das Geld machen wollte, das er vorgab zu besitzen, aber gar nicht hatte. Ja, wie gesagt, er ist schwach. Aber ich liebe ihn noch immer. Das ist die Wahrheit, und für die Wahrheit würde ich in den Tod gehen.

Kind!

Er ist – war – der Mann meines Lebens. Ohne ihn bin ich nichts, ohne ihn gibt es nur den Tod.

Meine liebe Lina, ich rede nicht wie deine Geschwister von Haus Schuld. Aber ich muß dir doch sagen – und das hast du mir selbst ja gerade vorgelesen –, dieser Mann hat dich belogen und betrogen. Er hat dich und dein Kind um alles Geld gebracht und seine Geschäftspartner um beträchtliche Summen. Er hat in Saus und Braus gelebt, während du dich beschieden hast, er hatte Affären mit Frauenzimmern, er hat sich dort eine Krankheit geholt, die für dich hätte gefährlich sein können. Du hast ihm Briefe geschrieben, dein Herz ausgeschüttet, ihm von deiner Liebe und deiner Sehnsucht berichtet. Er hat drei Zeilen hingekritzelt, wenn er überhaupt geantwortet hat. Du hast dich nach ihm verzehrt, während er es mit Kokotten trieb. Über all das hast du dich in den letzten Wochen beklagt, hast es erzählt, hast geweint, warst wütend, verbittert. Und jetzt redest du von der Liebe, deren Konsequenz der Tod ist. Nein, Lina, so nicht! Öffne die Augen! Und denke an dein Kind.

Lina springt auf.

Du hältst ihn auch für schuldig!?

Nein. Und das weißt du, das hab ich dir oft genug gesagt.

Lina setzt sich wieder. Ihr Gesicht zerfließt.

Er war so fleißig, so ehrgeizig. Er hatte die besten Examensnoten. Er wollte die ganz große Karriere machen. Er wollte nach oben, ganz nach oben. Einmal sagte er zu mir, weißt du, was ich werde? Ich werde der erste amerikanische Präsident, der nicht in Amerika geboren ist.

Sie muß lachen.

So war er. Und er sagte das nicht einmal im Spaß. Es war sein Ernst, ja, das glaubt man nicht. Ich hab ihn dann tagelang Mr. President genannt.

Beide lachen.

Weißt du, Tina, er ist – er war – mein Gott, ich sage schon war – er ist doch noch nicht tot – er ist ein Spieler. Er hat gespielt und verloren. Kann man es einem Spieler verübeln, wenn er verliert, noch dazu, wenn man ihn liebt?

Kind, du bist zu gut für diese Welt.

Freiburg im Breisgau, März 1907

Ein Mann erscheint an der verschlossenen Glastür. Er drückt sein Gesicht an die Scheibe, zieht schreckliche Grimassen, lacht, faßt sich zwischen die Beine, zieht seine Hose herunter und beginnt zu onanieren. Oberwärter Michel, der Hau gerade von seiner Wochenendwanderung an den Titisee erzählt, geht zur Tür, entriegelt sie, geht hinaus, packt den Mann mit eisernem Griff und führt ihn weg. Hau starrt ihnen nach, ihm ist mulmig. Nach einiger Zeit kommt Michel zurück, lächelt.

Was haben Sie mit dem jetzt gemacht?

Beruhigt.

Zwangsjacke?

Nein, bei uns gibt es keine Zwangsjacke.

Wie haben Sie ihn beruhigt?

Ins Wasser getan.

Ins Wasser?

Ja, da sitzt er jetzt in der Wanne und beruhigt sich.

Wie lange muß er da sitzen?

Bis er sich beruhigt hat.

Wie lange kann das dauern?

Ein paar Stunden, halben Tag, ganzen Tag.

Was ist er für ein Mensch?

Ein ganz normaler Verrückter. War Chefarzt einer Klinik. Hat zuviel gearbeitet und ist übergeschnappt. Aber den kriegt der Herr Professor wieder hin. Da gibt es schlimmere Fälle.

Hau hat das schon mitbekommen. Er sieht sie tagsüber in den Gängen, hinter gläsernen Türen, im Hof der psychiatrischen Klinik. Und nachts hört er sie schreien und toben. Da kann er nicht schlafen und sehnt sich nach der ruhigen Villa Hübsch.

Dr. Dietz fährt zweigleisig. Einerseits zieht er mit allen möglichen Beweisanträgen die Schuld des Hau in Zweifel, wobei er vor allem argumentiert, sein Mandant habe gar kein Motiv gehabt, sei viel zu intelligent, so dilettantisch zu morden, und müßte verrückt gewesen sein, seine glänzende Karriere durch ein völlig sinnloses Verbrechen zu zerstören. Andererseits will er nachweisen, daß Hau krank, abnormal, geistig verwirrt und damit schuldunfähig ist. Da Dr. Dietz an die Möglichkeit, die Unschuld zu beweisen, wohl nicht glaubt, verfolgt er mit Akribie sein anderes Ziel.

Aus allen Winkeln von Haus Kindheit und Jugend, den Studienjahren in Freiburg, Berlin und Washington holt er Zeugen hervor, die gerne bereit sind, auszusagen, daß Karl Hau zwar geistig begabt, aber körperlich marode und im Kopf völlig gestört, also im wahrsten Sinne des Wortes verrückt sei.

Die Liste des Dr. Dietz ist lang:

Pränatale Disposition durch die schwindsüchtige Mutter und

die zum Zeugungszeitpunkt angeblich existente Alkoholabhängigkeit des Vaters (Weinhändler!). Tuberkulöse Frühbelastung durch diverse Krankheitsfälle in der Familie, chronische Hals- und Mandelentzündungen, frühe Ohnmachtsanfälle, Malaria, Schädigungen von Gehirn und Rückenmark infolge einer zu spät erkannten Syphilis sowie weitgehende Beeinflussung des Gemüts und Geisteszustands. Verfolgungswahnideen, Größenwahn, maßlose Verschwendungssucht, verzweifelte Gemütsstimmungen, Depressionen, Selbstmordgelüste, Hochstapelei, Lügen, pathologischer Umgang mit der Wahrheit, Edelsteinmanie, unheilbare Schädigungen von Geist und Körper durch frühe sexuelle Ausschweifungen, Hemmungslosigkeit, sexuelle Dispositionen, abnormaler Geschlechtstrieb, Besuch von Frauenzimmern, Schädeldeformation (an die Tochter vererbt, die ebenfalls bereits einschlägige Symptome wie Wahnvorstellungen und Realitätsverlust zeigt).

Antrag vom 28. Dezember 1906:
Der Angeschuldigte ist ein körperlich und seelisch vollständig zerrütteter Mensch: lungentuberkulös, geschlechtskrank, seit langer Zeit schon am Rande seiner Nervenkraft und seiner Leistungsfähigkeit angelangt. Wenn er die ihm zur Last gelegte Tat begangen hat, gegen welche und die Art ihrer Ausführung nicht nur alle moralischen und ethischen Erwägungen, sondern auch die der einfachen verstandesmäßigen Berechnung sprechen, und mit der er als junger Mann von 25 Jahren seine ganze Existenz, seine Familie, eine begonnene glänzende Carriere an ein zweck- und zielloses Verbrechen hängte, das ihm nicht einmal irgendwelche Vorteile, auch nicht solche pekuniärer Natur in nennenswertem Maße bringen konnte, so ist nur anzunehmen, daß er sich in einem abnormalen Geisteszustand befunden hat, in welchem eben die Erwägungen eines normalen Menschen nicht mehr zur genügenden Geltung kommen. Ich beantrage hiermit die Zuziehung eines Sachverständigen,

der in geeigneter Form meinen Mandanten auf dessen Geisteszustand zu untersuchen in der Lage ist.
Dr. Dietz, Anwalt.

Nun sitzt Hau seit dem 9. Februar 1907 in der Freiburger Klinik des Psychiaters Professor Dr. Alfred E. Hoche zur Beobachtung durch den Gutachter. Abgetrennt von den Irren, einen
Wärter zur Seite, der angehalten ist, ihm alle möglichen Wünsche zu erfüllen, lebt Hau sechs Wochen lang ein gemütliches
Leben, mit gutem Essen, Wein, Zigarren und Lektüre. Und
wären da nicht die Nächte, die er nur noch mit starken Schlaf-
mitteln übersteht, er könnte sich wohl fühlen, zumal die halb-
stündigen Sitzungen mit dem Professor, die alle paar Tage
stattfinden, gute Unterhaltung, spannender Diskurs und angenehme Abwechslung zu Michels Geschwätz sind. Hau hat
nicht das Gefühl, wirklich untersucht zu werden, und es ist
ihm schleierhaft, wie Dr. Hoche heute seinen Geisteszustand
am 6. November des letzten Jahres beurteilen will. Vermutlich
hat er sein Urteil längst gefällt: Schuldig und voll schuldfähig.
Daß dem so ist, wird sich später bestätigen.
Hätte Hoche den Hau vorgefunden, den die Anträge des Dr.
Dietz zeichneten, er hätte ihn vermutlich sehr schnell zu den
»Ballastexistenzen« gezählt, mit denen er später berühmt wurde, als er 1920 die Schrift »Die Freigabe der Vernichtung lebens-
unwerten Lebens« verfaßte, die die Grundlage für die Rassen-
theorie der Nazis lieferte. Daß für Hoche auch Verbrecher wie
Hau zu den Ballastexistenzen gehörten, versteht sich von selbst.
Hoche war ein großer Verfechter der Todesstrafe und von Haus
Schuld, wie er später sagte, vom ersten Tag an überzeugt.
Hau, der in seiner späteren Schrift »Das Todesurteil« mit fast
allen am Prozeß beteiligten Personen hart ins Gericht geht,
sich über sie erhebt und sich auf arrogante Art und Weise lustig macht, war von Professor Hoche so sehr angetan, daß er
sogar seinen Namen nennt, was er sonst fast nie tut:

Professor Hoche in Freiburg, das war nun freilich ein anderer Mann als der Bezirksarzt. Ein bedeutender Gelehrter, mit weltmännischen Allüren. Von einer großen Sicherheit des Auftretens. Während er in ungezwungener und überlegener Weise die Unterhaltung führte, beobachtete er mich genau, die blauen Augen hinter der goldenen Brille waren von einer rücksichtslosen Eindringlichkeit.

Am 10. März 1907 besucht Dr. Dietz auf einer Urlaubsreise nach Italien seinen Mandanten in der Freiburger Klinik.
Holen Sie mich hier raus, Dr. Dietz.
Äußerten Sie sich nicht jüngst noch ganz zufrieden?
Ja, es geht mir in vieler Hinsicht gut. Aber ich fürchte, der ständige Umgang mit Verrückten macht mich am Ende auch noch verrückt.
Verzeihen Sie den Scherz, aber das wäre ja im Hinblick auf das Gutachten der günstigste Fall.
Schlagen Sie sich das mit der Schuldunfähigkeit aus dem Kopf.
Es gäbe, um wenigstens vom Mord zum Totschlag zu kommen, noch eine weitere Möglichkeit des Vorgehens, die *aberratio ictus.*
Das heißt?
Sie wollten gar nicht Frau Molitor töten, Sie wollten Olga sprechen und haben im Affekt auf sie geschossen und dabei die Mutter getroffen.
Welchen Grund hätte ich um Gottes willen haben sollen, auf Fräulein Olga zu schießen?
Sie müßten sich eben einen einfallen lassen.
Nein, das ist nichts mit der *aberratio ictus.* Schönes Wort übrigens, das kannte ich gar nicht.
Nun, es ist nicht meine Haut, die zu Markte getragen wird.
Wann komme ich hier raus?
Professor Hoche verlangt die Untersuchung über den Zeitraum

von sechs Wochen. Andere Gutachter brauchen drei Stunden.

Ihre Überführung ist auf den 23. März terminiert.

Noch zwei Wochen!

Leider ja. Genießen Sie die gute Luft hier. Die kann für Sie nur gut sein.

Schwiegermuttermörder auf Schwarzwaldurlaub. Schöne Vorstellung.

Dr. Dietz verabschiedet sich und geht.

Hau wird sich später fragen, warum ein Psychiater sechs Wochen braucht, um die Schuldfähigkeit festzustellen, wenn ein Geschworenengericht in fünf Tagen zu einem Todesurteil kommt.

12. Juni 1907

Ergebenste Nachricht des Gefängnisvorstands Dr. Ritter an den Vorsitzenden des Schwurgerichts, Herrn Landgerichtsdirektor Dr. Eller:

Der Untersuchungsgefangene Hau hat bisher regelmäßig die »Kölnische Zeitung« und das »Berliner Tageblatt« bezogen. Da die Zeitungen, insbesondere das »Berliner Tageblatt«, in letzter Zeit wiederholt Artikel über den Fall Hau bringen und das Gefängnispersonal durch Nachprüfung zweier Zeitungen auf derartige Artikel übermäßig in Anspruch genommen wird, wird dem Hau von jetzt ab nur noch der Bezug der »Kölnischen Zeitung« gestattet. Dem Hau wird entsprechend Eröffnung gemacht.

KAPITEL 18

Bruchsal, 24. April 1924

Direktion des Zuchthauses Bruchsal an Staatsanwaltschaft Karlsruhe:
Zum Gnadengesuch der Stiefmutter des Gef. Karl Hau:
Hau hat seit dem Jahre 1922, da seine Begnadigung auf den 15. April 1925 gewährt worden ist, sich durchaus einwandfrei geführt.
Da er durch Entbehrungen der Kriegszeit körperlich Not gelitten hatte, haben wir ihn seit dem Juni 1920 im Hof des Zuchthauses als Wegwart beschäftigt. Er hat sich dadurch durchaus erholt und ist körperlich und geistig in jeder Hinsicht wohlbehalten, so daß er in der Lage sein wird, in Freiheit eine Erwerbstätigkeit auszuüben. Bei diesen Umständen wollen wir vorschlagen, den Antrag dahin zu stellen, dem Gef. Hau für den Rest der Strafzeit einen Strafurlaub auf Wohlverhalten zu gewähren. Darin wäre die ausdrückliche Bedingung zu knüpfen, daß er sich zu seiner Mutter begibt, bei dieser verbleibt und sie unterstützt. Bei nicht guter Führung aber müßte er den offenen Strafrest verbüßen. Dieses Verfahren böte gegenüber einer endgültigen Entlassung einen erheblichen Vorteil und wäre daher empfehlenswerter, als eine Entlassung ohne Kautel am 15. April 1925.
So hätte man ihn noch einige Zeit in der Hand, er wäre genötigt, die ihm gestellten Bedingungen zu erfüllen. Den drohenden sensationellen Verlockungen von verschiedener Seite würde so am besten vorgebaut. Bis dann das wirkliche Ende der Strafzeit, der 15. April 1925 herankäme, hätten der Fall und sein Mann die Zugkraft wohl eingebüßt. Wie sehr – man kann sagen: fast die ganze Welt noch auf diesen Fall blickt, ist bei wahren und falschen Nachrichten zu erschauen, die von Zeit

zu Zeit über ihn durch den Blätterwald der Zeitungen rauschen.

Sollte unserem Antrag entsprochen werden, so möchten wir noch empfehlen, keinen bestimmten Tagestermin der Beurlaubung festzusetzen, denn es stünde zu befürchten, daß durch Veröffentlichung des Termines eine unliebsame Neugier verursacht würde. Es könnten Persönlichkeiten am Tage der Entlassung vor dem Tore sich einfinden, Filmaufnehmer, Reporteure und dergl.

Wir würden der Stiefmutter schreiben, damit sie ihn abhole oder abholen lasse. Es wäre Sorge zu tragen, daß die Entlassung ohne Aufsehens vonstatten ginge.

Der Justizminister
Karlsruhe 18. August 1924
An die Direktion der Landesstrafanstalten – Dienstbereich Zuchthaus.

Das Staatsministerium hat beschlossen, daß dem Gef. Karl Hau Strafaussetzung mit Bewährungsfrist bis zum 1. August 1930 bewilligt wird und daß dieser Strafurlaub bis zum Ablauf der Bewährungsfrist jederzeit widerruflich ist, sofern er sich nicht einwandfrei führt, insbesondere, sofern er das Ansehen der ermordeten Frau Molitor oder ihrer Hinterbliebenen und deren Angehörigen, insbesondere die Olga Molitor, in ehrenkränkender Weise angreift oder herabsetzt und sofern er seine Straftat, seine Verurteilung und Strafverbüßung zu Angriffen gegen die beteiligten Behörden oder zu Filmdarstellungen oder zu sensationellen schriftstellerischen Darlegungen mißbraucht.

Hau soll die Bedingungen für eine Strafbeurlaubung unterschreiben. Das Ganze gefällt ihm nicht. Daß er Olgas und der Frau Molitor Ansehen nicht herabzusetzen beabsichtigt, liegt auf der Hand. Aber was das Schriftstellerische betrifft: Wer sagt, was wann »sensationell« ist? Wer entscheidet das? Natürlich das Ministerium. Eine böse Falle, in die man ihn da locken will. Und es ist verführerisch, zu unterschreiben und in ein paar Tagen ein freier Mann zu sein. Er kann sich das gar nicht vorstellen. Es verwirrt ihn. Unterschreibt er nicht, sind es noch acht Monate. Acht lange Monate. Und wer sagt ihm, daß man ihm dann nicht auch Bedingungen stellt? Schließlich ist auch der 15. April 1925 ein Gnadentermin. Und was soll das mit der Frist bis 1930? Das ist eine lange, lange Kette, die sie ihm da anlegen, so oder so. Über seinen Prozeß zu schreiben, ist er fest entschlossen. Man kann schreiben, ohne »sensationell« sein zu wollen. Aber man kann auch, so man will, in allem etwas Sensationelles sehen. Muß nicht allein die Tatsache, daß er sich noch einmal mit dem Fall von damals beschäftigt, daß er um sein Recht und um den Beweis seiner Unschuld kämpft, als sensationell angesehen werden?

Er hat keine Wahl, was er auch tut, ob er unterschreibt oder nicht, es kann falsch oder richtig sein. Nur, letzteres kostet ihn noch einmal acht Monate seines Lebens.

Er unterschreibt.

Zwei Tage später, am 27. August 1924, wird er entlassen. Ein Bekannter der Stiefmutter holt ihn ab. Als die Nachricht durch die Presse geht, ist er tatsächlich schon seit einer Woche ein freier Mann.

KAPITEL 19

1405 Columbia Street, N.W., Washington, D.C.

24. September 1901

Liebe Mama,

seit zwei Tagen sind wir im eigenen Heim! Im ersten Stock. Nicht groß, aber urgemütlich – wir sind zufrieden. Wohnzimmer klein, Mahagonimöbel, Kamin, Chaiselongue, Schreibtisch, Teppich, Schaukelstuhl – Schlafzimmer – Zwei Messingbetten, groß aber niedrig. Helles Eßzimmer, roter Teppich, kleines Buffett, etc. Küche klein aber nett, zweiflammiges Gaskochding. Bad und Locus in einem, wie in jedem Haus hier. Köchin, Cecilia, Negerin, etwa 45 Jahre alt, aber gut. Werde mir in vier Wochen alles von ihr beibringen lassen, dann wird sie fortgeschickt. 65 im Monat, das kann ich nur einen Monat bezahlen. Mit ihr lerne ich, mich in die neuen Verhältnisse einzuleben. Lage: dicht an die elegante Welt heranreichend. Das ist aber ein Kostenpunkt. Wenn wir einmal mehr Geld haben, werde ich das alles hier besser einrichten. Morgen gehe ich zum ersten Mal mit Cecilia auf den Markt. Ganz nah. Leider habe ich gar keinen Platz für Koffer oder zum Wäschetrocknen. Sehr nett und vertrauenserweckend ist die Frau unter uns. Hilft mir mit Rat und Tat.

Nächsten Montag beginnt die Universität. Mein Mann berät sich morgen mit einem deutschen Professor über sein Studium und den erfolgreichsten Weg. Ich bin dabei, Handtücher und Küchendinge zu nähen und meiner Schwarzen den Eindruck einer eifrigen Hausfrau zu vermitteln. Ich beschreibe ihr, wie ich die Sachen gekocht haben will und sie tuts großartig. Ich glaube, unser Leben hier wird sehr nett – wenn ich nur bald Stunden geben kann, um etwas zu verdienen.

Die Stadt gefällt uns immer besser. Bitte schicke mir ein Kochbuch, ich bin diesbezüglich in der größten Verlegenheit. Hoffentlich geht es Euch gut. Man sagt, die Post dauert zwischen vierzehn Tagen und dem Doppelten.

Mein Mann grüßt bestens, Gruß und Kuß Dir und Olga, Deine Lina.

Washington, 29. September 1901

Liebe Mama,

mein Haushalt wächst und wird immer perfekter. Die meisten Frauen hier führen überhaupt keine Haushaltung, sie sind viel zu bequem dazu. Washington ist großartig. 300 000 Einwohner, 100 000 Neger und 20 000 Deutsche, die aber meistens schon Vollamerikaner sind. An die Neger hab ich mich schon so gewöhnt, daß es mir gar nichts mehr ausmacht, sie immer um mich zu haben. Ich hab viel zu tun und einzukaufen und mache mir oft Kummer über das viele Geld, das die erste Zeit kostet. Ich bezahle alles mit Cheques, was sehr angenehm ist, da viel gestohlen wird. Auch meiner Cecilia muß ich tüchtig auf die Finger schauen. Sie hat ungeheuren Respekt vor mir und meiner Kochkunst.

Ich habe in drei Tagen alles zusammengekauft, was wir brauchen. Wirklich wunderschöne Sachen. Solche Schönheit haben diese Räume sicher noch nie beherbergt.

Zur Universität sind es zwanzig Minuten. Mein Mann ist schon immatrikuliert und man hat ihm gesagt, daß er mit seinem bisherigen Studium gute Aussichten hat, etwas zu werden, aber erst in ein paar Jahren. Sein Professor hat ihm geraten, zum Rechtsstudium noch ein anderes dazuzunehmen. Jetzt studiert er Continental History. Da kann er bereits im nächsten Mai einen Master of Arts machen und eine Anstellung an der Universität als Assistent Professor bekommen – mit Gehalt! Mama, können wir mehr verlangen, müssen wir nicht dankbar sein, daß wir die Hilfe und Freundschaft des Professors gefunden haben, die von weittragender Bedeutung ist? In wenigen Jahren will sich dieser zurückziehen, um sich anderen

Studien zu widmen, und in der Zwischenzeit erzieht er sich meinen Mann zum Nachfolger heran. Nächstes Jahr dürfen wir schon auf ein Verdienst von 700 bis 1000 rechnen. Professor in Washington ist verlockend und unabhängig, denn man ist von keinem Parteiwechsel gefährdet.

Die ganze Aussteuer hat über 4000 gekostet. Alles sehr teuer hier. Auch das Studium kostet ordentlich. Hoffe sehr auf Stunden, habe schon teure Annoncen aufgegeben, die noch nichts erbracht haben. In der Küche haben wir einen Wasserkühler, das heißt, auf einem Tisch ein Behälter mit Wasser und Eis drin.

Mein Mann grüßt bestens, Euch alles Liebe, Eure Lina.

Washington, 23. Dezember 1901

Liebe Mama,

unser Fest ist leider getrübt durch eine *Krankheit meinerseits, die nicht hätte kommen brauchen, eine Unterleibsentzündung, die mich sicher für vier Wochen liegend hält.* Ich habe eine deutsche Ärztin, die mich behandelt. Ich darf den Mut nicht verlieren. Mein Mann versorgt mich rührend. Er kocht sogar für mich. Wir werden den morgigen Abend ganz still begehen.

Ein Früchtebrot und ein Gänslein, das wird unser Festmahl sein.

Deine Sorge, daß ich jetzt ein Kind bekommen könnte, solange wir wirtschaftlich nicht abgesichert sind, kann dir genommen werden. Die Ärztin sagt, ich werde leider nie eines haben können. Ich habe jetzt eine neue Hilfe, Carrie. Die kostet nur 45 und ist eine Seele. Die muß man sich halten. Ich behandle sie so gut, daß sie nicht auf die Idee kommt, fort zu wollen. Was so eine Perle bedeutet, weiß, wer mit den meist diebischen, verlogenen und schmutzigen Negerinnen schon zu tun hatte.

Meine heutigen Weihnachtsgrüße erreichen Dich leider erst

weit im neuen Jahr, wenn ich hoffentlich wieder gesund bin. Mein Mann läßt grüßen. In Liebe, Deine Lina.

Diese Briefe der Lina Hau an ihre Mutter wurden wie Hunderte andere bei einer beispiellosen Razzia in der Villa Molitor in Baden-Baden im Mai 1907 beschlagnahmt. Die Hervorhebungen im Brief vom 23. Dezember stammen vom untersuchenden Staatsanwalt Dr. Vischer. Diese Passagen schienen ihm Hinweis zu sein auf die spätere Behauptung, Hau habe ein so liederliches Sexualleben geführt, daß er seine Frau mit Syphilis angesteckt hat.

KAPITEL 20

Zürich, den 7. Juni 1907.
Ich bin Frau Lina Hau geb. Molitor. Handgepäck befindet
sich im Hotel in Zürich, Zimmer 75 unter der amer. Schrei-
bung meines Namens: Frau Prof. Howe, Washington abgestiegen. Polizei in Karlsruhe ist zu benachrichtigen. Beerdigung
soll am Fundort ohne Pfarrer, Geleit, 3. Klasse stattfinden.
Gründe zu der Tat sind nicht schwer zu erraten. Meine Mutter wurde ermordet. Angeklagt ist mein Mann, den ich über
alles liebte. Ich sterbe an diesem Leid. Ich kann dem Unglücklichen nicht fluchen, wie man von mir verlangt, der Konflikt
ist schwerer, als sich die Welt zurechtlegt – aber jeder, der
menschlich fühlt, wird den grenzenlosen Kummer meiner
Seele erraten und in meiner Tat die einzige denkbare Lösung
sehen. Bitter ist die Trennung von meinem süßen Kind. Papiere befinden sich in der Handtasche im Hotel, ebenso
Check-Buch, 370 Mark zu Gute Oldenburg Bank, die die nötigen Kosten decken. Testament in der Villa Molitor Baden-
Baden Schreibzimmer. Schlüssel zur Villa im Handtäschchen.
Lina Hau.

Polizeikommando Kanton Zürich am 10. Juni 1907:
An die Grossh. Badische Staatsanwaltschaft Karlsruhe.
In Beantwortung Ihrer Anfrage vom 8.6. beehren wir uns,
Ihnen Folgendes zur Kenntnis zu bringen:
Im Hotel Royal, Zürich I ist am 6.6. abgestiegen, eine Frau-
ensperson, welche sich als Frau Professor Howe aus Washing-
ton ins Fremdenbuch eintragen liess. Am 7.6. vormittags hat
Benannte das Hotel verlassen & ist seither nicht mehr zurück-
gekehrt. Eine Handtasche & ein langes schwarzes Jackett
blieb im Zimmer zurück.
Am 7. dieses Monats, nachmittags 5 Uhr erschien dann der in

Pfäffikon Kt. Zürich stationierte Polizeikorporal Landolt mit nachfolgendem Bericht:

Heute Mittag kurz vor 12 Uhr wurde ich durch das hiesige Gemeindeamt benachrichtigt, dass soeben im See, zunaechst der hies. Badanstalt eine ertrunkene Frauensperson aus dem Wasser gezogen worden, die den abgelegten Kleidern nach zu schliessen, den besseren Staenden angehoeren duerfte. Schleunigst an Ort & Stelle angekommen, war die betr. Person in einem naechstliegenden Hause untergebracht, an welcher einige Bewohner, in Anwesenheit des requirierten Arztes Hr. Dr. med Brunner dahier in reger Taetigkeit Wiederbelebungsversuche anstellten, die eine volle Stunde andauerten, jedoch einen positiven Erfolg nicht mehr zu bezwecken vermochten.

Aus den meinerseits gemachten Erhebungen liess sich über das Ereignis folg. feststellen:

Nach Mitteilung des Badmeisters Diggelmann Gustav dahier, erschien vorm. ca. 11½ Uhr eine elegant gekleidete Dame in der Badanstalt & verlangte eine Separatzelle, zum Baden zu benutzen, mit der Aeusserung, sie habe frueher schon wiederholt hier Baeder genommen. Ohne im geringsten etwas Auffaelliges an ihr wahrzunehmen, bemerkte ihr Diggelmann beilaeufig, dass die Waermetemperatur noch etwas niedrig & nur 14 Grad betrage, was sie jedoch als ganz behaglich aufnahm. Mit einem Badkleid versehen, schwamm dieselbe lebhaft vor die Badanstalt hinaus & schwenkte auf ca. 30 Mtr. Entfernung rechts ab, anscheinend in Richtung dem Ufer zu, sodass sie sich fuer einige Minuten den Blicken des Badmeisters entzogen. Nach der Badenden sich wieder umsehend, bemerkte er, dass dieselbe weder mit den Armen noch Beinen Bewegungen ausfuehrte & auch den Kopf nicht ob dem Wasser trug, welcher Umstand ihm aufgefallen & Anlass gab Nachschau zu halten. Zu diesem Zweck rief er den Schiffer & Wirt Hecht herbei, welcher ihr entgegenfuhr, aber beim Herannahen kein Lebenszeichen von ihr wahrnehmen konnte. Einen Unglaecks-

fall erblickend, wurde diese rasch ans Ufer gezogen & in Behandlung genommen.

Behufs Feststellung der Identitaet fanden sich bei deren in der
Zelle liegenden Kleidern wie anderweitig Effekten, welche
Ihnen bereits uebermittelt wurden, sowie ein Brief, adressiert
für die Polizei vor, woraus hervorgeht, dass die Verstorbene, in
der Person einer gewissen Fr. Lina Hau geb. Molitor, von Baden-Baden, den Tod lediglich in der Absicht gesucht hat & das
Motiv klargelegt ist. Dieselbe ist die Ehefrau des im Z'cher
Pol. Anz. Bd. X sub. Art. 7181 & 7220 wegen Mordes aus-
geschr. Hau Karl von Bernkastel b. Trier. Die Leiche befindet
sich im herw. Leichenhause aufgebahrt, worueber weitere Ver-
fuegungen abgewartet werden.

Sig. Landolt. Corporal.

An den Vorsitzenden des Schwurgerichts Gr. Herrn Landgerichtsdirektor Dr. Eller. Hier. Am 2. Juli 1907

Die Annahme, daß der Tod seiner Ehefrau auf den Untersuchungsgefangenen Hau einen nachhaltigen Eindruck mache,
hat sich als unzutreffend erwiesen. Hau hat sich alsbald von
der angeblichen Gemütserschütterung wieder erholt, befindet
sich bei guter Laune und gutem Appetit. Die Befürchtung, daß
er sich selbst entleiben werde, scheint mir daher unbegründet
und da z. Zt. 2 Untersuchungsgefangene, die mit Hau zusam-
mengelegt werden könnten, im Amtsgefängnis II nicht vorhanden sind, habe ich die Rückversetzung Haus in Einzelhaft
angeordnet. Ew. Hochwohlgeboren setze ich hiervon mit dem
ergebensten Ersuchen in Kenntnis, falls meine Verfügung dortseits nicht gebilligt wird, anderweitig Anordnung zu treffen.

Der Gefängnisvorstand.

Dr. Ritter.

Tina Bultmann aus Oldenburg, die Tante, zu der Lina im Januar 1907 reiste, um der unerträglichen Situation in der Badener Villa zu entfliehen, gab nach Linas Tod der Bitte der Staatsanwaltschaft, über Lina als Person Aufschluß zu geben, nur zu gerne nach. Sie war es schließlich, bei der sich Lina ausweinte, bei der sie mit ihrem Kummer und ihren Zweifeln Verständnis fand. Tante Tina, Hobbypsychologin und Schreiberin kleiner Feuilletons für das »Oldenburger Blatt«, schreibt am 4. Juli 1907 an Staatsanwalt Dr. Bleicher:

Frau Lina Hau war ein sehr komplizierter Charakter. Sie hatte reiche Gaben des Geistes und des Gemüts, die sich aber – durch besondere Umstände veranlaßt – nicht harmonisch entwickelten. Bis zu ihrer Heirat im 25. Jahre lagen ihre Geistes- und Körperkräfte brach. Sie hatte keinen Lebensberuf und keine Arbeit, und dieser unnatürliche Zustand erzeugte eine einseitige Entwicklung ihres Gefühls- und Sinnenlebens auf Kosten ihres Charakters. Sie wurde nicht von dem Gedanken an sich selber abgezogen und schwelgte in ungesunden Phantasien, die sich in Extremen bewegten. Während der Schulzeit im Kloster und später noch waren es religiöse Ideen, die sich fast zu sinnlichem Fanatismus steigerten. Darauf folgte ein krasser Umschwung ins Gegenteil. Der Glaube an Gott und Ewigkeit war abgetan. Als sich eine ungeheure Leidenschaft ihrer bemächtigte, gab sie sich der ohne Bedenken und anstandslos hin. Die Rücksicht auf ihre schmerzgetroffenen Verwandten scheint sie nicht viel bedrückt zu haben, destomehr die Erkenntnis, daß der Mann, dem sie sich zu eigen gab, die Verbindung gern als eine interessante kleine Episode seines Lebens betrachtete und die Entdeckung, daß er ein Lügner war. Sie erfuhr bei der Hochzeit, daß er ihr viele falsche Angaben über seine persönlichen Verhältnisse gemacht hatte. Jedenfalls hat sie die Consequenzen ihres Tuns durch all die Jahre mit großer tapferer Energie getragen. Sie ist sich ihres Glückes nie ganz sicher gewesen. Es blieb ihr stets die Angst, ihr Mann könnte eines Tages ihrer überdrüssig werden; und dann wollte sie seinem Glücke nicht im Wege stehen. Auch ängstigte sie ihres Mannes Großtun und seine Sorglosigkeit bei Geldausgaben in den letzten Jahren beständig. Seine großen Geschenke bedrückten sie, anstatt sie zu erfreuen. Sie war bemüht, ihr Leben in bescheidenen Grenzen zu halten, und ihr Mann strebte darüber hinaus. Sie mochte nicht immer Zurückhaltung predigen aus Sorge, seine Neigung dadurch zu verscherzen, und beim Nachgeben fühlte sie sich geängstigt und auf unsicherer Basis. So war ihr Eheglück niemals vollkommen, obwohl ihr Mann in all den Jahren stets rücksichtsvoll, vornehm und gut gegen sie war. Nun kam der Tod ihrer Mutter. Sobald sie an die Tat ihres Mannes glaubte, wandte sie sich innerlich von ihm ab und ihrer eigenen Familie zu. In Oldenburg war sie anfangs ruhig, oft heiter. Die zahlreichen Briefe, die sie erreichten, gaben ihr den Schlüssel zu der Tat ihres Mannes. Schwer getroffen fühlte sie sich durch die Enthüllungen, daß ihr Mann viel mit Frauenzimmern verkehrt habe. Das Glück der Gegenwart und der Zukunft hatte sie verloren, jetzt verlor sie auch das Glück der Vergangenheit und den Glauben an die Liebe ihres Mannes. Soll denn meine ganze Ehe eine Farce gewesen sein?

Es kamen auch viele Briefe des Verteidigers, dem sie sich immer mehr anvertraute. Frau Hau ward in das Bestreben hineingezogen, ihres Mannes Schicksal auf irgend eine Weise zu mildern; und dadurch geriet sie in einen großen Zwiespalt. Außerdem ward auch alles, was sie aus der Voruntersuchung erfuhr, dazu angetan, ihr Grauen vor der Hauptverhandlung zu stärken. Sie zog den Tod der Schande vor.

Sie fürchtete den Skandal der Verhandlung. Sie mochte nicht erleben, daß ihr Leben, ihre Ehe, alles Private an das Licht der Öffentlichkeit gezerrt wurde. Sie wollte ihres Kindes Zukunft erleichtern, da sie sich nicht mehr fähig fühlte, dasselbe zu erziehen. Sie sah mit Grauen einem einsamen Leben entgegen, besonders, da sie sich körperlich siech fühlte. Sie war am Ende. Tina Bultmann.

KAPITEL 21

Bruchsal, Weihnachten 1921

Die neue Zeit brachte denn doch mehr für den Gefangenen Hau, als nur die Abschaffung von Kappe und Gesichtsmaske. Eine neue Verordnung setzte fest, daß Lebenslängliche nach 20 Jahren entlassen werden sollten. Die schweren, entbehrungsreichen fünf Kriegsjahre sollten wie siebeneinhalb Jahre gerechnet werden. Das bedeutete, daß Haus Entlassung für den 15. April 1925 festgelegt wurde. Der neue junge Direktor – der alte, verhaßte, war im Krieg gefallen, für den er sich freiwillig gemeldet hatte – teilte Hau die Entscheidung mit. Hau konnte seine Enttäuschung nicht verbergen. Noch einmal über drei Jahre! Er habe, sagte der Direktor, alles versucht, eine sofortige Entlassung durchzubringen, sei aber gescheitert. Aber er könne sich vorstellen, daß eine erneute Begnadigungsbitte des Verteidigers Erfolg haben könnte, die Zeit zu verkürzen. Er, Hau, habe der Direktor festgestellt, sei so ein Sonderfall, so ein ganz spezieller Fall. Es säßen Männer in wichtigen Positionen, die den Prozeß damals mitverfolgt hätten, Assessoren waren oder dergleichen, auch am Prozeß beteiligte. Die meisten von denen fürchteten einen Hau in Freiheit.

Was erwarten die? Daß ich morde, Amok laufe, um mich schieße?

Ja, mit dem Wort.

Dazu äußerte sich Hau lieber nicht.

Weihnachten steht vor der Tür. Kaum etwas fürchten die Gefangenen mehr, als daß sich dieses Familienfestgefühl in ihre Zellen schleicht. Ob gläubig oder nicht, sie spüren in diesen Tagen mehr als sonst, daß die Einsamkeit an ihren Herzen nagt. Man kann nicht sagen, ob diejenigen schlimmer dran sind, die von draußen keinen Weihnachtsgruß mehr bekommen, oder die, die über Strohsternen, gebastelt von ihren Kindern, die sie nicht mehr kennen, weinen, dieses eine Mal im Jahr, heimlich, verschämt.

Auch Hau, von der Stiefmutter stets mit einer Kleinigkeit und von Dr. Dietz mit neuer Lektüre bedacht, fürchtet sich bei all seiner Disziplin und Selbsterziehung vor diesen Tagen und ihrem Angriff auf Herz und Gemüt. Und seit man durch die Abschaffung der Gesichtsmasken auch in den Gesichtern der Mitgefangenen Rührung, Freude, Kummer und Traurigkeit sehen kann, ist es unmöglich, sich dem Weihnachtsgefühl zu entziehen.

Viermal wird er Weihnachten noch in Haft erleben. 14mal hat er diesen Tag schon überstanden. Und diesmal, da Weihnachten in seinem ganz persönlichen Fall für ihn das Fest der Verkündigung ist, geht er zum ersten Mal festlich gestimmt zur Anstaltskirche. Wenn ihm auch scheinen mag, daß bei den meisten, die da aus den Holzkäfigen auf den Altar im Lichterglanz starren, im Herzen keine frohe Botschaft ist, so merkt er doch, daß die ersten Orgeltöne diesmal feierlicher, mächtiger, strahlender erklingen. Gleich werden die rauhen, holperigen, meist heiseren Stimmen des Anstaltschors erklingen. Aber was ist das!? Zarte Frauenstimmen! Ein Kyrie, hell, rein, freudig und zuversichtlich. Noch nie hat dieser Raum solche Stimmen gehört. Ein Frauenchor der Stadt als Gast im Zuchthaus. Auch eine Errungenschaft der neuen Zeit.

Und zum zweiten Mal in seiner jetzt 13jährigen Zuchthauszeit gibt er sich den Tränen hin.

Bruchsal, Oktober 1922

Dr. Eduard Dietz, Rechtsanwalt in Karlsruhe, zwanzig Jahre älter als Hau, bezeichnete diesen während des Prozesses im

Juli 1907 einmal als den widerlichsten, arrogantesten und ekelhaftesten Mandanten, den er je gehabt habe. Vom Vater des Angeklagten engagiert, von letzterem weder gemocht noch als Kollege anerkannt, teilweise vorgeführt, gedemütigt und lächerlich gemacht, spielte Dr. Dietz in einem aufsehenerregenden Prozeß, in welchem sich jeder Anwalt des Landes gerne bewiesen hätte, die jämmerlichste Rolle, die man sich vorstellen kann. Daß sich dieser Anwalt siebzehn Jahre lang, bis zu dessen Entlassung, rührend um seinen ehemaligen Mandanten kümmerte, ihn besuchte, Bücher schickte und Bargeld, ist vielleicht mit einer zutiefst menschlichen Haltung des aufrechten Sozialdemokraten zu erklären. Er hielt sich an das Versprechen, das er Lina Hau kurz vor ihrem Freitod gegeben hatte, sich um ihren beklagenswerten Gatten zu kümmern, ihn nicht im Stich zu lassen.

Er war mein Lebensmandant, sagt er nach dem Tode Haus, den er vierzehn Jahre überleben wird. Daß Hau nach seiner Entlassung keinen Kontakt zu ihm suchte und in seinen Zuchthausaufzeichnungen »Lebenslänglich« seine Fürsorge nur einmal knapp erwähnte, ließ Dr. Dietz im Alter zur ersten, im Prozeß gemachten Einschätzung der Person Hau zurückkehren. Verbittert sprach er von Haus Aufzeichnungen als dem Machwerk eines eitlen, selbstgefälligen und arroganten Menschen. Dazu jedoch, Hau, den er vor dem Prozeß für schuldig, später für unschuldig hielt, wieder als den Mörder zu sehen, ließ er sich nicht hinreißen, wenngleich seine Kollegen und Freunde nach der Lektüre von »Das Todesurteil«, Haus erstem Buch, aufgrund der sehr verzerrten Darstellung des Prozesses wieder dazu neigten.

Glichen alle bisherigen Begnadigungsgesuche des Dr. Dietz eher Anträgen auf Wiederaufnahme des Verfahrens, so spricht er diesmal nicht von Verfahrensfehlern und Unschuld, sondern nur noch von Gnade. Allerdings, kämpferisch, wie er ist, weist er auf andere, ihm exemplarisch scheinende Beispiele hin:

Der jetzt endlich zur gesetzgeberischen Behandlung gelangende Entwurf eines neuen Strafrechtes geht bekanntlich davon aus, daß 15 Jahre überhaupt das Maximum einer Freiheitsstrafe, speziell einer Zuchthausstrafe sein sollen und daß darüber hinausgehende Zuchthausstrafen ausgeschlossen werden. In zahlreichen Fällen hat schon seit einer Reihe von Jahren und auch erst wieder ganz neuerdings die Strafrechtspflege diesem Gedanken Rechnung getragen. Ich will aus der Fülle der in Betracht kommenden Fälle nur zwei bekannte herausgreifen:

a.) Das Verbrechen des Freiherrn von Gagern, welcher nach der amtlichen Darstellung im Sommer 1915 den belgischen Baron d'Udekem ermordet und hierwegen zu einer Zuchthausstrafe von 14 Jahren 6 Monaten verurteilt wurde. Von der bereits am 16. Januar 1919 erfolgten Strafentlassung wegen angeblicher Amnestierung will ich gar nicht reden! Und

b.) Das Verbrechen des Rathenaumörders Techow, welcher als Mittäter eines sorgfältig präparierten, mit Probefahrten und Schießübungen eingeleiteten Mordes an einem der ersten Männer unseres Vaterlandes, durch dessen Ermordung Reich und Volk in die schwerste Notlage versetzt wurden, von dem eigens für die Verfolgung dieser Verbrechen eingesetzten Staatsgerichtshof lediglich zu einer Zuchthausstrafe von 15 Jahren verurteilt wurde.

Wenn angesichts dieser Urteile mein Klient Karl Hau, nachdem er 15 Jahre seines Lebens als Sühne hingegeben hat, immer noch weiter in Strafhaft gehalten wird, dann, so glaube ich gemeinsam mit der Stiefmutter des Verurteilten, heute keine Fehlbitte zu tun, wenn ich die

Begnadigungsbitte

einer wiederholten wohlwollenden Prüfung vertrauensvoll unterbreite.

Karlsruhe, den 28. Oktober 1922

Dr. Dietz, Rechtsanwalt

KAPITEL 22

Washington, 23. Februar 1902

Liebe Mama,

Dank für Deinen lb. Brief. Nein, Du sollst Dir keine Sorgen machen. Hier ist es mit den Rechtsanwälten wie in Deutschland. Die einen sind ehrlich und verdienen sauer ihr Geld, die anderen sind Betrüger und machen mehr Geld. Aber für die Ziele meines Mannes ist es wichtig, erst den Lawyer zu machen. Das ist die Voraussetzung für alle anderen Studien. Da mein Mann die Universitätslaufbahn einschlagen will, mache ich mir um unsere Zukunft keine Sorgen. Reich werden wir damit nicht, aber wir haben unser Auskommen. Angst würde es mir machen, wenn er wie andere Lawyers in Geschäfte eintreten würde. Das wäre eine törichte Sache. Er hat so einen guten Kopf, aber von Geschäften versteht er nichts. Er überläßt ja sogar das Rechnen mit Geld mir, und das ist gut, sonst müßten wir schon betteln gehen.

Amerika hat sehr viel Gutes, aber die Wissenschaft liegt im argen. Gerade immer das Oberflächliche, um so schnell als möglich Money zu machen. Amerika verlangt von seinen Beamten nichts an Bildung. Man braucht nur einflußreiche oder protektionierte Männer, die bereit sind, jeden Betrug mitzumachen. Der Amerikaner wechselt jeden Augenblick seinen Beruf, und wer als Schuhputzer beginnt, kann als Präsident enden. *Shrewdness*, das heißt Skrupellosigkeit, ist hier Bedingung. Einen ehrlichen Kerl halten sie für dumm, und er bringt es zu nichts. Diese Gesellschaft ist die korrupteste, die man sich denken kann. Die Frauen – eleganter, chicer und oberflächlicher als in Paris oder Berlin – die Männer Arbeitstiere – Geldmaschinen und die Regierung eine Gesellschaft von Spitzbuben, Räubern und Mördern. Und die Gören, na, über das Kapitel American Youngsters sollte man besser schweigen.

Olga würde Amerika vielleicht gefallen. Es ist das Land der Frauenemanzipation. Stell Dir vor: Das junge Mädchen empfängt allein Herrenbesuche, auch wenn die Eltern nicht da sind, und es wird von den Herren ins Theater – Conzert – Café ausgeführt, kommt dann um 2 Uhr morgens mit dem Herrn vom Ball heim, und die Eltern kennen diesen Jüngling nicht und machen sich keine Sorgen. Das hätte Olga doch auch so gefallen. (Nicht böse gemeint!)

Mein Mann hat viel zu tun. Ich aber auch. Staub – Staub – Staub, das ist der Feind aller Washingtonianer, viel mehr als bei uns. Eben reibt man ab, schon ist er wieder da.

Mein Mann läßt grüßen, Deine Lina.

2. April 1902

Liebe Mama,

heute mache ich für uns und den Professor, mit dem mein Mann bei uns hier arbeitet, Kalbscotelets mit Citrone und Bratkartoffeln. Über den Prof., der auch türkischer Generalkonsul ist, sind wir in einen sehr netten Kreis hineingekommen. Fast alle Professoren an der Universität. Die Frau des Prof. ist ein richtiges Arbeitstier, eine ehrliche Frau, die das Geld zusammenhält. Sie sind Deutsche – Schönfeld heißen sie. An der Frau sollten sich die Amerikanerinnen ein Beispiel nehmen! Er ist wie mein Mann, kann mit Geld nicht umgehen. Ihn mag ich nicht, aber er ist für meinen Mann sehr wertvoll und kann viel nützen. Vorgestern wurde mein Mann feierlich zum Master of Arts ernannt. Es fand in einem Theater statt, mit viel Pomp. Ich trug das Kleid, das ich mir im Winter genäht habe und wegen meiner dünnen Haare eine Art Käppi. Es wurde bestaunt. Ich war sehr stolz auf uns.

Meine Carrie läßt mich dauernd im Stich. Die Neger sind so unzuverlässig. Ich suche mir jetzt eine ehrliche Weiße. Es gibt Töchter von deutschstämmigen Farmern, die in der Stadt in Haushalte gehen. Eine solche könnte ich bekommen, aber die sind teurer als die Neger. Jetzt warte ich erst einmal ab, denn wir haben eine neue Wohnung in Aussicht.

Danke für die 200 Mark. Ich habe dafür 45 Dollars bekommen, die kann ich gut gebrauchen. Wir mit unserer schlechten Gesundheit tragen zu viel Geld zur Doktorin.

Liebe Grüße von Deiner Lina.

Aurora, 18. Juni 1902

Liebe Mama,

vor vier Tagen sind wir umgezogen. Ein Trupp Neger hat alles hergeschafft. Nun habe ich viel Arbeit. Aber ich gehe mit Freude daran. Leider bin ich immer noch nicht richtig gesund. Immer der Unterleib. Immer wieder Entzündungen. Was habe ich verbrochen, daß ich keinen Tag ohne Beschwerden haben darf? Und mein Mann ist rührend besorgt, dabei plagen ihn die Folgen der Tuberkulose, die er als Junge hatte, immer wieder. Wenn eine Infektion im Umlauf ist, bekommen wir sie garantiert. Wenn Du auf der Karte schaust, dann ist Aurora nordwestlich von Washington im Staate West-Virginia. Wir haben jetzt ein Zimmer mehr und alles auf einer Etage. Da wir jetzt viel Besuch aus Professorenkreisen haben, einen gehobeneren Umgang, war die neue Wohnung ein Muß. Die Amerikaner geben viel auf Money-Kriterien. Man muß was haben und das muß man sehen. An der Kleidung und an der Wohnung. Wer nichts hat, muß eben so tun. Der Vorteil hier ist, es ist sehr hell, beinahe lichtdurchflutet und vom Milieu her ein absoluter Aufstieg. Und hier wohnen keine Neger! Ich habe eine Terrasse mit einer Hängematte, und es gibt gute Läden und eine Bibliothek.

Mein Mann hat jetzt alle sprachlichen Barrieren durchbrochen. Er ist da viel weiter als ich. Er ist sehr fleißig. In der Klasse, die er unterrichtet, sind die meisten älter als er. Ich bin so stolz auf ihn und kann mir gar nicht vorstellen, ihn mal nicht gekannt zu haben. Ich muß mir jetzt regelmäßig die

Kopfhaut massieren lassen. Von den Medikamenten gehen mir immer noch Haare aus. Ich bin schon fast kahl.

Grüße an Olga. Will sie denn gar nicht unter die Haube? Deine Lina.

Aurora, 2. September 1902
Liebe Mama, liebe Olga,
stellt Euch vor: Ich bin schwanger!!!
Mein Mann und ich sind ganz verrückt vor Freude. Du hoffentlich auch. Da hat sich die Doktorin kräftig geirrt, als sie sagte, das ginge bei mir nicht. Wir hatten uns schon gewundert, weil ich so dick wurde. Das sind die Medikamente, sagte sie immer. Und jetzt – stellt Euch das vor: schon 5. Monat! Es soll vielleicht schon im Januar kommen. Aber ich muß aufpassen, wegen meiner Gesundheit. Keine Anstrengungen. Die Doktorin meint, es könnte sein, daß meine ganzen Unterleibsprobleme nach der Geburt weg sind. Na, das wäre ja eine doppelte Freude! Mein Mann hat sich nun für den Doctor Phil. und Doctor Civil Law, die er beide im Mai nächsten Jahres erreichen will, immatriculiert. Es wird ein arbeitsvoller Winter werden, auch für mich. Eben mache ich an alle Hemden frische Bündchen oder Manschetten. Und dann werde ich mich wohl an Babysachen machen müssen. Wenn man doch wüßte, was es wird! Hau freut sich so sehr. Ich glaube, er wird ein guter Vater sein, so wie er ja auch ein liebevoller Ehemann ist.

Nächstes Jahr muß ich Mitglied der University-Hospital-Damen werden. Kostenpunkt 24 Mark im Jahr, jedesmal nicht erscheinen zu den Wohltätigkeitsveranstaltungen 2 Mark Strafe. Aber das ist important für den Werdegang meines Mannes. Und nur so kann ich überhaupt gleichgestellte Damen kennenlernen.

Ich hoff, Ihr freut Euch mit mir, Eure Lina.

Aurora, 7. November 1902

Liebe Mama,

als es mir letzten Winter so schlecht ging, wollte ich manchmal sterben. Mein Mann, dachte ich, kommt auch so zurecht. Jetzt möchte ich nimmer sterben. Ich weiß daß Hau mich braucht. Und das Kleine in mir wird mich erst recht brauchen. Wohin sollte es, wenn ich nicht wäre? Es ist ein schlimmes Schicksal, wenn Mütter bei der Geburt sterben und hinterlassen so ein Leben. Was sollte mein Mann alleine mit so einem Kinde? Er würde es, wenn Ihr es nicht nehmen könntet, nach Bernkastel geben. Der Gedanke wäre mir furchtbar. Da tut man schon alles, um wenigstens dem bösen Schicksal nicht in die Arme zu arbeiten. Die amerikanischen Frauen haben so oft eine Frühgeburt. Da fürchte ich mich davor. Du mußt aber jetzt nicht denken, daß ich trüb sehe. Ich freue mich und bin glücklich. Die Angst, daß es Zwillinge werden ist mir vergangen, weil ich ganz genau nur ein Köpfle fühle.

Es ist so schön, daß wir gerade jetzt die neue Wohnung haben. Danke für die 200 Mark. Davon – vom Geld der Oma – kaufe ich Babysachen!

Viele Grüße von Deiner Lina.

KAPITEL 23

Karlsruhe, Mittwoch, 17. Juli 1907

Der Fabrikant Ferdinand Wöhrle, erschüttert von Linas Selbstmord, der ihn bis ins Innerste schmerzte, hat lange überlegt,
ob er der Neugier auf den Prozeß nachgeben sollte, oder ob die
Anteilnahme am Schicksal der Familie Molitor mit dem Tode
der Angebeteten für immer besiegelt wäre.
Die Besonderheit, die darin lag, daß er den Angeklagten kennt,
kannte, muß man vielmehr sagen, damals in Ajaccio, 1901,
ihm die Hand geschüttelt, mit ihm gesprochen hat, gab dann
doch den Ausschlag dafür, daß sich Wöhrle über den ihm bekannten Redakteur einer Karlsruher Zeitung ein Eintrittsbil-
lett für den Hau-Prozeß besorgte.
Diesmal hat er mit dem großen Andrang gerechnet, ist früh
aufgebrochen und sitzt nun rechtzeitig im Gerichtssaal. Fast
eine Stunde brauchte er, um nach drinnen zu kommen, so viele
Menschen bevölkerten die Straßen um das Gerichtsgebäude,
aufgebrachte, neugierige, aber auch aggressive Menschen, die,
je nach Couleur, auf den Mörder oder das Gericht, auf den
Staat im allgemeinen oder auf seine Vertreter im besonderen
schimpften.

Der Vorsitzende, Großherzoglicher Landgerichtsdirektor Dr.
Eller, 56 Jahre alt, ein kleiner Mann mit schütteren, kunstvoll
über die rötliche Kopfhaut gekämmten Haaren, will angesichts dieses von ihm als aalglatt eingeschätzten Angeklagten,
der sich gerne in penetranter Form als Kollege aufspielt, von
Anfang an energisch und entschlossen wirken. Entschlossen,
den Mörder der verdienten Strafe zuzuführen, die zu mildern Dr. Eller bei reumütig Geständigen, sich bescheiden ge-
benden Angeklagten, gern bereit ist. Dieser Karl Hau aber,

der sie alle, die badischen Rechtsvertreter, für Trottel zu halten scheint, der selbst seinen Verteidiger zur Marionette macht, soll in jeder Phase dieses Prozesses das glatte, kalte Eisen des heruntersausenden Beils spüren. Dr. Eller weiß, daß dies sein größter Prozeß sein wird, sein wichtigster, ein von der Weltpresse beobachteter Prozeß. Am Ende sollen die Preßvertreter aus Übersee, von denen da ein Dutzend an dem langen Tisch sitzt, nach drüben kabeln: Dem Karl Hau wurde ein gerechter Prozeß zuteil, geführt von einem souveränen Vorsitzenden. Sie, die Preßvertreter, die schon in der Vorberichterstattung anzweifelten, daß Hau der Mörder der Frau Molitor sei, wird er eines Besseren belehren. Gestern abend ist er alles noch einmal durchgegangen. Es ist stichhaltig, erdrückend. Die Verteidigung wird mit ihrer Spekulation auf den § 51 nicht durchkommen. Beide Gutachten verneinen eine Schuldunfähigkeit. Und der Angeklagte selbst tut alles, zu zeigen, daß er im Vollbesitz seiner geistigen Kräfte war und ist. Eine Tatsache, die man in der Verhandlungsführung nie aus dem Auge lassen darf, die man den Geschworenen sichtbar machen muß.

Hoffentlich, denkt er, ist Staatsanwalt Dr. Bleicher, eine nicht unumstrittene Person, die schon im Vorfeld durch voreilige Äußerungen gegenüber der Presse unangenehm aufgefallen ist, seiner Aufgabe gewachsen.

Dieser Prozeß, so er als Meisterleistung des Vorsitzenden angesehen werden wird, könnte seine Ernennung zum Landgerichtsdirektor noch vor der Pensionierung durchaus fördern. Das denkt Dr. Eller auch.

Endlich ist Ruhe im Saal. Das Spiel kann beginnen. Dr. Eller macht seinen ersten Zug:

Angeklagter, haben Sie die Tat begangen?

Nein.

Hau sagt es mit fester Stimme.

Sie waren zur Zeit der Tat aber in Baden-Baden?

Darüber mache ich keine Angaben.

Sie sollen sich schon in ganz jungen Jahren, auf dem Gymnasium, mit Frauenzimmern herumgetrieben und sich dabei etwas geholt haben?

Hau lächelt und zögert.

Leichtes Raunen im Saal.

Darüber möchte ich keine Angaben machen.

Auch auf der Universität sollen Sie viel und wahllos mit Weibern umgegangen sein. Sie sollen stark gelebt und dann einen Blutsturz gehabt haben?

Ich will letzteres nicht in Abrede stellen.

Das Publikum will unruhig werden, wird aber vom Vorsitzenden zur Ordnung gerufen, der froh ist, dieses Thema so früh schon angesprochen zu haben.

Sie mußten sich dann in eine Lungenheilanstalt und schließlich nach der Riviera und nach Korsika begeben?

Ja.

Waren Sie auch in Monte Carlo?

Ja.

Haben Sie dort auch gespielt?

Ja.

Da waren Sie gerade neunzehn?

Ja.

Auf Korsika lernten Sie Frau Molitor und ihre Töchter kennen?

Ja.

Wie kamen Sie in nähere Beziehung zu Fräulein Lina Molitor und den anderen Damen?

Ich lehne darüber jede Auskunft ab.

Ich mache Sie darauf aufmerksam, daß die Verweigerung der Auskunft bei einer so furchtbaren Angelegenheit doch wohl überlegt sein muß.

Danke.

Sie haben dann mit Fräulein Molitor eine Korrespondenz geführt?

Ja.

War diese sehr leidenschaftlich?

Ich verweigere die Auskunft.

Fräulein Molitor wollte der Sache ein Ende machen. Sie war einem Offizier versprochen, schrieb dann aber, sie könne nicht die Frau eines anderen werden. Sie verschwand dann mit Ihnen, nachdem sie 2000 Mark von der Sparkasse abgehoben hatte.

Dr. Eller schaut Hau fragend an. Der lächelt und verschränkt die Arme vor der Brust.

Fräulein Molitor lag dann krank in einem Schweizer Hotel – wegen einer Schußwunde unterhalb des Herzens.

Als sei es Lina Haus Herz, starren alle auf das Herz der Josefine Molitor, das in Spiritus eingelegt vor dem Vorsitzenden steht.

Haben Sie ihr diese Schußwunde beigebracht, weil Sie sich dann später auch erschießen wollten?

Ich verweigere die Auskunft.

Ich mache Sie erneut darauf aufmerksam, wie bedenklich das ist.

Ich danke erneut.

Gelächter im Saal, aus einer Ecke kommt Beifall.

Ich darf bitten! Sie heirateten dann Fräulein Molitor und gingen nach Washington. Warum gerade dorthin? Hatten Sie damals schon die Absicht, einen hohen Flug zu nehmen?

Dr. Eller begleitet diese Frage mit einer schwungvollen Geste. Das Publikum ist ihm ein Spiegel. Er gefällt sich. Es hat gut begonnen, so kann es weitergehen.

Ich hoffte dort auf besseres Fortkommen.

Sie haben dort drei Jahre Jura studiert?

Ja. Nach einem Jahr wurde ich Master of Arts, schließlich Dozent und Hilfsprofessor mit 600 Dollar Jahresgehalt. Darauf machte ich das Staatsexamen, auf Grund dessen man zur Advokatur zugelassen wird.

War dieser Bildungsgang regulär?

Nein.

Was heißt das?

Man ließ mich auf Grund bester Examina zu, obwohl ich noch kein amerikanischer Staatsbürger war.

Sind Sie vor Gericht aufgetreten?

Nein. Ich behandelte Fälle über internationales Privatrecht. Seit 1905 wurde ich gut bezahlt.

Vorher mußten Sie um Ihre Existenz kämpfen?

Ja.

Ihre Frau erhielt die Zinsen von 65000 Mark?

Ja.

Wieviel brauchten Sie jährlich?

Etwa 8000 Mark.

Drängten Sie oder Ihre Frau nach dem Kapital?

Meine Frau. Es wurde 1905 herübergeschickt. Ich verwendete es für mein Büro.

1903 gingen Sie erstmals in die Türkei?

Ich war Sekretär des Generalkonsuls Schönfeld in Konstantinopel. Er hatte wegen der Weltausstellung in St. Louis mit der Türkei zu verhandeln.

1905 waren Sie nochmals in Europa. In Paris.

Ja. Ich reiste im Auftrag eines Anwalts der Standard Oil Company.

Wie hieß der Anwalt?

Ich lehne die Aussage ab.

Ihre Frau hat sich darüber beklagt, daß Sie diese Reise zu einem, sagen wir einmal, ausschweifenden Leben vorwiegend mit Frauenzimmern nutzten.

Ich verweigere darüber die Auskunft.

Sie trugen sich in der Türkei mit hochfliegenden Plänen?

Die Anregungen gingen von Schönfeld aus. Im Auftrag der amerikanischen Gesellschaften. Es handelte sich um Konzessionen für elektrische Eisenbahnen für die Türkei.

Sie sollen bei der sogenannten Verbindung mit der Standard Oil phantastische und nebelhafte Projekte gemacht haben?

Nein, es waren praktische Vorschläge. Generalkonsul Schönfeld war von der türkischen »Pforte« veranlaßt worden, amerikanisches Kapital nach Konstantinopel zu ziehen. Ich war beauftragt, die nötigen Schritte zu tun.

Ihre Vorschläge sind als verschwommen zurückgewiesen worden.

Nein, sie waren zuerst nicht fixiert. Man versprach mir aber eine Provision.

Dann haben Sie noch Geschäfte mit Kreuzern versucht?

Ich kann mich dazu nur allgemein äußern. Meine Aussagen könnten verschiedenen Personen schädlich werden.

Jetzt geht es doch wohl eher darum, daß Ihre Aussagen Ihnen nicht schädlich werden.

Es handelte sich um Lieferungen nach Rußland.

Was kostet ein Kreuzer? Und was sollten Sie als Provision bekommen?

Ein Kreuzer kostet etwa 21 bis 22 Millionen Mark. Davon sollte ich 5 Prozent bekommen.

Ein Raunen geht durch den Saal.

Hatten Sie in der Türkei, wohin Sie im Januar 1906 nochmals gingen, Erfolge?

Ich hatte einen türkischen Großwürdenträger für mich gewonnen.

Und trotzdem gingen die Geschäfte nicht nach Ihren Vorstellungen?

Das waren ungünstige Umstände. Der Sultan wollte mit dem neuen Botschafter nicht verhandeln. Außerdem war er schwerkrank. Es gab Verzögerungen und Differenzen.

Sie sollen sehr verschwenderisch gelebt haben.

Das mußte ich, um meine Geschäfte zu fördern.

Geschäfte, die nicht stattfanden?

Es war alles in der Entwicklung.

Haben Sie Verschwendungssucht und Phantasterei nicht übertrieben?

Ich lebte so auf Anraten eines hohen türkischen Beamten.

Ein Jurist, Ehemann und Vater mit kleinem Einkommen durfte doch nicht so mit dem Gelde herumwerfen.

Ich sah das nicht als so schlimm an.

Sie haben das Geld eines Geschäftsfreundes und das Vermögen Ihrer Frau durchgebracht. Es handelt sich insgesamt um etwa 80 000 Mark. Mit fremdem Geld macht man doch nicht solche verwegenen Pläne. Das ist etwas für Millionäre, aber nicht für Sie.

In Amerika sieht man das anders.

Sie scheinen die Amerikaner noch überamerikanisiert zu haben. Diese sind doch sonst sehr vorsichtig und abwägend.

Große Geschäfte verlangen hohe Einsätze. In Amerika weiß man das.

Etwas Gelächter im Publikum. Hau genießt die große Geste. Dr. Eller lächelt überlegen. Die Miene des Verteidigers Dr. Dietz verfinstert sich, gelingt es Dr. Eller doch, die Intelligenz des Angeklagten und seinen stets wachen Verstand schon sehr früh sichtbar zu machen. Das deckt sich nicht mit den Absichten des Verteidigers, doch sieht er noch keinen Grund, einzugreifen.

Der Vorsitzende spürt, daß er so nicht weiterkommt. Er wechselt das Thema, sehr zur Freude des Publikums.

Haben Sie sich in Konstantinopel viel mit Frauenzimmern abgegeben?

Hau lächelt und schweigt.

Sie sollen mit zwei Kokotten aus Paris oder noch weiter aus dem Süden Orgien gefeiert haben, mit der Otero und der Carmensitta?

Hau schweigt.

Sie sollen nachher gesagt haben, jetzt hätten Sie für einige Zeit genug.

Gelächter.

Haben Sie uns dazu nichts zu erzählen?

Nein.

Sie hatten dann noch ein Geschäft mit der peruanischen Regierung in der Schwebe? Was sollte Ihnen das bringen?

Dreißig Prozent von fünf Millionen Dollar.

Raunen im Publikum, kleine Diskussionen, alle rechnen und staunen.

Sind das dort übliche Provisionen?

Es handelte sich um einen Geschäftsmann, der an die peruanische Regierung einen Anspruch auf fünf Millionen hatte.

Und die haben nicht bezahlt?

Nein.

Und Sie haben keine Provision bekommen?

Der Geschäftsmann war mittellos.

Anton Schmidt, Werkmeister aus Durlach und Geschworener, lacht laut.

Bitte, mein Herr!

Erschrocken schweigt Schmidt und schaut sich beschämt um.

Sie wurden also immer tätig, sollten aber immer erst bei Erfolg Geld bekommen, ist das richtig?

Das ist drüben so Usus.

Als Sie in Konstantinopel kein Geld mehr haben und keine Geschäfte mehr zu machen sind, fahren Sie nach Wien. Dort lösen Sie einen Kreditbrief von 400 Pfund ein und erheben das Geld wenige Tage später in Baden-Baden noch einmal mit dem Hinweis, man habe Ihre Unterschrift gefälscht. Eine unlautere Handlung.

Nein. Es war ein Irrtum.

Diese 800 Pfund waren Ihr letztes Geld. Dann kamen Sie nach Baden-Baden?

Ja.

Hatten Sie Beziehungen zu Ihrer Schwägerin, Fräulein Olga
Molitor?
Ich verweigere die Aussage.
War Ihre Frau eifersüchtig auf Fräulein Olga?
Ich lehne die Antwort ab.
Später fuhren Sie mit Ihrer Frau und Ihrer Schwägerin nach
Paris?
Ich lehne jede Auskunft darüber ab.
Dann kam das mysteriöse Telegramm an Frau Molitor in
Baden-Baden: »Erwarte Dich mit nächstem Zug. Olga krank.
Lina«. Frau Molitor fuhr sofort mit dem Orientexpresszug
nach Paris. Haben Sie das Telegramm geschrieben?
Darüber lehne ich die Antwort ab.
Bewegung im Saal. Zum ersten Mal, das fällt auch Wöhrle
auf, ist Hau etwas nervös. Was soll das, denkt der Papierfabri-
kant, es hat doch in den Journalen gestanden, es ist doch erwiesen, das mit dem Telegramm, warum gibt er es nicht zu?
Ich wollte die Schwester weghaben, das wurde mir zu gefährlich, meine Frau war schon eifersüchtig, das könnte er doch
sagen, ohne daß man ihm damit gleich den Mord nachweisen
könnte. Harmloses zugeben, Lügen eingestehen, das würde
doch auch die Geschworenen gutmütig stimmen. Aber, denkt
Wöhrle, was weiß unsereiner. Er muß an den jungen Karl Hau
in Ajaccio denken und an all das, was er jetzt gelesen und gehört hat. Das ist gerade einmal sechs Jahre her. Was ist in der
Zeit in seinem Leben passiert? Nichts. In der Fabrik geht alles seinen Gang, eine Frau hat er immer noch nicht gefunden,
die Abende am Stammtisch werden häufiger, die Haare weniger, und vom Essen auswärts hat er ein paar Pfund zugenommen. Mit der nörgelnden Mutter im Hause hat er immer öfter
Auseinandersetzungen. Nach Ajaccio ist er seit damals nicht
mehr gefahren. Das war nicht mehr seine Welt. Dort, wie ja
auch in Baden drüben, wie man im Murgtal zu sagen pflegt,
leben nur Menschen, deren einzige Arbeit und Sorge der Mü-

ßiggang ist, das Nichtstun, und das strengt sie so sehr an, daß sie sich in die groteskesten Abenteuer flüchten. Wöhrle ist jetzt 41 Jahre alt, und er muß sich eingestehen, daß man ihn leicht für zehn Jahre älter halten kann. Er muß an das schüchterne, dünne Fräulein Lina Molitor von damals denken, das er sich so sehr zur Frau gewünscht hätte. Und hat er es nicht damals schon gedacht: Dieser junge Mann, das ist die Verführung, das gefährliche Abenteuer, das Feuer? Ja, das hat er gedacht, er erinnert sich gut. Er hätte damals um Linas Hand anhalten sollen, sie bewahren vor dem Unglück. Er wäre eine gute Partie gewesen. Und ein getreuer Ehemann. Kokotten aus Paris, gefälschte Unterschriften, fadenscheinige Geschäfte, Betrug und Mord und Amerika, wo die Menschen so leicht zu Verbrechern werden, und ach, auch diesen Gang ins Wasser, das alles hätte es bei ihm nicht gegeben. Wöhrle seufzt.

Dr. Eller legt nach.

Die Sachverständigen sind der Meinung, daß diese Depesche von Ihnen herrühre. Sie verweigern die Auskunft, Sie bestreiten es aber nicht.

Ich gebe es weder zu noch bestreite ich es, ich lehne nur die Aussage ab.

Gelächter.

Hatten Sie in Paris aus eifersüchtigen Gründen Streit mit Ihrer Frau gehabt? Schienen dieser Ihre Beziehungen zum Fräulein Olga vielleicht zu intim zu sein?

Darüber sage ich nichts aus.

Von Paris aus gingen Sie mit Ihrer Frau nach London?

Ja.

Dort gaben Sie an sich selbst ein Telegramm auf, wonach Sie noch einmal auf den Kontinent gerufen wurden.

Jawohl.

Das zeigten Sie Ihrer Frau. Was hatten Sie vor?

Ich hatte etwas vor, das ich meiner Frau nicht mitteilen konnte.

Unruhe.

Was war das? Sagen Sie es uns, jetzt, da Ihre Frau nicht mehr ist.

Das kann ich nicht sagen.

Sie sollen etwas von Spionen und einem Attentatsversuch auf Sie gesagt haben.

Das war geflunkert.

Sie hatten doch keine Geschäfte mehr, also auch keine Widersacher.

In Frankfurt hatte ich noch geschäftliche Besprechungen.

Mit wem?

Ich nenne die Namen nicht.

Warum?

Es handelte sich um geheime Aufträge.

In Frankfurt stiegen Sie am 3. November im Englischen Hof ab.

Ja.

Sie sollen dort am späten Abend nachgefragt haben, wo es Frauenzimmer gebe.

Ich fragte lediglich, wo man sich noch amüsieren könne.

Sie verbrachten die Nacht vom 3. auf den 4. November nicht in Ihrem Hotelzimmer.

Ich war bei Verwandten in Linz.

Am Montag, dem Tag vor dem Verbrechen, ließen Sie sich einen falschen Bart und eine Perücke anfertigen. Wozu?

Ich wollte nicht erkannt werden.

In Baden-Baden?

Ja.

Dahin fuhren Sie also am 6. November nach einer Zwischenstation in Karlsruhe.

Man mußte dort umsteigen.

Sie ließen dort Ihr Gepäck, um beweglicher zu sein? Um besser fliehen zu können nach erfolgter Tat?

Hau schweigt.

Was wollten Sie in Baden-Baden?

Hau schweigt.

Wollten Sie Ihre Schwägerin Olga treffen?
Ich lehne jede Auskunft ab.
Hatte Fräulein Olga von Ihrer Ankunft Kenntnis?
Diese Frage beantworte ich nicht.

Im Publikum wird es unruhig. Wie der Papierfabrikant, so verstehen auch andere badische Gemüter die Art nicht, wie sich der Angeklagte verhält. Diskussionen entwickeln sich an verschiedenen Ecken. Dr. Eller nutzt das aus, quasi coram publico dem Angeklagten seine Situation klarzumachen. Ja, das kann er, auf der Klaviatur des Publikums zu spielen versteht er, er hat die Verhandlungen ohne Publikum immer gehaßt. Er braucht sie, diese Neugierigen, so leicht Aufgebrachten, diesen Kessel kochenden Wassers, den brodelnden Pöbel. Unsicher machen ihn eher die vielen angereisten Berichterstatter, allein elf aus den Vereinigten Staaten. Stumm sitzen sie da und schreiben mit, eifrig, scheinbar teilnahmslos, undurchschaubar, eine Mauer zwischen ihm, dem Regisseur, und den Massen, eine Mauer, die man schon am ersten von vier, vielleicht fünf Tagen einzureißen sich bemühen muß, denn sie alle, diese Korrespondenten, sind schon mit der vorgefertigten Meinung nach Karlsruhe gekommen, hier würde ein Unschuldiger geopfert. Sie haben es in ihren Blättern geschrieben. Er hat den ganzen Schmutz, diese Besudelung der Justiz gelesen. In einer blauen Mappe liegt das alles auf seinem Schreibtisch. Er verachtet insgeheim die ganze Journaille. Viel strengere Gesetze wären vonnöten, diese Unwahrheiten, die sie wie eine gefährliche Epidemie in die Köpfe der arglosen Menschen säen, gerichtlich zu ahnden. Man müßte ihnen das Handwerk legen. Preßfreiheit! Was soll das sein? Jeder dahergelaufene Schreiberling, durch keinerlei vorgeschriebene Ausbildung befugt, darf schreiben, was er will, darf ehrenwerte Beamte beschimpfen, aufwiegeln, von Reformen faseln, Revolutionen fordern, zum Streik aufrufen. Der Schlimmste von ihnen, da sitzt er, ganz vorne, klein, dünn, spitznasig, mit den dicken Augengläsern: Paul Lindau aus Wien. Ein Theatermann eigentlich, Komödienschreiber, Künstler. Das sagt doch schon alles. Mischt sich aber ein, verfolgt Prozesse und weiß immer alles besser. Ohne jegliche juristische Bildung kritisiert er in Artikeln und Büchern die gefällten Entscheidungen und Urteile. Mein Gott, da lobt er sich den Angeklagten. Der, sicher ein guter Jurist, wenn auch von geringer menschlicher Qualität, weiß, wovon die Rede ist. Wenn der seinen Kopf aus der Schlinge zu ziehen versteht, dann ist er wahrlich unschuldig.

Angeklagter, Sie stehen in einer furchtbar ernsten Angelegenheit hier, bezichtigt eines Verbrechens an einer nahen Angehörigen, das Sie den Kopf kosten kann und Ihre Frau bereits in den Tod getrieben hat. Und jetzt wollen Sie einfach keine Auskunft geben, keine noch so gut gemeinten Fragen beantworten! Das scheint mir sehr gewagt. Ihre ganze Verteidigung ist nichts als Verweigerung.
Hau lächelt leicht. Wöhrle weiß das nicht zu deuten. Ist das Arroganz, Überlegenheit dessen, der plötzlich seine Unschuld beweisen wird, damit aber noch hinter dem Berg hält? Oder ist der da vorne längst unsicher und sein Lächeln ist die grinsende Fratze der Verzweiflung angesichts des Fallbeils?

Ihre Frau hat einmal einen Brief geschrieben, in dem sie andeutete, daß Sie beide sich das Leben nehmen wollten. Sie hat auch ein Testament hinterlassen. Danach soll Ihr Kind einen anderen Namen erhalten.
Bewegung im Publikum, notieren die Korrespondenten.
Ihre Frau ist in den Tod gegangen, weil sie den Konflikt nicht zu überwinden glaubte. Ihre Frau scheint Sie also für schuldig gehalten zu haben.
Der Staatsanwalt hat mir und meiner Frau eine Unterredung

unter vier Augen verweigert. Das Ende wäre nicht geschehen, wenn –

Nun, man wird Gründe gehabt haben.

Hau ist zum ersten Mal leicht aufgebracht.

Der Staatsanwalt hat ihr erklärt, daß sie verhaftet werde, wenn sie ihren Mann für unschuldig halte.

Der Staatsanwalt, Dr. Bleicher, ein schlanker, schnauzbärtiger, großer Mann von etwa vierzig Jahren, greift ein, betont sachlich.

Frau Hau hat mir von sich aus das größte Vertrauen gezeigt. Ich darf Ihnen vorlesen, was sie mir – ich betone, unaufgefordert – geschrieben hat:

Ich zerbreche über dem Entsetzen an dieser grauenhaften Tat. Ich bin zu der Überzeugung gekommen, daß mein armer Mann geisteskrank ist. Ich weiß nicht, wohin mich die Verzweiflung noch treiben wird. Ich bin das unglücklichste Weib der Welt.

Hau hört sich das äußerlich teilnahmslos an. Zum ersten Mal meldet sich Dr. Dietz, der Pflichtverteidiger, den Hau bisher keines Blickes gewürdigt hat.

Man hat Frau Hau aufgefordert, sie möge Belastungsmaterial gegen ihren Mann liefern. Sie hat sich darüber bitter beklagt!

Der Vorsitzende geht über den Einwand hinweg.

Wir wissen, wohin die Verzweiflung Ihre Frau getrieben hat. Was, wenn nicht der Glaube an Ihre Schuld, mag denn Ihre Frau in den Tod getrieben haben?

Man gewährte ihr keine Aussprache mit mir.

Was hätte eine solche gebracht?

Ich hätte meine Frau von meiner Unschuld überzeugt.

Unruhe im Publikum.

Na, dann überzeugen Sie uns doch auch.

Gelächter.

Es gibt Dinge, die ich wohl meiner Frau sagen konnte, die ich aber nicht hier sagen kann.

In der von den Korrespondenten konstatierten großen Bewegung sieht Dr. Dietz eine Chance. Forsch ergreift er wieder das Wort.

Herr Hau, haben Sie an jenem 6. November in Baden-Baden überhaupt einen Revolver bei sich getragen?

Mein einziger Revolver, den ich nach einer Spionagegeschichte in Konstantinopel bei mir trug, befand sich im Koffer, den ich in Karlsruhe deponiert hatte.

Haben Sie Schüsse in Baden-Baden gehört?

Ich lehne die Antwort ab.

War vielleicht die Tat gegen Fräulein Olga gerichtet und wurde Frau Molitor zufällig getroffen?

Ich verweigere die Aussage.

Dr. Eller lächelt über die verzweifelt linkischen Versuche des Verteidigers. Er schaut auf die Uhr.

Angeklagter, ich appelliere noch einmal eindringlich an Sie: Geben Sie der Wahrheit die Ehre. Bringen Sie vor, was Sie wissen. Retten Sie sich, wenn Ihnen das noch möglich ist.

Die Sitzung wird vertagt. Mittagspause. Wir sehen uns wieder um zwei Uhr.

Hätte es nicht die Ankündigung gegeben, daß Fräulein Olga Molitor noch heute in den Zeugenstand treten werde, wären Ferdinand Wöhrle und andere Besucher des Prozesses wohl während der nach der Mittagspause aufgenommenen Zeugenvernehmung nach Hause gegangen. So halten sie alle tapfer durch, wenn auch der eine oder andere, wie übrigens zwei der Geschworenen auch, ihr Nickerchen machen. Wöhrle beschließt, der Sehnsucht nach Schlaf nicht nachzugeben, er hält sich wach.

Als erster Zeuge wird der Geheime Medizinalrat Dr. Roller aus Trier vernommen, ein alter Mann im Ruhestand. Ob es zutreffe, fragt man ihn, daß er Karl Hau, als der noch Gymnasiast in Trier war, einmal wegen einer Krankheit behandelt habe, und wenn es zutreffe, um welche Krankheit es sich gehandelt habe. Es sei schon möglich, sagt der Zeuge, daß er den jungen Mann behandelt habe, erinnern könne er sich daran aber nicht, es könne sich wohl, wenn überhaupt, nur um eine belanglose Krankheit gehandelt haben, um eine Krankheit von kurzer Dauer und leichten Symptomen. Denn an die schweren Fälle könne er sich meist doch erinnern.

Der zweite Zeuge, Gepäckträger Vierthaler aus Karlsruhe, hat am 6. November das Gepäck eines Reisenden in Empfang genommen. Der Bart des Mannes schien ihm falsch zu sein. Am Abend habe er mitbekommen, daß sich ein Mann ohne Bart vom Kollegen, Gepäckträger Wildemann, das Gepäck hat geben lassen. Bei näherem Hinsehen habe er in dem Mann ohne Bart den Mann mit Bart wiedererkannt. Ob es sich dabei um den Angeklagten handelte, weiß er nicht zu sagen.

Der dritte Zeuge, Gepäckträger Wildemann aus Karlsruhe, händigte am 6. November einem Mann ohne Bart besagtes Gepäck aus. Ob der Mann der Angeklagte war, weiß er nicht zu sagen.

Der vierte Zeuge, Gepäckträger Stock aus Karlsruhe, erkennt in dem Angeklagten sowohl den Mann mit als auch den Mann ohne Bart wieder. Beide, so versichert er, habe er gesehen, wobei er betonen wolle, daß das Wort »beide« von ihm natürlich falsch gewählt sei, denn es habe sich ja nicht um zwei Männer, vielmehr um nur einen Mann, nämlich den hier vor ihm sitzenden Angeklagten, gehandelt.

Gelächter im Saal.

Hau schmunzelt.

Der fünfte Zeuge, Kürschner Lindenlaub aus Baden-Baden, fuhr am 6. November im Zug von Karlsruhe nach Baden-Baden. Dabei fiel ihm schon auf dem Bahnsteig und dann im Erste-Klasse-Abteil ein Herr mit falschem Bart auf. Er machte in

Baden-Baden einen Schutzmann auf seine Beobachtung aufmerksam, der den Fremden beobachtete, bis er den Bahnhof verließ. Den Schutzmann konnte Lindenlaub bei seiner kürzlichen Vernehmung nicht beschreiben, so daß dieser als Zeuge nicht zur Verfügung steht.

Verteidiger Dr. Dietz wirft ein, daß man schließlich an den Dienstzeiten der Schutzleute feststellen könne, wer wann in welchem Bereich arbeite, was schlüssigerweise zur namentlichen Erkennung des Betroffenen führen müßte. Das sei eine der vielen Unzulänglichkeiten der Voruntersuchungen. Man solle sich doch einmal vorstellen, wenn man Hau für den Täter halte, daß die Tat gar nicht geschehen wäre, hätte der Schutzmann den Mann mit dem Bart erst einmal festgenommen, um dessen Personalien festzustellen.

Bei dem Bart, führt sodann Zeuge Lindenlaub weiter aus, habe es sich um einen sogenannten Kaiser-Friedrich-Bart gehandelt. Der Bart sei seiner Meinung nach sehr unsachgemäß, er wolle sogar sagen dilettantisch gefertigt und befestigt gewesen, denn sonst wäre der Angeklagte ihm gar nicht aufgefallen, da es schließlich geradezu eine Mode sei, diese Bärte zu tragen.

Sie sagen, der »Angeklagte« sei Ihnen aufgefallen? Das heißt, Sie erkennen in dem Angeklagten den Mann aus dem Zuge wieder?

Nein, nein, durchaus nicht. Da habe er sich falsch ausgedrückt. Im Gegenteil, er könne im Angeklagten heute den Reisenden von damals nicht wiedererkennen, da ersterer ja heute keinen Bart trage.

Auf Antrag der Staatsanwaltschaft wird Hau nun ein falscher Bart angelegt. Kürschner Lindenlaub kann trotzdem nicht schlüssig sagen, daß Hau der Reisende von damals war.

Mit dem Hinweis darauf, daß Hau ja in den Vernehmungen sowohl die Reise nach Baden-Baden als auch die Maskierung mit Bart und Perücke zugegeben habe, will Staatsanwalt Dr. Bleicher auf die Vernehmung weiterer diesbezüglich zur Verfügung stehender Zeugen verzichten. Dr. Dietz aber verlangt die Fortführung der Vernehmungen, was Hau, den dieses Spektakel um Bart und Perücke bisher eher belustigt hat, stumm mißbilligt. Sieben weitere Zeugen treten auf. Zwei wollen im Angeklagten den mysteriösen Bartträger wiedererkennen, vieren ist das nicht möglich, und eine Frau aus Bühl glaubt, Hau an der Statur und den hervorstehenden Augen erkennen zu können.

Als Ferdinand Wöhrle gerade im Begriffe ist, den Kampf gegen den Schlaf zu verlieren, gibt es außerhalb des Gerichtssaals einen Tumult. Olga kommt, begleitet von Justizgendarmen, geschützt vor dem Pöbel, der sie als Hexe und Mörderin beschimpft. Dann tritt sie in den Zeugenstand, schwarzgekleidet, was die roten Haare, die zu einem Knoten zusammengebunden sind, noch betont. Eine schöne Erscheinung, denkt Wöhrle, der sich noch an das schwärmerisch-ungelenke Mädchen von vor sechs Jahren erinnert. Olga würdigt Hau keines Blickes, was sie während des ganzen Prozesses durchhält. Ihn scheint ihre Anwesenheit aufzuwühlen. Er wirkt jetzt nervös. Mit leiser, zunehmend tränenerstickter Stimme erzählt Olga noch einmal, was am Abend des 6. November letzten Jahres vor sich ging. Und obwohl das alles bereits in den Zeitungen stand und allen bekannt ist, wird es ganz still im Gerichtssaal. Unter den Zuschauern scheinen die zu fehlen, die sich die Meinung einiger Publizisten zu eigen gemacht haben, Olga könne die Mörderin ihrer Mutter sein. Am Ende der Schilderung des Mordes schluchzt Olga. Hau, der gespannt zugehört hat, vergräbt jetzt das Gesicht in den flachen Händen. Der Vorsitzende gibt Olga die Gelegenheit, ihr Tüchlein hervorzuziehen, sich die Tränen abzuwischen, sich zu schneuzen.
Leises Palaver im Publikum.
Silentium! Fräulein Molitor, nachdem Sie diesen Mann also gesehen hatten, kam Ihnen da der Verdacht auf Hau?
Nein.

Ist Ihnen auch später kein Verdacht gekommen?

Nein, mir persönlich nicht.

Hat Hau vielleicht ein Rendezvous mit Ihnen gesucht, oder hat er Ihnen nach dem Leben getrachtet?

Ich habe keinen Anlaß, das zu glauben.

Hatten Sie nähere Beziehungen mit Hau?

Absolut nicht.

War Ihre Schwester eifersüchtig auf Sie?

Ich selbst habe es nicht bemerkt, man sagte es mir aber später.

Haben Sie an Hau nach Dover telegraphiert?

Niemals.

Von Paris war ein mysteriöses Telegramm nach Ihrer Mutter geschickt worden. Hat vielleicht Frau Lina Hau dieses verfaßt?

Das ist ganz ausgeschlossen.

Haben Sie einmal in Paris bemerkt, daß Ihre Schwester eifersüchtig auf Sie war?

Einmal sah ich sie mit unbeschreiblich traurigem Ausdruck versunken am Fenster sitzen. Später verstand ich das. Sie war tiefunglücklich in Paris.

Haben Sie Szenen zwischen Herrn und Frau Hau erlebt?

Nein.

Frau Lina Hau hat ihren Mann sehr geliebt?

Unendlich.

Sie haben doch sicher mit Ihrer Schwester über Hau und die Tat gesprochen?

Nur allgemein, niemals persönlich.

Sie standen gut mit Ihrer Schwester?

Wir waren sehr vertraut. Sie vertraute mir ja nach ihrem Tode ihr Kind an.

Der Staatsanwalt mischt sich ein.

Was soll Hau zu seiner Frau gesagt haben, als er nach der Tat nach London kam?

Verteidiger Dr. Dietz will Einspruch erheben, wird aber vom Vorsitzenden nicht beachtet.

Er soll gesagt haben: Ich soll deine Mutter ermordet haben.

Hat er nicht gesagt, er sei nicht in Baden-Baden gewesen?

Davon weiß ich nichts.

Zeugen behaupten, es seien zwei Schüsse abgefeuert worden?

Nein. An dem Tatorte ist ein mehrfacher Widerhall. Ich habe das gemerkt, als ich um Hilfe rief. Es ist ganz sicher nur ein Schuß abgefeuert worden.

Der Vorsitzende, der meist nur unwillig die Störungen seiner Verhandlungsführung durch Staatsanwaltschaft oder Verteidigung erträgt, übernimmt wieder.

Kann ein Diener in Ihrem Hause der Täter gewesen sein?

Nein, die sind ja alle von kleiner Figur. Der Mann war größer.

War Ihre Mutter scharf gegen die Dienstboten?

Nein.

Dr. Dietz:

Der Diener Wieland soll sich, als er nach einer neuen Stellung suchte, sehr häßlich über Frau Molitor ausgedrückt haben.

Olga antwortet nicht.

Staatsanwalt:

Was halten Sie vom Geisteszustand Haus?

Ich halte ihn für einen abnorm klugen und geistig sehr hochstehenden Menschen.

Vorsitzender:

Besaß er suggestive Kraft?

Nein. Er war aber Launen unterworfen.

Wie stand Ihre Mutter zu Hau?

Nach der Entführung damals war sie erst sehr empört, dann benahm sie sich aber sehr rührend gegen meine Schwester und auch gegen ihn gut, als sie sah, daß er vorwärtskam. Sie hat gerade zuletzt von Hau mit großer Anerkennung gesprochen.

Haben Sie Haus Erzählungen von seinen Projekten in Konstantinopel geglaubt?

Ich habe alles geglaubt.

Hau scheint sehr verschwenderisch gewesen zu sein. Er stieg

stets in den ersten Hotels ab, fuhr immer Automobil und hatte die sogenannte Edelsteinmanie.

Ja.

War er spendabel?

Ja, sehr.

Sie haben am 10.11. des letzten Jahres ausgesagt, Hau habe Ihnen von großartigen Geschäften erzählt?

Er sagte einmal, er habe für sechs Tage Arbeit von der Standard Oil Company 100 000 Dollar bekommen.

Raunen und Gelächter im Saal.

Haben Sie das geglaubt?

Damals ja.

Jetzt glauben Sie das nicht mehr?

Die Ereignisse haben mich später daran zweifeln lassen.

Sie sagt, was sie sagt, wohlüberlegt, läßt kleine Pausen zwischen Frage und Antwort, schaut den Fragenden zumeist nicht an, starrt auf ihre Hände, die sich am Pult festkrallen. Sie steht da, denkt Wöhrle, wie eine Angeklagte. Angeklagt der unmoralischen Beziehung zum Schwager. Sie soll Gedichte schreiben, die dem Lesenden die Schamröte ins Gesicht treiben, soll in Künstlerkreisen verkehren und ihre Verehrer an der Nase herumführen und die um sie Werbenden verhöhnen und verspotten. Mit dem vierten Gebot soll sie es überhaupt nicht halten. Sie habe häufig mit der Mutter gestritten, sie angeschrien und beschimpft. Eine Verwandte, die im Nachbarhause als Mädchen gearbeitet hat, hat Wöhrle das erzählt. Auch mit den Dienstboten soll sie rüde umgegangen sein. Kann so eine nicht auch zur Mörderin an der Mutter werden, verlockt von einem Leben mit dem Mann von Welt, von dem sie sich ein anderes, noch aufregenderes Leben verspricht, der ihr vormacht, in sechs Tagen ein Vermögen zu verdienen? War ihr, zu der der Geliebte in dieser Maskierung angereist kam, die Mutter im Wege? Haben Hau und Olga das alles vielleicht abgesprochen, den Mord gemeinsam begangen? Schließlich hatte auch Olga ein stattliches Erbe zu erwarten, eine höhere Summe als Lina, der ja schon ein Teil ausbezahlt worden war. Was Wöhrle denkt, denken viele, und manche sprechen es aus, was zu bösen Gerüchten und gelegentlichen Tumulten führt. Wöhrle hingegen bewegt die Fragen in seinem Herzen, wägt Hau und Olgas eventuelle Motive, soweit er sie kennt oder vermutet, gegeneinander ab, und er kommt zu der Erkenntnis, daß einer wie er zuwenig von diesen Leuten und ihrem Leben weiß, als daß er sich da über Schuld oder Unschuld ein Bild machen könnte. Er beschließt, seinem Respekt vor aller Obrigkeit gemäß, sich darauf zu verlassen, daß das Gericht alle Fragen klärt und den oder die Richtige dem Schafott zuführen wird.

Der Staatsanwalt wendet sich jetzt an Hau:
Frau Lina soll den türkischen Schefferkat-Orden 2. Klasse mit Brillanten besessen haben?
Er ist ihr von der Pforte, dem Ministerium des Auswärtigen, verliehen worden.
Wo ist das publiziert?
Das weiß ich nicht.
Nach Auskunft des Botschafters ist kein Orden an einen Mr. oder eine Mrs. Hau verliehen worden.
Der Vorsitzende ergänzt die Frage:
Warum sollte die Pforte Ihrer Frau einen Orden verliehen haben?
Das ist doch ganz natürlich.
Das ist überhaupt nicht natürlich. Ich glaubte schon, Sie würden wieder die Aussage verweigern.
Soweit es sich um den fürstlichen Würdenträger handelt, tue ich das auch.
Dann erzählen Sie uns doch, wie es zu dem Orden kam.
Mir wurde der Medjidji-Orden angeboten. Ich lehnte ihn ab, erbat aber einen Orden für meine Frau.

Fräulein Molitor, was sagte denn Ihre Schwester zu dem Orden?

Sie war sehr erstaunt darüber. Meine Mutter sagte: Das sind ja gar keine Brillanten, es sind ja nur Rheinkiesel.

Große Heiterkeit, notieren die Beobachter.

Meine Schwester hatte nicht viel Freude an dem Orden.

Hat sich Frau Lina nicht bitter über ihre Mutter beklagt?

Meine Mutter sah die Dinge klar. Sie wußte, daß Lina und Hau über ihre Verhältnisse lebten. Lina wollte das nicht wahrhaben. So gab es Streit, böse Briefe und Vorwürfe.

Das wärs fürs erste. Wir danken Ihnen, Fräulein Molitor, und bitten Sie, sich weiterhin zur Verfügung zu halten.

Stolz und erhobenen Hauptes, ohne Hau anzusehen, der jetzt doch ihren Blick sucht, verläßt Olga den Gerichtssaal, nachdem man sie vereidigt hat. Draußen erhebt sich wieder Tumult, der in die Ferne rückt, als der Saalordner die Tür schließt.

Nun folgen die Zeugen Schlag auf Schlag, und jeder, der eine wenn auch noch so unwesentliche Rolle in Haus Vorleben gespielt hat, ist eifrig bedacht, Gericht und Publikum etwas Neues, noch nicht in den Gazetten Erschienenes darzubieten. Jeder wähnt sich als ein Rädchen im großherzoglich-badischen Getriebe der Gerechtigkeit.

Freunde, Kollegen, Bekannte aus Gymnasial- und Studentenzeit treten in den Zeugenstand. Hau beachtet keinen von ihnen, auch die nicht, die sich positiv über ihn aussprechen oder gar jovial zu ihm herübergrüßen. Er kennt sie nicht mehr. Er starrt meist ins Leere oder vor sich auf den Boden und macht den Eindruck, als hörte er streckenweise den Ausführungen gar nicht zu, die sein Leben illustrieren, beriechen und verurteilen.

Zeuge Oberlehrer Schlich aus Saarlouis kennt Hau von der Trierer Gymnasiumszeit. Hau, sagt er, sei ein fleißiger Schüler gewesen, der zu großen Hoffnungen berechtigte, sich aber oft launisch gezeigt habe und Stimmungen unterworfen gewesen sei.

Zeuge Assistenzarzt Schmitz aus Bonn studierte 1900 bis 1901 in Freiburg zusammen mit Hau:

Mir fiel immer sein eigentümliches Wesen auf. Er renommierte gerne und suchte sich möglichst großartig zu geben und hervorzutun. Hau lebte etwas ausschweifend. Eines Tages war er verschwunden. Ich hörte dann, daß er auf Korsika dieses Fräulein Molitor aus Baden kennengelernt hatte und mit ihr durchgebrannt sei. Als ich ihn später in Bernkastel traf, war er erst sehr zurückhaltend. Ich erfuhr durch ihn aber doch, daß er sich mit dem Fräulein Molitor habe vergiften wollen, aber kein Gift bekommen habe. Dann hätten sie sich erschießen wollen. Er habe auf Lina geschossen, sagte er, und dann aber nicht den Mut gehabt, das Werk zu vollenden. Ja, er sagte, das Werk zu vollenden. Dann sagte er noch, er müsse jetzt wegen der dummen Angelegenheit auf Druck der Familie des Fräuleins heiraten, er stehe kurz vor der Heirat.

Zeuge Rittergutsbesitzer Theißen aus Köln, ein entfernter Verwandter des Hau, bekundet, daß er nie etwas Nachteiliges über Hau gehört habe. Er selbst habe sich auf Bitten des Vaters Hau in Berlin über das Betragen des Sohnes informiert, aber nur Gutes gehört. Er halte Hau für einen äußerst begabten Menschen und habe den Eindruck gehabt, daß Hau glücklich und gut verheiratet sei.

Vorsitzender:

Gegen die Heirat Haus war der Vater doch zuerst abgeneigt?

Ja. Fräulein Molitor war fünf Jahre älter als Hau. Zudem war sie exaltiert und überspannt. Das schien Haus Vater, der ein geachteter, solider und wohlhabender Mann ist, bei der Übergenialität des Sohnes keine gute Verbindung zu sein. Und, wenn ich das einmal sagen darf, er hat ja recht behalten.

Als Sie von dem Verdacht hörten, was haben Sie gedacht?

Ich sagte mir sofort, wenn Hau die Tat begangen hat, dann sieht man einmal wieder, wie nahe Genie und Wahnsinn beieinanderliegen.

Zeuge Lehrer Staudt aus Saarbrücken verkehrte häufig im Haus des Vaters von Hau:
Ich hatte gute Gelegenheit, die Entwicklung des – nun ja, des Angeklagten – zu beobachten. Er hatte große Begabungen, war aber in seiner körperlichen Entwicklung gegenüber der geistigen zurückgeblieben. Ich glaube, er strengte sich bei seinem Studium zu sehr an, so daß ihn das körperlich geschwächt hat. Der Geist wurde immer lebhafter und der Körper immer schwächer. Er war sehr fleißig, las schon als Knabe Goethe und Gerhart Hauptmann und beschäftigte sich schon mit Politik. Er war oft –
Der Vorsitzende unterbricht.
Wir haben gelegentlich schon gehört, die gesundheitlichen Dispositionen des Angeklagten seien eher auf ein allzu ausschweifendes Leben zurückzuführen.
Dazu kann ich nichts sagen.
Hau soll in Berlin mit einer Dirne zusammengelebt haben?
Davon habe ich nichts bemerkt. Ich habe nur bemerkt, daß seine körperliche Entwicklung ins Krankhafte und seine geistige ins Anormale ging. Darüber waren der Vater, den ich einmal darauf ansprach, und ich erschreckt.
Hat Vater Hau dem Alkohol gehuldigt?
Nein. Ich habe den Mann nie betrunken gesehen.
Besaß der Vater nicht eine Weinwirtschaft und war er nicht Vertreter einer Kölner Weinfirma? will der Verteidiger wissen.
Ja, aber das heißt doch nicht, daß er getrunken hat.
Natürlich nicht, sagt der Vorsitzende und fragt weiter:
Was erzählte Ihnen der Vater von der Entführungsgeschichte von 1901?
Er erzählte, ein Offizier, der Bruder der Entführten, sei zu ihm

gekommen und habe ihm mitgeteilt, daß der junge Hau seine Schwester entführt habe. Der Vater habe dann seinen Sohn in der Schweiz aufgesucht und dieser habe gesagt: Da ist doch nichts dabei, wenn ein junger Mann mit einer Dame eine Reise macht. Als der Vater darauf sagte, Karl müsse Lina nun heiraten, habe der gesagt: Das wirst du doch nicht verlangen, Vater. Ich glaube, er hat nicht gerne geheiratet.

Zeuge Gerichtsassessor Seifried aus Bühl in Baden studierte mit Hau in Freiburg:
Sein eigentümliches Wesen war auffällig. Er erzählte viel von seinen Beziehungen zu hochgestellten Persönlichkeiten. Er war geistig sehr rege, aber ein Sonderling und Renommist. Er erzählte auch viel vom Verkehr mit Mädchen, und nach den Kneipabenden suchte er noch die Bordelle auf. Einmal soll er bis in den Tag hinein dort geblieben sein. Er hat gut gelebt und fuhr als einziger von uns regelmäßig Droschke.
Auch ins Bordell?
Dahin sowieso.

Zeuge Referendar v. Zange aus Darmstadt:
Ich lernte im Jahre 1901, wo ich in Freiburg studierte, Hau kennen. Wir verkehrten täglich miteinander. Er erzählte viel von seiner Reise nach Italien und seinem Aufenthalt in Korsika. Hau war ein angenehmer und interessanter Gesellschafter. Es schien mir aber, daß er seine Schilderungen ziemlich ausschmückte. Er renommierte sehr mit seinen besonderen Beziehungen und –
der Zeuge schaut zu Hau hinüber, der ihn nicht beachtet.
– und mit seinem regelmäßigen Verkehr in Bordells.

Zeuge Referendar Moritz aus Bielefeld studierte mit Hau im Sommersemester 1900 in Freiburg:
Hau war sehr begabt und frühreif und von sich eingenommen.

Ich sprach einmal mit ihm über Schiller und Goethe. Er sagte, ich verstände diese Dichter doch gar nicht.

Gelächter.

Er war sehr ausschweifend und verkehrte viel in der Hochbergstraße – na ja, Sie wissen schon.

Verteidiger Dr. Dietz:

Haben Sie an Hau geistige Abnormitäten wahrgenommen?

Nein.

Sie haben mir einen Brief geschrieben, da heißt es am Ende: Hau ist einer der interessantesten, aber auch anormalsten Köpfe, die mir je begegnet sind.

Ja, das stimmt.

Zeuge cand. phil. Hempel aus Münster erklärt, daß er von Jugend auf mit Hau befreundet gewesen sei, ihn im Jahre 1894 als Tertianer im Gymnasium zu Trier kennengelernt und einen vollen Einblick in dessen Seelenleben bekommen habe. Er habe ihn für eine edle Natur gehalten, der alles Gemeine fremd gewesen sei. Allerdings seien Renommiersucht und Aufschneiderei bei ihm in krankhafter Weise ausgebildet gewesen. Ein Beispiel dafür seien die häufigen Erzählungen über sexuelle Exzesse. In Berlin, wo sie sich auch öfter getroffen hätten, habe Hau einmal Selbstmordgedanken geäußert. Er habe einen Hang zum Zauberhaften und Mystischen gehabt.

Verteidiger:

Trauen Sie diesem Menschen die vorgeworfene Tat zu?

Wenn er sic begangen hat, dann hat er es nur im Affekt getan oder infolge einer Katastrophe seines differentiellen Nervensystems. In der Schule hieß es allgemein, Hau habe einen Spleen. Ich hielt Hau für einen Übermenschen.

Zeuge Referendar Reiter aus Freiburg gibt an, ihm sei nur im Gedächtnis, daß Hau mit seinen Erfolgen bei den Damen der Halbwelt angegeben habe, mit denen er ein durch Details gekennzeichnetes, wüstes Leben führte. Er halte Hau für einen äußerst genialen Menschen, der jedoch durch Übertreibungen und geschlechtliche Ausschweifung pathologisch veranlagt sei.

Zeuge Rektor Gemme aus Köln erinnert sich an einen sehr frühreifen Hau, dessen Geist unstet und überladen und dessen Körper schwach gewesen sei. Man sei nie recht klug aus ihm geworden. Zuletzt sei er auf dem Gymnasium ganz europafeindlich gewesen und habe Amerika als das Heil schlechthin dargestellt. Wenn er die Tat begangen habe, dann aus Geistesverwirrung, dessen ist sich der Zeuge sicher.

KAPITEL 24

Bruchsal 1921

Nachdem man ihm nun wegen seiner vorbildlichen Führung Papier und Schreibzeug genehmigt hat, beginnt Karl Hau, die Geschichte seines Prozesses zu schreiben. Da das Geschriebene von der Direktion gelesen wird, schreibt er nur über die Beziehungen zu Lina und anderen, nicht über seine Sicht des Prozesses:

Daß meine eigene Frau mich für schuldig halten konnte, der Gedanke wäre mir nie gekommen. Das war viel, viel schlimmer als eine Verurteilung durch Richter und Geschworene. Aber es war geschehen. So undenkbar es schien, es war geschehen. Nun gut, so mußte ich damit leben. Jetzt war ich also allein. *So learn in your uttermost need to rely upon none.* Einige Tage vor Weihnachten 06 bekam ich einen Brief von meiner Frau, in dem sie mir schrieb, jetzt, nachdem sie von der Familie weg sich in das Haus einer Freundin zurückgezogen habe, sei sie überzeugt, daß ich eine solche Tat nicht begangen habe könne, und sie wolle zu mir halten, komme, was komme. Der Brief machte gar keinen Eindruck mehr auf mich. Zu spät. Sie hatte versagt in dem kritischen Augenblick, als alles darauf ankam. Was sie jetzt noch dachte und tat, spielte keine Rolle mehr. Ich schrieb ihr ganz kurz, sie solle sich unverzüglich von mir scheiden lassen. Später, als sie in den Tod gegangen war, habe ich mein Verhalten bereut. Ich hätte die dargebotene Hand annehmen sollen.

Aber es war Kismet.

Brief eines Dr. Goetjes an den Anstaltspfarrer:
Worms, den 18. Mai 1921
Euer Hochwürden!
Euer Hochwürden erlaube ich mir als Angehöriger der Familie
Molitor folgendes vorzutragen: Vor einigen Tagen ging durch
die Tagespresse die Notiz, daß die Mordaffäre Hau im Film als
Sensationsstück Verwendung finden soll. Es liegt der Familie
Molitor natürlich alles daran, dieses möglichst zu verhindern.
Es ist nötig, daß die Schritte, die in diese Richtung geschehen
müssen, nicht der Filmindustrie die Reklame-Ausnützung
ermöglichen. Als Seelsorger des Zuchthauses werden Euer
Hochwürden am besten über die Mentalität des Hau orientiert
sein. Ich gehe von der Annahme aus, daß der Filmgedanke
Hau zuwider ist, schon mit Rücksicht auf seine heranwach-
sende Tochter, die unter der Wiederaufrollung der Tragödie sicher am meisten zu leiden hätte. Ich hoffe, daß es Euer Hochwürden möglich ist, Hau zu veranlassen – wozu er das Recht
hat – den Film zu unterbinden. Der Film soll den Titel tragen:
»Die Tragödie des Hauses Hester« und einen Heinz Bock aus
Berlin zum Verfasser haben. Ich darf Euer Hochwürden den
großen Dank der Familie versichern und zeichne mit ergeben-
ster Hochachtung.
Gez. Dr. Goetjes. Arzt, Worms, Siegfriedstraße 15.
Post scriptum: Ich darf Ihnen noch die Bitte aussprechen, von
diesem Schreiben Hau gegenüber keine Erwähnung zu tun
und ihm die Grundlage seines Interesses aus den Zeitungsnotizen nehmen zu lassen. Dr. G.

Justizministerium
Karlsruhe, den 10. August 1921 in Strafsache Karl Hau wegen
Mordes.
Aktenvermerk
Der Arzt Dr. Goetjes in Worms, Ehemann der Olga geb. Moli-
tor, hat sich an den katholischen Anstaltsgeistlichen des Zucht-

hauses Bruchsal mit der Absicht gewandt, die Mitwirkung des Gef. Hau für die Bestrebungen der Familie Molitor zur Verhinderung geplanter Filmdarstellung des Falles Hau anzuregen. Er hat gebeten, den Hau dazu zu veranlassen, seinerseits eine Verfilmung zu unterbinden. Der Strafgefangene Hau hat jedoch auf Rücksprache dem Direktor erklärt, es sei ihm gleichgültig, ob sein Fall nun auch noch im Film behandelt würde oder nicht.

Das Justizministerium, das von dieser Haltung des Hau mit Bedauern Kenntnis genommen hat, hat sich in seiner Sitzung vom 30. Juli mit der Frage beschäftigt, wie dieses Verhalten im Hinblick auf die in Aussicht genommene Begnadigung zu beurteilen ist. Man kam einstimmig zu der Auffassung, daß der Verurteilte bei Fortsetzung dieser Haltung einer Begnadigung nicht als würdig erachtet werden könne.

Dr. Goetjes und Dr. Dietz sind in Kenntnis zu setzen.

Hau erfährt nie, daß Olga 1911 den Arzt Dr. Goetjes heiratet und nach Worms zieht, aber kinderlos bleibt. Alle Versuche, nach seiner Entlassung Olgas Verbleib ausfindig zu machen, scheitern, womit zumindest in dieser Hinsicht den Vorstellungen des Gr. badischen Gerichts entsprochen wird.

Rechtsanwalt Dr. Dietz an die Direktion des Männerzuchthauses Bruchsal, den Gef. Hau betreffend, 6. Dezember 1921: Mit gleicher Post erlaube ich mir, als Drucksache ein für den obengenannten Gefangenen bestimmtes englisches Buch, »The Christian« von Hall Caine, als Weihnachtsgeschenk zu übersenden. Hau hatte im Interesse der Pflege seiner englischen Sprachkenntnisse gebeten, ihm ein Werk in dieser Sprache zu schenken. Bei der gegenwärtigen Unmöglichkeit, neue englische Bücher anzuschaffen, kann ich leider nur ein aus meinem Privatbesitz stammendes älteres Buch aufbringen.

Weiter lasse ich gleichzeitig dorthin per Postscheck den Betrag von Mk 200.– überweisen mit der Bitte, diesen Betrag dem Guthaben des Gefangenen zuzuführen und ihm daraus diejenigen Vergünstigungen vor allem die Verpflegung betreffend zu gewähren, welche nach Maßgabe der Hausordnung zulässig sind.

Im Voraus bestens dankend,

Dr. Dietz, Rechtsanwalt.

KAPITEL 25

Aurora, 23. Januar 1903
Sehr verehrte Frau Schwiegermutter.
Hiermit darf ich Ihnen + der ganzen Familie freudigst mitteilen, daß meine liebe Frau Lina ein gesundes Baby zur Welt gebracht hat. Es ist ein Mädchen, + wir werden es, da Fräulein Olga sich bereits einverstanden erklärt hat, die Patentante zu werden, nach ihr benennen. Meiner Frau geht es gut, sie wird schreiben, sobald sie dazu in der Lage ist. Ich grüße Sie höflichst.
Carl Hau.

Aurora, 20. Februar 1903
Liebe Mama,
was Du Dir für Sorgen machst! Nein, ich bekomme nicht »sofort noch eins«. Die Doktorin hat gesagt, vor zweieinhalb Jahren darf ich kein weiteres Kind bekommen. Es ist auch nicht sicher, ob ich überhaupt noch einmal schwanger werden kann. Der Riß ist nicht gut verheilt und macht mir immer noch Probleme. Mama, ich glaube nicht, daß ich Ratschläge von Dr. Neumann brauchen kann. Er kennt die Verhältnisse hier nicht und hat auch mich seit Jahren nicht gesehen.
Die Amerikaner sind seltsam. Während der ganzen Zeit, wo das Baby und ich krank waren und mein Mann sich fast rund um die Uhr um uns kümmern mußte – beim Baby mußten die verquollenen Augen alle paar Minuten mit Salbe eingerieben werden – hat sich hier im Hause niemand nach mir erkundigt. So sind die, denken nur an sich. Gott sei Dank haben wir die Bekannten von der Universität.
Ach, ich bin so unerfahren, ich glaube, ich mache mit dem Baby viel falsch. Aber da kann ich von meiner Negerin lernen. So unzuverlässig sie sind und so schmutzig, sie wissen immer Rat für eine unerfahrene Mutter.

Ich bitte Dich, Mama, berede nicht alles, was ich Dir schreibe, mit den verheirateten Schwestern. Die wußten schon immer alles besser. Ich brauche ihre Ratschläge nicht. Dir möchte ich die Dinge schreiben können, ohne daß Du immer annimmst, es wäre nicht alles in Ordnung zwischen uns. Ich habe meinen Mann so schrecklich lieb und bin sehr stolz auf ihn und weiß, daß ich mit ihm eine wunderbare Zukunft haben werde.

Mit Olga kannst Du über das alles sprechen, sie ist so viel gescheiter als die anderen. Darum hat sie auch noch keinen Mann gefunden, weil sie alle so sind wie die Schwäger. Ich glaube doch, wir müssen ihr hier einen suchen. Aber es darf kein Amerikaner sein, weil die sind Plebs, egal, welcher Schicht sie angehören.

Sei gegrüßt von Deiner Lina.

Aurora, 13. Juni 1903

Danke für die schönen Sächle. Mit die Schühle und dem Röckle und die Strümpfle siehts Oggele aus wie ein Prinzessle. 1000 Dank! Und ich hab mir von meiner Negerin ein hübsches grünes Wollkleid machen lassen. Das können die, aber es dauert ewig. Stell Dir vor, mein Mann mußte jetzt nach New York zum Generalkonsulat, um sich dort ärztlich untersuchen zu lassen. Gott sei Dank – da hat die schlechte Gesundheit einmal was Gutes – haben sie ihn für lebenslang militäruntauglich geschrieben. Der Arzt, ein Deutschstämmiger, sagte, die Lungen könnten in ein paar Jahren völlig ausgeheilt sein. Hau wird in drei bis vier Wochen mit seinem Professor nach Konstantinopel reisen, wo sie Verhandlungen führen sollen wegen einer Gewehrfabrik. Die Reise kann, wenn ihnen das gelingt, für uns sehr important sein. Ich werde mit dem Oggele und der Frau des Professors und deren Kindern für zwei Monate aufs Land gehen, nach Maryland, ans Meer. Da leben wir billiger als hier, und vielleicht kann ich die Wohnung für die Zeit vermieten. Mein Mann bleibt mindestens vier Monate. So lange waren wir noch nie getrennt. Ich werde einsam sein, da mußt Du mir fleißig schreiben. Das Kind hat schon viele Namen. Ich nenne es Oggele oder Baberle, mein Mann sagt Bäbi – wie baby, aber auf badisch, was er aber gar nicht kann. Stell Dir vor, hier gibt es Frauen, die stillen nicht selbst, die nehmen sich eine Frau dafür, meistens eine Schwarze, die auch gerade ein Baby hat. Das könnte ich nicht. Die Negerinnen haben so viel Milch, sagte eine Frau hier im Haus, die sind wie die Kühe. Ich werde zwar nie eine Kuh werden, aber wenn ich mich gut ernähre und viel Milch und Bier trinke, reichts fürs Oggele-Baberle-Bäbi allemal.

Aurora, 6. August 1903

Jetzt ist mein Mann einen Monat weg. Es ist eine Reise mit Professor Schönfeld. Hau ist sein Sekretär, denn er spricht gut Französisch und kennt sich in europäischen Rechtsangelegenheiten aus. Sie machen in Neapel Station, fahren dann nach Sofia und danach nach Konstantinopel. Ich freue mich, daß mein Mann einen Einblick in die orientalische Welt bekommt, denn die Zukunft liegt in den amerikanisch-türkischen Geschäften. Und wenn sich Hau darauf spezialisieren kann, haben wir ausgesorgt. Natürlich gibt er seinen Posten an der Universität nicht auf. Der Professor ist ein unangenehmer Schwätzer. Aber mein Mann braucht ihn und sagt immer: Zähne zusammenbeißen und reden lassen. Durch ihn kommt er an alle Spitzen der Regierung, was für die Geschäfte wichtig ist. Er hat viele großartige Empfehlungsschreiben. Seine Visitenkarte muß für die Orientalen sehr feudal klingen: Maître d'arts et membre de la faculté de droit Columbian University de Washington.

Du schreibst immer, daß Du Dir Sorgen machst, und ich lese zwischen den Zeilen, daß Du an meinem Mann zweifelst. Das ist der Einfluß meiner älteren Schwestern und meines Bruders, das weiß ich. Mama, sorglos ist unsere Zukunft gewiß nicht. Ich habe einen jungen Mann und wenn ich so sagen will: unfertigen Mann – aber er ist gut und fleißig und wirklich begabt, und er macht mich glücklicher, als ich je geträumt habe. Ich möchte ihn gegen keinen anderen tauschen. Unser Glück ist natürlich für viele ein bescheidenes und noch unsicheres Glück, weil es in einem manchmal dürftigen Rahmen stattfindet. Also sorge Dich nicht immer – und traue meinem Mann nicht so viel Schlechtes zu – denke, wie andere junge Leute sich in seinem Alter austoben – jeder hat seine Untugenden, aber Trinken, Spielen, Frauen, etc. das kennt er nicht – er ist ein bissel unvernünftig mit dem Geld. Weiß der Himmel, von wem er diese offene Hand geerbt hat. Aber er hat in dieser Hinsicht viel von mir gelernt. Und beruflich hat er es jetzt schon weiter gebracht, als man hoffen durfte. In einem wildfremden Land, ohne jede Empfehlung solche Connections aufzubauen, sich solche Möglichkeiten, die ja alle in der Entwicklung sind, zu schaffen, das ist ein großes Talent. Und sei gerecht, was stellt ein 22jähriger Jurist in Deutschland dar? Was verdient der? Kann der eine Familie ernähren? In Jahren nicht! Während bei uns in ein zwei Jahren ein familiärer Wohlstand sein wird, um den uns manche beneiden werden. Die Konstantinopler Reise kann jetzt schon eine große Chance sein.

Bitte zeig diesen Brief nicht den anderen. Er ist nur für Dich. Vor meinen Geschwistern brauche ich mich nicht zu rechtfertigen.

Das Kind ist einfach ein Sonnenstrahl. Fast sieben Monate ist es jetzt. Leider, leider, ihrem Vater und dem Großvater wie aus dem Gesicht geschnitten – für ein Mädel nicht gerade promitting – aber ein Wesen, ganz goldig.

Aurora, 7. Dezember 1903

Mit Vater Hau und der Stiefmutter ist nichts zu machen. Der Groll über uns sitzt zu tief. Keine Briefe und jetzt statt 150 Mark im Monat nur noch 100. Gebe Gott, daß wir die nicht mehr brauchten. Hau braucht Bücher für seine Studien in den Spezialfächern. Allein im Dezember 95 Mark.

Wenn er auch mit seiner Gesundheit viele Probleme hat, in seinem Beruf hat er viel Freude. Er hatte neulich einen Ehrengast aus der Regierung bei seiner Lecture. Er weiß die Studenten zu fesseln und arbeitet unermüdlich für sich und seine Zukunft weiter. Jetzt muß er sich die Mandeln rausschneiden lassen. Sie verursachen immer wieder Entzündungen.

Wenn Olga sich, wie Du schreibst, in Baden-Baden langweilt, dann soll sie doch mal nach Berlin gehen für eine Zeit – oder wenigstens nach Mainz –, damit sie Menschen kennenlernt. Oder sie soll sich verheiraten – das kann sie doch nicht in der Villa. Sie müßte sich eben einmal für einen Mann zusammennehmen. Malen, Dichten, Singen, Klavierspielen, das kann es doch nicht sein. Ich wäre in so einem Leben, wie sie es hat, todunglücklich. Das ahnte ich damals schon – darum, naja, Du weißt. Mann und Kind, das ist doch das einzige, was voll und ganz befriedigt. Montag muß ich zu den University-Women, da werde ich feierlich aufgenommen.

Hast Du von dem Chicagoer Theaterbrand gehört? Das war ganz schrecklich. 575 Tote, zumeist Kinder, von den Männern roh niedergetrampelt, um sich selbst zu retten. Dieses Volk ist so roh! Von den Verbrechen hier machst Du Dir keine Vorstellung. Meistens sind 75 Prozent Neger betroffen, bei den Tätern und den Opfern. Aber in diesem Theater waren nur Weiße! Ich habe im Schlafzimmer immer einen geladenen Revolver, das ist hier ein Muß.

Ach, ich möchte gern ein Vöglein sein und am Christ-Abend mit meinem Oggele für einen Augenblick heimfliegen.

Bei uns gibt es dieses Jahr keine Geschenke. Wir zahlen unsere Schulden: Zahnarzt, Apotheke, sein Arzt, meine Ärztin.

Seit Wochen liegt mein Mann jetzt mit Erkältungen und Entzündungen im Bett. Er kommt und kommt nicht hoch, ist schwach und schwindelig. Er hat's von den Eltern geerbt – von

der Mutter die Lunge, vom Vater das Herz, beides marode. Und nun geht es bei mir auch los. Oh, das werden aber trübe Weihnachten! Nur das Kindle ist lustig und springt auf dem Papa herum, daß mir oft Angst wird, er könnte das nicht aushalten. Wenn er nur einmal richtig gesund wird, dann wird alles gut. Kommt er nicht auf die Beine, dann geht freilich jede Zukunft in die Brüche. Euch eine schöne Weihnacht, Dir vor allem Gesundheit,
Deine Lina.

PS: Gerade ist Dein reiches Geschenk angekommen! Dann wird diese Weihnacht wenigstens eine ohne pekuniäre Sorgen. 1000 Dank, Du Gute.

Aurora, 2. Februar 1904
Liebe Mama, zu Deinem Geburtstag die besten Wünsche, vor allem Gesundheit, denn ohne die ist das Leben ein Jammertal. Dein letzter Brief war trostlos. Da ich nun einmal das schwarze Schaf in der Familie bin und bleiben werde, wird ein Verstehenwollen Deinerseits wohl nicht zu erhoffen sein. Es scheint, daß Ihr alle zu Hause findet, es gehe mir viel zu gut. Nein, Not gelitten habe ich noch nicht, obwohl das nach Eurer Meinung wohl meine Pflicht und Schuldigkeit wäre nach allem Vorhergegangenen. Den Gefallen tue ich Euch nicht, und ich sehne den Tag herbei, an dem ich Deine Geldanweisungen nicht mehr brauche. Weiß mein Bruder, was Du mir schickst? Führt er eventuell auch Buch darüber, damit das auch akkurat mit meinem Erbe verrechnet wird?
Egal was ich schreibe, wenn es mir gut geht, und wenn es mir schlecht geht, Ihr habt Euer Urteil parat. Ihr habt nie in diesem Land gelebt, habt nur Euren badischen Maßstab – und der ist doch sehr klein und unscheinbar. Solche Briefe, Mama, habe ich nicht verdient.
Es grüßt Dich Deine Lina.

Aurora, Mai 1904
Liebe Mama,
Amerika ist Business-Land. Geschäft ist alles. Wer die erfolgreichsten Geschäfte macht, ist der angesehenste Mann. Und
was der Mann verdient, muß die Frau am Leib tragen. Da
kommt auf mich, so wie es aussieht, noch einiges zu. Am Ende
muß ich noch nach Paris, um mich einkleiden zu lassen!
Du kannst Dir gar nicht denken, wie ich mich freue, Dir einmal nicht von Geld- und Gesundheitssorgen schreiben zu
müssen. Zum ersten Mal sehe ich eine gesicherte Zukunft
ziemlich klar vor mir. Das Gute ist, darüber bin ich überglücklich, daß der berufliche Erfolg meines Mannes nicht von der
Gunst und Laune der Orientalen abhängt. Was er von denen
erzählt hat, na ich sage Dir! Mein Mann hat jetzt einen Ne-
benjob im State Departement, wo sie ihn für Cases holen, wo
es um deutsche, französische und italienische Rechtsfragen
geht. Das hat ihm jetzt neben dem Universitätsgehalt 300 Dollars in zwei Monaten gebracht – das sind 1260 Mark! Ja, jetzt
ist mein Hausi ein richtiger American-business-man. Wir haben uns beide neu eingekleidet. Dafür braucht man etwas
mehr Geld. Für wenig Geld kriegst Du hier nur Lumpenzeug.
Ja, Mama, der erste Schritt ins amerikanische Bürgertum ist
getan.
Gebe Gott, wir könnten bald einmal rüber segeln. Das
Oggele malt lauter Krakelbilder und sagt immer, das ist die
Grandma. Es spricht eine ganz komische Sprache, hört sich
eben alles an, von uns und von der Negerin. Deutsch sprechen
heißt bei ihr deutsch babbele. Und wenn ich auf den Stuhl
zeige, sagt sie Chairstuhl. Meine Doktorin sagt, sie ist geistig
zwei Jahre weiter als sie alt ist. Das hat sie vom Vater.
Ich bin so froh, daß wir die Wohnung haben. Das Kinder-
zimmer ist sonnendurchflutet. Mein Mann würde ja gerne in
die Highlands ziehen. Das ist vornehmes Bürgertum. Ich zögere aber noch, will auch nicht schon wieder umziehen.

Wenn Olga, wie Du schreibst, gar nicht mehr Klavier spielt, dann schicke mir doch bitte die Noten.
Alles Liebe, Deine Lina.

Washington D.C. 1631 19th, 10. September 1904
Liebe Mama,
oben die neue Adresse. Nein, die Highlands sind es nicht. Noch nicht, denn das ist unser Ziel. Dort war aber nichts frei. Wegen der beruflichen Entwicklung meines Mannes war diese Zwischenlösung einfach unumgänglich. Es ist eine gute Gegend, negerfrei, sehr sicher, viele Deutschstämmige. Nahe zur Universität und zum State Departement und zu allen anderen für meinen Mann wichtigen Places. Und für mich zum Shoppen, kein Vergleich. Eine neue Perle habe ich auch gefunden – tintenschwarz. Aber das Oggele hat keine Angst vor ihr.
Die Wohnung ist etwas kleiner, aber komfortabler. Wie gesagt, eine Zwischenlösung. Die Idee mit einem Haus haben wir aufgegeben. Wenn in den Highlands etwas frei wird, ziehen wir dorthin.
Das Bäbi hatte jetzt wieder eine Woche lang ganz entzündete Augen, brauchte ständig Salbe. Immer wieder kommt das, sie ist da so empfindlich. Ein starker Windzug reicht, und sie sind gerötet. Mein Mann ist ja so vernarrt in das Kind, das kannst Du Dir gar nicht vorstellen. Ach, ich hätte wohl gerne einen kleinen Jungen. Aber vorerst darf ich nicht, und wenn ich mal über dreißig bin, wird's wohl unwahrscheinlich.
Eine Gefahr birgt die Nähe der Stadt – die Läden. Der Lust, Dinge zu kaufen, die einem gefallen, die man aber eigentlich nicht braucht, muß ich widerstehen. Wenn ich das anfange, gibt es kein Halten mehr. Mein Mann würde für sein geliebtes Kind und sein Weib alles zusammenkaufen, was denen Freude bereitet. Er sieht es bei Kollegen, die schon den großen Verdienst haben, wie sie Frauen und Kinder überschütten. Ich sage ihm immer, das Oggele hat unsere Liebe, das ist mehr

wert als der ganze Kram. Aber wirklich, die Amerikaner sind darin verrückt.

Und wenn Du mir immer von diesen Badener Millionärsbabies vorschwärmst, denke ich, jetzt sind sie drüben auch schon wie die Amerikaner. So entzückend und süß wie das Oggele ist, können diese Kinder gar nicht sein.

Es läßt grüßen, mein Mann auch, Deine Lina.

Washington D.C., 18. November 1904

Meine liebe Mama,

für die Leckerle und das Babykleidchen herzlichen Dank. Du arme Mama hast so viel Mühe mit dem Schicken und doch ist es für die ganze Familie immer solch große Freude, wenn ein Paket kommt.

Liebe Mama, heute will ich Dir etwas schreiben, was ich Dich bitte, es gut zu bedenken und Dich nicht vom Rest der Familie beeinflussen zu lassen. Laß bitte Dein Herz sprechen und nicht meine älteren Geschwister.

Meinen Mann würdest Du wohl schwer wiedererkennen. Er ist in den drei Jahren sehr gereift. Er ist ein Mann geworden. Alle schätzen ihn älter. Er ist an der Universität sehr geachtet, und er könnte dort seinen Weg machen, der aber ein bescheidener Weg wäre und seine Fähigkeiten und Möglichkeiten nicht ausschöpfen würde. Durch die Nebentätigkeiten hat er Kontakte zu den ersten Anwälten Washingtons bekommen. Man hat ihm schon mehrfach eine Partnerschaft in einer Kanzlei angeboten. Die meisten haben niemanden, der sich mit den verschiedenen europäischen Rechten so auskennt wie er, aber sie sind in Geschäften tätig, die das verlangen. Mein Mann sagt, wenn er bei einem Anwalt eintritt, bekommt er 15 Prozent dessen, was er dort erwirtschaftet. Warum sollte er sich nicht selbst niederlassen und das Geld für sich haben, zu hundert Prozent? Wenn wir eine eigene Kanzlei haben und er seine Stellung an der Universität beibehält – als Sicherheit –, dann haben wir eine glänzende Zukunft. Im State Departement, wo er die einflußreichsten Männer kennengelernt hat, hat man ihm zugesagt, eine Niederlassung als Anwalt zu genehmigen, obwohl er noch kein amerikanischer Staatsbürger ist. Das hat es überhaupt noch nicht gegeben, und Du siehst daran, wie man ihm vertraut und welche Stellung er bereits einnimmt.

Nun kommt aber die Grundbedingung: sich niederlassen bedeutet nicht nur Bureau mieten, Inventar kaufen, Maschinenschreiberin anstellen, sondern auch Kaution = Kapital. Ohne ein festgelegtes Kapital, das nicht angegriffen wird, aber existiert, bekommt ein Anwalt keinen Rechtshandel anvertraut. Es ist die absolute Bedingung, und ein Kapital von 15 000 Dollars ist üblich (= 65 000 Mark). Man muß der Genehmigungsbehörde gegenüber das Kapital nachweisen und darf es nicht angreifen oder anderweitig nutzen, so daß eine absolute Sicherheit garantiert ist. Liebe Mama, als Papa starb, hast Du einmal gesagt, die Mitgift eines jeden Kindes würde einmal 130 000 Mark betragen. Ich möchte Dich inständig bitten, mir die Hälfte gegen alle Sicherheiten, die Dir mein Mann schriftlich und amtlich geben wird, herüberzuschicken. Jetzt ist der Punkt, wo sich unsere Zukunft entscheidet, wo wir Fuß fassen in einem Land, in dem wir bleiben wollen, dessen Staatsbürger wir einmal werden. Es ist meine Zukunft, die meines Mannes und die Deines Enkelkindes. Bitte, Mama, schreibe mir schnell, ich bin begierig, Deine Antwort zu wissen.
Alles Liebe, von Deiner hoffnungsvollen Tochter Lina.

Washington D.C., 23. Dezember 1904
Liebe Mama,
ganz schnell ein paar Zeilen. Den Weihnachtsbrief und die Sächelchen hast Du hoffentlich rechtzeitig bekommen. Heute kam Dein Brief, in dem Du uns zusagst, die Mitgift von 65 000 Mark herüberzuschicken. Ein schöneres Weihnachtsgeschenk

konntest Du uns nicht machen. Wir drei danken Dir und grüßen Dich, Deine Lina.

18. Februar 1905
Liebe Mama, bitte laß das Hin- und Herschwanken. In zwei
Briefen hast Du geschrieben, daß Du das Geld schickst, und
jetzt zögerst Du. Wie soll ich das verstehen und wie meinem
Mann erklären, der bereits aufgrund Deiner Zusage alle He-
bel in Bewegung setzt, sich niederzulassen? Bitte schicke das
Geld. Deine Lina.

10. März 1905
Liebe Mama,
wir warten auf das Geld, ich gehe jeden Tag zur Bank, und da
schreibst Du, daß Du nur 10000 schicken willst. Ich habe Dir
doch erklärt, warum es die 65000 sein müssen. Und Du hast
sie zugesagt. Ich weiß schon, Du hast Dich mit meinem Bruder
beraten, und der hat gewarnt. Der soll sich doch bitte raushal-
ten. Hau hat jetzt den Anwaltstitel, die Niederlassungsgeneh-
migung, ein Büro in bester Lage in Aussicht und sogar einen
Geschäftspartner. Und er hat den Titel Professor of Roman
Law. Nach deutschen Begriffen bin ich also Frau Professor.
Bitte schicke das Geld. Bitte laß uns nicht im Stich. Deine Lina.

30. März
Liebe Mama,
warum wirfst Du uns jetzt Steine in den Weg? Wir sind auf
dem besten Wege zum Success. Wir haben einen Geschäftspartner, den wir nicht im Stich lassen dürfen. Die Niederlassung ist perfekt, nur meine Mitgift ist nicht da, auf die ich
schließlich ein Anrecht habe. Haben nicht Betty und Hermine
einen Teil bekommen, als sie geheiratet haben? Also bitte,
Mama, schicke unverzüglich das Geld, Und höre auf Dein
Herz und nicht auf Deinen mißgünstigen Sohn. Deine Lina.

18. April 1905

Liebe Mama,

wir haben uns unser Studium viel Geld kosten lassen, und wir haben sehr bescheiden gelebt, manchmal gedarbt, Gott sei Dank nicht gehungert. Durch das Studium haben wir jetzt alle Türen für eine Carriere offen. Lawyer of International Law, das ist etwas ganz Gesuchtes hier. Auf Deine Zusage hin hat sich mein Mann gegenüber diversen Firmen, die mit ihm in Beziehung treten wollen, dahingehend geäußert, daß er Kaution haben wird. Wenn innerhalb von zwei Monaten das Geld nicht kommt, verliert er nicht nur die Cases, sondern auch das Vertrauen seiner Klienten und seines Partners. Das wäre die absolute Katastrophe. Willst Du das? Bitte schicke das Geld.

Gruß Lina.

21. Mai 1905

Liebe Mama,

wie gehst Du mit mir um? Bin ich eine dumme Gans, die um ein paar Kröten bettelt, weil sie dumm und verzogen ist? Du hast das Geld zugesagt, ich habe einen Anspruch darauf, Deine Lina.

7. Juni 1905

Liebe Mama,

es geht um unsere Zukunft. Auch mein Mann hat ein Anrecht auf meine Mitgift. Er verdient inzwischen unseren vollen Lebensunterhalt. Also kann er verlangen, daß ich eine Mitgift mitbringe. Schicke endlich das Geld rüber. Ohne diese Kaution sind wir fürs Armenhaus bestimmt, denn niemand mehr wird dem Anwalt Hau vertrauen. Deine Lina.

21. Juli 1905

Was glaubst Du wohl, warum ich Dir nichts über mich und meine Lieben schreibe? Ja, es hat sich viel geändert, schon durch den neuen Beruf meines Mannes, der ihn viel reisen läßt – New York – Venezuela – im Winter wieder Konstantinopel. Seit ich gebeten habe, mir meine Mitgift zu schicken, ist alles, was ich geschrieben habe, mißdeutet worden. Du hast die Briefe in der Familie herumgehen lassen, und alle haben ihren Kommentar gegeben. Wenn es so ist, daß das Geld unterwegs ist, wie Du schreibst, dann werde ich mich bemühen, wieder von uns zu berichten. Ich hoffe ohnehin, es wird nur Gutes sein. Grüße von Deiner Lina.

Briefkopf:
The George Washington University
Departement of Law and Jurisprudence
Carl Hau
Professor of Roman Law
18. September 05
Verehrte Frau Schwiegermutter:
Sie waren so freundlich, unserer ergebensten Bitte um die Übersendung eines Erbteils nachzukommen. So will ich nunmehr Ihrem Ersuchen entsprechen + aufzeigen, wie gesichert das Geld angelegt werden soll. Die einliegende Lebensversicherungspolice für $ 15 000 (65 000 Mark) in eine der ältesten + conservativsten Versicherungsgesellschaften hat den Zweck, Lina sicherzustellen für ihre Mitgift, die ich im übrigen in hiesigen Actienwerten anzulegen gedenke; eine derartige Kapitalanlage ist für meinen Beruf in diesem Lande von allergrößtem Werte. Wichtige + einträgliche Rechtsgeschäfte werden ohne eine solche Garantie gar nicht übertragen. Für den Rest der Mitgift, so Sie sich entscheiden könnten, diese mir anzuvertrauen, würde ich vierprozentige Actien der hiesigen electrischen Bahn kaufen – 4% preferred Stock Washington Electric Railway Co. –, deren financielle Sicherheit jede Erkundigung bestätigen wird + die gerade jetzt für den Ankauf sehr günstig stehen. Wenn es verlangt würde, wäre ich bereit, diese Actien

in einem dazu designierten Bau zu deponieren + in aller Form rechtens auf Lina zu übertragen, so daß jede Möglichkeit des Verlustes eliminiert wäre.

C.H.
W.D.C. 18.9.05

Washington D.C. The Highlands, 7. Oktober 1905
Liebe Mama,
das oben ist die ganze Adresse. Es ist wunderbar. Nun ist das Geld da, wofür ich Dir sehr danke. Seit einer Woche ist mein Mann nun in seinem Office im Bond Building installiert. Jetzt kann er richtig an die Arbeit gehen. Er wird viel weg sein, weite Reisen machen, oft auch nach Europa, denn dahin gehen viele der Geschäfte. Jetzt lerne ich das Leben der Amerikanerin kennen, deren Mann im Business ist. Mein Mann wird jetzt im Januar/Februar in Konstantinopel sein. Im Winter ist mir die Schiffahrt zu kalt und ungemütlich. Das wäre nichts für meine und Bäbis Gesundheit. Hau wird im Sommer noch einmal rüber müssen. Dann werden wir uns anschließen und ein paar Wochen bei Dir, vielleicht in der Schweiz, in Italien, am Meer verbringen. Ein schöner Plan, den ich der Kleinen jetzt immer erzähle. Mama, ich bin sehr glücklich. Deine Lina.

KAPITEL 26

Karlsruhe, Donnerstag, 18. Juli 1907

Ein grauer, trüber Tag. Wöhrle hat sich trotzdem wieder auf den Weg gemacht, auch den zweiten Prozeßtag im Gerichtssaal zu erleben. Der Saal liegt im Dämmerlicht, und als wollte der Vorsitzende alle intimen Details aus Haus Leben, vorgetragen von zahlreichen Zeugen, in gnädiges Dunkel tauchen, läßt er kein Licht machen.

Haus Gesicht erscheint noch bleicher. So, mögen manche im Publikum und sollen die Geschworenen glauben, sieht ein Schuldiger aus, ein Schuldbewußter, einer, der kurz vor einem umfassenden Geständnis steht, ein Mörder. Olga sitzt in der Zeugenbank, den schwarzen Schleier vor dem Gesicht.

Dr. Eller spricht leise in das Dunkel hinein. Im Zeugenstand steht der Geheime Medizinalrat Dr. Franz Neumann.

Herr Doktor Neumann, Sie waren nicht nur Freund, sondern auch Hausarzt der Familie Molitor.

Jawohl, Herr Vorsitzender.

Schildern Sie uns doch bitte die Familie aus Ihrer Sicht.

Ich war mit dem 1901 verstorbenen Ehemann der Ermordeten, dem Medizinalrat Dr. Molitor, gut befreundet und kenne daher die ganze Familie schon seit beinahe zwanzig Jahren. Ich war Hausarzt in der Familie Molitor und in der ersten Zeit auch Gegenvormund der damals noch minderjährigen Tochter Olga. Die Familie bestand aus der Mutter, Josefine Molitor, sechs Töchtern und einem Sohn. Die älteste Tochter, Hermine, ist an den Fabrikanten Fecht in Pforzheim verheiratet. Die zweite Tochter, Betty, ist an den Oberstleutnant a. D. Bachelin in Freiburg verheiratet. Eine weitere Tochter, Lina, ist – äh, war an den Angeschuldigten Hau verheiratet. Die drei übrigen Töchter sind ledig. Louise ist Malerin in München, Fanny studiert in Freiburg, beziehungsweise sie ist inzwischen dort Lehrerin, und die Jüngste, Olga, 25 Jahre, lebte zu Hause bei der Mutter. Der Sohn Karl ist Oberleutnant in Metz und verheiratet.

Wissen Sie etwas über das Vermögen der Familie zu sagen?

Beim Tode des Dr. Molitor soll das Vermögen einehalb Millionen Mark betragen haben.

Geteilt durch sieben macht über 200 000, nicht wahr, Herr Angeklagter?

Ich habe dazu nichts zu sagen.

Aber Ihnen war die Höhe des Vermögens bekannt?

Nein.

Herr Dr. Neumann, wie waren die persönlichen Beziehungen der Familienmitglieder untereinander?

Die waren durchaus günstig. Mit zwei Ausnahmen: zum einen machte sich Frau Molitor Sorgen wegen der Neigung zum Alkohol beim Schwiegersohn Fecht – und zum anderen wegen der Verheiratung der Lina mit Hau.

Was das letztere betrifft, was waren das für Sorgen?

Das begann schon damals – 1901, als die beiden Töchter Molitor, also Olga und Lina, die nach dem Tode ihres Mannes leidende Mutter zur Kur nach Ajaccio begleiteten und sich beiden jungen Damen der Angeklagte als Verehrer anbot. Da sich zunächst die Olga heftigst für den jungen Mann interessierte, von dem man nur das wußte, was er selbst über sich darbot, mochte die Mutter das noch als jugendliche Schwärmerei ansehen. Als Hau dann aber offensichtlich der Lina den Hof machte und deren Sinne zu verwirren drohte, gelangte das der Frau Molitor doch zu großer Sorge. Das erzählte sie mir, kaum war man aus Ajaccio nach Baden-Baden zurückgekehrt.

War das Fräulein Lina nicht zu dieser Zeit bereits einem Offizier versprochen?

In der Tat. Doch davon wollte zum Leidwesen der Mutter dieselbe nichts mehr wissen. Und dann kam es zu der Entführung. Hierüber sind Akten beim Bezirksamt Baden-Baden verfügbar.

Jaja, die Zusammenhänge sind uns bekannt. Nachdem das Paar dann – zwangsweise – verheiratet worden war und nach Amerika ging, legten sich dann die Sorgen der Frau Molitor?

In keinster Weise. Sie bestritt ja überwiegend den Unterhalt der Eheleute Hau. Ich hörte anfangs immer nur, daß die Haus in den Staaten in kümmerlichen Verhältnissen zu leben hatten, daß beide durch Stundengeben etwas zu verdienen suchten und daß sie zeitweise nicht einmal ein Dienstmädchen hatten, so daß die Frau Hau selbst niedere Hausarbeiten verrichten mußte. Später, als Hau dann eine feste Anstellung hatte, soll es zum Besseren gestanden haben, obwohl mit dem Verdienen wohl auch Haus Verschwendungssucht gestiegen sein mag.

Wie stand Hau denn zu den anderen Familienmitgliedern?

Während seines letzten Besuches in der Villa Molitor verstand Hau es, der Frau Molitor und auch der Olga durch sein gewandtes Auftreten und seine angeblich glänzenden Geschäfte und den damit verbundenen Einkünften zu imponieren und sich bei ihnen in Gunst zu setzen. Zu allen anderen Familienmitgliedern, den Schwestern, Schwagern, dem Bruder, stand Hau gar nicht. Frau Molitor beklagte sich des öfteren über deren Ablehnung des Hau.

Was waren deren Gründe für diese Ablehnung?

Sie hielten ihn für einen Luftikus, einen Hochstapler.

Verteidiger Dr. Dietz mischt sich lauernd ein.

Hielten diese Personen den Mann ihrer Schwester für verrückt?

Davon war nicht geredet worden. Sie mißtrauten ihm einfach. Deshalb fiel deren Verdacht auch sehr schnell auf Hau.

Dr. Eller übernimmt wieder.

Was sagte Ihnen Frau Molitor über die Pariser Angelegenheit?

Es war ihr das alles höchst mysteriös, und sie hatte Angst.

Sagte sie, vor was oder wem?

Nein.

Den Namen des Schwiegersohnes sagte sie nicht?

Nein.

Danke, Herr Doktor.

Er wendet sich Hau zu, der sich flüsternd zum ersten Mal mit seinem Verteidiger ins Benehmen setzt.

Dann kommen wir noch einmal zur Pariser Depesche. Ich bitte die Schriftsachverständigen in den Zeugenstand.

Dr. Dietz:

Der Angeklagte ist jetzt bereit, zu erklären, daß er die Pariser Depesche geschrieben hat.

Hau bestätigt das durch Kopfnicken.

Dann können wir uns das ja sparen. Sie geben also zu, die Depesche verfaßt und an Frau Molitor geschickt zu haben?

Ich erkläre nur, sie geschrieben zu haben.

Und wer hat sie geschickt?

Darüber gebe ich keine Auskunft.

Das kennen wir schon. Hat Ihre Frau von der Depesche gewußt?

Nein.

Es soll am Tag vor der Aufgabe der Depesche zwischen Ihnen und Ihrer Frau zu einem heftigen Streit gekommen sein.

Ja, so was kam vor.

Stand der Streit mit Fräulein Olga in Beziehung?

Ich verweigere darüber die Aussage.

Bewegung im Publikum.

Diverse Zeugen haben ausgesagt, daß es zwischen Ihnen und Ihrer Frau wiederholt Streit gab. Es soll um die Eifersucht Ihrer Frau gegangen sein.

Hau schweigt.

Ihre Frau soll eifersüchtig auf Fräulein Olga gewesen sein. Eine Zeugin hat vorgetragen, daß Ihre Frau von einem Techtelmechtel zwischen Ihnen und Ihrer Schwägerin gesprochen habe.

Hau schweigt, ist aber sehr angespannt, unruhig, schaut zum ersten Mal zu Olga hinüber.

Sie fahren mit Frau und Schwägerin nach Paris. Ihre Frau kränkelt infolge einer vorangegangenen Operation. Sie vergnügen sich mit der Schwester, machen ausgedehnte Fahrten mit dem Automobil, gehen ins Opernhaus und ins Varieté und was weiß man noch – und Ihre Frau ist eifersüchtig, macht Ihnen eine Szene. Sie schicken an die Mutter eine Depesche, damit diese komme und Olga mitnehme. War es so?

Hau nach einigem Zögern in eine gespannte Stille hinein: Ja.

Große Bewegung schwillt an.

Also hatte der Disput Fräulein Olga zum Gegenstand?

Ja. Meine Frau machte mir heftige Vorwürfe und behauptete, meine Beziehungen zu ihrer Schwester seien nicht korrekt.

Was sagten Sie dazu?

Ich stellte es in Abrede.

Waren die Beziehungen nach Ihrer Ansicht korrekt?

Sie waren es.

Kann es sein, daß Sie eine etwas andere Auffassung davon haben, was eine korrekte Beziehung ist, als unsereiner und Ihre Frau?

Dr. Dietz mischt sich ein:

Das ist eine unzulässige, durch nichts begründete Unterstellung!

Hau geht auf das kleine Geplänkel nicht ein.

Die Beziehung zu meiner Schwägerin war korrekt.

Das war also ein Hirngespinst Ihrer Frau?

Nein, kein Hirngespinst. Sie konstruierte sich die Dinge falsch und entnahm aus korrekten Beziehungen ganz Falsches. Der Disput in Paris endete schließlich damit, daß meine Frau aufhörte, mir Vorhaltungen zu machen. Ich aber war so erregt, daß ich über ein Mittel nachsann, Fräulein Olga aus Paris fortzubringen. Ich schrieb das Telegramm und ließ es durch einen Hotelbediensteten besorgen.

Das ist etwas romantisch und auch umständlich. Sie hätten doch andere Wege finden können, zum Beispiel mit Fräulein Olga darüber zu sprechen.

Meine Beziehung zu meiner Schwägerin war nicht so, daß ich mit ihr über diese Sache sprechen konnte.

Staatsanwalt Dr. Bleicher:

Angeklagter, wenn Sie Fräulein Olga Molitor los sein wollten, warum gingen Sie dann nicht – wie später auch – in angeblichen Geschäften davon?

Wir erwarteten unser Kind, um dann nach London zu gehen.

Sie wollten also, um die eifersüchtigen Bedenken Ihrer Frau zu zerstören, Fräulein Olga aus Paris entfernen. Muß man da die Mutter kommen lassen?

Dem Alleinsein zwischen uns dreien sollte ein Ende gemacht werden. Mit dem Eintreffen der Mutter waren die Reibungspunkte geringer.

Bewegung im Publikum. Der Vorsitzende zitiert Olga in den Zeugenstand.

Fräulein Molitor, ich bin genötigt, Ihnen noch einmal die Frage vorzulegen, hatten Sie irgendwelche näheren Beziehungen zu dem Angeklagten?

Niemals.

Hat der Angeklagte Ihnen einmal den Hof gemacht?

Nein.

Ist Ihnen bekannt, daß der Angeklagte bezüglich Ihrer Person einmal irgendwelche Absichten hatte?

Ich habe niemals Derartiges wahrgenommen.

Aber Sie wußten von der Eifersucht Ihrer Schwester?

Meine Schwester legte öfter kleine Eifersüchteleien an den Tag, aber eigentlich stets in spaßhafter Form. Ich maß dem keine Bedeutung bei.

Das Personal der Villa Molitor bezeugt Streitigkeiten zwischen Ihnen und Ihrer Schwester. Hatten die den Angeklagten zum Gegenstand?

Meine Schwester liebte ihren Mann grenzenlos. Aber sie litt und kam sich zu alt, zu dumm, zu minderwertig vor. Einmal sagte sie, Hau habe mehr als sie verdient, sie könne ihm seit ihrer Krankheit infolge der Geburt des Kindes gar keine Frau mehr sein. Da sagte ich ihr, daß sie nach meiner Einschätzung mit ihrem Mann völlig falsch umgehe.

Was empfahlen Sie ihr denn?

Ich sagte, man dürfe einem Mann nicht soviel Liebe zeigen, denn dann kämpfe er nicht mehr um einen.

Gelächter und Geraune im Saal.

Darüber kam es zum Streit?

Ja. Manchmal.

Sie scheinen stets die Nähe Ihres Schwagers gesucht zu haben. Als er zu seiner Frau nach München kam, reisten Sie sofort an.

Lina hatte sich einer Operation unterzogen, ich wollte ihr beistehen. Daß Hau kommen würde, war mir unbekannt.

Sie fuhren mit dem Ehepaar Hau nach Paris.

Meine Schwester selbst bat mich darum.

Wußten Sie, daß Sie Gegenstand der Auseinandersetzungen zwischen dem Angeklagten und seiner Frau waren?

Ich wußte das damals nicht. Es gab keine Anzeichen dafür.

Halten Sie es für möglich, daß der Schuß, in dessen Folge Ihre Frau Mutter zu Tode kam, eigentlich Ihnen gelten sollte?

Das halte ich für ausgeschlossen.

Halten Sie Hau für schuldig?

Ich habe dazu keine Veranlassung.

Wir danken Ihnen.

Hau lächelt, Olga geht an ihren Platz zurück, schaut ihn nicht an. Getuschel im Publikum.

Verteidiger Dr. Dietz:

Herr Doktor Hau, ist es nicht …

Dr. Eller unterbricht ihn:

Ich bitte die Verteidigung die Anrede mit Doktor zu unterlassen. Der Angeklagte hat nach mehreren Auskünften der George-Washington-Universität keinen Doktorgrad erworben. Er hat sich den selbst zugelegt – wie auch die extravagante Schreibweise des Vornamens mit C wie Cäsar, die nirgendwo aktenkundig ist.

Dr. Dietz:
Ich will und kann das nicht in Abrede stellen. Herr Hau, ist es nicht an der Zeit, uns zu sagen, daß Ihr Inkognito-Besuch in Baden-Baden Ihrer Schwägerin galt, mit der Sie noch einmal sprechen wollten?
Ich gebe darüber keine Auskunft.

Der Vorsitzende:
Dann geben wir Ihnen Zeit, sich das zu überlegen. Mittagspause, wir sehen uns um zwei Uhr wieder.

Zum Beginn der Nachmittagssitzung tritt der ständige Korrespondent der »New York Sun« in Konstantinopel, Redakteur Bratter aus Berlin, in den Zeugenstand. Ein eloquenter Mann. Man läßt ihn reden, unterbricht ihn lange nicht. Und er hört sich gerne reden, schmückt aus, moduliert, ist ein Mann des Wortes, der Wörter, der Töne, der Melodien. Er singt geradezu dieses schaurige Lied vom abgründigen Leben des Angeklagten. Vorsitzender und Staatsanwaltschaft sind zufrieden. Das wirkt auf die Geschworenen. Auch Rechtsanwalt Dr. Dietz scheint zunächst fasziniert zu sein und dem Irrtum zu erliegen, man müsse einen, der ein derartiges Leben führt, für verrückt, für unzurechnungsfähig halten.

Zeuge Redakteur Bratter:
Ich habe Hau vor zweieinhalb Jahren in Konstantinopel kennengelernt, als er wohl das erste Mal in der Türkei war. Er fiel mir sofort auf, ein ungewöhnlicher Mensch. Er trat in Konstantinopel großspurig auf und gab sehr viel Geld aus. Er verkehrte sehr schnell mit höchsten türkischen Würdenträgern und mit den Kollegen der großen europäischen Zeitungen. So

ein Mensch ist für unsereinen interessant. Im Gegensatz zu anderen Geschäftsleuten seiner Art war er sehr mitteilsam, heute würde ich sagen, sogar angeberisch. Er erzählte, daß sein Vater ein steinreicher Bankier ist und seine Mutter eine geborene Gräfin. Ein andermal war der Vater Weingutsbesitzer, dann wieder hatte er ein Rittergut und einen Sitz als Abgeordneter im Deutschen Reichstag.

Gelächter.

Seine Stiefmutter, sagte er, sei eine bildschöne Frau, und er habe mit vierzehn Jahren eine Liebesbeziehung zu ihr gehabt.

Raunen.

Seine Schwiegermutter sei ebenfalls steinreich, eine Frau von Molitor. Er selbst, sagte er mir, als wir uns kennenlernten, sei Rechtsbeirat der türkischen und der chinesischen Botschaft in Washington, konsultativer Rechtsanwalt und Universitätsprofessor. Er habe ein Gesamteinkommen von 250000 Mark im Jahr.

Staatsanwalt Bleicher unterbricht:

Kamen Ihnen da nicht Zweifel auf, beim jugendlichen Alter des Angeklagten? Sie lernten ihn mit 23 Jahren kennen?

Ja, die Zweifel waren immer da. Manches widersprach sich ja auch und hielt meinen Recherchen nicht stand. Ich stellte zum Beispiel fest, daß sein Vater niemals im Reichstag war. Anderes wiederum und sein ganzes Auftreten war sehr überzeugend, ja beeindruckend, nicht nur für mich.

Er macht eine Pause, schaut zu Hau hinüber, der die Augen geschlossen hat, als schlafe er.

Sie deuteten an, Hau habe viel Geld ausgegeben. Wofür hat er es ausgegeben?

Er hatte sich zum Beispiel in Konstantinopel eine Jacht, eine sogenannte Dampfpinasse, gepachtet, die ihn jährlich 2000 Mark kostete.

Raunen.

Und einer Sängerin namens Otero hatte er ein Zimmer für

60 Mark im Monat gemietet. Und er kaufte Edelsteine. Das war seine große Liebe. Ich hielt das für pathologisch.

Gab es Ihres Wissens außer zu besagter Sängerin weitere Kontakte zu Frauenzimmern?

Er hat immer wieder von sexuellen Ausschweifungen erzählt, ob man es hören wollte oder nicht. Er feierte mit Halbweltdamen Orgien. Er besuchte Bälle und lud sich Tänzerinnen und andere Frauenspersonen ins Hotel ein, um mit ihnen alle erdenklichen Exzesse zu erleben.

Und davon berichtete er Ihnen?

Jawohl, ausführlichst. Ich habe ihn einmal gefragt, was seine Frau machen würde, wenn sie von seinem ausschweifenden Leben erfahre; darauf erwiderte er: Dann würde sie sich sofort scheiden lassen.

Hatten Sie den Eindruck, daß Hau dort in Geschäften erfolgreich war, die einen so verschwenderischen Lebenswandel hätten rechtfertigen können?

Mir wurde von tatsächlich erfolgten Geschäften nie bekannt. Auch war für mich und meine Kollegen nie ersichtlich, um welche Geschäfte es sich hätte handeln sollen. Einmal war von einem Kriegsschiff, ein andermal von Anlagen zur Schießverbesserung, dann wiederum von verschiedenen Waffensystemen und auch von elektrischen Straßenbahnen die Rede. Ich bin sicher, daß er seine Kontakte überschätzte. Ich weiß, daß Hau nicht vom Sultan empfangen wurde, keinerlei Zugang zur Hohen Pforte erlangte, was wohl die Voraussetzung hätte sein müssen, erfolgreiche Geschäftsabschlüsse zu tätigen.

Was nahmen Sie an, wie Hau das Geld, das er ausgab, verdiente?

Wir vermuteten, daß er großzügige Geldgeber in Amerika habe, die darauf vertrauten, daß sich der Einsatz durch lukrative Geschäfte amortisiere.

Verteidiger:

Ist es nicht so, daß Geschäfte dieser Art dort eine sehr lange Zeit in Anspruch nehmen?

Allerdings, das ist so.

Und ist es nicht auch so, daß es erheblicher Zuwendungen an kleine und mittlere Würdenträger bedarf, um überhaupt zu Entscheidungsbefugten vorzudringen?

Durchaus. Ein Mr. Stocks, Vertreter der chilenischen Regierung, dem es nach vier Jahren gelang, Kruppsche Kanonen älteren Systems an die türkische Regierung zu verkaufen, sagte mir einmal, es seien zwei Drittel des gemachten Gewinns an Bakschisch aufgebraucht worden. Und eine russische Dame, mit der Hau meines Wissens intim verkehrte, nur unter dem Namen Antonietta bekannt, soll sogar ihr Vermögen mit solchen Geschäften verloren haben.

Der Vorsitzende:

Trug der Angeklagte in Konstantinopel eine Waffe?

Er trug, wie ich auch, einen Revolver. In Konstantinopel muß man einen Revolver haben. Auch Frauen aus Amerika oder Europa tragen dort Revolver. Ebenso die Russin.

Was war das für eine Beziehung zu dieser Russin, Herr Angeklagter?

Ich habe dazu nichts zu sagen.

Dr. Eller wendet sich wieder an den Zeugen.

Frau Hau soll nach Aussage des Angeklagten der sogenannte Schefferkat-Orden verliehen worden sein. Was wissen Sie darüber?

Dieser Orden ist in den fünf Jahren meines Aufenthalts nicht vergeben worden.

Verteidiger Dr. Dietz:

Kann es sein, daß man aus diplomatischen oder sonstigen geheimen Gründen die Verleihung des Ordens an Frau Hau nicht publik gemacht hat?

Der Zeuge Bratter lacht.

Die Türkei verleiht keine Orden an Frauen, Herr Doktor.

Gelächter.

Herr Bratter, können Sie sich vorstellen, daß der Mann, den Sie uns beschrieben haben, der lasterhafte Verschwender, der erfolglose Hochstapler, einen Mord begangen haben kann?

Der Vorsitzende:

Herr Verteidiger, ich lasse diese Frage so nicht zu. Angeklagter, was sagen Sie zu den Ausführungen des Zeugen?

Ich kenne ihn nur flüchtig vom Ansehen. Sein Name war mir bisher nicht geläufig. Mehr habe ich dazu nicht zu sagen.

Dr. Dietz hält triumphierend einen Zeitungsartikel hoch:

Der Zeuge Redakteur Bratter ist hier als Zeuge der Anklage erschienen, um dem Gericht und vor allem den Geschworenen das Bild vom verderbten, verschwenderischen, durch und durch unmoralischen Angeklagten zu zeichnen. Das kann so nicht stehenbleiben. Ich möchte daher, wenn der Herr Vorsitzende erlauben, aus einem Artikel zitieren, den ebendieser Zeuge am 19. November letzten Jahres, also zwei Wochen nach der Ermordung der Frau Molitor, in den »Hamburger Nachrichten« veröffentlicht hat.

Der Vorsitzende nickt, wenn auch unwillig.

Da heißt es:

Rechtsanwalt Hau hat im Winter 05/06 und dann gegen Herbst des Jahres in Konstantinopel viel von sich reden gemacht. Der kaum sechsundzwanzigjährige Mann war als Vertreter amerikanischer Millionen-Interessen, u.a. der Standard Oil Company, nach der türkischen Hauptstadt gekommen, um mit der türkischen Regierung über eine ganze Reihe von Projekten größten Umfangs zu verhandeln. Der überaus distinguierte, im Grandseigneur-Stile auftretende Doktor der Rechte, der sich durch sein freundliches und geselliges Wesen viele Freunde machte, lenkte bald die Aufmerksamkeit der besseren Kreise auf sich, die in diesem Falle hoch verdient war –

Dietz schaut ins Publikum, zu den Geschworenen, läßt die Worte wirken und fährt dann fort.

– hoch verdient war, denn Dr. Hau erwies sich als ein mit hervorragender Intelligenz und großer Geschäftsgewandtheit ausgestatteter Weltmann, der in verblüffend kurzer Zeit Karriere gemacht und eine große Zukunft vor sich hatte. Er war Rechtsbeistand der türkischen und der chinesischen Gesandtschaft und Vertreter einer Anzahl großer industrieller Concerns, in deren Auftrage er zahlreiche Geschäfte, bei denen erhebliche Interessen auf dem Spiele standen, erfolgreich durchgeführt hat. Sein stiller Ehrgeiz war, in die amerikanische Diplomatie hineinzukommen und eines Tages Botschafter zu werden; und von denen, die Gelegenheit hatten, seine nicht alltäglichen Geistesgaben und sein schnelles Auffassungsvermögen zu bewundern, zweifelte keiner, daß er sein Ziel in nicht allzu ferner Zeit erreichen würde. Als ich nun in London von den Verdächtigungen und der Festnahme hörte, war ich zutiefst erschüttert. Ich würde es tief bedauern, wenn sich der auf ihm lastende Verdacht bestätigte; denn ich habe in meinem ganzen Leben wenige Männer kennengelernt, die so liebenswert und so sympathisch waren wie Dr. Carl Hau aus Washington.

Unruhe im Publikum. Dr. Dietz fährt triumphierend fort:

So schnell, meine Herren Geschworenen, wird der grenzenlos Bewunderte durch einen bloßen, bisher durch nichts untermauerten Verdacht, dem Bewunderer zum Unmenschen. Machen Sie sich bitte selbst ein Bild vom Wert dieses Zeugen.

Vorsitzender:

Hat die Verteidigung noch eine Frage an den Zeugen?

Nein.

Herr Angeklagter?

Nein.

Der Vorsitzende bedeutet Bratter, daß man ihn nicht mehr braucht, blättert in seinen Papieren, holt eines hervor.

Ich möchte in diesem Zusammenhang hier die Aussage des amerikanischen Botschafters in Konstantinopel, Mr. Leishman, verlesen:

Hau hat sich insgesamt etwa 12 bis 14 Monate in Konstantinopel aufgehalten, wo er das Pera Palace und dessen Sommerresidenz Summer Palace bewohnte und sehr opulent auftrat. Er führte einen von der türkischen Gesandtschaft in Washington ausgestellten Paß, in dem er als Jurisconsulte dieser Behörde bezeichnet war. Da er sich als Vertreter einer amerikanischen Schiffswerft legitimierte, in deren Auftrag er der türkischen Regierung ein Kriegsschiff verkaufen sollte, empfing ich ihn mehrmals und führte ihn bei mehreren Paschas ein, über die die Möglichkeit bestehen konnte, mit dem Marineministerium ins Geschäft zu kommen. Die Verhandlungen führten allerdings zu keinem Ergebnis. Von seiten der türkischen Regierung habe ich gehört, daß das zu großzügige Angebot auf Mißtrauen gestoßen sei. Andererseits habe ich auch gehört, daß ein gewisser Fehim Pascha sich beim Sultan negativ über Hau geäußert habe, da Hau Fehim Pascha nicht in dem Maße Bakschisch zukommen lassen wollte, wie dieser das wünschte. Es war mir dann auch nicht mehr möglich, wozu ich bereit gewesen war, den Hau direkt beim Sultan einzuführen. Er war dort sozusagen eine persona non grata. Es ist meine Vermutung, daß Haus Auftreten in Konstantinopel grundsätzliches Mißtrauen bewirkte. Auch mir und meinen Mitarbeitern war sein Auftreten unangenehm. Er lebte auf so großem Fuße, daß man annehmen mußte, daß seine Auftraggeber ihn sehr gut bezahlten. Sein Auftreten war arrogant, aufdringlich und als solches insgesamt fehl am Platze. Auch pflegte Hau einen Umgang, der nicht dazu angetan war, das Vertrauen türkischer Würdenträger zu gewinnen.

Soweit Mr. Leishman.

Hau hat interessiert, leicht lächelnd, zugehört.

Angeklagter, haben Sie uns dazu etwas zu sagen?

Nein.

Dann ist die Sitzung für heute geschlossen.

KAPITEL 27

Bruchsal, November 1918

Freudige Erwartung breitet sich im Hause aus. Die Abdankung des Kaisers und der Landesfürsten spricht sich herum und wird von allen begrüßt. Die Roten am Ruder, eine neue Regierung, was mag das für die Gefangenen bedeuten? Das Wort Amnestie geistert durch die Gänge, kriecht in die Zellen, erregt die Gemüter, schürt Hoffnungen allenthalben. Ein neuer Geist herrsche jetzt im Lande, schreibt Dr. Dietz, der zu den führenden Vertretern der Sozialdemokraten im Badischen gehört, seinem Mandanten, und er knüpft die Hoffnung daran, daß es nun bis zu Haus Freilassung nicht mehr lange dauern könne. Und nicht nur die Freiheit sei nun nähergerückt, auch eine Rehabilitation. Hau selbst, umgeben von euphorischen Mithäftlingen, die aus dem Füllhorn der Revolution wahre Wunder erwarten, bleibt sehr abwartend, zurückhaltend. Er schreibt:
Mit Ungeduld warteten viele Gefangene darauf, daß die Spartakisten das Haus stürmten und ihre unterdrückten Brüder befreiten. Das geschah nun nicht, sondern es wurde nur von dem in der Stadt gebildeten Soldatenrat die Freilassung der Militärsträflinge und der politischen Gefangenen gefordert und teilweise durchgesetzt. Dennoch munkelte man von einer großen Amnestie. Alles war wie im Rausch. Aufseher und Gefangene fraternisierten miteinander. Die Disziplin ging in die Brüche. Hätte die Direktion versucht, in diesen Tagen die Zügel straffer zu ziehen, es wäre zu bösen Auftritten gekommen. Aber der neue Direktor war ein kluger Mann und verstand zu lavieren. Ein Bundesgenosse kam ihm zu Hilfe, die Grippe.

Die Seuche, die im Lande tobt, macht natürlich vor den Zuchthausmauern nicht halt. Einige der immer noch unterernährten

Gefangenen sterben. Auch Hau wirft die Grippe, an der in Deutschland 300000 Menschen sterben, aufs Krankenbett. Er überlebt.

Karlsruhe, 9. Januar 1919

Badische vorläufige Volksregierung an Rechtsanwalt Dr. Dietz: Das Begnadigungsgesuch für den zur Zeit in Bruchsal in Strafhaft befindlichen früheren Rechtsanwalt Karl Hau war Gegenstand der Beratung des Gesamtministeriums in seiner Sitzung vom 8. Januar des Jahres. Das Ministerium war einstimmig der Auffassung, daß diese immerhin wichtige Entscheidung der endgültigen Regierung vorbehalten bleiben soll. Die vorläufige Regierung hat daher beschlossen, Ihnen anheimzugeben, den Begnadigungsantrag nach Einsetzung der endgültigen Regierung durch die badische Nationalversammlung zu wiederholen.
Gez. Geiss.

Der neue Geist, die neue Zeit, sie haben letztendlich dem Gefangenen Hau und seinen Mithäftlingen nur eins gebracht: die Gesichtsmasken wurden abgeschafft, was der Pfarrer feierlich von der Kanzel verkündete. Nun durften sie sich gegenseitig ansehen. Und die jahrelang schon in keinen Spiegel mehr geschaut hatten, erschraken.

KAPITEL 28

Baden-Baden, 2. Juli 1906

Mein lieber Hauser!

Nun sind wir schon zehn Tage hier, im alten Baden. Eben kamen die schönen Sachen von Dir. Du lieber alter Kerl verwöhnst mich doch zu sehr. Mama ist ganz baff über so viele Herrlichkeiten. Sie ist sehr gut zu mir und Bäbi. Läuft uns mit Milch und Eiern und Wein und Brot regelrecht hinterher. Sie ist ganz die alte, immer besorgt und ängstlich, will mit aller Gewalt an mir herumkurieren. Von Olga und auch von Louise, die gerade da ist, und Betty (natürlich) wird sie nicht gut behandelt.

Olga ist ein ganz nervöses hochgeistiges Wesen geworden, einfach mit Lektüre übersättigt. Sie ist gerade am Herausgeben eines Gedichtbuches. Mal sehen, ob das was wird.

Bäbi ist natürlich mit allen gut Freund und genießt das Obst aus dem Garten. Für das Kind ist es hier ideal. Mir kommt Baden-Baden doch sehr klein vor. Wie froh bin ich, mein lieber Hausimann, mit Dir zu sein und hier nicht mehr leben zu müssen. Mama und Olga sind, glaube ich, sehr vereinsamt hier oben – durch meine Schuld!

Olga ist ja vielleicht ein begabtes Mädel, obwohl ich ihre Gedichte nicht welterschütternd finde. Vielleicht sind sie reimvollkommen. Mama ist mit einigen Gedichten gar nicht einverstanden. Darüber gibt es viel Streit zwischen den beiden. Mama findet es unpassend für ein junges Mädchen, daß es sowas schreibt wie: »In inbrünstiger Umarmung wurde ihr Körper von leidenschaftlicher Glut durchrieselt.« Es geht hier zu, daß ich fast glaube, ich muß meinem Intellekt ein bissel Futter geben, um in so hoher Atmosphäre mittun zu können. Schreib mir!

Bäbi sends a whole lot of kisses to her little father. Ich auch,

Deine Lina.

Baden-Baden, 8. Juli 1906

Mein Hausi!

Die Ledigen sind doch zu komisch! Olga, Louise und Fanny repräsentieren die größten Sonderbarkeiten. Fanny wird jüngferlich, Louise malt und malt und sieht keinen Erfolg, und Olga glaubt, sie muß wie eine Prinzessin behandelt werden. Ich lasse mich auf keine Debatte mit denen ein. Sie werden immer gleich hitzig und laut. Mama hat richtig Angst vor den dreien.

Stell Dir vor: Mama hat überlegt, das Haus zu verkaufen (obwohl ich glaube, wenn es wirklich einen Käufer gäbe, könnte sie sich nicht davon trennen). Da kommt doch Betty mit ihrem gräßlichen Bachelin und sagt, sie würden jetzt in das Haus mit einziehen, darum könne es nicht verkauft werden. Da hat Mama aber sofort abgewunken. Ich war richtig stolz auf sie. Solange Olga da ist, hat sie doch keinen Grund, das Haus aufzugeben. Das hat er sich so gedacht, dieser Bachelin. Er ist jetzt a. D. (alter Dussel) und dachte an einen Lebensabend in Baden-Baden.

Es ist schön, nach den Jahren wieder hier zu sein, aber schon sehe ich froh wieder unserem Heim in Washington entgegen und fühle mich den Amerikanern verwandter. Das wird jeden Tag mehr. Sie sind so kleinlich hier, alle. Viele, viele Küsse vom Mädel und Deiner alten Lina.

Baden-Baden, 15. Juli 1906

Lieber, lieber Hauser,

denk Dir, Olga ist krank von zu großer Geistesanstrengung. Die Gespräche mit ihren hochgeistigen Freunden haben sie nervlich völlig zerrüttet. Jetzt ist eine ältere Freundin mit ihr zu einem ihr bekannten Nervenarzt nach Heidelberg gegangen. Der hat nach der Untersuchung seine Bekannte beiseite genommen und gefragt: Gibt es denn keine Möglichkeit, das Mädel zu verheiraten? Denn das ist die einzige Ursache von allem Übel.

Oh lieber, lieber Hausi-Hausi, gib nur gut acht auf Dich. Ich fühl immer mehr, wie schrecklich ich zu Dir gehöre, und so nett sie hier sind, daheim ist für mich nur noch bei Dir. Ich küsse Dich, Deine L.

Baden-Baden, 3. August 1906
Weißt Du, Hausi, die Mama ist doch ein armer Wurm. Olga behandelt sie unter der Bombe schlecht und sonst sieht sie keinen Menschen. Mit Olga kann man überhaupt nicht leben. Sie stirbt fast an Größenwahn und, seit es mit ihren Gedichten nichts ist, am verkannten Genie! Ja, sie hat ihre Gedichte an einige Größen mit der Bitte um Urteil gegeben, und man hat ihr davon abgeraten, die Gedichte zu veröffentlichen. Jetzt hat sie die ungebundenen Kinder ihres Geistes – über 200 – in eine Kiste gepackt und diese vernagelt. Sie tut mir ja auch leid, aber trotzdem war nach all dem Weihrauch in ihrer Umgebung diese Dusche nötig.
Zu Bäbi ist auch Olga furchtbar nett. Die Kleine ist der Sonnenschein des Hauses, jetzt in diesen Tagen, wo es nur regnet. Wir sind alle ans Haus gebannt. Es ist sehr nett hier, aber doch ziehe ich glückselig mit Dir wieder hinüber in unser gemütliches Heim, in ein Land, wo ich nie verlegen zu sein brauche. Schreib bitte, lieber süßer Mann, Deinem törichten, verliebten Weib, das Du halt so schrecklich verwöhnt hast, und das ganz glücklich bei Dir und gar nicht weg von Dir ist. L.

Baden-Baden, 11. August 1906
Lieber Hauserle,
gestern kam Dein lieber Brief an. Ach, ich dachte schon, Du schreibst nie. Ich habe einfach, damit ich nicht zu traurig bin, angenommen, daß alle die vielen lieben langen Briefe, die Du mir geschrieben hast, unterwegs verlorengegangen sind. Wenn Du wüßtest, in welche Wonnen mich so ein Brief von Dir

bringt! Ich bin halt so schrecklich verliebt; es gibt für mich eben nichts Größeres, Schöneres, Unermeßlicheres als meinen Mann, und damit mußt Du Dich abfinden.

Ich hoffe sehr, daß wir das Schiff am 9. Oktober nehmen können, danach wird es doch stürmischer werden. Ich freu mich so sehr auf unser Heimkommen. Das Leben hier ist trostlos. Die Stimmung zwischen Olga und Mama ist so schlimm, sie sind sich gar keine Freunde mehr. Das steckt mich bald an. Das wirklich Schlimme ist, sie brauchen sich gegenseitig. Ich wüßte nicht, was Mama machte, wenn Olga sich verheiraten würde. Aber davon kann ja wohl keine Rede sein. Sie hat wohl Verehrer, sie ist hübsch und klug, aber es kann keiner von denen bei ihr landen. Warum gibt es Dich nicht zweimal. Einen würde ich ihr gönnen.

Bäbi strahlt den ganzen Tag, sie wird aber auch von allen furchtbar verwöhnt.

Stell Dir vor, Fanny, die jetzt verlobt ist mit einem Lehrer, hat Olgas Verheiratung in Deine und meine Hände gelegt. Da es für Olga in Deutschland keinen passenden Mann gebe, sollten wir in Amerika einen für sie suchen.

Es ist spät, lieber einziger Mann, behalt mich lieb! Ich hab Dich unsagbar lieb, Dich und das süße Baberle-Bäbi nebenan im Bett, Deine Lina.

Baden-Baden, 19. August 1906

Oh, was freue ich mich, daß Du kommst. Auch wenn es für einige Tage ist. Du wirst gut zu Fuß sein müssen, denn wir haben einige Touren in den Schwarzwald geplant, hinauf zu den alten Burgen. Alleine lasse ich Dich aber mit der Olga nicht. Sie ist zu hübsch und könnte Dir allzugut gefallen; sie ist ja ein netter Käfer, und sie kann sehr interessant sein. Ich freue mich so sehr, wenn Du kommst. Ich hab Dich so lieb und lächle mein Glück in mich hinein. Bäbi habe ich gesagt, daß der Daddy kommt, jetzt geht sie dauernd an die Tür und schaut hinaus, die Süße. Dein Weib, das Dich liebt und sehnsüchtig erwartet, Lina.

Hau kommt am 4. September 1906 von Konstantinopel nach Baden-Baden, kündigt aber an, daß er nach fünf Tagen zurückmüsse, denn die Geschäfte würden jetzt in ein entscheidendes Stadium treten, wobei es um soviel Geld gehe, daß er das persönlich in der Hand behalten müsse. Ehe er zur Villa Molitor kommt, hat Hau im Hotel Messmer ein Zimmer bezogen. Lina und Frau Molitor sind darüber befremdet, er erklärt aber, er habe die wenigen Tage, die er da sei, nicht die Ruhe des Hauses stören wollen, zumal er zahlreiche Depeschen erwarte und abschicken müsse, was im Hotel sehr viel kommoder sei. Das Kind freut sich riesig und geht ihm im Hause kaum von der Seite. Lina strahlt vor Glück. So hat Frau Molitor ihre Tochter noch nie gesehen. Das macht auch sie glücklich, zumal Hau nicht nur zeigt, daß er ein liebevoller Gatte und Vater ist, sondern so klug und geistreich von seinen Reisen und Geschäften erzählt und dabei – zumindest in Anwesenheit der Frau Molitor – überhaupt nicht schwadroniert. Anders ist das Olga gegenüber, die vor soviel zur Schau getragenem Familienglück kapituliert, sich in ein Schneckenhaus zurückzieht und nur zaghaft den Kopf herausstreckt, was Hau reizt. In den wenigen Momenten, die sie alleine sind, vermag er ihr das Gefühl zu geben, er sei in einer Welt zu Hause, nach der sie sich in Wirklichkeit sehne, und daß sie im Grunde viel mehr prädestiniert sei, in einer solchen Welt zu leben, als ihre Schwester.
Äußerlich gibt sich Olga Hau gegenüber kühl, sachlich, manchmal auch schroff. Als er sie fragt, ob man denn wieder ein paar Gedichte zu hören bekomme, sagt sie spitz:
Das mit den Gedichten ist beendet. Sie haben vielleicht nicht bemerkt, Herr Schwager, daß ich erwachsen geworden bin.
Oh doch, sagt Hau arglos.
Lina lacht, was zu einiger Peinlichkeit beiträgt.

Die Wanderungen, die sie zu dritt unternehmen, verlaufen friedlich und problemlos. Lina, immer wachsam, spürt keinerlei Anlaß, eifersüchtig zu sein.

Dann reist Hau wieder ab, auf unbestimmte Zeit. Er macht den Vorschlag, daß Lina mit dem Kind schon nach Amerika fährt, Lina lehnt das ab, sie will die Überfahrt nicht ohne ihn machen, will dann lieber in Baden-Baden auf ihn warten. Außerdem hat sie Kontakt zu einem Münchner Arzt aufgenommen, bei dem sie eine eventuell nötige Unterleibsoperation vornehmen lassen will. Sie kann für Ende September einen Termin bekommen.

Du bist genauso ein törichtes Eheweib wie unsere anderen verheirateten Schwestern auch.

Olga, was soll das?

Diese Männer, und da sind sie alle gleich, sind sich ihrer Frauen viel zu sicher. Natürlich, weil sie ja angebetet werden und umgarnt und umgurrt, mein Hausilein hier und mein Hausilein da.

Olga, bitte, laß das!

Dieser Mann, der mal kurz angereist kommt, dich mit Geschenken überhäuft, über seine großen Erfolge draußen in der Welt prahlt, der müßte um dich bangen, sich verzehren, eifersüchtig sein, er dürfte sich deiner nicht sicher sein.

Warum, was soll das?

Du trägst ihm deine Liebe hinterher, deine Sehnsucht schreibst du ihm. Wenn du ihm das Gefühl geben würdest, daß du wunderbar ohne ihn leben kannst, dann käme er gekrochen, dann würde er lange Briefe schreiben und nicht nur diese albernen Postkarten, dann würde ihn die Sehnsucht treiben, nicht immer nur dich.

Soll das Liebe sein in deinen Augen?

Liebe, was ist Liebe. Vernunft!

Olga, du tust mir leid.

Du mir auch.

Du bist doch nur eifersüchtig, und bitter bist du, weil du ihn nicht bekommen hast.

Olga steht auf und geht. Es kommt jetzt häufiger zum Streit zwischen den Schwestern. Seit Hau weg ist, zeigt Olga, wie sehr sie Partnerschaft mit einem Mann, Ehe, Familie, all das Glücksgetue, wie sie das nennt, haßt. Lina kann das nicht gut einordnen, ist zu leicht bereit, es als Neid anzusehen. Wie sehr sich Olga nach einem ganz anderen, aufregenderen Leben sehnt, wie sehr Hau mit ein paar Sätzen, ein paar Worten, ein paar Blicken in Olga Funken geschlagen hat, die jetzt als Feuer in ihr lodern, all das ermißt Lina nicht. Frau Molitor legt sich mit Olga längst nicht mehr an. Auch sie glaubt zu wissen, daß Olga einen Mann bräuchte, den sie lieben und zu dem sie emporsehen dürfte, der sie zähmen und bändigen könnte. Daß das aber ihre Einsamkeit bedeuten würde, weiß sie auch. Also rührt sie nicht daran, legt sich mit Olga nicht an, läßt ihr ihre Ausbrüche, schweigt und leidet stumm.

Und wieder schreibt Lina an Hau endlos lange Briefe. Sie schreibt von Baden-Baden, dieser seelenlosen Stadt, in der sie nicht mehr leben könnte, von ihrer großen Sehnsucht nach dem Heim in Amerika und nach ihm, natürlich nach ihm, sie schreibt vom Kind, das im Gegensatz zu ihr hier heimisch geworden ist und schon die halbe Straße beherrscht, sie schreibt von der Mutter, der es ein Bedürfnis ist, daß Hau, wenn er wiederkommt, im Hause wohnt, damit nicht die ganze Stadt darüber redet, daß Frau Molitors Schwiegersohn im Hotel absteigen muß, und sie schreibt von Olgas klugen Vorschlägen, wie sie, Lina, mit ihrem Ehemann umzugehen habe. Und sie schreibt ihm, wie sehr sie Angst hat, daß er sich in Olga verlieben, sie interessanter finden könnte, jünger und schöner und immer so furchtbar gesund, wie sie ist.

Hau schreibt wenige, inhaltslose, belanglose Briefe. Weder erzählt er von dem, was er erlebt, noch schreibt er irgendein Wort von Liebe und Sehnsucht. Meist teilt er nur mit, daß er geschäftlichen Erfolg hat, daß man ihn jetzt von türkischer Seite als Verhandlungspartner ernst nehme und daß er sehr bald sehr viel Geld verdienen werde. Lina nennt er mein Dummerle, mein foolish Weib, my stupid Mädele. Gerne mischt er deutsche und englische Wörter durcheinander, oft schreibt er in einem nachlässigen Englisch. Auf das, was Lina erzählt, was sie bewegt, geht er nicht ein, ihre Eifersucht bezeichnet er als töricht.

Gell mein foolish Dummerle!

Lina findet selbst das liebenswert und ist durch nichts, auch nicht durch gelegentliche Sticheleien Olgas, davon abzubringen, ihren Hauserle über alles zu lieben. Nie schreibt Hau Grüße an Olga oder die Mutter oder das Kind. Lina richtet sie aber immer aus. Mein Mann läßt grüßen.

Sie ahnt ja nicht, was er für ein Leben führt, daß er den spendablen Amerikaner gibt, die steinreiche Kuh, die von den Günstlingen des Sultans und von Zuhältern, die gelegentlich identisch sind, gemolken wird. Sie weiß nichts von seinen geschäftlichen Niederlagen und davon, wie er sich selbst betäubt, indem er ein Leben führt, das Unsummen von Geld verschluckt, Geld seiner amerikanischen Auftraggeber und ihr Erbe, das er schon bei seiner Türkeireise im Januar/Februar dem nimmersatten Moloch Konstantinopel in den Rachen geworfen hat.

Da sitzt sie mit ihrer kleinen Tochter in Baden-Baden, wo sie ihre Kindheit verbracht hat, sehnt sich nach ihm, während er sich zwei Huren hält, strickt sich warme Sachen für den kommenden kalten Winter in Amerika, während er einen Privatwagen fährt und eine Jacht, glaubt an ihn und seine Zukunft, während selbst seine amerikanischen Geldgeber schon zu wissen glauben, daß dieser Hau ein größenwahnsinniger Hochstapler ist, der ihr Geld verpraßt. Sie trägt ihre Liebe und Sehnsucht durch die Lichtenthaler Allee, und er tanzt längst auf dem Vulkan.

Sie ahnt von alldem nichts. Sie wandert über die Hügel, schaut auf das malerisch verschlafen daliegende Baden-Baden hinunter und sehnt sich unendlich nach ihrem bescheidenen Heim, das so sehr ihres ist, ihr ganzes Glück.

Sie ahnt nicht, daß sie es nie mehr wiedersehen wird.

KAPITEL 29

Karlsruhe, Freitag, 19. Juli 1907

Der dritte Verhandlungstag. Die Vormittagssitzung.
Der Publikumsandrang ist noch größer als am Vortag. Heute sollen die Geschwister Molitor in den Zeugenstand kommen. Ferdinand Wöhrle hat sich schon am frühen Morgen angestellt, um einen guten Platz zu erwischen. Polizisten regeln die Dinge, denn es sind Hunderte von Menschen erschienen, von denen die wenigsten ein Billett haben. Sie machen einen Riesenlärm, können von der Gendarmerie nur mit viel Mühe daran gehindert werden, das Gerichtsgelände zu betreten. Als zwei Droschken mit den Zeugen vorfahren, um im Hof des Gerichts zu verschwinden, rufen die Leute: Olga, Mörderin! Die Rote ist die Mörderin! Es lebe Karl Hau!
Wöhrle war es am Vorabend gelungen, noch ein Hotelzimmer in Karlsruhe zu bekommen. So mußte er nicht die lange Zugfahrt nach Hause und am Morgen wieder nach Karlsruhe auf sich nehmen. Neugierig, was man so sagte und meinte zum bisherigen Geschehen, besuchte Wöhrle dann am Abend mehrere Gasthäuser, und es gab kaum ein Gespräch zu hören, das nicht den Fall Hau zum Inhalt gehabt hätte. Von vielen Menschen wurde ganz offen die Theorie ausgesprochen, Olga habe ihre Mutter umgebracht. Nur wenige zeigten sich von einer Schuld Karl Haus überzeugt. Manche hielten ihn für unschuldig, befürchteten aber, daß die Zufälle zu Indizien gemacht würden und Hau auf dem Schafott landen könnte. Haus Auftreten, die Art der Verteidigung, die arroganten Attitüden des Angeklagten und seine Verstrickungen in dunkle Geschäfte und anrüchige Frauengeschichten würden das ihre dazu tun, daß Hau von den Geschworenen verurteilt werden würde. Wöhrle wunderte sich, wie entschieden die meisten Menschen

in ihrem Urteil waren, da er selbst doch noch gar nicht zu einer endgültigen Meinung gekommen war. Der Fall erhitzte die Gemüter und steigerte den Alkoholkonsum dermaßen, daß zu vorgerückter Stunde allenthalben nicht nur der Kopf der Roten Olga, sondern auch der des Richters und der des Staatsanwaltes gefordert wurden, wohingegen man bereit war, Hau in allen Ehren nach Amerika ziehen zu lassen. So kannte Wöhrle seine badischen Landsleute gar nicht, hielt er doch die meisten von ihnen für bedächtige, vernünftige Menschen, die in den Geschworenen gültig vertreten waren.

Als der Fabrikant gerade einmal das Lokal wechselte und dabei die Kaiserstraße überquerte, wurde er Zeuge eines besonderen Spektakels. Junge Menschen, Schauspieler, wie es hieß, stellten szenisch die Ermordung der Frau Molitor durch ihre Tochter Olga nach und richteten die Mörderin in Gestalt einer Puppe, die sichtbar die Darstellung der rotblonden Olga war, mit einem Fallbeil hin. In einen Eimer floß Theaterblut, das die Darsteller schließlich wild durch die Gegend spritzten. Gendarmen machten dem Treiben ein Ende und nahmen die Schauspieler fest, was nicht ganz ohne Widerspruch einiger Passanten blieb.

Im Schwarzen Adler wurde Wöhrle Zeuge eines Gesprächs zwischen einem Wiener Zeitungsjournalisten und einem Berliner Juristen, die ihm beide schon im Gerichtssaal aufgefallen waren. Der Wiener, Paul Lindau, beklagte heftig, daß die Verhandlungsführung in diesem Prozeß ein einziges peinliches Chaos ohne Sinn und Verstand sei, nur dem schon gefällten Urteil oder Vorurteil, wie immer man das nenne möge, folgend. Als Skandal bezeichnete er es, daß die Geschworenen sich nicht, wie das in anderen Ländern selbstverständlich sei, in einer Art Quarantäne befänden, wo jede Beeinflussung von außen unmöglich sei, sondern daß diese nach jedem Verhandlungstag wie nach getaner Arbeit nach Hause gingen, um das Geschehen in der Familie oder – wie schon passiert – im Kreise von Freunden in öffentlichen Gaststätten zu diskutieren. Was von deren nur in Zwiesprache mit ihrem Gewissen zu entstehender Entscheidung, wie sie das Gericht verlangt, zu halten sei, liege auf der Hand: nichts. Denn man habe sie ja nur nach repräsentativem Querschnitt der Bevölkerung ausgesucht und nicht nach dem Kriterium charakterlicher Standfestigkeit. Aber, so Lindau, wie wolle man von Geschworenen verlangen, was die Richter und Staatsanwälte nicht einmal selbst garantierten, Objektivität, Verschwiegenheit und Respekt. Wenn der Verteidiger aus der lokalen Presse vom Untersuchungsrichter lancierte Details erfahren muß, die man ihm auf dem offiziellen Wege verwehrt, dann kann man nicht von einer fairen Gerichtsbarkeit reden.

Dr. Erich Sello, selbst ein bekannter Strafverteidiger, dessen Inanspruchnahme Hau seinerzeit ablehnte, sagte, er halte Lindaus Kritik an der Justiz und diesem Verfahren für eine Modeerscheinung derer, die sich wider besseres Wissen Helden wie Karl Hau aufbauten, um damit ihre grundsätzliche, durch keinerlei Fachwissen geprägte Kritik am Staat und seinen Organen zu unterstützen. Die Beweiskette in diesem Falle sei so schlüssig, daß es gar kein anderes Urteil als schuldig geben könne. Er selbst habe das alles überprüft, sei persönlich am Tatort gewesen, habe nachweisen können, daß Hau sehr wohl morden und zum Bahnhof gelangen konnte. Er selbst habe persönlich den Weg von den Lindenstaffeln über den Zaun, durch den Garten des Hotels Messmer zum Bahnhof zurückgelegt, und er sei nun wirklich kein Langstreckenläufer und habe auch nicht Figur und jugendliches Alter des Hau, und doch wäre es ihm nach erfolgtem Mord um 18 Uhr 03 gelungen, den Zug um 18 Uhr 15 zu erlangen. Nie und nimmer, sagt Lindau, auch er habe die Strecke zurückgelegt. Und man solle doch mal eines bedenken: Warum haben zahlreiche Passanten den Mann mit dem Bart, der sich einen Tag lang in Baden-Baden herumtrieb, gesehen und bezeugen das, während kein einziger einen gehetzt zum Bahnhof laufenden Hau gesehen hat?

Die beiden stritten lange. Wöhrle hörte gespannt zu, andere Männer beteiligten sich an dem Gespräch. Wöhrle ging schließlich zu seinem Hotel, hörte auch am späten Abend noch Menschen auf der Straße laut diskutieren, und er fragte sich, wie er selbst in der Rolle eines Geschworenen urteilen würde, ob er überhaupt nach zwei Prozeßtagen ein Urteil abgeben könnte. Und wäre er nicht befangen? Er, der den Protagonisten einmal so nah war und sich schon damals in Ajaccio ein negatives Bild des Hau zurechtgemacht hat, er beschließt, die Geschworenen nicht um ihre Aufgabe zu beneiden, obwohl er sich doch vorstellen kann, daß dieses Amt dem Fabrikanten und seiner Fabrik eine Popularität zukommen lassen würde, die nicht zu unterschätzen wäre. Insgeheim beneidet er den Wurstfabrikanten Ehret, der als Geschworener die mittleren Unternehmer vertritt und Obmann der Geschworenen ist und nach Aussage einer Wöhrle bekannten Mitarbeiterin jetzt schon höhere Umsätze zu verzeichnen hat.

Weil draußen schon am frühen Morgen die Sonne scheint, ist es hell und freundlich im Gerichtssaal. Ein durch das hohe Fenster fallender Lichtstrahl beleuchtet den Tisch, der zwischen dem Gericht und dem Zeugenstand steht, und bricht sich in dem Glas mit dem durchschossenen Herzen der Frau Molitor. Das hätte man zu dem Anlaß des Erscheinens der Molitorschen Familie im Zeugenstand nicht besser inszenieren können, denkt Paul Lindau, der ja auch ein Theatermann ist.
Nachdem es der Gendarmerie gelungen ist, die vor dem Gericht wartende Menge in gebührlichem Abstand zu halten, kann die Verhandlung beginnen.
Zunächst treten zwei Verwandte des Angeklagten auf. Der Kaufmann Müller aus Linz am Rhein, ein Onkel des Hau, schildert den Angeklagten als geistig hochbegabten Menschen, der allerdings manchmal zu eigenartigem Benehmen neige. Manchmal sei Hau regelrecht geistesabwesend. Die Tochter

des Zeugen Müller und deren Ehemann, Weinhändler Neuerburg, machen dieselben Aussagen. Neuerburg schildert, wie Hau ihm im letzten Herbst, zwei Tage vor der Tat, gesagt habe, er solle sich nicht wundern, wenn er, Hau, erschossen werde. Er habe wohl unter einer Art Verfolgungswahn gelitten.

Neuerburg spricht sehr leise. Der Verteidiger mahnt beim Vorsitzenden an, doch auch den Entlastungszeugen zu bitten, so laut zu sprechen, daß die Herren Geschworenen ihn verstehen können. Dr. Eller ist über diesen Einwurf erbost. Für ihn sei jeder Zeuge gleich wichtig, ob er be- oder entlaste, ob er laut oder leise spreche. Zur Zufriedenheit des Dr. Dietz fordert er den Zeugen auf, laut und deutlich zu sprechen.

Auf die Frage des Verteidigers, ob sie Hau, wenn dieser sich wegen Geldschwierigkeiten an sie gewandt hätte, geholfen haben würden, geben sowohl Müller als auch Neuerburg an, daß sie ohne weiteres je 30000 Mark zur Verfügung gestellt hätten.

Dietz zu Hau:

Ist Ihnen diese brüderliche Gesinnung bekannt gewesen?

Ja, mir war das bekannt. Ich kam aber nie in die Lage, die Hilfe meiner Verwandten in Anspruch nehmen zu müssen.

Frau Neuerburg, hat Hau Ihnen gegenüber die Geschichte von Realp erwähnt?

Ja. Als er damals von Ajaccio zurückkam, sagte er, die beiden Töchter Molitor hätten sich in ihn verliebt, er habe die ältere wegen ihres Geistes vorgezogen. In Realp habe er nach einem Spaziergang Lina mit einem Schuß in der Brust vorgefunden. Sie habe ihn gebeten, sie zu töten. Das habe er aber nicht getan. Aber nun müsse er sie wohl heiraten, damit nicht der Verdacht auf ihn falle.

Hat Lina Hau diese Version bestätigt?

Nein, sie erzählte mir, er habe geschossen, sie habe aber der Polizei gesagt, sie selbst habe geschossen, sonst hätte man ihn ja festgenommen.

Unruhe im Gerichtssaal.

Dr. Bleicher:

Angeklagter, was haben Sie zu der Aussage, Sie hätten schon einmal geschossen, zu sagen?

Nichts.

Haben Sie in Realp geschossen oder Ihre spätere Frau?

Ich gebe darüber keine Auskunft.

Der Vorsitzende wendet sich an Frau Neuerburg.

Frau Neuerburg, hat Lina Hau Ihnen gegenüber von ihrer Eifersucht auf ihre Schwester Olga gesprochen?

Ja, sie sagte einmal, Olga ist in meinen Mann verliebt. Und sie sagte, sie hätte Olga auch schon ernste Vorwürfe wegen des Techtelmechtels – ja, sie sagte Techtelmechtel – mit ihrem Mann gemacht. Lina war tieftraurig und weinte, so daß wir dieses Gespräch nicht fortführten. Ich hab sie dann nicht mehr danach gefragt.

Fanny Molitor, 34, Lehrerin in Freiburg, tritt in den Zeugenstand. Auch sie trägt Schwarz. Nach der Pariser Depesche gefragt – sie hatte Frau Molitor nach Paris begleitet –, gibt sie an, sie habe sofort das Gefühl gehabt, daß Hau damit etwas zu tun haben könnte.

War Ihre Schwester auf Olga eifersüchtig?

Sie sagte mir einmal, sie sei seit ihrer Verheiratung eifersüchtig.

Worauf?

Sie sagte einmal, Olga ist jung und schön und so alt wie mein Mann, schau mich an, ich bin alt und krank und habe nicht einmal genug Kraft für mein Kind.

Haben Sie denn irgendwelche Beziehungen zwischen Hau und Ihrer Schwester Olga wahrgenommen?

Nein.

Hat Olga dem Hau Anlaß gegeben, sich für sie zu interessieren oder Hau dem Fräulein Olga?

Ich habe niemals etwas Derartiges wahrgenommen.

Waren Sie noch in Baden-Baden, als Frau Hau aus London kam?

Ja. Meine Geschwister und ich erklärten ihr die Sachlage und unseren Verdacht, daß ihr Mann der Mörder sei.

Wie hat sie das aufgenommen?

Sie war fassungslos und sagte immer wieder, nein, das kann nicht sein, das kann er nicht getan haben.

Dr. Eller:

Ab wann hat Ihre Schwester begriffen, daß Hau, sagen wir es einmal gelinde, Unregelmäßigkeiten und Hochstapeleien in Gelddingen pflegte?

Sie hat es ja schon gewußt, als sie ihn geheiratet hat.

Bewegung.

Dr. Bleicher:

Sie haben mir ja einen Brief überlassen, den Lina Hau, bzw. Molitor, an Sie kurz vor der Verehelichung schrieb. Ich darf das vorlesen:

30. Juli 1901

Liebe Fanny,

ich habe eine so große Bitte an Dich, und doch muß ich Dich um die allergrößte Diskretion bitten. Mit tiefem Weh muß ich von Mama hören, daß Hau ein Schwindler ist, der ein Auftreten hat, das mit seinen Mitteln nicht harmoniert. Vater Hau kann nur 150 Mark im Monat schicken. Es ist keine Kleinigkeit, so zu leben, wenn man sein ganzes Leben in einer Unmasse von Geld verbracht hat. Ich hoffe so sehr, daß Du imstande bist, bei Mama und den anderen die Erbitterung zu mildern und sie dazu bringst, zu verstehen, daß ich jetzt nicht zurück kann. Er ist so jung. Und ich liebe ihn. Auch Sparen will gelernt sein. Er wird es sicher lernen ...

Hier bricht der Brief ab.

Dr. Eller:

Danke.

Louise Molitor, 38, Kunstmalerin in München, bestätigt, was Fanny Molitor vorgetragen hat. Ihr habe Lina damals einen ähnlichen Brief geschrieben.

Fräulein Molitor, wie war Ihrer Meinung nach die Ehe von Lina und Karl Hau?

Soweit ich das von meiner Mutter hörte und soweit ich es aus Briefen meiner Schwester erfuhr, muß es zwischen den beiden in ihrer Amerikazeit gut gewesen sein. Als dann im Herbst letzten Jahres Lina bei mir in München weilte – wegen ihrer Operation –, kam Hau aus Konstantinopel dazu. Er trat sehr protzig auf, erzählte von Riesensummen, die er bei der Standard Oil verdiene, und von seinen wichtigen Kontakten in Konstantinopel. Ich wollte mit Lina einmal darüber reden, aber ich merkte, daß sie ihm alles glaubte und ihn grenzenlos bewunderte.

Ihre Schwester Olga kam ja dann auch nach München. Wie waren da die Verhältnisse?

Die Verhältnisse waren klar und korrekt. Die drei machten mehrere Ausflüge zusammen.

War Olga häufig mit Hau alleine?

Nicht, daß ich wüßte.

Bewunderte Olga ihren Schwager auch?

Louise schaut zu Olga hinüber, die ihren Schleier zugezogen hat und zu Boden schaut.

Ja.

Staatsanwalt:

Als Sie vom Tode Ihrer Mutter erfuhren, was waren da Ihre Gedanken?

Mein erster Gedanke war, daß Hau der Täter sei.

Verteidiger:

Was veranlaßte Sie dazu?

Ich habe seinem Charakter stets mißtraut. Und ich konnte mir niemand anderen denken, der Anlaß zu der Tat gehabt haben könnte.

Oberleutnant Karl Molitor, 39, aus Metz, der einzige Sohn der Verstorbenen, tritt militärisch zackig und entschieden auf. Er würdigt den Angeklagten keines Blickes. Er behauptet, schon als seine Mutter nach Paris gerufen worden sei und Olga bei bester Gesundheit vorgefunden habe, sei für ihn klar gewesen, daß Hau irgendein Spiel spiele. Im nachhinein stehe für ihn fest, daß Hau schon in Paris die Mutter ermorden wollte, nur nicht die Gelegenheit dazu gehabt habe. Für ihn passe das alles in das Bild, das er sich schon immer von Hau gemacht habe. Er sei es schließlich gewesen, der die Mutter damals davon abhalten wollte, der Verheiratung Linas mit Hau zuzustimmen. Ich hielt ihn immer für einen Hochstapler, für einen charakterlosen Menschen.

Haben Sie das Ihrer Schwester damals zu verstehen gegeben?

Ja, aber sie stand ja völlig unter seinem Einfluß. Sie hörte gar nicht zu, wenn man sie warnen wollte.

Was sagte Frau Hau, als Sie ihr Ihren Verdacht äußerten?

Sie hielt erst einmal alles für eine Mystifikation der Geschäftsgegner ihres Mannes. Auch das Telegramm mit der Nachricht vom Tod ihrer Mutter hielt sie für fingiert. Sie glaubte, diese Feinde würden mit allen Mitteln arbeiten, selbst mit einem Mord, um Hau damit zu verdächtigen. Als wir sie aber von Haus Schuld überzeugt hatten, brach sie völlig zusammen. Sie glaubte, ihr Vermögen in Washington sei noch vorhanden. Als man aber dort anfragte, erfuhr sie, daß Hau unberechtigt alles abgehoben hatte. Da brach sie zusammen und sagte: Jetzt ist alles klar, die Geldnot hat ihn getrieben.

Dr. Dietz:

Herr Oberleutnant, wir haben mehrere, auch schriftliche Beweise, daß Frau Hau bis zuletzt an eine Unschuld des Angeklagten glauben wollte.

Sie war sehr verwirrt zu der Zeit und widersprach sich des öfteren.

Dr. Eller:

Haben Sie etwas von der Eifersucht Ihrer Schwester wahrgenommen?

Sie fühlte sich ihrem Manne gegenüber als geistig unbedeutend und fürchtete, daß er sich für die nach ihrer Meinung bedeutendere Olga interessieren könnte. Übrigens ging meine Schwester über die bekanntgewordenen dunklen Punkte aus dem Leben ihres Mannes sehr leicht hinweg.

Sie wurden nach dem Tode Ihrer Schwester nach Pfäffikon gerufen. Waren Sie auch vom Selbstmord überzeugt?

Ja. Es gab ja den Abschiedsbrief und das Testament und die dortigen Augenzeugen. Außerdem hat meine Schwester immer gesagt, wenn ich von der Schuld meines Mannes überzeugt bin, werde ich sterben.

Bewegung.

Ich fand in ihrer Handtasche drei Fläschchen mit einem Opiat. Eines der Fläschchen war leer. Sie wäre ohne Betäubung nicht kampflos ertrunken. Sie war eine gute Schwimmerin. Sie ging nicht unter, weil sie unter ihrem Badekleid Briefe und Akten trug.

Was waren das für Akten?

Es waren die Aussagen der Augenzeugen der Tat.

Leichte Unruhe im Saal, dann kurzes Schweigen, Betroffenheit. Mein Gott, denkt Wöhrle, sie wollte die Schmach mit in den Tod nehmen.

Dr. Eller fährt fort:

Angeklagter, Ihre Frau war am 5. Juni bei Ihnen im Gefängnis?

Ja.

Und am 7. Juni ging sie in den Tod. Hat sie das Ihnen gegenüber angedeutet?

Dazu möchte ich Folgendes sagen. Der Herr Staatsanwalt hat meine Frau unter Druck gesetzt. Er sagte ihr, wenn sie sich nicht öffentlich zu meiner Schuld bekenne, würden schmutzige Familiengeschichten vor Gericht ausgepackt werden.

Dr. Bleicher:

Das stimmt so nicht.

Dr. Dietz:

In einem Brief an mich äußerte sich Frau Hau entsprechend über den Staatsanwalt.

Der Staatsanwalt sagte auch zu mir, wenn ich kein Geständnis ablegte, würde er in der Verhandlung derart viel über unsere privaten Verhältnisse vorbringen, daß meine Frau in Ohnmacht falle.

Große Bewegung, notieren die Korrespondenten.

Dr. Bleicher:

Ich sagte zum Angeklagten, wollen Sie wirklich, daß alle Ihre intimsten Familienangelegenheiten in Gegenwart aller Ihrer Verwandten in öffentlicher Sitzung verhandelt werden? Ihre Frau wird dabei in Ohnmacht fallen.

Ich sehe zwischen dem, was ich sagte, und dem, was der Staatsanwalt sagt, keinen Unterschied. Es war eine unzulässige Drohung mir und meiner Frau gegenüber.

Dr. Eller:

Ihre Frau kam also zu Ihnen ins Gefängnis. Was war Gegenstand der Unterredung?

Sie drängte mich, ich möge der Verhandlung durch Selbstmord aus dem Wege gehen. Ich sagte ihr, daß es einem Geständnis gleichkäme, wenn ich der Verhandlung durch Selbstmord aus dem Wege gehen würde. Sie sagte, das sei Nebensache, es gehe darum, nicht alle privaten Dinge in die Öffentlichkeit gelangen zu lassen.

Deutete Ihre Frau ihren Selbstmord an?

Mir war klar, daß sie es tun würde.

Warum machten Sie keinen Versuch, die Unglückliche zurückzuhalten?

Ich sandte sofort nach Dr. Dietz. Was hätte ich im Gefängnis sonst tun können? Es war aber zu spät, meine Frau hatte Baden-Baden schon verlassen.

Dr. Dietz:

Das kann ich bestätigen. Ich ging unverzüglich zur Villa Molitor. Es war zu spät. Keiner wußte, wo Frau Hau hingegangen war. Ich möchte in diesem Zusammenhang noch einmal betonen, daß Frau Hau ausdrücklich geschrieben und geäußert hat, daß ihr Freitod kein Beweis für irgend jemandes Schuld sei.

Dr. Eller:

Mittagspause.

KAPITEL 30

Bruchsal, 1917/18

Beschäftigung und Krankenstand des Gef. Hau in der Anstalt
im Jahre 1917
Bis Juni Einzelhaft. Bibliotheksarbeit. März 15 Tage Influenza.
Juni je Woche 4 Tage Matratzenmachen. Juli bis Oktober je
Woche 4 Tage Tütenmachen. Oktober 20 Tage Influenza. De-
zember Buchbinderei.

Anträge des Gef. Hau während der Strafzeit 1917:

19.01.17 Will 3 kg Obst (Äpfel und Nüsse) kaufen. Verfügung des Direktors (VdD): Genehmigt nach ärztlicher Einwilligung.

02.02.17 Will außer der Reihe Dr. Dietz schreiben. VdD:
Abgelehnt.

16.03.17 Will Zahnpasta kaufen. VdD: Ja.

23.03.17 Möchte 20 Bogen Papier. VdD: 5 Bogen verabrei-
chen.

19.04.17 Will 10 Heringe kaufen. VdD: Ja.

21.04.17 Will Seife kaufen. VdD: Ja.

15.05.17 Will in die Küchenarbeit. VdD: Abgelehnt.

23.05.17 Bittet um Überlassung der Bibliotheksschreibma-
schine zur Arbeit in der Zelle. VdD: Unter Vorbehalt genehmigt. Geschriebenes ist vollständig aus-
zuhändigen. Verbleib der genehmigten Papierbö-
gen kontrollieren!

16.06.17 Will 4 Pfund Kirschen kaufen. VdD: Kann nur
nach ärztlicher Anordnung genehmigt werden, da
noch nicht zehn Jahre in Haft.

14.08.17 Bittet um ein Heft. VdD: Ja.

04.09.17 Beschwerde gegen die Menge, nicht gegen die Güte

des Essens. VdD: Die Gefangenen bekommen zufolge unserer eigenen Erzeugung ohnehin mehr, als der Kommunalverband zuweist.

10.09.17 Will 5 kg Obst kaufen. VdD: Anordnung des Arztes abwarten.

27.09.17 dito VdD: Ja.

04.10.17 Will zur Außenarbeit in Erwartung, mehr essen zu können. VdD: Nein.

11.10.17 Will 5 kg Obst kaufen. VdD: Ja.

27.10.17 dito VdD: Nein, da im Krankenstand.

21.11.17 Will Buchbinderei lernen. VdD: Ja. Werkmeister unterrichten. Bei anempfohlenem Fleiß zur Probe.

18.12.17 dito VdD: Genehmigt unter Vorbehalt ärztlicher Anordnung.

20.12.17 Will Marmelade kaufen. VdD: Genehmigt.

22.12.17 Bittet um Langenscheidtschen spanischen Sprachführer. VdD: Genehmigt.

Dr. Eduard Dietz, Rechtsanwalt, Karlsruhe, am 11. Dezember 1917 an die Großherzogl. Direktion des Männerzuchthauses Bruchsal:

Den Gefangenen Karl Hau betreffend.

In obiger Sache erlaube ich mir, wie in den letztverflossenen Jahren, Ihnen wiederum ein für meinen Clienten bestimmtes Buch – den ersten Band von Stegemanns bekannter klassischer Kriegsgeschichte – mit der Bitte durch die Buchhandlung Kundt hier zugehen zu lassen, das Buch meinem Clienten zu Weihnachten aushändigen und ihm in geeigneter Weise zur Lektüre zur Verfügung stellen zu wollen.

Im Voraus verbindlichst dankend.

Dr. Dietz, Rechtsanwalt.

Antwort der Anstalt an Herrn Rechtsanwalt Dr. Dietz:
Stegemanns »Geschichte des Krieges« I. Bd. ist heute von der Buchhandlung Kundt in Karlsruhe eingegangen, der Bibliothek einverleibt und dem Gef. Hau zum Lesen gegeben worden.
Gezeichnet Rübenacker. 27. 12. 1917.

Im Frühjahr 1918 reicht Dr. Dietz im Namen der Stiefmutter Haus ein erstes Begnadigungsgesuch ein, nachdem alle Versuche, ein Wiederaufnahmeverfahren zu erreichen, fehlgeschlagen sind. Im Hinblick auf die durch die Kriegsjahre und Entbehrungen angeschlagene Gesundheit seines Klienten und die dringende Notwendigkeit, ihm jetzt, solange die körperlichen und geistigen Kräfte noch nicht vollends gebrochen sind, den Eintritt in die menschliche Gesellschaft zu ermöglichen, bittet der Anwalt um Begnadigung. Er stellt in Aussicht, daß Hau sich bei seiner Stiefmutter soweit körperlich erholen könne, um dann Deutschland für immer zu verlassen.
Das Gesuch findet seinen behördlichen Gang. Gutachten und Meinungen werden eingeholt.

Dr. Hauser, der Anstaltsarzt:
Der Gr. Direktion berichte ich betreffs des Gef. Hau Folgendes:
Der jetzt 37jährige Hau hat mit 20 Jahren Lungenspitzenkatarrh gehabt, seine Mutter und Brüder derselben sollen an Lungentuberkulose gestorben sein. Bei seiner Aufnahme vor $10^1/_2$ Jahren wurden auf der rechten Lungenspitze geringe Veränderungen festgestellt, ein Fortschreiten des Leidens ist weder in den Krankennotizen noch bei dem heutigen Lungenbefund festzustellen, im Gegenteil: Das damals gefundene veränderte Spitzenatmen ist heute nicht mehr vorhanden, und auch sonstige Zeichen der Tuberkulose wie Fieber, Auswurf, starker Nachtschweiß bestehen nicht. Hau leidet bei Früh-

jahrsbeginn und im Herbst stets unter Influenza, sonst war er bei uns nie krank. Von seinen früheren Geschlechtskrankheiten, einem 1904 erworbenen Eicheltripper und einem für syphilitisch gehaltenen Ausschlag, ist er anscheinend völlig ausgeheilt. Hau ist 177,5 cm groß. Seit September 1917 hat sein Körpergewicht um 12 kg zugenommen, so daß er jetzt 64,5 kg wiegt. Hau befindet sich also in einem für einen Zuchthausinsassen zu dieser Zeit guten Ernährungszustand. Das psychische Verhalten ist durchaus als normal zu bezeichnen. Abgesehen von gelegentlichen »schwarzen Stunden« befindet er sich in ausgeglichener Gemütsverfassung. Gegenwärtig ist Hau als gesund zu erachten.

Gez. Dr. Hauser. April 1918.

Dr. Gisbarth, katholischer Anstaltsgeistlicher:
Des Apostels Wort von den 3 Grundübeln, der Augenlust, Fleischeslust und Hoffart des Lebens zeichnet treffend Haus Innenleben. Die Dominante war dabei allezeit die Fleischeslust. Die starke Sexualanlage, wohl von der schwindsüchtigen Mutter geerbt, aus verkehrter Rücksicht auf den schwächlichen Körper in der Pubertät noch gepflegt und durch Verführung früh gereizt und aktiviert, ist sein Untergang geworden. Das Ausleben mit all seinen schlimmen Begleiterscheinungen hat ihn zum Verschwender, zum Verführer, zum Lügner und endlich zum Mörder gemacht. Neben dieser überwuchernden Sexualität konnten sich seine reichen intellektuellen Anlagen nicht völlig entfalten. Er ist heute noch von rascher Auffassung, von vielseitigstem Interesse, von scharfer Beobachtung, aber nie von ernster, entsagender Arbeit oder positiver Leistung.

Gez. Dr. Gisbarth. April 1918.

Ministerium des Großherzoglichen Hauses der Justiz und des Auswärtigen:
Betrifft Strafsache Karl Hau aus Großlittgen wegen Mordes.
Seine königliche Hoheit der Großherzog haben mit Allerhöchster Staatsministerialentschließung vom 13. Mai 1918 Nr. 489 gnädigst geruht, die Bitte der M. Hau, Witwe in Bernkastel-Cues um gnadenweisen Nachlaß der von ihrem Stiefsohn Karl Hau aus Großlittgen zu verbüßenden lebenslänglichen Zuchthausstrafe, in welche die durch Urteil des Schwurgerichts Karlsruhe vom 22./23. Juli 1907 gegen ihn erkannten Todesstrafe durch Allerhöchste Staatsministerialentscheidung vom 28. November 1907 Nr. 950 umgewandelt worden ist, abweislich zu bescheiden.
Der Ministerialdirektor.
Gez. Duffner.

KAPITEL 31

München, Oktober 1906

Riccardo Sacco, alias Wilhelm Bode, 32, ist Künstler. Hungerkünstler. Er hungerte vor drei Jahren in Antwerpen 39, in Am-
sterdam 42, in Paris vor zwei Jahren 41 Tage. Auf dem Okto-
berfest von 1904 sollte der persönliche Rekord von 42 Tagen
gebrochen werden, doch am 36. Tag befreiten aufgebrachte
Münchner Proletarier den Künstler, der sich in einen kleinen
Turm hatte einmauern lassen. Sie schleppten Sacco in die
nächste Gaststätte und zwangsernährten ihn. Daran wäre er
fast gestorben, was man zumindest als Beweis dafür ansehen
konnte, daß es sich bei seinem Hungern nicht um Betrug handelte. Die Proletarier, von denen viele nur mit Mühe ihre Familien ernähren konnten und die hungernde Kinder zu Hause
hatten, fühlten sich von Riccardo Sacco verhöhnt.
Jetzt hungert Sacco auf dem Viktualienmarkt in München.
Sein neues Motto: Hungern angesichts des Überflusses. Jetzt
soll der Rekord gebrochen werden. Am 25. September hat er zu
hungern begonnen, am 6. November wird der Rekord von 43
Tagen erreicht sein. So spät im Jahr hat der Künstler noch nie
gehungert. Er wird zwar nachts mit warmen Decken geschützt,
aber einige Stunden des Tages, wenn er mager und halbnackt in
einem Käfig sitzt, will er auch zeigen, daß weniger friert, wer
hungert. Damit die Proletarier, die mit dieser Theorie sicher
auch nicht einverstanden sind, ihn nicht wieder am Rekord
hindern, wird er diesmal rund um die Uhr von vier Gendarmen
bewacht, die, wie der Marktschreier, der Sacco assistiert, betont, unverzüglich von der Schußwaffe Gebrauch machen würden, sollte jemand dem Künstler auch nur ein Haar krümmen.
Die Münchner Bürger der besseren Stände, die sich hier am
Viktualienmarkt mit Obst und Gemüse, Fleisch und Fisch, Ge-

würzen aus dem fernen Orient und allen teuren und exotischen Überflüssigkeiten für den Gaumen versorgen, interessieren sich nicht mehr sehr für den Weltrekordversuch des Mannes, der da in seinem Käfig sitzt und über ein Schild hinweg, auf dem »Füttern verboten!« steht, in die Ferne schaut, hohläugig, blaß, mager bis auf die Rippen, eher schwindsüchtig als einfach nur mager.

So sind es hauptsächlich Fremde und angetrunkene Spaßvögel, die vor dem Käfig innehalten, den Künstler anstarren, ihm Grimassen schneiden, mit ihm reden, ihn füttern wollen. Dagegen etwas zu tun, ist Aufgabe der Gendarmen – wenn denn die vier grobschlächtigen Kerle, die da sitzen oder stehen, plaudern, essen, trinken, es sich wohlergehen lassen überhaupt Gendarmen sind.

Und er, Wilhelm Bode, Schreinergeselle aus Norddeutschland, der einmal feststellte, daß er, egal was er auch aß und ob er aß oder nicht, immer gleich dürr blieb und kein Gramm Fett ansetzte und der daraus die Kunst des Hungerns machte, die ihn schon in ganz Europa herumreisen ließ, er läßt stoisch alles über sich ergehen, alle Fütterungsversuche, allen Hohn und Spott und alle Kommentare.

So auch heute, am Sonntag, dem 21. Oktober 1906, dem 27. Tag seines Hungerns.

Wenn er nicht verhungert, dann erfriert er eben, sagt ein Herr aus Hamburg.

Man sollte das verbieten, ruft eine Dame.

Man müßte ihn heiligsprechen, meint jemand.

Der gehört in den Tierpark, sagt ein Franke.

Der ist eben sparsam.

An dem nimm dir ein Beispiel, sagt eine Frau zu ihrem dicken Mann.

Das ist die wahre Kunst, die den Menschen in seinen Extremen zeigt, er ist ein Künstler, wahrlich, ich sage es euch! ereifert sich ein Student.

Wenn Hungern Kunst ist, sagt eine alte Frau, die hinter den Gemüseständen weggeworfene Reste einsammelt, dann sind wir alle Künstler.

Ich bin ja viel herumgekommen in der Welt. Ich bin dem Hunger nicht begegnet. Es gibt ihn im realen Leben nirgendwo auf der Welt, niemand hungert – es gibt ihn nur hier, eben als Kunst, sagt Karl Hau.

Gott, der arme junge Mensch, daß er sich für die Kunst so quälen muß, sagt Lina.

Das ist Betrug. So lange kann niemand ohne Nahrung auskommen. Es ist Betrug, und Betrug ist keine Kunst, sagt Olga.

Von denen, die an diesem Tag Riccardo Sacco bestaunt haben, dürfte Karl Hau der einzige sein, der sich noch einmal in seinem Leben schmerzlich an ihn erinnern wird.

Lina war nach München gegangen, hatte sich von Professor Dr. Klein in dessen Klinik operieren lassen und bezog dann ein Hotelzimmer. Olga kam, ließ das Kind bei der Mutter, wohnte bei Louise und kümmerte sich um Lina. In der Zeit verstanden sich die Schwestern ausnehmend gut. Sie machten kleine Ausflüge an die Seen, gingen in der Stadt einkaufen.

Dann kam Hau.

Er hatte ein Telegramm geschickt, daß er müde sei, Erholung brauche und am 17. Oktober nach München komme. Olga wollte nicht drittes Rad am Wagen sein, wollte abreisen. Lina bat sie zu bleiben, man könne sich doch ein paar schöne Tage zusammen machen. Und sie werde schon darauf aufpassen, daß es nicht unschicklich zugehe zwischen Hau und der Schwägerin, sagte sie und lachte. Olga war sich nicht sicher, wie weit Eifersucht und wie weit Spaß solchen Aussagen innewohnte. Sie blieb, durchaus trotzig.

Hau kam, nachdem er sich in der Nacht vorher noch erwiesenermaßen ein Wiener Hotelbett mit zwei Frauen geteilt hatte, zu Frau und Schwägerin nach München mit reichlich Geschenken. Das Ehepaar wohnte im Hotel, Olga bei Louise. Man traf sich, machte Ausflüge an die Seen, in die Museen der Stadt und eben auch zum Viktualienmarkt. Hau war zu Lina, die immer noch etwas kränkelte, sehr liebevoll, zu Olga distanziert freundlich. Lina hatte keinen Grund, eifersüchtig zu sein. Sie verstanden sich prächtig. Die Stimmung war so gut, daß sie nicht nur beschlossen, daß Hau diesmal in Baden-Baden auch im Hause Molitor wohnen sollte, sondern daß sie zu dritt, ehe sich die Haus am 3. November nach Amerika einschifften, einen Abstecher nach Paris machen wollten.

Am 23. Oktober fuhren sie nach Baden-Baden, am 26. nach Paris. Die Tochter sollte mit einem Kindermädchen, das man für die Überfahrt angeheuert hatte, am 1. November nach Paris kommen, von wo aus man dann am 2. November nach London zu fahren gedachte.

Josefine Molitor an Emma Molitor, ihre Schwägerin:
Baden, den 27. Oktober 1906
Schon länger drängt es mich, Dir zu schreiben...
Ich muß sagen, ich bekam neuerdings große Hochachtung vor dem scharfen Verstand und der angenehmen Ruhe meines Schwiegersohnes, und ich will ihn nun annehmen und die Vergangenheit vergessen. Lina kann stolz sein auf ihn, in so jungen Jahren schon so große Ahnung von Geschäftskenntnissen sich errungen zu haben. Er brachte ihr aus Konstantinopel vom Sultan einen Orden mit, den höchsten Frauenorden in Brillanten und Rubinen und grüner Emaille.
Lina war strahlend, daß ich ihren Mann freundlich aufnahm und er sich so wohl fühlte bei uns. Man muß sich nur immer seiner Großmut und Geberlaune erwehren. Schenken ist seine Passion. Jetzt sind sie zusammen mit Olga nach Paris. Ich fürchte, daß Paris und dann die lange, beschwerliche Über-

fahrt zuviel für Lina ist. Aber sie konnten nicht direkt fahren, weil Hau noch in London zu tun hat.

So viel für heute,

Deine alte Josefine.

In Paris kränkelte Lina, mußte sich viel hinlegen, im Hotel bleiben, so daß Hau und Olga einige Dinge alleine unternahmen. Da das ein paar Wochen zuvor entzündete Feuer zwischen den beiden noch loderte, waren die eifersüchtigen Angriffe Linas auf ihren Mann sicher nicht unbegründet. Selbst Olga, die später von einer Zuneigung Haus nichts gemerkt haben will, sah doch, wie sehr sich die Schwester erregte und wie unglücklich sie war. Dennoch dachte Olga nicht an Abreise. Dann stand plötzlich Frau Molitor mit Fanny in der Hotelhalle. Sie hatte ein Telegramm bekommen: »Erwarte Dich mit dem nächsten Zug. Olga krank. Komm sofort. Lina Molitor«. Weder war Olga krank noch hatte Lina ein Telegramm geschickt.

Ich unterschreibe doch nicht mit Molitor, sagte sie. Man konnte sich die Sache nicht erklären, alarmierte allerdings Freunde in Baden-Baden, um nach der Villa sehen zu lassen, denn man nahm an, Frau Molitor sollte vom Hause zur Begünstigung eines Einbruchs weggelockt werden. Es blieb zunächst eine »Mystifikation«, wie Fanny es nannte.

KAPITEL 32

Karlsruhe, Freitag, 19. Juli 1907

Wöhrle hat in der Mittagspause sein Bleiben im Hotel verlängert, denn Kenner der Gerichts- und Prozeßszene sagten ihm, daß keineswegs, wie anfänglich angenommen, der Prozeß heute zu Ende sein würde. Lindau glaubt an ein Urteil erst am fünften Tag, denn das Gericht werde sich immer schwerer tun, die Tat zu beweisen. Wir werden am Montag einen prächtigen Freispruch haben, sagt er, ob er das glaubt, weiß er selbst nicht. Die Nachmittagssitzung des dritten Prozeßtages beginnt mit der Aussage des Oberaufsehers in der Villa Hübsch, Schababerle. Er hat sich feingemacht, ist etwas ungelenk und schwerfällig im Sprechen und natürlich sehr aufgeregt. Freundlich grüßt er zu Hau hinüber und ist der einzige Zeuge, den Hau seinerseits mit einem Kopfnicken grüßt. Der Vorsitzende will von ihm wissen, wie das Verhalten des Angeklagten in der Untersuchungshaft ist.

Schababerle schaut noch einmal zu Hau hinüber.

Hohes Gericht, ich kann Ihnen sagen, tadellos. So einen Untersuchungsgefangenen haben wir überhaupt noch nicht gehabt, das können alle Kollegen bestätigen. Der jammert nicht, der kritisiert nichts, der ist freundlich und höflich und sogar für Gschpässle zu haben. Ich denk mir, der Mann ist einfach zufrieden. Ich sag immer, ich glaub, dem gefällts bei uns.

Gelächter. Auch Hau ist amüsiert.

Also keinerlei Probleme?

Schababerle druckst etwas herum, schaut wieder zu Hau hin, der ihn anlächelt.

Wollen Sie uns noch etwas sagen, Zeuge?

Ja, also –

Nur zu.

Also Sie sehen ja selbst, wie blaß und dünn der Mann ist. Ja, der ißt nichts und der schläft nicht. Ich sag ihm immer, Herr Doktor, Sie müssen was essen und Sie müssen im Hof spazierengehen, Sie brauchen frische Luft und Sonne, daß Sie nicht so blaß sind. Und was sagt er, er hat keinen Appetit, sagt er, und im Hof spazierengehen mag er nicht. Da wird es ihm schwindelig, sagt er, und es ist auch wegen der Bauarbeiten dort.

Vorsitzender:

Was sind das für Bauarbeiten?

Ha, da bauen sie doch das Schafott auf.

Unruhe.

Dr. Bleicher:

Haben Sie beim Angeklagten Zeichen der Geistesstörung bemerkt?

Nein. Der Herr Doktor ist doch ein geistig hochgestellter Mensch.

Dr. Eller:

Gibt es noch Fragen an den Zeugen?

Alle verneinen, Schababerle nickt Hau noch einmal zu, der erwidert den Gruß. Der Zeuge tritt ab.

Nun widmet sich das Gericht dem 6. November 1906, dem Tag des Mordes, an dem sich Hau, wie er bereits zugegeben hat, in Baden-Baden aufhielt, in der besagten Maskierung, aber ohne den Grund seiner Reise nach Baden-Baden erklärt zu haben. Es folgen zahlreiche Zeugen.

Zeugin Dore Metzger, Direktrice in Baden-Baden, sah um 2 Uhr 45 in der Moltkestraße einen Herrn, der ihr durch den Bart und sein verstörtes Wesen auffiel:

Der Mann war so unheimlich, daß ich ihn längere Zeit beobachtete. Ich dachte, der Mann wollte sich etwas antun oder jemandem auflauern. Er setzte sich auf eine Bank nicht weit von der Villa Molitor. Er trug einen dunklen weichen Hut und einen dunklen langen Mantel. Als ich abends von dem

Verbrechen hörte, sagte ich sofort, die Tat hat dieser Mann begangen.

Dr. Dietz:

Sagten Sie nicht in der Voruntersuchung, der Mann habe wie ein Irrsinniger ausgesehen?

Er sah aus wie ein geistesabwesender Mensch, der etwas vorhat.

Zeugin Geschäftsinhaberin Rubinstein traf auf dem Weg zum Bahnhof um 2 Uhr 10 einen auffälligen Fremden mit falschem Bart. Sie erkennt in Hau diesen Mann wieder.

Zeuge Kaufmann Josef Ernst sah um 2 Uhr 30 einen auffallenden Mann mit falschem Bart und großen Augen. Der Mann fühlte sich beobachtet und drehte sich seitwärts:

Ich dachte, der schaut sich um, um in der Nacht einzubrechen. Dann setzte er sich auf eine Bank. Ich dachte mir, der hat Selbstmordgedanken. Er sah mitleiderweckend und ganz verzweifelt aus.

Erkennen Sie im Angeklagten den Mann wieder?

Ich glaube ja. Sicher bin ich mir aber nicht.

Zeugin Hausfrau Riedel hat den seltsamen Mann mit dem falschen Bart um 5 Uhr 45 gesehen. Zeuge Briefträger Rettig traf ihn zwischen 4 Uhr 45 und 5 Uhr. Beide glauben in Hau den Mann wiederzuerkennen.

Zeuge Gärtner Seitz arbeitete in einem Garten in der Kaiser-Wilhelmstraße und unterhielt sich mit der Zeugin Köchin Witt. Da ging ein sonderbarer Herr die Straße herauf. Seitz sagte zu Frau Witt: Schauen Sie sich einmal diesen Mann mit dem sonderbaren Bart an! Später besorgte Seitz eine Kommission und ging auf der Brennerbrücke über die Oos an der Statue der Augusta vorbei zu den Lindenstaffeln. Es war wenige

Minuten nach 6 Uhr, da hörte er einen Schuß, sah aber nichts. Jetzt mischt sich Hau ein:
Sahen Sie dann jemanden die Staffeln herunterkommen?
Nein. Es kann jemand ja über die Gärten geflohen sein.
Hätten Sie den gesehen?
Nein, ich stand ja ganz unten an den Staffeln.
Danke.
Diese erstmalige Einmischung Haus erstaunt Gericht und Publikum. Der Vorsitzende muß um Ruhe bitten, ehe die nächste Zeugin aufgerufen wird.
Zeugin Freifrau von Türckheim:
Mir ist ein Mann aufgefallen, der auf einer Bank vor der Villa Kant saß. Es war zwischen 5 und 6 Uhr. Aufgefallen ist mir der Mann durch seine Blässe und den dunklen, unecht aussehenden Bart. Frau von Sick, die mich begleitete, sagte, er sehe aus wie der Fliegende Holländer. Der Mensch kam uns unheimlich vor.

Mehrere Zeugen bestätigen das Gesagte, haben den Mann mit dem dunklen langen Mantel und dem unechten Bart gesehen, haben Angst gehabt, nach einem Schutzmann Ausschau gehalten oder sich nichts gedacht. Alle, die gegen 6 Uhr in der Nähe des Tatortes waren, haben den Schuß gehört, doch die wenigsten haben an eine Bluttat geglaubt, denn schließlich würde in der Villengegend öfter einmal geschossen, oder oben im Beutig jage man Hasen.
Die Tatsache, daß ein Teil der Zeugen Hau als den Mann, den sie gegen 6 Uhr gesehen haben, wiedererkennt, spräche dafür, daß es sich in Hau um den Täter handelt, wären da nicht zwei von Dr. Dietz aufgebotene, weil vom Gericht vernachlässigte bzw. als unglaubwürdig bezeichnete Zeugen.
Zeugin Freifrau von Reitzenstein, wohnhaft in der Kaiser-Wilhelmstraße, sah um 5 Uhr 50 einen schwarzen, auffälligen Herrn, der sein Gesicht zu verstecken schien. Kurz vor 6 Uhr

sah sie vor ihrer eigenen Villa die beiden Damen Molitor. Ihnen folgte ein anderer Herr, der älter aussah, kleiner war, braune Kleidung trug und einen graumelierten Backenbart hatte. Hau, den sie eindeutig wiedererkenne, habe sie vor den Damen Molitor getroffen, und er sei in Richtung Bismarckstraße gegangen.

Verteidiger:

Und der Herr im braunen Überzieher folgte den Damen Molitor?

Ja.

Und dann fiel der Schuß?

Als ich wieder ins Haus gehen wollte, hörte ich den Schuß, dachte mir aber weiter nichts dabei.

Und der Angeklagte ging weiter seines Wegs?

Ja.

Er kam nicht zurück?

Nein, das hätte ich gesehen.

Haben Sie ihm länger nachgesehen?

Ja, weil er so sonderbar war. Und mir war, als hätte ich ihn schon einmal gesehen.

Danke.

Das Gericht hat keine Fragen an die Zeugin. Deren Beobachtungen werden durch die Aussage des Zeugen Kutscher Braun bestätigt, der am Alleehaus, wo die Fremersbergstraße auf die Allee trifft, einen Herrn mit langem dunklen Mantel und leichtem Schnurrbartanflug aufgenommen hat, um ihn zum Bahnhof zum 6-Uhr-15-Zug zu fahren. Ob Hau der Mann war, könne er nicht mit Sicherheit sagen. Der Herr habe ihm, obwohl er nur 70 Pfennige zu bekommen hatte, 2 Mark gegeben.

Dr. Dietz:

Und Sie haben den Mann am Alleehaus in Ihre Droschke aufgenommen?

Ja.

Dr. Bleicher:
Im Verhörprotokoll, das Sie unterschrieben haben, heißt es, es kann auch bei der Kaiserin Augusta gewesen sein.
Ja.
Braun ist das jetzt unangenehm. Er schaut den Vorsitzenden ängstlich an. Doch den scheint das gar nicht mehr weiter zu interessieren.
Die Sitzung ist für heute geschlossen.

KAPITEL 33

Bruchsal, Sommer 1914

Die jüngeren Aufseher verlassen die Anstalt. Sie werden in den Krieg geschickt, sollen mal eben einen Ausflug nach Paris machen, spätestens Weihnachten seien sie wieder da, denn dann sei der Sieg errungen. Die meisten kamen nicht mehr wieder, viele waren Weihnachten schon tot. Als »Ablöset« kommen ältere Männer, meist Handwerker, die sich freuen, einen Platz an der Staatskrippe erwischt zu haben. Für die Arbeit sind sie weder ausgebildet noch qualifiziert. Sehr schnell tanzen ihnen die Gefangenen auf dem Kopf herum. Ordnung und Moral sinken auf den Tiefpunkt, Schiebereien sind an der Tagesordnung.

Aus der Anstalt wird jetzt eine große Schneiderwerkstatt. Man stellt alle bisherigen Arbeiten ein und schafft Dutzende von Nähmaschinen an. Es werden Militärmäntel für die Soldaten genäht. Die Arbeit findet nicht mehr in den Zellen, sondern im Saal statt, für alle. Da man jedem einzelnen sagte, es hätten sich alle anderen freiwillig gemeldet, haben sich alle freiwillig zu der Heimatfrontarbeit fürs Vaterland gemeldet.

Hau trauert den buntbeklebten Pappschachteln nach, die er in seiner Zelle hergestellt hatte. Er hatte sie beinahe liebgewonnen, und es hatte ihm immer gefallen, was ein Aufseher ihm einmal verraten hatte, daß eine alkoholische Süßigkeit namens »Mainzer Tropfen« darin verkauft wurde. Nun also Militärmäntel.

Hau näht Knöpfe an, tagelang nur Knöpfe.

Der Pfarrer, kriegsbegeistert wie viele, verkündet von der Kanzel die Erfolgsmeldungen. Besetzung Luxemburgs, Offensive der verbündeten Österreicher in Serbien, Schlacht bei Tannenberg, Sieg gegen die Russen, Besetzung Belgiens, Marneschlacht. Anfangs applaudieren viele Gefangene, doch das nimmt ab. Zu viele haben von zu Hause von den vielen Opfern gehört, die der Krieg fordert, haben Väter oder Brüder verloren.

Auch im Zuchthaus spricht es sich herum, dieser Krieg ist keine Angelegenheit von ein paar Wochen, wie der Gefängnisdirektor verkündet hatte, der sich als ehemaliger Oberst freiwillig gemeldet hat und durch einen Beamten aus dem Ministerium ersetzt wurde, dieser Krieg wird das Land ausbluten. Nicht wenige der Gefangenen waren noch nie so froh, hier in der Anstalt zu sitzen und nicht in einem Schützengraben in Frankreich.

Wir, sagt Hau einmal zu den anderen, sitzen an der besten Front dieses Krieges. Da bersten keine Granaten, da pfeifen einem keine Kugeln um den Kopf, und es ist leidlich warm.

Und wir haben genug zu essen, sagt einer.

Noch, sagt Hau, und sie starren ihn fragend an.

Dr. Dietz an die Gr. Direktion des Männerzuchthauses Bruchsal:

Wie jedes Jahr, so lasse ich Ihnen auch dieses Jahr wieder eine Sendung zukommen, die diesmal eine griechische Platoausgabe nebst Lexikon enthält, als Weihnachtsgeschenk für meinen Klienten Karl Hau gedacht, die ich Sie bitte, ihm zu Weihnachten aushändigen zu wollen.

Karlsruhe, 4. Dezember 1914

Dr. Dietz, Rechtsanwalt.

Kurz vor Weihnachten kommt es zu einem Zwischenfall. Etwa ein Dutzend jüngerer Gefangener zieht aus Übermut die Militärmäntel an und marschiert singend durch den Saal. Sie sehen mit ihren Masken, die sie bei der Arbeit tragen müssen, grotesk aus. Die Hilfsaufseher, pädagogisch ungeschickt, aber im Zuschlagen brutal, prügeln die Übermütigen nieder. Am nächsten Tag sind die Gefangenen verschwunden. Es heißt, man habe ihnen gesagt, was ihr wollt, könnt ihr kriegen, und hat sie an die Front geschickt.

Kanonenfutter, sagt einer.

Und Hau, gern mit seiner Bildung Wirkung erzielend, weswegen sie ihn auch den Doktor nennen, zitiert Hölderlin:

Und Siegesboten kommen herab: Die Schlacht
Ist unser! Lebe droben, o Vaterland,
Und zähle nicht die Toten! Dir ist,
Liebes! nicht Einer zu viel gefallen.

Der Krieg zieht sich ins neue Jahr, ein Ende ist nicht abzusehen. Im Westen und im Osten kämpfen und fallen deutsche Soldaten, und ein U-Boot-Krieg tobt. Ein Aufseher bringt Hau regelmäßig Zeitungen, dadurch ist er einigermaßen informiert. Der Pfarrer hat es aufgegeben, von der Kanzel über den Krieg zu reden. Sein Engagement beschränkt sich auf Gebete für unsere Brüder im Felde. Gefangene, die weniger als zehn Jahre Strafe haben, können sich freiwillig an die Front melden. Einige tun das.

Dr. Dietz an Karl Hau, Männergefängnis Bruchsal:
Karlsruhe, 1. Februar 1915
In einer Berliner Zeitung, die schon wiederholt falsche Nachrichten über Sie gebracht hat, findet sich die Nachricht, Sie hätten ein Gesuch um Einreihung in das Heer eingereicht, das aber abgelehnt worden sei. Da Sie bei meinem letzten Besuch nichts von einer derartigen, meines Erachtens indiskutablen Absicht verlauten ließen, bitte ich um Aufschluß, was an der Sache ist. 10 Pfg. für Rückporto anbei.
Hochachtend!
Dr. Dietz, Rechtsanwalt.

Wenige Tage später, Karl Hau an Dr. Dietz:

Nichts ist an der Sache! Näheres demnächst mündlich.

Carl Hau.

Bruchsal, März 1915

Dr. Dietz besucht Hau.

Ich habe jetzt acht Jahre durchgehalten. Glauben Sie, Herr Doktor Dietz, ich lasse mich, unschuldig, wie ich bin, von diesem Vaterland einsperren, um dann für dieses den Heldentod zu sterben? Ist es nicht geradezu grotesk! Man verurteilt mich zum Tode wegen eines Mordes, den ich nicht begangen habe, und läßt mich frei, wenn ich möglichst viele Morde begehe.

Nun, Herr Hau, ich bin ja erleichtert, aber notabene: Der Soldat, der einen Feind erschießt, ist kein Mörder.

In meinen Augen sehr wohl. Aber bitte, nennen Sie es Beteiligung am Völkermord, wie Sie wollen. Und ich kann Ihnen versichern, auch den Hau in der Freiheit hätte niemand dazu gebracht, Soldat zu werden. Stellen Sie sich vor, ich müßte jetzt auf Franzosen, Engländer, vielleicht auch noch Amerikaner und Italiener schießen, die mir nicht nur nichts getan haben, die mich vielmehr stets besser behandelt haben als jemals die Deutschen. Was bringt uns dieser Krieg, Dr. Dietz?

Im besten Falle eine Revolution. Der Kaiser dankt ab und das Volk regiert.

Glauben oder hoffen Sie das?

Ich kämpfe dafür. Nicht als Soldat. Als politischer Bürger.

Ihr Wort in Gottes und Kaisers Ohr. Sollte ich jemals noch die Welt ohne diese vielen Rechtecke vor Augen sehen, bin ich bei Ihnen, Herr Kollege!

Der Krieg, der sich in unzähligen Schlachten hinzieht und an verschiedensten Ecken der Welt lodert, fordert seine Opfer nicht nur unter den Soldaten. Auch die Zivilbevölkerung zahlt ihren Tribut, sie hungert. Da erstaunt es nicht, daß so mancher fragt, ob es denn richtig sei, diese Verbrecher im Zuchthaus noch durchzufüttern, wenn das Volk zuwenig zu essen hat.

Ab Sommer 1915 werden die Brotrationen um zwei Drittel gekürzt, Fleisch gibt es nur noch selten, das Gemüse wird nicht mehr mit Fett gedünstet, und die Suppen bestehen zum größten Teil aus Wasser. Der Hunger greift in der Anstalt schnell um sich. Alle Gefangenen verlieren drastisch an Gewicht, sie können kaum mehr Arbeiten verrichten. Ein alter Mann, der über vierzig Jahre in der Zelle sitzt, stirbt als erster. Es folgen ihm viele. Einer soll sich aufgehängt haben. Man fragt sich, woher der noch die Kraft dazu hatte. Der Hunger bestimmt alles Denken und Handeln. Beim Hofgang fallen Gefangene über das Gras an den Mauerrändern her. Andere essen das Seegras aus den Matratzen. Vor Hunger können die meisten nicht mehr schlafen. Sie sehnen die karge Morgensuppe herbei, um dann weiter zu hungern. An den Hunger, sagt Hau später, kann man sich nicht gewöhnen, er ist ein ständig vorhandener Schmerz, der durch geringe Zufuhr an Nahrung überhaupt nicht gelindert wird. Wer randaliert oder nur aufbegehrt, wandert einen oder zwei Tage ohne jegliche Speise in den Turm, für den ist die Hungerkost danach pure Schlemmerei. Die Gefangenen halten sich an den Pfarrer, er solle sich dafür einsetzen, daß seine Schäfchen nicht verhungern.

Ich bin euer Seelsorger, nicht euer Mehlsorger, sagt er und geht in die nächste Zelle, um einem Sterbenden die Sakramente zu erteilen. Er und der Direktor haben nicht an Gewicht verloren. Irgendwo, das ahnen die Gefangenen, muß es zu essen geben. Manche wissen, daß ihre Angehörigen Lebensmittel an das Zuchthaus schicken. Angeblich werden die an die Soldaten im Feld weitergegeben. Das glaubt aber niemand mehr. Zu Aufständen kommt es nicht. Alle sind zu schwach.

Im langen, fast bis in den Mai dauernden Winter 1916/17

kommt die Kälte dazu. Die Zellen können kaum mehr geheizt werden, die Essensrationen werden noch weiter gekürzt. Alle paar Tage trägt man diskret eine längliche, schwarz angestrichene Kiste aus dem Haus. Die Kisten sind sehr leicht.

Hau verläßt die Zelle überhaupt nicht mehr. Er gibt auf, will sterben. Für einige Zeit kommt er auf die Krankenstation. Das rettet ihn, denn dort gibt es etwas mehr Verpflegung.

Als Dr. Dietz und andere Vertreter der Gefangenen beim Direktor des Hauses die unmöglichen, kaum zu überlebenden Zustände anprangern, sagt der:

Je mehr von der Bande krepieren, desto besser für den Staat.

Dr. Dietz an Großh. Direktion des Männerzuchthauses Bruchsal:

Karlsruhe, den 15. Dezember 1916

Wieder einmal erlaube ich mir, für meinen Klienten Karl Hau bestimmte Bücher als Weihnachtsgeschenk für ihn durch die Buchhandlung Kundt zugehen zu lassen, und bitte Sie höflich, dieselben zu Weihnachten meinem Klienten aushändigen zu wollen. Ich habe, seinem Wunsche entsprechend, dazu einige Werke rein wissenschaftlichen Inhalts über die Entwicklung der deutschen Flotte gewählt und die ausgezeichnete kleine Darstellung des Kapitänleutnants Plüschow über seine Tätigkeit in Tsingtau u.s.w. beigefügt, die trotz ihres von der Buchhandlung verschuldeten, etwas romanhaften Umschlags eine der besten sachlichen Schilderungen deutscher Marinefliegerei ist.

Mit verbindlichstem Dank.

Dr. Dietz, Rechtsanwalt.

Gerne hätte Dr. Dietz diesmal statt geistiger wirkliche Nahrung geschickt. Aber wie allen Angehörigen der Gefangenen wurde das auch ihm nicht gestattet.

KAPITEL 34

Hotel Cecil, Strand, W.W. London
Samstag Abend, 3. November 1906
Liebe Mama,
wundere Dich nicht zu sehr, wir sind noch hier und reisen erst
nächsten Samstag ab – offiziell bin ich krank, und das mußt
Du auch überall sagen. In Wahrheit bekam mein Mann gestern Abend geheime Order, nochmal nach dem Kontinent zu
reisen, nach Berlin, es ist aber ein so dringendes Geheimnis,
daß ich nichts weiter darüber verlauten darf und hier im Hotel
auch die Kranke markiere, später alles Weitere. Für Bäbi und
mich ist es ziemlich trübselig. Hau kommt wohl erst Mittwoch
oder Donnerstag zurück, der arme Kerl. Jetzt könnt Ihr mir
auch schreiben, wie es Euch geht, und was sich aus der Pariser
Telegrammgeschichte ergeben hat. Bäbi war sehr seekrank im
Kanal und auch noch danach im Zug. Dir möchte ich noch viel
tausend Dank sagen für alle Liebe, die Du Bäbi und vor allem
auch meinem Mann erwiesen hast. Hoffentlich findet Olga
Baden-Baden jetzt nicht zu trostlos nach Paris. London hat
nichts zu bieten außer großartigen Bauten, und ich sehne mich
heraus. In Dover wurde mein Mann bereits am Zug mit Tele-
grammen bombardiert. Man kommt sich ganz important vor.
Also, liebe Mama, es ist wirklich ein Geheimnis, deswegen
sage nur allen, ich sei krank. Man kann nie wissen, wie Dinge
herauskommen. Ich bin auf der Pelzsuche, aber London ohne
Führer ist ein unerfreulicher Platz zum Kaufen. Viele Grüße
von meiner kleinen Familie.
Herzlichen Kuß,
Deine dankbare Tochter Lina.

Frankfurt, 3. November 1906

Dr. Carl Hau, Rechtsanwalt aus Washington, nimmt am Abend im Hotel Englischer Hof, nahe dem Bahnhof, eine Suite, bestehend aus den Zimmern Nr. 313 und 314. (Zeugen: Paul Weinrich, Hoteldirektor; Albert Renschler, Portier)

Schon bei der Anmeldung erkundigt er sich, wo man sich hier mit Frauenzimmern vergnügen könne. (Zeuge: Albert Renschler, Portier). Man gibt ihm angeblich darüber keine Auskunft. Kurz darauf verläßt Hau das Hotel und begibt sich zur Wohnung der Familie Stahl. Klara Stahl, die Schwester der Stiefmutter Haus, ist allein zu Hause. Hau lädt sie zum Abendessen in das Restaurant Maleyartuss ein. Man spricht über familiäre Dinge, und Hau erzählt von Paris. Er sagt, er habe um 9 Uhr noch ein Treffen mit wichtigen Geschäftsleuten, aber die müßten eben auf ihn warten. Um 11 Uhr nimmt Frau Stahl eine Droschke zu ihrer Wohnung. (Zeugin: Klara Stahl) Laut Portier kommt Hau erst spät ins Hotel zurück.

4. und 5. November 1906

Telegraphie des Deutschen Reichs von Frankfurt a. M.

Nr. 634 – 1906 den 4. November um 12 Uhr 48

Mrs. Carl Hau – Hotel Cecil, London

Meeting place changed to Frankfurt – observe absolute discretion against everybody – expect to return Thursday or Friday – Hausy

Nachdem Hau das Telegramm aufgegeben hat, ruft er den Friseurgehilfen Eduard Hermann Schmidt aus einem nahen Friseursalon zu sich aufs Zimmer und bestellt bei ihm einen dunkelbraunen Voll- und Schnurrbart. Ungefragt erzählt er Schmidt, er wolle Verwandte überraschen, die er lange nicht gesehen habe. Außerdem gibt er ihm eine Perücke mit und bittet, dieselbe ebenfalls dunkelbraun zu färben. (Zeuge: Eduard Hermann Schmidt)

Dann begibt sich Hau wiederum zur Wohnung der Klara Stahl. Sie kommt mit ihm ins Hotel, wo sie einen Tee einnehmen. Um 4 Uhr fahren sie mit dem Zug nach Linz am Rhein. Dort bleiben sie bis Montag nachmittag zu Gast im Hause des Weinhändlers Neuerburg, einem Verwandten Haus und der Frau Stahl.

Hau macht seinen Gastgebern einen sehr nervösen Eindruck. Er ißt unregelmäßig, klagt über Müdigkeit und Appetitlosigkeit und spricht auffallend viel und lebhaft, aber auch manchmal ohne Zusammenhänge, sprunghaft. Er deutet ständig wichtige Geschäfte an, in denen er noch unterwegs sei, sagt aber nicht, um welche Art von Geschäften es sich handelt. Einmal sagt er, man solle sich nicht wundern, wenn er eines Tages erschossen werden würde. Er bittet Frau Stahl, seinen Eltern eine Karte zu schicken, daß er sie nicht besuchen komme, da er zu müde und abgespannt sei. Am Montag nachmittag fahren Hau und Frau Stahl nach Frankfurt zurück. Sie trennen sich am Bahnhof. Hau sagt, er fahre am nächsten Tag nach Bukarest, vielleicht aber auch nach Berlin. (Zeugen: Frau Stahl, Frau Müller-Neuerburg, Herr Neuerburg)

Auf dem Weg zum Hotel spricht Hau im Friseursalon vor und fragt nach seinem Bart. Der Ladeninhaber Otto Bechter verspricht Hau, sogleich seinen Gehilfen mit dem Bart im Hotel vorbeizuschicken. Der Gehilfe kommt nach einiger Zeit mit Bart und Perücke in den Laden zurück und berichtet, der Herr sei mit dem Bart zufrieden, komme aber am Dienstag morgen in den Salon, um sich den Bart anlegen zu lassen. (Zeugen: Friseur Bechter, Friseurgehilfe Schmidt)

Daß Hau die Nacht von Montag, dem 5. November, auf Dienstag, dem 6. November, mit zwei Frauen auf dem Zimmer verbracht habe, wurde zwar von der Staatsanwalt später behauptet, konnte aber durch Zeugen nicht belegt werden. Es mag

eine bewußte Verwechslung mit der Nacht vom 16. auf den
17. Oktober in Wien vorliegen, wo Hau tatsächlich zwei Damen auf das Zimmer bestellt hat, was eindeutig bezeugt worden ist.

Dienstag, 6. November 1906

Vormittag um $^1/_2$10 Uhr erscheint Hau im Friseursalon und läßt
sich den bis auf die Mitte der Brust reichenden, ovalen, dunkelbraunen Vollbart mit Schnurrbart und die entsprechende
Perücke anlegen. Er zahlt 19 Mark 50 Pfg., gibt dem Gehilfen
1 Mark Trinkgeld, Bechter hilft ihm in den langen dunklen
Mantel, und Hau verläßt den Laden. (Zeugen: Friseur Bechter,
Gehilfe Schmidt)

Hau nimmt in Frankfurt den Schnellzug um 10 Uhr 30 nach
Karlsruhe. (Keine Zeugen)

KAPITEL 35

Der vierte Verhandlungstag.

Ferdinand Wöhrle hatte sich darauf eingestellt, daß der Prozeß auch noch diesen Samstag andauern und die Urteilsverkündung, je nach Länge der Plädoyers, erst am Montag stattfinden werde. Als er allerdings heute morgen, ehe er zum Gericht geht, im Hotel die »Landeszeitung« liest, scheint ihm klar zu sein, daß heute der letzte Tag ist. In der Zeitung steht, daß man aus sogenannten gutinformierten Kreisen wisse, Hau habe die Tat gestanden. Nähere Umstände werden nicht genannt, würden aber in der heutigen Verhandlung zum Tragen kommen. Wem Hau gestanden haben soll, ist nicht klar. Die einen sagen, Hau habe dem Referendar Lenk, den man ihm in der Untersuchungshaft als Spitzel aufs Zimmer gelegt hat, die Tat gestanden und der sei jetzt bereit, auszupacken. Andere glauben, Hau habe, als man ihm den Tod seiner Frau gemeldet hat, dem Gefängnisdirektor seine Schuld gestanden. Warum das aber erst jetzt zur Sprache kommt, ist nicht zu verstehen. Klar ist, daß die heutige Verhandlung spannend wird. So ist denn das Aufgebot Schaulustiger und Demonstrationswilliger in den Straßen um das Gerichtsgebäude größer denn je. Tausende sind gekommen, und die, die wie Wöhrle Eintrittskarten haben, kommen kaum durch die Massen zum Eingang. Wöhrle schafft es mit Mühe. Im Saal herrscht große Aufregung, denn es gibt Stimmen, die sagen, daß das eine Finte des Staatsanwalts sei, denn Hau, der sich für unschuldig halte und das wohl auch sei, habe niemals ein Geständnis abgelegt. Man ist gespannt.

Alle Erwartungen werden enttäuscht, denn der vierte Verhandlungstag beginnt mit langweiliger Routine. Umständlich, leicht stotternd, trägt der als Sachverständiger geladene Straßenmeister Staudt aus Karlsruhe vor, wie wohl die Sicht- und Lichtverhältnisse in den Straßen um den Tatort am Abend des 6. November letzten Jahres gewesen sein mögen. Nach seinen Erkundigungen hatte sich zur Tatzeit bereits ein veritabler Nebel über den Villenhügel gelegt, so daß beispielsweise die Aussage der Frau von Reitzenstein, die Hau in Richtung Fremersbergstraße gehend gesehen haben will und zudem behauptet, er sei bis zur Tat auch nicht zurückgekommen, anzweifelbar sein könnte. Und auch alle anderen, bereits zur Zeit der Dunkelheit und des beschriebenen Nebels gemachten Zeugen-Beobachtungen seien zu überprüfen. Er, Staudt, wolle sogar so weit gehen zu sagen, daß sich im Schutze des Nebels möglicherweise auch Dinge ereignet haben könnten, die von niemandem beobachtet, demzufolge auch nicht bezeugt wurden, aber für die Wahrheitsfindung von Bedeutung sein könnten. Er belegt dann seine Theorien, soweit sie zu belegen sind, mit Entfernungsangaben, Nebeldichte-Werten und Sichtmöglichkeiten unbebrillter und bebrillter Menschen. Das heißt, daß zu untersuchen ist, welcher Zeuge Brille trägt, beziehungsweise braucht, und welcher nicht. Von Wichtigkeit scheint ihm auch, in welche Richtung der Kaiser-Wilhelmstraße sich die Nebelschwaden bewegten und wie weit sie zur angenommenen Tatzeit schon die Lindenstaffeln zur Allee hinuntergelangt sein mögen.

Das Publikum wird unruhig. Was soll das alles, fragt man sich, wenn es doch angeblich schon ein Geständnis gibt?

Dr. Bleicher:

Es ist also denkbar, daß der Angeklagte im Schutze des Nebels kehrtgemacht hat und den Damen gefolgt ist, ohne daß die Zeugin von Reitzenstein ihn gesehen haben muß?

Das ist denkbar.

Dr. Dietz:

Und es ist auch denkbar, daß ein wildfremder, uns bis heute nicht bekannter Mörder sich im Schutze des Nebels an die Damen Molitor herangemacht hat, daß er nicht der war, der den Damen gefolgt ist, daß er sich vielmehr von den Gärten aus angeschlichen hat?

Bei Nebel ist alles denkbar.

Herr Staatsanwalt, Herr Vorsitzender, Sie sehen, dieses Verfahren ist zur Nebelfechterei verkommen. Alles ist möglich.

Welch sinniger Satz in einem Strafverfahren! Das Untersuchungsgericht hat den Ortstermin in Baden-Baden an einem sonnigen Wintertag, vormittags 11 Uhr anberaumt. Die Tat geschah an einem nebeligen Novembertag abends 6 Uhr. Da wir bei unseren derzeitigen Temperaturen schwerlich einen solchen notwendigen neuen Ortstermin herstellen können, es sei denn, man gedenkt diesen Prozeß und die Wahrheit auch noch mit Theaternebel zu verschleiern, beantrage ich einen Ortstermin an einem nebligen Novembertag und damit eine Vertagung des Verfahrens.

Große Heiterkeit, verzeichnen die Beobachter.

Das Gericht lehnt den Antrag ab.

Dem Publikum wird langsam zur Gewißheit, daß das mit dem Geständnis eine Zeitungsente war, ein Aprilscherz im Juli, grober Unfug, wie so vieles, was zur Zeit geschrieben wird.

Dr. Ritter, der Gefängnisvorstand, tritt auf Antrag der Verteidigung in den Zeugenstand.

Dr. Dietz:

Herr Dr. Ritter, Sie waren als einziger zugegen, als der Staatsanwalt dem Angeklagten die Nachricht vom Tode seiner Frau überbrachte?

Jawohl.

Wie nahm der Angeklagte die Nachricht auf?

Er sank zusammen, legte den Kopf auf den Tisch und antwortete nicht. Erst 30 Stunden danach nahm er wieder Nahrung zu sich. Dann war er aber sehr schnell wieder guter Dinge.

War die Eröffnung des Todes durch den Staatsanwalt mild oder grausam?

Ich hielt sie nicht für grausam. Der Staatsanwalt sagte: Hau, Ihre Tat hat ein weiteres Opfer gefordert. Können Sie sich wohl denken, wer das ist?

Sagte er Hau oder Herr Hau?

Das weiß ich nicht mehr.

Dr. Bleicher:

Ich sagte natürlich Herr Hau.

Hau:

Er sagte Hau.

Gelächter.

Und er sagte doch auch: Wollen Sie jetzt ein Geständnis ablegen?

Er sagte: Gibt Ihnen das vielleicht Anlaß, Ihre Haltung in der Untersuchung zu ändern?

Bei dieser Eröffnung waren nur Sie und der Staatsanwalt zugegen?

Jawohl.

Nun erschien in der hiesigen »Landeszeitung« ein Artikel darüber, in dem erklärt wird, Hau habe ein Geständnis abgelegt.

Von mir ist der Artikel nicht. Ich habe auf verschiedene Anfragen immer erklärt, daß Hau kein Geständnis abgelegt habe.

Staatsanwalt:

Ich habe nichts in die Presse gebracht.

Dr. Dietz wütend:

Während des ganzen Laufs der Untersuchung sind Notizen an die Presse gelangt, daß Hau ein Geständnis abgelegt habe.

Dr. Ritter:

Die Staatsanwaltschaft stand in Kontakt zur Presse, nicht wir.

Dr. Dietz:

Auch der letzte Brief der Frau Hau gelangte an die Presse; und zwar von der Aussage begleitet, Hau habe gestanden. Wenn der Staatsanwalt selbst nichts damit zu tun gehabt haben will, so ist die Sache doch über die Staatsanwaltschaft gegangen. Von ihr sind alle Nachrichten ausgegangen.

Dr. Bleicher:

Mir ist nichts Derartiges bekannt.

Dr. Eller:

Dann betrachte ich diesen Punkt als erledigt.

Leichter Aufruhr im Publikum. Das war es also. Kein Geständnis.

Die Erwartung, der als Spitzel eingesetzte Referendar Lenk, der mehrere Wochen mit Hau in Untersuchungshaft saß, würde nun Sensationelles auspacken, wird auch enttäuscht. Lenk hat an Olga Molitor einen Brief geschrieben, worin er sagt, er habe ihr etwas mitzuteilen, was er nur ihr persönlich mitteilen könne. Olga hat ein Treffen abgelehnt und den Brief dem Gericht übergeben. Lenk bleibt dabei, daß das, was er zu sagen habe, was der Mithäftling Hau ihm anvertraut habe, nur für Fräulein Molitor bestimmt sei. Er verweigert die Aussage vor Gericht, man droht ihm, er wird mit einer Geldstrafe belegt, sagt aber nicht aus. Hau wird gefragt, ob er den Zeugen nicht von der Schweigepflicht entbinden wolle, Hau verneint, berät sich in einer kurzen Pause mit dem Verteidiger und meldet sich dann zu Wort.

Ich will dem Zeugen Lenk Tadel und Bestrafung ersparen und die Angelegenheit aufklären.

Aufregung im Publikum.

Ich will angeben, warum ich nach dem Kontinent fuhr, warum nach Baden-Baden und was ich dort getan habe.

Lange anhaltende Aufregung.

Ruhe, Ruhe bitte! Sprechen Sie, Angeklagter.

Ich bin gekommen, um vor der Abreise nach Amerika meine Schwägerin Olga noch einmal zu sehen.

Das Publikum reagiert mit einer Art Erleichterung, als bedeute das Gesagte schon die Unschuld des Angeklagten.

Dr. Eller:

Warum hatten Sie das Verlangen, Ihre Schwägerin Olga noch einmal zu sehen?

Hau schweigt, fast verschämt.

Hatten Sie eine leidenschaftliche Empfindung für sie?

Ja.

Warum vermummten Sie sich auf dieser Reise?

Ich wollte nicht erkannt werden.

Wollten Sie Fräulein Olga sprechen?

Nein, ich wollte sie nur sehen.

Sind die beiden Damen Molitor an Ihnen vorbeigegangen?

Ja. Ich blieb stehen und sah ihnen auf ihrem Weg zur Kaiser-Wilhelmstraße nach. Dann ging ich zum Alleehaus, nahm mir eine Droschke und fuhr zum Bahnhof, wo ich mit dem Zuge um 6 Uhr 15 nach Frankfurt fuhr.

Wer war aber dann der Mann, der hinter den Damen herging?

Das weiß ich nicht.

Wer hat auf Frau Molitor geschossen?

Das weiß ich auch nicht.

Sie hatten also das leidenschaftliche Verlangen, Fräulein Olga Molitor zu sehen. Wußte sie davon?

Nein.

Nachdem nun das Treffen gescheitert war, hätten Sie doch auf den nächsten Morgen warten können. Warum sind Sie so schnell abgereist?

Ich hatte Angst vor Entdeckung. Ich gebe zu, daß meine damaligen Handlungen nicht vernünftig waren. Ich war nicht in der Lage, meine Handlungen zu beurteilen. Ich befand mich in einer Gemütsverfassung, daß ich nicht klar denken konnte.

Können wir das als eine Art Geständnis zu Protokoll nehmen?

Hau schweigt. Im Raum ist es jetzt ganz still.

Hatten Sie die Absicht, Ihre Schwiegermutter zu töten?

Nicht im geringsten.

Hatten Sie die Absicht, Fräulein Olga zu töten?

Nicht im geringsten.

Warum haben Sie Ihrer Leidenschaft für Fräulein Molitor keinen Widerstand entgegengesetzt?

Ich habe das getan durch das Pariser Telegramm.

Warum haben Sie bisher, obwohl Sie viele Monate schwere Untersuchungshaft hinnehmen mußten und nachdem Sie wußten, welch entsetzliche Konsequenz Ihre Frau gezogen hat, über all das nichts gesagt?

Ich konnte es nicht.

Sie stehen unter schwerem Mordverdacht und hätten doch alle Ursache gehabt, die Dinge zu klären. Warum haben Sie sich denn Ihrem Verteidiger nicht erklärt?

Ich war entschlossen, darüber zu schweigen.

Warum, was hatten Sie für Gründe?

Ich habe mich geschämt, und ich wollte es wegen Fräulein Olga nicht sagen.

Ist das, was Sie uns erzählt haben, nun alles, was Sie uns zu sagen haben?

Ich habe nichts hinzuzufügen.

Wenn Sie den Schuß nicht abgegeben haben wollen, dann bliebe ja nur noch Fräulein Olga.

Nein! Nein, nein!

Sehen Sie ein, in welch furchtbarer Situation Sie sich befinden?

Durchaus.

Eine kleine Pause entsteht, die das Publikum nutzt, Meinungen auszutauschen. Jetzt haben sie ihn, sagt ein Mann, der neben Wöhrle sitzt. Jetzt haben sie ihn. Das ist eine Komödie, die sie uns vorspielen, die stecken unter einer Decke, die Olga und der Hau, sagt ein anderer. Wöhrle schweigt.

Dr. Eller:

Ich bitte dann Fräulein Olga Molitor in den Zeugenstand.

Olga tritt vor, sieht wiederum Hau nicht an, der jetzt das Gesicht in seinen flachen Händen vergraben hat.

Fräulein Molitor, haben Sie Anlaß, sich zu den heutigen Erklärungen des Angeklagten zu äußern?

Ich habe von der Reise des Hau nichts gewußt. Wenn er gekommen wäre, wäre ich sehr überrascht gewesen.

Wenn er, wie er geplant hat, sich Ihnen in dieser Weise eröffnet hätte, was hätten Sie ihm gesagt?

Ich hätte ihm gesagt, daß er zu seiner Frau gehen soll.

Haben Sie irgendeinen Anlaß zu der Reise gegeben?

Nein, niemals.

Sie haben von den Gefühlen, die er Ihnen gegenüber hegte, nichts gewußt?

Nein.

Haben Sie das Gesicht des Mannes gesehen, der Ihnen und Ihrer Mutter am Abend der Tat folgte?

Nein. Es war zu dunkel.

Haben Sie eine Idee, wer Ihre Mutter erschossen haben kann?

Nein.

Wir danken Ihnen. Es tritt eine Mittagspause bis zwei Uhr ein.

KAPITEL 36

An die Gr. Direktion des Männerzuchthauses Bruchsal
Karlsruhe, 15. Dezember 1911
Wie alljährlich, erlaube ich mir auch in diesem Jahr wieder,
Ihnen eine kleine Weihnachtsgabe für Ihre Bibliothek zu übersenden, mit der Bitte, sie freundlich aufzunehmen und auch
meinem Klienten Karl Hau in geeigneter Weise zugänglich
machen zu wollen. Es wird Ihnen in den nächsten Tagen durch
meinen Buchhändler die Schopenhauerausgabe von Fraunstädt
(6 Bände) in diesem Sinne zugehen.
Mit vorzüglicher Hochachtung,
Dr. Dietz, Rechtsanwalt.

7. November 1906 bis 7. November 1911. Festnahme in London, Untersuchungshaft, Prozeß, Urteil, Begnadigung, Ein-
weisung nach Bruchsal ins Zuchthaus. Hau feiert ein kleines
Jubiläum: fünf Jahre Freiheitsentzug. Fünf Jahre von wie vielen? Fünfzehn, zwanzig, fünfundzwanzig? Ein alter Mann
hier, 63 Jahre alt, hat gerade sein vierzigstes Jahr im Zuchthaus begangen. Wie schon zu seinem dreißigsten Jubiläum bekam er einen von der Frau eines Aufsehers gebackenen Honig-
kuchen und die Glückwünsche der Anstaltsleitung. Was er
sich wünsche, hat ihn der Direktor gefragt. Daß er das fünfzig-
ste auch noch bei guter Gesundheit feiern könne und daß er
nicht mehr nach draußen müsse, das seien seine einzigen Wünsche, sagte er.
Die Aufseher waren gerührt, und die Anstaltsleitung kam wieder einmal zu der Überzeugung, daß ein Leben im Zuchthause
sehr wohl auch ein erfülltes Leben sein könne. Es liege am einzelnen und seinem Willen, was er daraus mache, und die einzige Problematik sei eigentlich, daß eben gerade der Wille
beim Verbrecher fehlgesteuert sei, und in diese Richtung noch

neue Maßnahmen der Willenskorrektur zu erforschen seien, es aber keinen Grund gebe, am Strafvollzug an sich etwas zu ändern. Der Direktor gab das anrührende Erlebnis mit dem zufriedenen Alten in geeigneter Form an das Ministerium weiter, wo man den Schluß daraus zog, daß man mit frühzeitigen Entlassungen noch zurückhaltender sein sollte und daß, so sprach es der Minister aus, der Idealfall wäre, daß lebenslänglich eben auch lebenslänglich bedeute.

Hau beging sein kleines Jubiläum still für sich allein. Es sind die Jubiläen, die alle begehen, da sie die Tage, Wochen, Monate und Jahre zählen, sie an der zu erwartenden Gesamthaftzeit messen, so zu kleinen, größeren und großen Jubiläen kommen und auf diese Weise ihr Gefühl für die Zeit nicht verlieren.

Nach drei Jahren Einzelhaft kann der Gefangene verlangen, in die Gemeinschaftshaft zu kommen, was bedeutet, Kontakt zu den Mithäftlingen durch Arbeit im Saal, gemeinsames Essen und Gesprächsmöglichkeiten in den Arbeitspausen. Hau entscheidet sich, weiterhin in Einzelhaft zu bleiben. Das heißt, Essen und Schachtelnbekleben auf der Zelle, fast vollständige Isolation von den anderen Häftlingen. Die Anstalt begrüßt stets die Entscheidung derer, die in Einzelhaft bleiben wollen, da es ihr Hauptproblem ist, die Kommunikation zwischen den Gefangenen unter Kontrolle zu halten. Die Entscheidung des Gefangenen wird meist mit Zugeständnissen belohnt. So gesteht man Hau zu, sich mehr Bücher aus der Bibliothek zu holen als üblich, und er bekommt Papier, um zu schreiben.

Hau hat seinen Frieden mit der Einsamkeit gemacht, seit die Sehnsucht nach der Außenwelt auf ein Minimum reduziert ist. Er liest alles, was in der Bibliothek vorhanden ist und was Dr. Dietz schickt. Und er schreibt:

Es ist Abend. Der Aufseher reißt die Tür auf, das Arbeitsgerät wird hinausgestellt. Das Bett heruntergelassen, dann – gute Nacht. Ein halber Liter Magermilch wird hereingereicht, kühl und säuerlich, ein köstliches Gericht mit eingebrocktem Schwarzbrot. Ich schaue den vorüberziehenden Wolken nach. Durch das geöffnete Fenster dringt Fliederduft herein und der schwermütige Abendgesang der Amsel und frohes Geschrei spielender Kinder. Die Dämmerung senkt sich herunter auf das Haus des Schweigens. Bald ist auch draußen jeder Laut verstummt. Die Nacht bricht an, eine sternenklare Juninacht. Man liegt und kann nicht schlafen. So allein ist man. So fremd und so fern erscheint einem die Welt, unwirklich, ein Traum und ein Wahn. Man gehört nicht mehr zu ihr. Was hat man zu schaffen mit den Wachen, die auf der Mauer gehen, oder mit den Leuten, die rechts und links und oben und unten schnarchen? Oder mit den biederen Bürgern, die in einem nahen Biergarten sitzen und sich von der Stadtkapelle etwas vorspielen lassen – eben trägt der Wind die Klänge des Torero-Liedes herüber, »Sei wohl bedacht, daß süße Lieb' dir lacht«. Mir wird sie nie mehr lachen. Oder doch nur im Traum.

Vielleicht schenkt mir diese Nacht wieder einen solchen Traum. Alles Erotische hat sich in das Traumleben zurückgezogen, im Wachen darf es sich nicht hervorwagen, es ist oft schwer. Aber dafür entschädigen dann die Träume, Träume von einer Farbenpracht und einer Intensität, wie sie draußen nicht vorkommen.

An die Direktion des Männerzuchthauses Bruchsal:
Als Vormund der minderjährigen Dora Ruth Masters, früher Olga Hau, Tochter des früheren Rechtsanwalts Karl Hau, bitte ich, dem Gefangenen Hau Folgendes übermitteln zu wollen. Mein Mündel Dora Ruth Masters befindet sich seit mehr als zwei Jahren in der Familie des im vergangenen Jahr verstorbenen Justizrats Otto Platenius in Freiburg. Die Witwe möchte gerne die Pflegschaft aufrechterhalten. Ich habe mich persönlich mehrfach vom Wohlbefinden des Kindes überzeugt und unterstütze dieses Anliegen. Mein Mündel befindet sich in lie-

benswertester und bester Pflege. Frau Platenius beabsichtigt nun mit ihren beiden Brüdern nach Amerika auszuwandern und wünscht, das Kind mitzunehmen. Im Hinblick auf die ersten Kindheitsjahre meines Mündels in Amerika sehe ich auch diese Entscheidung als eine begrüßenswerte an. Es wäre mir daran gelegen, wenn man mir eine Meinungsäußerung des leiblichen Vaters zu der Angelegenheit zukommen ließe. Hochachtungsvoll,

Dr. Köster, Bankdirektor, Heidelberg,

12. April 1911.

Dora Ruth Master geht 1911 mit ihrer Pflegemutter nach Amerika. Sie heiratet 1934. Ihrem Sohn Robert erzählt sie, ihre Eltern seien in Deutschland bei einem Autounfall ums Leben gekommen. Erst nach ihrem Tod klärt der Vater den Sohn über die wahre Geschichte der Mutter auf. Seither sucht Robert Rickover, geboren in Washington 1937, heute wohnhaft in Lincoln/Nebraska, die Unschuld seines Großvaters Karl Hau zu beweisen.

Bruchsal, 15. April 1911, Beschluß:

I. Eröffnung an Hau – erfolgt.

II. Zu erwidern: Wir haben den Gef. Hau vom Inhalt des Schreibens in Kenntnis gesetzt. Er erklärt, er könne aufgrund der ihm bisher zugegangenen spärlichen und vagen Informationen über die Erziehung des Kindes unmöglich sich ein Urteil darüber bilden, ob ein solcher Ortswechsel ratsam sei oder nicht. Er fühle sich daher nicht berechtigt, Einwände zu erheben, bitte aber dringend, ihm gelegentlich von Aufenthaltsort und Befinden des Kindes Nachricht zu geben. Den neuen Namen seiner Tochter erfährt Hau nie.

Bruchsal, Frühjahr 1912

Wenn ich mir Ihre Krankenvorgeschichte vergegenwärtige und sie mit unserer heutigen Untersuchung vergleiche, so muß ich sagen, daß selten in diesem Extrem das Zuchthausleben mit seiner Ruhe und Regelmäßigkeit einen Körper förmlich gesundet hat. Man kann sagen, und das ist gar nicht verstiegen, daß die Anstalt Sie gerettet hat. Ich wage sogar zu behaupten, draußen wären Sie schon tot. Sie hatten seit frühester Jugend die Lebenskerze an beiden Seiten entzündet. Sie wäre längst heruntergebrannt. Wir haben sie gelöscht, gemeinsam, dazu sollten wir uns gratulieren. In fünf Jahren viermal Influenza, ansonsten keine Beschwerden. Idealgewicht, gute Essensaufnahme, Verdauungstrakt ohne Befund. Und auch nervlich scheinen Sie mir ausgeglichener denn je. Vielleicht war es ein Glück für Sie, daß die rauhe Hand des Schicksals Sie aus dem Strudel der großen Welt in dieses stille Haus versetzt hat.

Hau steht mit heruntergezogener Hose vor dem Medizinalrat und Anstaltsarzt, der sich allzu gerne reden hört, laut und dröhnend, weithin hörbar.

Und nach wie vor keine Probleme mit der Einzelhaft?

Nein, im Gegenteil.

Gut so, sehr vernünftig. Abtreten, der nächste.

Hau setzt die Kappe mit der Gesichtsmaske wieder auf, zieht seine Hose hoch und den Kittel an, geht nach draußen und stellt sich neben andere mit dem Gesicht zur Wand, wartend, bis er von einem Aufseher abgeholt und auf seine Zelle gebracht wird.

Dr. Dietz an die Gr. Direktion des Männergefängnisses Bruchsal:

Karlsruhe, 31. Januar 1913

Bei meinen wiederholten Besuchen meines Klienten Karl Hau, zuletzt am 29. Januar 1913, gewann ich zunehmend den Ein-

druck, daß nicht nur der seelische, sondern auch der körperliche Zustand des Gefangenen meinerseits Anlaß zur Besorgnis gab. Ich bitte höflichst, mich davon in Kenntnis zu setzen, falls sich der Gesundheitszustand meines Klienten verschlechtert haben sollte und mir anheim stellen zu wollen, geeignete Maßnahmen meinerseits zur Behebung des Zustandes zu ergreifen. Gerne komme ich für die Kosten zusätzlicher Verpflegung oder dergleichen auf.
Ihre geneigte Antwort erwartend verbleibe ich
Dr. Dietz, Anwalt.

Dazu der Anstaltsarzt des Männerzuchthauses:
In dem Befinden des Hau ist in letzter Zeit keine Veränderung vor sich gegangen. Hau hat vor drei Wochen vorübergehend über Influenza und Appetitstörungen geklagt, jetzt ist er davon wieder genesen. Bei meinem letzten Zellenbesuch fand ich ihn zufrieden und munter; er erzählte mir mit Befriedigung von seinen philosophischen Studien (Kant, Schopenhauer u.s.w.), denen er sich jetzt gerne hingebe. Die Einsamkeit der Zelle sei so recht geeignet, sich mit derartigen Studien zu befassen.
Bruchsal 13. Februar 1913
Gez. Dr. Lumpp.

Dr. Dietz an die Gr. Direktion des Männerzuchthauses Bruchsal:
Karlsruhe, 16. Dezember 1913
Wie jedes Jahr, so erlaube ich mir, Ihnen auch dieses Jahr eine kleine Weihnachtsgabe für Ihre Bibliothek zu überreichen, eine Ausgabe der philosophischen Werke von Spinoza im Urtext, mit dem Ersuchen, die Gabe frdl. aufzunehmen und auch meinem Klienten Karl Hau zur Benutzung überlassen zu wollen.
Dr. Dietz, Rechtsanwalt.

In der Nacht vom 31. Juli auf den 1. August 1914 werden die Häftlinge aus dem Schlaf gerissen. Im Hause ist geschäftiges Treiben. Geräusche beschlagener Stiefel, Türenschlagen, Befehle. Von der Straße her ertönt der Gesang marschierender Soldaten. Sie singen »Die Wacht am Rhein«.

Hau liegt wach da. Er weiß, was das bedeutet.

Der Krieg ist da.

KAPITEL 37

Karlsruhe und Baden-Baden, 6. November 1906

Der Schnellzug 10 Uhr 30 aus Frankfurt kommt um 1 Uhr 08
pünktlich in Karlsruhe an. Hau steigt aus, zeigt dem Bahnsteig-
schaffner Wilhelm Brecht an der Sperre seine 1.-Klasse-Rück-
fahrkarte Frankfurt–Karlsruhe, übergibt dem Gepäckträger
August Vierthaler einen Überzieher und 2 Handtaschen, die
dieser zur Gepäckabgabe bringt. Hau geht an den Fahrkarten-
schalter, kauft eine 1.-Klasse-Rückfahrkarte Karlsruhe–Baden-Baden, geht wiederum, nun ohne Gepäck, wie dem Bahn-
steigschaffner auffällt, durch die Sperre und besteigt den Zug
um 1 Uhr 26 nach Baden-Baden. Brecht und Vierthaler fällt
der Bart auf, den sie für falsch halten. Brecht sieht, daß der
Herr eine Perücke trägt, die schlecht sitzt, so daß man im Nak-
ken die echten, helleren Haare sieht. Vierthaler fällt auf, daß
der Herr leise spricht und wegsieht, wenn man ihn anschaut,
so als wolle er nicht erkannt werden. (Zeugen: Wilhelm Brecht,
August Vierthaler)

Dem Kürschner Max Lindenlaub fällt Hau bereits auf dem
Bahnsteig als seltsame Erscheinung auf, die ihm nicht geheuer
vorkommt. Er macht einen Schutzmann auf die Person aufmerksam, der aber nichts unternimmt. Im Zug beobachtet
Lindenlaub, daß der Herr sehr nervös ist und es stets vermei-
det, jemanden anzusehen. Nach der Ankunft des Zuges um
2 Uhr 07 in Baden-Baden sieht er den Herrn sehr eilig den
Bahnhof verlassen. Wiederum macht er einen Schutzmann auf
den Herrn aufmerksam, der aber ebenfalls nichts unternimmt.
(Zeuge: Max Lindenlaub)

Etwa um 2 Uhr 10 sieht Geschäftsinhaberin Johanna Rubinstein Hau am Hotel Europäischer Hof in die Lichtenthaler
Allee einbiegen. Um 2 Uhr 45 sehen Dora Metzger und Josef
Ernst den Mann mit dem seltsamen Bart auf einer Bank am
Hebelweg, nahe des Cafés Grethel sitzen. Dann wird Hau um
4 Uhr 15 von Louise Riedel auf einer Bank vor der Villa Kant
gesehen. Von dort aus kann man die Villa Molitor beobachten.
Die Tatsache, daß nicht geklärt wurde, was Hau in den eineinhalb Stunden zwischen 2 Uhr 45 und 4 Uhr 15 getan hat,
führte später zu der Spekulation, Hau habe sich in dieser Zeit
mit Olga getroffen, um mit ihr ein Mordkomplott zu schmie-
den. Das Molitorsche Dienstmädchen, Marie Bächle, hatte
ausgesagt, Olga habe um 2 Uhr das Haus verlassen. Olga
selbst will erst gegen 4 Uhr das Haus verlassen und sich in die
Engelhornsche Villa zum Tee begeben haben. Das Dienstmädchen korrigierte seine Aussage später auf die der Olga. Dem
wurde bei den Untersuchungen, wie vielem, nicht nachgegan-
gen, was zu den Spekulationen führte. (Zeugen: Dora Metzger, Josef Ernst, Louise Riedel, Marie Bächle)

Um 4 Uhr 45 sieht der Briefträger Wilhelm Rettich Hau die
Kaiser-Wilhelmstraße entlanggehen. Ihm fällt, wie allen Zeugen, der dunkle Bart auf, der zum jugendlichen Gesicht nicht
passen will, also als falscher Bart angesehen wird. Um 4 Uhr 55
sieht Saaldiener Johann Obert den Mann auf der Bank vor der
Villa Kant. Um 5 Uhr sehen Gärtner Alois Seitz und Köchin
Sophie Wieck den Mann, der ihnen unheimlich ist, in der Kai-
ser-Wilhelmstraße vor der Villa Helene, um 5 Uhr 15 begegnet
er Frau von Türckheim und Frau General von Sick vor der Villa
Kant, sie sprechen vom Fliegenden Holländer. Um 5 Uhr 20
sehen ihn Franziska Diebold und Bertha Schmiedel an den
Lindenstaffeln. (Zeugen: Wilhelm Rettich, Johann Obert,
Alois Seitz, Sophie Wieck, Frau von Türckheim, Frau von Sick,
Franziska Diebold, Bertha Schmiedel)

Die Lindenstaffeln hinunter geht Hau den kürzesten Weg durch den Kurpark zur Post am Leopoldsplatz.

Gegen 5 Uhr 45 verlangt er beim Oberpostassistenten Max Rheinboldt eine Telefonverbindung mit der Nr. 369. Auf die Frage, wem diese Nummer gehöre, antwortet er: Molitor. In einer Zelle mit Doppeltür führt Hau ein kurzes Gespräch. Das Telefonat ist amtlich registriert von 5 Uhr 45 bis 5 Uhr 47. Nach dem Gespräch verläßt Hau eilig das Postgebäude. (Zeuge: Max Rheinboldt)

Als das Telefon in der Villa Molitor läutet, hebt das Dienstmädchen Marie Bächle ab. Ein Mann von der Post wünscht Frau Molitor zu sprechen. Sie kommt an den Apparat. Marie Bächle hört nicht, was Frau Molitor bespricht. Sie sagt aber, sie müsse sofort zur Post wegen der Pariser Depesche. Währenddessen sagt Marie Bächle, die Stimme des Herrn am Telefon sei wie die des Herrn Hau gewesen. Frau Molitor lacht darüber, da das ja nun nicht der Fall sein kann. Sie macht sich zurecht und geht etwa 5 Minuten nach dem Telefonat aus dem Haus. (Zeugin Marie Bächle)

Frau Molitor geht zur auf dem Weg liegenden Villa Engelhorn, wo sie nach Olga fragt und diese bittet, sie zur Post zu begleiten. Olga ist sofort dazu bereit. Inzwischen begibt sich Hau raschen Schrittes von der Post am Theater vorbei und biegt in die Kaiser-Wilhelmstraße ein, wo ihm Louise Riedel, die ihn schon einmal gesehen hat, wieder begegnet. Es ist nach ihrer Aussage 5 Uhr 50, also drei Minuten nach dem Telefonat. Um 5 Uhr 55 sieht ihn Frau von Reitzenstein, als sie zum Briefkasten an der Kronprinzenstraße geht, an der Villa Nagell. Er geht Richtung Villa Molitor. Als Frau Molitor und Olga sich um etwa 5 Uhr 57 auf den Weg machen, sehen sie eine große, dunkle Gestalt, einen Menschen, der ihnen unheimlich ist, der offensichtlich nicht gesehen werden will. Sie gehen weiter. Als

Frau von Reitzenstein vom Briefkasten zurückkommt, begegnen ihr die Damen Molitor. Hinter ihnen fällt ihr ein kleiner Mann mit grauem Bart auf, der – das schwört sie später – nicht mit dem zuvor gesehenen großen Mann mit dem dunklen Bart identisch ist. Um Punkt 6 Uhr erreicht Frau von Reitzenstein ihr Gartentor. Wäre Hau, der eindeutig auch von Frau von Reitzenstein als identisch mit dem Mann mit dem dunklen Bart identifiziert worden ist, den Damen Molitor gefolgt, hätte er Frau von Reitzenstein noch einmal begegnen müssen, denn zwei Minuten nach 6 Uhr, Frau von Reitzenstein schließt gerade ihre Haustür auf, fällt der Schuß, der Frau Molitor tötet. Olga sieht einen Mann mit wehendem Mantel fliehen. (Zeugen: Olga Molitor, Louise Riedel, Frau von Reitzenstein)

Wenn man der Aussage der Frau von Reitzenstein folgt, dann ist Hau, nachdem er sah, daß Olga die Mutter begleitete, er sie also nicht sprechen konnte, zur Bismarckstraße weitergegangen, zur Fremersbergstraße hinunter, wo er von Fräulein Eisele gesehen wurde, und ist am Alleehaus in die Droschke des Kutschers Braun gestiegen. Zur selben Zeit hörte Fräulein Eisele den Schuß. Mit der Droschke, die er also um 6 Uhr 2 bestiegen haben mag, kam er bequem zum Bahnhof, um den Zug um 6 Uhr 15 – er hatte ja kein Gepäck dabei – zu erreichen. Daß er mit diesem Zug gefahren ist, ist unstrittig. (Zeugen: Frau von Reitzenstein, Fräulein Eisele, Egid Braun)

Nach dieser Beweisführung kann Hau nicht der Mörder der Frau Molitor gewesen sein. Es käme der kleinere Herr mit dem grauen Bart in Frage oder ein Unbekannter. Doch in diese Richtung wurde nicht gefahndet. Man fahndete sofort nach dem unheimlichen großen Mann mit dem falschen Bart, Hau.

Die Aussagen der Frau von Reitzenstein und des Fräulein Eisele, die Hau später wiedererkannt haben, und des Kutschers

Braun, der sich da nicht ganz sicher war, werden durch eine einzige Zeugin widerlegt, Frau Terzi, die Hau beim Verlassen ihrer Villa Tanfani in der Kronprinzenstraße um 5 Uhr 55 gesehen haben will. Frau Terzi nahm von der Kronprinzenstraße den nächsten Weg zu den Lindenstaffeln, den der Täter dann nach ihr auch benutzt haben muß, sie geht die Staffeln hinunter und hört, als sie unten angekommen ist, den Schuß. Sowohl sie als auch der Gärtner Seitz, der gerade von der Friedrichstraße herauf zu den Lindenstaffeln kam, hätten einen nach unten flüchtenden Täter sehen müssen, so daß angenommen wurde, der Täter sei durch den Garten des Messmerschen Hotels zum Theater und dann zum Bahnhof geflüchtet. (Zeugen: Frau Terzi, Alois Seitz)
Frau Terzi hat Hau später nicht erkannt.

Will man von den Lindenstaffeln über ein Gartentor steigend, durch den Garten des Hotels Messmer am Theater vorbei, den Arkaden, die Allee entlang in dreizehn Minuten zum Bahnhof gelangen, das wurde festgestellt, muß man sehr schnell laufen. Hau traute man das zu. Warum aber diesen fliehenden Mann niemand gesehen hat, während den auf Bänken sitzenden alle möglichen Personen gesehen haben, wurde nicht weiter untersucht. Man hatte eine neue Version. Nach Sonderbearbeitung des Kutschers Braun räumte dieser ein, es könne vielleicht auch am Denkmal der Kaiserin Augusta gewesen sein, wo der Fremde zu ihm in die Droschke stieg. Schon hatte man den Beweis. Hau war der Täter, ist vom Messmerschen Grundstück in den Kurpark geflohen und mit der Droschke zum Bahnhof gefahren. Unterwegs hat er noch den Revolver weggeworfen und seinen Bart. Beides wurde allerdings nicht gefunden.

Der Zug, der um 6 Uhr 15 in Baden-Baden abfährt, kommt um 7 Uhr 05 in Karlsruhe an. Da der Zug nach Frankfurt erst um 8 Uhr 02 abgeht, hat Hau genug Zeit, sein Gepäck in

Empfang zu nehmen. Der Gepäckträger August Vierthaler, der immer noch Dienst hat, wundert sich, daß der Herr, dem er um etwa 7 Uhr 45 das Gepäck zum Bahnsteig bringt, zwar seiner Meinung nach derselbe Herr ist, den er mittags gesehen hat, daß er aber keinen Bart mehr hat. (Zeuge: August Vierthaler)

Um 10 Uhr 07 kommt Hau in Frankfurt an und besteigt dort den Ostender Luxuszug, der kurz nach Mitternacht abfährt und am nächsten Nachmittag, dem 7. November 1906, um 5 Uhr 04 in London ankommt. Hau begibt sich zum Hotel Cecil, begrüßt Lina und das Kind und wird noch in derselben Stunde verhaftet. (Aussage Karl Hau)

KAPITEL 38

Karlsruhe, Samstag, 20. Juli 1907, nachmittags

Die Nachmittagssitzung des vierten Prozeßtages, der sicher nicht der letzte sein wird, beginnt mit der Verlesung der Aussagen amerikanischer Freunde und Kollegen des Angeklagten, die man aus Kostengründen nicht geladen, sondern in Amerika verhört hat. Ein Gerichtsassistent liest vor.

Erstens: Professor Hermann Schönfeld, ordentlicher Professor für deutsche Sprache an der George-Washington-Universität und kaiserlich-türkischer General-Konsul, wohnhaft Washington D.C.:

Karl Hau studierte von 1901 bis 1902 im Departement of Arts and Sciences und von 1901 bis 1904 an der School of Law unserer Universität. In ersterem erreichte er einen Grad eines Magister Artium, im zweiten den eines Bachelor of Law. Er war äußerst begabt und passierte das Examen zur Zulassung als Rechtsanwalt. Er war zunächst Lehrer der deutschen Sprache und dann Assistenzprofessor für Römisches Recht. Er lehrte mit großem Erfolg, dennoch glaube ich nicht, daß er bei seinem Alter bereits Aussichten auf eine ordentliche Professur hatte.

Es war augenscheinlich, daß Hau vielfach krank war und an Schwächezuständen litt. Es ist mir bekannt, daß er Tuberkulose hatte, später davon aber gesundet war. Von Geschlechtskrankheiten, Syphilis etc., weiß ich nichts.

Sein Familienleben schien mir ausgezeichnet zu sein, von Untreue gegenüber seiner Frau oder vom Umgang mit käuflichen Frauenzimmern ist mir nichts bekannt.

Die Ausgaben für das Leben der Familie Hau stiegen von Jahr zu Jahr mit seinen akademischen Erfolgen und seiner Association als Rechtsanwalt. Über die Höhe der Verdienste und Ausgaben ist mir nichts bekannt, sie schienen mir aber weit über das Maß seiner Stellung hinauszugehen. Ich bemerkte vor allem in letzter Zeit Verschwendungs- und Großmannssucht.

Hau machte die erste Reise nach Konstantinopel im Jahre 1903 als mein Privatsekretär und wurde von meiner Mission bezahlt. Er war treu und ehrlich. So viel ich weiß, stand seine Reise nach Paris absolut in keiner Beziehung zu seiner Reise in meinen Diensten. Soweit mir bekannt ist, war sein Verhalten auf den Reisen stets musterhaft, von Geschlechtsverkehr mit Frauenzimmern wurde mir nichts bekannt.

Von den in Konstantinopel getätigten Geschäften sind mir folgende bekannt:

Verkauf eines Kreuzers an die Türkische Regierung im Auftrag der New-Port-Ship-Building. Mißglückt.

Erlangung von Konzessionen in der Türkei für die Standard Oil Company. Mißglückt.

Erlangung von Konzessionen für elektrische Bahn- und Beleuchtungsanlagen für die G. G. White, Electrical Works. Mißglückt.

Gründung einer Bank in Konstantinopel mit amerikanischem Kapital. Mißglückt.

Über Haus Charakter kann ich sagen, er war übermäßig stolz und hochmütig, mit Anflug von Größenwahn. Aber er war stets korrekt und ehrenhaft. Wegen seines über unseren Stand hinausgehenden Lebensstils habe ich mit Hau in den letzten Jahren keinen sozialen Verkehr mehr unterhalten. Er reiste im Juni 1906 ab, ohne von mir Abschied zu nehmen. Auch hat er nie mehr an mich auch nur eine Postkarte geschrieben.

Aufgrund seiner außerordentlichen Begabung hielt ich seine Zukunft für gesichert und glänzend. Ich bin überzeugt, daß er ein Verbrechen wie das ihm zur Last gelegte, nicht begehen konnte, es sei denn im Wahnsinn. Gezeichnet Schönfeld.

Hau hört interessiert zu.

Zweitens: Frau Professor Schönfeld, Johanna Schönfeld, Washington D.C.:

Die Familie Hau lebte zuerst einfach, aber gut. Später stieg der Wohlstand mit der erhöhten Stellung des Hau. Es waren dann Spuren von Größenwahn und Verschwendungssucht sichtbar. Das war um so auffallender, als Frau Hau immer sehr einfach und bescheiden war. Sie sagte mir einmal, ihre größte Sorge sei, daß ihr Mann überhaupt nicht mit Geld umgehen könne. Das Verhältnis der Eheleute zueinander war sehr gut. Hau liebte seine Frau und sein Kind. Er war auch sehr häuslich. Mehr als die meisten Männer kümmerte er sich um häusliche Angelegenheiten. Von der Familie seiner Frau und von seinem Vater sprach er stets mit Hochachtung. Er erweckte den Eindruck des Wohlstandes im Bezug auf die Familien Hau und Molitor.

Daß Hau seiner Frau untreu gewesen wäre oder Umgang mit Frauenzimmern gehabt hätte, davon ist mir nichts bekannt. Hau war stets ein Gentleman, er war immer korrekt und taktvoll. Man hörte überall Lob über ihn. Sein Aufwand aber war übertrieben und erregte in der Gesellschaft viel Klatsch. Die Hau vorgeworfene Tat steht außerhalb meiner Vorstellungskraft. Ich kann das nicht glauben. Gezeichnet Johanna Schönfeld.

Drittens: Dr. Walter F. König, Assistenzprofessor und Bibliothekar, Washington D.C.:

Hau hat alle Examina glänzend bestanden, was hier allgemein bekannt ist und anläßlich seiner jetzigen Festnahme in den Zeitungen noch besonders hervorgehoben wurde. Den Plan, zu promovieren, was für ihn ohne großen Aufwand möglich gewesen wäre, gab er auf, weil er sich mehr zu praktischen Tätigkeiten hingezogen fühlte. Seine ungewöhnlichen Begabungen hatten eine ungewöhnlich schnelle Beförderung zur Folge. Die Tatsache, daß Juristen von Ansehen seine Vorlesungen besuchten, sein klarer Verstand und sein enormes, in so kurzer

Zeit erarbeitetes Wissen, vor allem im internationalen Recht, lassen keinen Zweifel zu, daß er in seiner Lehrtätigkeit außerordentlich erfolgreich war und eine glänzende Karriere vor sich hatte. Das Aufsehen, das seine Verhaftung hier machte, die ausführlichen Berichte, die unsere Zeitungen brachten, lassen darauf schließen, daß Hau sich durch seine Tätigkeiten bereits einen Namen gemacht hatte.

Ich, der bis zuletzt freundschaftlichen Umgang mit der Familie Hau hatte, habe keine Anzeichen von Größenwahn, Verfolgungswahn oder dergleichen festgestellt. Daß Hau namentlich in letzter Zeit in großem Stil lebte, war bis zu einem gewissen Grad geboten, da er ohnedem wenig Aussichten hatte, in den hiesigen tonangebenden Kreisen Klienten und Verkehr zu finden.

Gegenüber seiner Frau kenne ich Hau als rücksichtsvollen und liebevollen Ehemann, seinem Kinde gegenüber war er ein musterhafter Vater, sowohl was konsequente und strenge Erziehung, als auch Teilnahme und Eingehen auf des Kindes Gemüt betrifft.

Meine Frau und ich haben Hau nur von bester Seite her kennengelernt. Er machte auf uns den Eindruck eines vornehm gesinnten, zurückhaltenden jungen Mannes, dessen reifes Wesen weit über seine Jahre hinausging. Gez. Dr. Walter F. König.

Es folgen zur Ermüdung von Gericht, Publikum und Geschworenen noch zahlreiche Verlesungen von Zeugenaussagen, die im wesentlichen nichts anderes aussagen als die genannten. Außerdem wird noch das komplette Vorlesungsverzeichnis der George-Washington-Universität verlesen, worin der Name Hau des öfteren vorkommt. Der Vorsitzende bricht das dann aber ab, ehe sich Schlaf über den Sitzungssaal legt.

Gibt es dazu Fragen? Herr Verteidiger? Angeklagter?

Dr. Dietz:

Ich bitte an dieser Stelle festzustellen, daß die Ehefrau des Angeklagten seit der Geburt des Kindes im Januar 1903 krank war und daß der Angeklagte seither keinerlei geschlechtlichen Umgang mit ihr hatte.

Hau schreit fast:

Herr Verteidiger, ich untersage Ihnen, solche Anträge zu stellen.

Ich muß da leider dem Wunsch meines Mandanten widersprechen.

Dr. Eller:

Besaß Ihre Frau ein Frauenleiden und mußten Sie Zurückhaltung üben?

Ja.

Dr. Dietz:

Es ging mir hierbei nur um die Feststellung, daß eine Verletzung bei der Geburt die Ursache ist und nicht etwa eine Infizierung durch den Angeklagten, wie die Anklageschrift behauptet. Der Staatsanwalt will damit nämlich die Gewissenlosigkeit des Angeklagten beweisen.

Hau:

Ich verwehre mich selbstverständlich auch gegen den Passus in der Anklageschrift.

Dr. Bleicher:

Ich werde auf diese Beschuldigung nicht mehr zurückkommen.

Dr. Dietz:

Ich stelle folgendes fest: Frau Hau hat dem sie in München behandelnden Arzt, Dr. Klein, ausdrücklich verboten, über ihr Leiden Aussagen zu machen. Dennoch, obwohl er von der Schweigepflicht des Arztes wissen mußte, hat der Staatsanwalt den Versuch gemacht, Dr. Klein zu einer Aussage zu bewegen. Das kann eine strafbare Anstiftung sein, die mit Gefängnis bestraft wird.

Große Bewegung.

Dr. Eller:

Der Staatsanwalt hat die Beschuldigung zurückgenommen, damit kann diese Angelegenheit als erledigt angesehen werden. Ich denke, da es spät geworden ist und mir der Wunsch der Geschworenen diesbezüglich bereits signalisiert wurde, wird die Sitzung abgebrochen und auf Montag vertagt.

Es ist elf Uhr abends. Trotzdem haben viele Menschen ausgeharrt, denn sie hatten heute mit einem Urteil gerechnet.

Zum Geschehen vor dem Gerichtsgebäude schreibt der Reporter der »Badischen Presse« unter Hervorhebung bestimmter Wörter:

Die große *Menschenmenge*, die sich trotz der späten Nachtstunde angesammelt hat, war sehr *enttäuscht*, als bekannt wurde, daß das Urteil noch nicht gefällt werden konnte. Es entstand eine gewisse *Erregung*, die ihren Ausdruck dadurch fand, daß verschiedene Personen die Zeugen *Molitor*, als diese in einer Droschke das Gerichtsgebäude verließen, zu *insultieren* versuchten. Später kam es noch vor dem Hotel, in welchem die Zeugen Molitor wohnen, zu einer pöbelhaften *Demonstration* gegen die genannten Zeugen, der durch das Einschreiten der *Polizei* ein Ende gemacht werden mußte.

KAPITEL 39

An die Großh. Direktion des Männerzuchthauses Bruchsal
Karlsruhe, 7. Dezember 1910
Ich beehre mich anzuzeigen, daß im Verlauf der Woche direkt
durch den Buchhändler 7 Bände »Essays« von Carlyle dorthin
in meinem Auftrag abgeliefert werden. Ich bitte, diese als
Weihnachtsgeschenk meinerseits in die dortige Bibliothek aufzunehmen und dieselben meinem Klienten Karl Hau in der
dortseits für angemessen befundenen Weise zur Verfügung
stellen zu wollen.
Dr. Dietz, Rechtsanwalt.

Notiz vom 10. Dezember 1910
Umstehend genannte 7 Bände Carlyle, »Critical Essays« sind
in das Verz. der Beamtenbibl. Seite 54 No. 1876 ohne Wertan-
gabe einzutragen, verbleiben aber als Eigentum des Gef. Hau,
Karl.
Gez. Rübenacker.

Briefkopf:
Männerzuchthaus Bruchsal Nr. 249
Der Gefangene darf alle 6 Wochen *einen* Brief und *einen* Be-
such erhalten. Briefe müssen *portofrei* eingehen und werden,
bevor sie in die Hände der Gefangenen gelangen, von den Be-
amten gelesen. Besuche können nur an *Werktagen* stattfinden.
Zusendung von *Schnupftabak* und *Nahrungsmitteln* ist *nicht*
gestattet.
Brief des Gef. Hau:
Bruchsal, den 28. Mai 1911
Liebe Mutter,
also anstatt des Klagebriefs einen Dankesbrief. Desto besser.
Aber so lang, so unmenschlich lang darfst Du mich nicht wie-

der warten lassen. Die Gefahr ist zu groß, daß Du mich eines Tages ganz erfroren antriffst. Bedenke: über fünfzig Monate zwischen Stein und Eisen, *sibirische Temperaturen*, da legt sich einem eine Eiskruste ums Herz, von der man erst, wenn sie auftaut, merkt, wie dick sie war. Du wirst das ebenfalls schon bemerkt haben. *Freilich, dieses Ding, das man Herz nennt, ist hier im Hause ein Luxusartikel.* Seine Existenzberechtigung scheint zweifelhaft. Die Hausordnung weiß nichts davon; sie supponiert beim Gefangenen Verstand, Vernunft, freien Willen, Verdauungsorgane etc. etc. – eine ganze Reihe von leiblichen und geistigen Bestandteilen, darunter einige sehr problematisch – aber von dem Ding, *das man Herz nennt, in sämtlichen 32 Paragraphen keine Spur.*

Im Ernst, liebe Mutter, es ist schwer, recht schwer, in einem Falle wie dem meinigen den goldenen Mittelweg zu finden zwischen den zwei Extremen, die beide gleich verderblich sind. Ich hab ihn noch nicht gefunden. Von Anfang an war ich ängstlich darauf bedacht, die Klippe der Gefühlsweichheit zu vermeiden; dabei bin ich denn, wie natürlich, in bedrohliche Nähe der anderen geraten. Hier nun mußt Du mir zu Hilfe kommen. Deine Besuche bringen mich wieder ins richtige Fahrwasser. Und nach einiger Zeit werde ich dann ja wohl die Klippen hinter mir haben.

Aber o weh, dies sollte ein Dankesbrief werden und ich schwatze Dir seitenlang von mir selber und meinen Nöten. Wie unartig! *Ich möchte am liebsten den Bogen zerreißen und einen neuen anfangen,* aber ich habe bloß diesen einen. Verzeih also und setze den Dank als selbstverständlich voraus. Auch brauche ich Dir ja nicht erst zu sagen, wie wohl mir das kurze Plauderstündchen getan hat. *Um diese Stunde haben wir den gestrengen Herrn Staat betrogen und die Strafzeit verkürzt.*

Ich hoffe, daß Deine Heimreise glücklich verlaufen und Du ein gutes Gedenken mitgenommen hast von Deinem verlorenen Sohne Carl Hau.

Die Hervorhebungen wurden von den kontrollierenden Beamten vorgenommen. Sie bezeichnen in ihren Augen problematische oder kritische Äußerungen des Gef. Hau. Da der Brief als Original in der Personalakte Karl Hau, Zuchthaus Bruchsal liegt, ist er wegen der Beanstandungen wohl nie an Margarethe Hau, die Stiefmutter, geschickt worden.

Bruchsal, um 1912

Seit es dramatische Zwischenfälle gab, hat man davon abgesehen, die Gefangenen als Zuschauer von Hinrichtungen zu rekrutieren. Das Abschreckungsmotiv, so moderne Wissenschaftler, stehe ohnehin in Frage. Da die Hinrichtungen aber im Gefängnishof stattfinden und alle Zellenfenster dorthin ausgerichtet sind, kann jeder Häftling, so er will, dem Spektakel zusehen. Er muß sich nur auf den Stuhl stellen und hat so die beste Sicht.

Hau hat das bei den bisherigen zwei Hinrichtungen nicht getan. Geschlafen hat er aber auch nicht. Er hat die Geräusche gehört. Alle. Vom Aufschließen der Zelle des Todeskandidaten bis zum Heruntersausen des Fallbeils. Die Bilder dazu konnte er sich denken. Nun ist wieder eine Hinrichtung angesagt. Hau, gerade in einer intensiven Phase der Selbsterziehung und -disziplin, die da sagt, lasse keine Traurigkeit zu, denke positiv, onaniere nicht, sei freundlich und höflich und dankbar, zürne niemandem, füge dich in dein Schicksal, anderen geht es drekkiger als dir, denen wird der Kopf abgeschlagen, Hau hat beschlossen, sich diesmal auch den Bildern nicht zu entziehen.

Ein fünfundzwanzigjähriger Doppelmörder, der seine Frau und deren Liebhaber erschlagen und die Tat sofort gestanden hat, saß fast ein Jahr in der Zelle, vergeblich auf Begnadigung hoffend. Nun also erfolgt die Vollstreckung des Todesurteils. Schon am Vortag hat der Pfarrer im Gottesdienst für den armen Sünder gebetet. Die Nacht verbrachte er auf der Zelle des Kandidaten, da dieser nun, angesichts des Todes, auf seine letzten Stunden wenigstens noch ein guter Christ werden wollte, um vor Gottes Thron nicht allzuschlecht auszusehen. Hau, zwei Zellen weiter, hörte ihn fast die ganze Nacht laut beten, dazwischen immer wieder die beschwörende Stimme des Pfarrers. Um fünf Uhr morgens läutete das Armesünderglöcklein der Anstalt, was bedeutete, daß der Kandidat seine Sakramente bekam und seine Stunde geschlagen hatte. Vom Hof her hörte man kurz darauf Stimmen. Hau kletterte auf den Stuhl, hielt sich mit beiden Händen am Gitter fest und wartete.

Eine Art Prozession kommt in den Hof und begibt sich zum gestern aufgebauten Schafott. Ein Staatsanwalt, zwei Assessoren, ein Arzt, dahinter der Henker mit seinen beiden Knechten. Sie tragen einen Eimer und einen Sack. Hinter ihnen tragen vier Aufseher der Anstalt einen Sarg und schwatzen angeregt miteinander.

Der Sarg ist sehr kurz.

Draußen auf dem Gang hat Hau inzwischen das Aufschließen der Zellentür, die Befehlsstimme des Wärters, die Schritte des Kandidaten und seine Stimme gehört. Er betet immer noch.

Jetzt kommt er, von zwei Aufsehern und dem Pfarrer begleitet, in den Hof. Er ist in schwarzes Leinen gekleidet, der Kopf ist bloß und kahlgeschoren. Er stützt sich auf den Pfarrer. Vor dem Schafott bleiben sie stehen.

Der Pfarrer betet laut, als würde er es auch für die Gefangenen tun, die an den Fenstern stehen.

Herr, vergib uns unsere Schuld, wie auch wir vergeben unseren Schuldigern, und führe uns nicht in Versuchung, sondern erlöse uns von dem Übel, Amen.

Jetzt schaut der Kandidat den Staatsanwalt starr erhobenen Hauptes an. Der, er dürfte nur ein paar Jahre älter sein, ein junger blonder Mensch, verliest das Urteil. Am Ende sagt er:

Scharfrichter, walten Sie Ihres Amtes! Dann dreht er sich weg. Fast freiwillig kriecht der Delinquent auf das Brett, trotzdem packen die Knechte zu. Einer schiebt den Körper an den Fußsohlen so lange nach oben, bis der Scharfrichter, der mit flacher Hand die Linie vom Beil zum Hals simuliert, zufrieden nickt.

Dann schnallen sie den Körper fest. Sie tun das langsam, quälend langsam, aber routiniert. Der Kandidat rührt sich nicht mehr. Der Staatsanwalt schaut immer noch in die entgegengesetzte Richtung. Die Assessoren nicht. Er ist der einzige, der sichtbar macht, daß er das nicht sehen will oder kann. Einzelne Gefangene in den Zellen werden unruhig. Mit Gegenständen machen sie fast rhythmischen Lärm. Ein Knecht stülpt jetzt einen Sack über den Kopf des Kandidaten und stellt den Eimer darunter. Dann tritt er einen Schritt zurück. Mit lautem Schlag fällt das schwere Beil. Rauschend ergießt sich das Blut in Sack und Eimer.

Staatsanwalt und Assessoren verlassen den Hof. Die Arbeit ist getan. Die Henkersknechte, wiederum bedächtig, binden den Körper, jetzt Leichnam, los und heben ihn in den von den Aufsehern bereitgestellten Sarg. Blut tropft aus dem Hals.

Der Kopf, denkt Hau, was ist mit dem Kopf!?

Ein Henkersknecht nimmt den Sack hoch, der andere hält den Eimer darunter fest. Der erste wirft den Sack mit dem Kopf darin in den Sarg, die Aufseher legen den Deckel drauf. Der andere Henkersknecht geht mit dem Eimer ein paar Schritte nach hinten an die Mauer und gießt das Blut auf die Erde.

Hau wird schlecht, er wankt vom Stuhl zum Bett, wirft sich darauf und schluchzt.

Er schreibt später, er habe in seinen fast achtzehn Jahren Zuchthauszeit zweimal geweint. Dies war das eine, das erste Mal.

Eine halbe Stunde später steht ein Aufseher an der Tür.

Katholische fertigmachen zum Kirchgang!

Hau springt hoch, hängt sich das Schild mit der Zellennummer um, setzt die Kappe mit der Gesichtsmaske auf, nimmt ein kleines Gebetbuch und wartet, bis die Tür aufgeschlossen wird. Draußen reiht er sich in eine Schlange ein. Über mehrere Treppen gelangt der Troß zu dem, was man hier Kirche nennt. Das sind amphitheatralisch angeordnete Holzkabinen, für jeden Gefangenen eine, in die er zu treten hat. Dort kann er nicht stehen, er muß sich setzen oder knien. Durch die Öffnung der Kabine sieht er nur einen Altar, davor die Kanzel, flankiert von zwei Aufsehern, und den Pfarrer. Die Gefangenen können sich nicht sehen. Hau ist immer noch oder wieder schlecht. Die Luft in dem Kasten ist abgestanden, und der Weihrauch tut das übrige. Der Messe hört Hau nicht zu. Er ist nicht gläubig, und es ist immer dasselbe. Am Ende, als der Pfarrer um ein gemeinsames Gebet bittet für das Seelenheil des Hingerichteten, dem er in der Nacht beigestanden hat, kommt Unruhe auf. Mörder! Mörder! Mörderbande! Schufte! Schweine! Schwarzröcke! Lügner! Sofort sind mehrere Aufseher da, packen sich ein paar Randalierer, führen sie ab. Andere Aufseher sorgen für einen geordneten Abzug der Friedlichen, unter ihnen Hau.

Später, bei der Arbeit, kommt Hau mit einem Mithäftling ins Gespräch. Der beklagt, daß die Kirche sich zum Mithelfer bei der Hinrichtung mache, daß sie sich nicht gegen die Todesstrafe ausspricht. Der Pfarrer ist dabei nicht besser als der Henkersknecht, sagt er.

Was kann die Kirche dafür, daß es die Todesstrafe gibt? sagt Hau. Die Todesstrafe gibt es, solange die Mehrheit der Menschen dafür ist.

Hat man die Menschen gefragt?

Man hat sie wählen lassen, und sie haben die gewählt, die dafür sind.

Doktor! Du hast doch in der Zelle gesessen und auf deine Hinrichtung gewartet, nicht?

Ja.

Also bist du doch gegen die Todesstrafe.

Ich bin unschuldig. Er hat gestanden.

Doktor, rede nicht drum rum, bist du für oder gegen?

Also, ich weiß nicht, wie das in Deutschland einzuschätzen ist, aber in Amerika, wo man auf humane Art mit dem elektrischen Stuhl hinrichtet, hat man mit der Todesstrafe als Abschreckung bedeutende Erfolge in der Verbrechensbekämpfung erzielt. Vor allem in der schwarzen Bevölkerung.

KAPITEL 40

In der Garderobe des schmucken Baden-Badener Theaters am Goetheplatz stirbt die weltberühmte italienische Sängerin Franceschina Prevosti. Sie stirbt probeweise den Tod der Violetta in Verdis »La Traviata«. Sie hat das kleine Fenster über dem Schminktisch geöffnet und schickt die glasklaren Töne der Sterbearie der Violetta hinaus zu den Kurarkaden, wo sie von den wenigen Passanten freudig aufgenommen werden und in dem einen oder anderen, der Karten für diesen außerordentlichen Opernabend hat, das einmalige Gastspiel der Prevosti, wärmende Vorfreude entfacht.
É strano!

Cessarono gli spasmi del dolore
In me rinasce ... m'agita
Insolito vigor!
Ah! Ma io ritorno a viver ...
Oh gioia!

Dann wird sie zusammensacken und sterben. Sie schickt noch ein paar Passagen der Sterbearie hinterher, da fällt draußen ein Schuß. Die Prevosti hält kurz inne, doch nicht lange, denkt nicht weiter über den Schuß nach, singt weiter.

Fahndung vom 6. 11., 19 Uhr 23, der Kripo Baden-Baden:
Heute Abend gegen 6 Uhr wurde Frau Geheimrat Molitor hier meuchlings ermordet. Täter 33–38 Jahre alt, 178 cm groß, schlank, großer schwarzer Vollbart, länglich blasses Gesicht, dunkler Überzieher. Bitte um Fahndung.

Verzeichnis der von Frau Molitor am Mordtage getragenen, dahier aufbewahrten Kleidungsstücke.

1 schweres schwarzes Jackett, gekauft bei Lorentz jr. in Baden (am Rücken durchlöchert und etwas verbrannt)

1 schwarzwollenes Reformkleid mit schwarzem Spitzeneinsatz, unten Besenlitze. In der vorderen Rockbahn 7 Längsfalten, 1 Steppfalte

1 schwarzseidener Unterrock, hellblau gefüttert, 3 Volants, 7 Steppfalten, Besenlitze

1 weißwollener Anstandsunterrock mit geringer Stickerei am Rand

1 leinene Unterhose

1 leinenes Leibchen mit Stickerei

1 Hemd nach Dr. Lahmanns Art

1 Paar schwarze lange Frauenstrümpfe

1 Kopfschmuck, schwarze Glasperlen und schwarze Spitzen

2 Haarnadeln

gez. Haffner.

Fahndungsmeldung der Kripo Berlin an alle deutschen Polizeistationen vom 7. November 1906, 12 Uhr 27:

Karl Hau, Rechtsanwalt aus Bernkastel/Trier – 25j. a. – 178–80 gr. – schlank, breitschultrig, schwarze haare, bartlos, blasse gesichtsfarbe, grosse blaue augen, schwarze augenbrauen, nase mittel, groszer mund, zaehne vollstaendig, etwas uebereinandergewachsen, haltung etwas gebeugt, sprache deutsch, englisch u. franzoesisch wegen mordes veruebt am 6.11.06 in baden-baden an seiner schwiegermutter – verhaften! in begleitung des hau ist wahrscheinlich deszen ehefrau lina, geb. molitor, 31j.a., sehr grosz, schlank, blondes haar, blaue augen, traegt langes blaues jackenkleid u. deren 3j.a. tochter.

Aus dem Leichenbefund der Frau Molitor, 7. November 1906:
Die Leiche ist dem Ansehen nach im Alter von 60 bis 65 Jahren befindlich, 158 cm lang, totenstarr ohne Fäulniserscheinung. Die Leiche ist ziemlich fett, tief blaß. Direkt neben dem unteren Ende des Schwertfortsatzes des Brustbeines findet sich eine quer ovale schlitzförmige Öffnung von 1,5 cm Länge & 7 mm Höhe. Aus der Wunde hat sich ein kleines Gemenge von Blut & fettkörniger Substanz entleert. 7 cm unter dem linken Schulterblattwinkel befindet sich eine verzogene kreisrunde Wunde von 9 mm Durchmesser. Aus der Wunde entleert sich bei Bewegung der Leiche Blut. Die Ränder der Wunde sind blauschwarz in einem Kreis von etwa 3 mm angesengt.

Leichenöffnung:
Nachdem man in üblicher Weise das Brustbein mit den Ansätzen der Rippenknorpel ersetzt hat, sieht man am unteren Ende des Mittelfellraums einen Querschlitz, der direkt in den Herzbeutel führt. Der Schlitz wird durch Scherenschlag verlängert & es zeigt sich in dem Herzbeutel 70 ccm halb geronnenes halb frisches Blut. Das Herz wird nun in die Höhe gehalten, & es ist die rechte Herzkammer durch den Schuß an der Seitenkante in einem großen Loch von 10 cm Länge & 8 cm Breite mit vollständig zerfetzten Muskelrändern umgewandelt. Der Klappenapparat der rechten Vorhofkammerklappe ist völlig zerstört. Die Scheidewand zwischen rechter und linker Kammer ist fast in ihrem ganzen Umfang fetzig eingerissen & enthält einen fetzigen Schlitz nach der linken Herzkammer, durch welchen man gut mit dem Zeigefinger in die linke Herzkammer gelangen kann. Da weitere Verletzungen des Herzens sich nicht finden, so wird das Herz an den großen Gefäßen abgeschnitten & zu Demonstrationszwecken in der Gerichtssitzung in eine konservierende Formalinlösung gelegt & soll weiterhin durch den Gerichtsarzt wieder besichtigt werden.
Gez. Dr. Rudolf Compter.

Der Zeuge und Sachverständige Dr. Rudolf Compter hat heute vorstehende Aussagen vor mir in Rastatt erklärt und eidlich bekräftigt.
Großherzoglicher Untersuchungsrichter I
Gez. Dr. Carl Vischer, Großherzoglicher Landgerichtsrat.

Baden-Baden, 7. November 1906

Kritik im »Badener Tagblatt«:
Das Gastspiel der berühmten italienischen Diva Franceschina Prevosti, einer der bedeutendsten Sängerinnen der Gegenwart, bot gestern Abend im hiesigen Theater einer leider nicht allzu großen Gemeinde begeisterter Musikfreunde herrliche Genüsse. Franceschina Prevosti ist eine Sängerin von Gottes Gnaden, ein leuchtender Stern, dessen Erscheinen überall die Flammen des künstlerischen Enthusiasmus auflodern läßt. Sie reißt durch den wunderbaren Klang ihrer fein ausgeglichenen, vollen Stimme zur Begeisterung hin, sie ergreift durch das Innige und Liebliche ihres Pianos, durch das Schmelzende und Leichtflüssige ihrer wundervollen Koloratur und sie fesselt durch das Dramatische ihrer Darstellung, die sich mit dem edlen Gesang zu einer einzigen, staunenerregenden Gesamtleistung verbindet. Ihre Traviata zählt unstreitig zum Vollendetsten, das geboten werden kann.
Daß das Theater nur leidlich besucht war, daß die Zahl der Neugierigen am Tatorte eines ebenfalls am gestrigen Abend in unmittelbarer Nähe des Theaters erfolgten Mordes größer war als die Teilnehmerschaft an diesem einmaligen Kunstgenuß, gibt dem Verfasser dieser Zeilen zu denken.

KAPITEL 41

Karlsruhe, Montag, 22. Juli 1907

Ferdinand Wöhrle war dann am frühen Morgen des verhand-lungsfreien Sonntags doch noch mit dem Zug ins Murgtal ge-fahren. Nicht, um bei Mutter und Personal nach dem Rechten zu sehen, vielmehr, um gerade an diesem Sonntag den Früh-schoppenstammtisch nicht zu versäumen. Daheim hatte er schon angerufen, daß sich der Prozeß hinzöge. Geduldig hatte er das unverständige Schimpfen seiner Mutter ertragen und beschlossen, noch am Nachmittag wieder nach Karlsruhe zu-rückzukehren, wo er das Hotelzimmer vorsorglich bis Diens-tag reserviert hatte.

Vor seinen Stammtischfreunden, den Honoratioren des Dor-fes, von seinen Beobachtungen der letzten Tage zu erzählen, Meinungen zu hören und die eigene kundzutun, das konnte er sich nicht nehmen lassen. So ging er vom Bahnhof direkt zum Rebstock, denn die sonntägliche Messe war gerade zu Ende, und in wenigen Minuten würden die Männer im Rebstüble, das bei der Hitze draußen angenehm kühl war, eintreffen. Na-türlich hätte es auch ohne ihn an diesem Tag kein anderes Thema gegeben, doch den Informationsvorsprung, zu dem man durch Wöhrle gelangte, während andere auf die Mon-tagszeitungen warten mußten, um zu erfahren, was in der Nacht zum Sonntag geschehen war, den wußte man sehr zu schätzen. So kam Wöhrle eine Rolle zu, die eigentlich nicht die seine war, die er nicht kannte, war er doch immer eher der be-dächtige Zuhörer, der allenfalls einmal zu bedenken gab, ob man eine vorgetragene Angelegenheit nicht auch anders oder wenigstens von zwei Seiten sehen müsse, der sich aber selten mit eigenen Geschichten hervortat.

Nun aber gab er Auskunft, erzählte, beschrieb den Angeklagten, Olga, den Verteidiger, den Staatsanwalt, den Richter, die internationalen Prozeßbeobachter, mit denen er diskutiert hatte, das Publikum, die Menschen am Abend auf den Straßen. Und er sparte auch die pikanten Details nicht aus, sprach von einer Art Dreiecksverhältnis, von erotisch-sinnlicher Anziehung Haus zu Olga, die man, wenn man diese prächtige Frau im Gerichtssaal sehe, durchaus verstehen könne, von delikaten Einlassungen des Angeklagten mit Dirnen und von immensen Geldtransaktionen amerikanischen Stils. Alle hörten gebannt zu, und sie waren entgegen ihrer aus moralischen und redlich-konservativen Überzeugungen genährten Neigung, einen Menschen wie Hau für schuldig zu befinden, sogar bereit, Wöhrles Bedenken gegen eine Verurteilung Haus zu teilen.

So wie er seinerzeit durch die emphatisch vorgetragenen Theorien des Geheimrats Molitor in seinen katholischen Überzeugungen erschütterbar gewesen war, so haben ihn jetzt die Meinung der Massen und die klugen Gedanken der Prozeßkritiker wie Paul Lindau und nicht zuletzt sein gesunder Menschenverstand dahin gebracht, daß er seinen Murgtaler Freunden sagen konnte: Mögen wir diesen Angeklagten noch so sehr verachten, sein liederliches und betrügerisches Handeln, seine Arroganz verurteilen, der Mord an der Schwiegermutter ist durch diesen Prozeß nicht erwiesen. Im Zweifel, rief er in die Runde, im Zweifel für den Angeklagten, und Zweifel sind reichlich vorhanden!

So kannten sie ihren Ferdinand gar nicht. Daß er sich diesen Prozeß in Karlsruhe tagelang anhörte, das verstanden sie, weil er sozusagen private beziehungsweise persönliche Beziehungen zu den Protagonisten hatte. Schließlich, so hatte er ihnen erzählt, war er doch mit der Familie Molitor, insbesondere mit dem verstorbenen Geheimrat, dem Gatten der Ermordeten, freundschaftlich verbunden gewesen und hatte oftmals in dessen Villa in Baden-Baden lange und fruchtbare und interessante Diskussionen gehabt, ganz zu schweigen von den gemeinsamen Tagen und Wochen auf Korsika, wo er die Ehre gehabt hatte, die Gemahlin und die Töchter des Geheimrats näher kennenzulernen. Von seinen geheimen Träumen und Hoffnungen, die er damals gehegt hatte, und von der Enttäuschung darüber, daß er Lina nicht zur Frau bekam, hat er ihnen nicht erzählt, wohl aber von Hau, der ihm, als er erst um die eine, dann um die andere Tochter warb, von vornherein eine suspekte Figur gewesen sei. Und doch, das betonte er wiederholt, habe er nicht zuletzt ausgerechnet durch den ehemaligen Gatten des Opfers gelernt, anders zu denken, als man es ihm anerzogen habe, wozu gehöre, einen Menschen nicht zu verurteilen, auch wenn er einem zutiefst minderwertig erscheine.

Gestern noch waren sie bereit, ihm beizupflichten, morgen schon werden sie vermutlich anders denken. Heute aber können sie im »Badener Tagblatt«, das bisher im Gegensatz zur »Badischen Presse« mit seiner Ablehnung des Hau nicht hinter dem Berg gehalten hat, bestätigt finden, was ihr Stammtischkollege Wöhrle ihnen schon zu bedenken gegeben hat. Dort heißt es am Morgen des vermutlich letzten Prozeßtages und der mit Spannung erwarteten Entscheidung:

Lassen wir alle Momente dieses Prozesses Revue passieren, so wird es uns schwer, eine Voraussage über den Ausgang zu geben. Eines halten wir allerdings für nahezu ausgeschlossen; daß nämlich die Geschworenen zu einer Bejahung der Schuldfrage auf vorsätzlichen, mit Überlegung ausgeführten Mord kommen werden. Daß Hau in irgendeiner Beziehung zur Mordtat steht, darf wohl angenommen werden. Es muß jedoch bei einer so furchtbaren Anklage auch das Nebensächliche als wesentlich betrachtet und insbesondere den Zeitangaben der allergrößte Wert beigemessen werden. Nehmen wir – wozu Grund besteht – als erwiesen an, daß der Angeklagte in den vier Verhandlungstagen auf keiner noch so geringen Unwahrheit ertappt wurde, so muß man auch seiner Behauptung Glauben schenken, daß er den Weg von der Villa

Kant durch die Bismarckstraße zur Lichtenthaler Allee nahm und dort in einen Wagen stieg, einer Aussage, die durch das Zeugnis des Kutschers Braun bekräftigt wird. Ist der Fahrgast identisch mit dem Angeklagten – das Gegenteil wurde nicht bewiesen –, dann kann er nicht als Täter in Betracht kommen, denn in der Zeit von 6 Uhr und einigen Minuten bis zur Abgangszeit des Zuges (6 Uhr 15) ist es rein unmöglich, von den Lindenstaffeln zum Bahnhof zu gelangen. Um diese hochwichtige Angelegenheit zu klären, wäre ein diesbezüglicher Augenschein am Orte entschieden zweckmäßiger gewesen als die uns noch in peinlicher Erinnerung befindliche Inszenierung durch den Untersuchungsrichter an den Lindenstaffeln. So neigen wir der Ansicht zu, daß die Geschworenen nicht zu einem Schuldig auf Grund des § 211 kommen werden. Nun, der heutige Abend wird Klarheit zeigen.

Ferdinand Wöhrle, angeregt und angetrunken, vor allem aber müde, ging dann doch nicht wieder zum Bahnhof. Zu groß war die Sehnsucht nach seinem Bett. Er hörte das Gezanke der Mutter kaum noch, stieg zu seiner Wohnung hinauf, fiel in sein Bett und in einen schweren, tiefen, von allerlei Träumen durchfurchten Schlaf. Er war der Gatte der Lina, ein Jüngling in Ajaccio, der theosophische Prediger, der zum Bahnhof flüchtende Mörder, der Geschworene, der am Frühschoppenstammtisch von der Schuld des Hau sprach, der aber er war, Wöhrle, nicht Hau, dann aber doch nicht. Als er die Stufen zum Schafott bestieg, wachte er Gott sei Dank rechtzeitig auf, schweißgebadet. Es war Mitternacht, der letzte Zug nach Karlsruhe war längst das Murgtal hinuntergefahren. Also legte er sich wieder nieder und stellte einen Wecker, um den Frühzug zu bekommen. Nachdem er seinem Prokuristen und den Vorarbeitern Order für die nächsten zwei Tage gegeben hatte, ging er zum Bahnhof und fuhr nach Karlsruhe. In den Zeitungen las er mit Befriedigung, daß fast die gesamte Journaille seiner Auffassung war. Im Zug diskutierte man die Vorfälle, er aber hielt sich zurück. Er hatte seinen Auftritt gehabt, sein Plädoyer sozusagen abgegeben – gestern bei seinen Freunden am Stammtisch.

In Karlsruhe waren solche Menschenmengen, daß man keine Droschke zum Gerichtsgebäude bekommen konnte. Notgedrungen mußte sich der Fabrikant, mehr geschoben als schreitend, mit der Masse dorthin begeben. Er kam zur Verhandlung zu spät, fand nur einen Stehplatz, sah aber, daß Hau nicht mehr so blaß war, daß er Zuversicht ausstrahlte, daß Olga nicht anwesend und daß der Gerichtsmediziner Dr. Compter sein Gutachten abzugeben im Begriffe war, assistiert von einem jungen Kollegen, der das Glas mit dem Herzen der Ermordeten in Händen hielt.

Dr. Compter:

Sodann schritt man zur Leichenöffnung. Dabei wurde der Schußkanal folgendermaßen festgestellt: Derselbe verlief von der Einschußöffnung links hinten bis zur Ausschußöffnung rechts vorne durch die linke Rückenwand unter Zertrümmerung der zehnten Rippe, drang alsdann durch den linken unteren Lungenlappen, eröffnete den Herzbeutel –

Der Assistent hält das Glas mit dem Herzen der Frau Molitor hoch, dreht es nach allen Seiten, zum Publikum, zum Gericht, zu den Geschworenen, zum Angeklagten und zeigt auf die jeweiligen Details.

– zerriß die Herzspitze mit breiter Eröffnung beider Herzkammern und verließ den Körper durch die vordere Brustwand. Danke, Herr Moser.

Der Assistent setzt das Glas wieder ab und tritt zurück.

Das Geschoß, hohes Gericht, welches nicht gefunden wurde, muß nach der Beschaffenheit des Schußkanals 9 Millimeter Kaliber gehabt haben. Die Verletzung muß als eine absolut tödliche bezeichnet werden. Die Eröffnung der Herzkammern hatte den Eintritt einer sofortigen Verblutung und damit den augenblicklichen Tod zur Folge. Aus der Untersuchung der Beschaffenheit der durch das Geschoß teils angesengten Kleidungsstücke ergibt sich zwingend, daß der Schuß aus einer Entfernung von allerhöchstens einem Meter abgegeben wurde. Dr. Compter verbeugt sich und setzt sich.

Nachdem nun das Herz der Frau Molitor seine Schuldigkeit getan hat, wird der Büchsenmacher André gerufen, der äußerst umständlich erklärt, weshalb der Schuß aus allernächster Nähe abgegeben worden sein muß. Seiner Meinung nach muß die Waffe an den Körper angelegt, zumindest aus einer Entfernung von höchstens fünf Zentimetern abgefeuert worden sein. Verbrennungen an den Kleidern um die Einschußstelle würden schon bei einer Entfernung von zehn bis fünfzehn Zentimetern nicht mehr in dem Maße auftreten.
Nun fallen drei Schüsse im Gerichtssaal, denn der theoretischen Erörterung läßt der Büchsenmacher die praktische Demonstration folgen, einen Auftritt, der so gekonnt, so varietéreif ist, daß es danach Beifall vom Publikum gibt, das bedauert, daß der Assistent des Herrn André nicht ein leichtbekleidetes Mädchen ist. Besagter Assistent trägt eine Kiste herein, auf der ein straff gespanntes Kissen liegt, über das wiederum ein Stück Stoff gelegt ist.
Meine Damen und Herren, dieser Stoff ist ein Originalstück aus dem Kleide des Opfers. Fester Wollstoff, als solcher leicht entzündbar. Ich führe jetzt, um Ihnen das zu veranschaulichen, was ich eingangs referiert habe, die Tat in dreifacher Weise aus.
Der Assistent hält dem Meister eine Schatulle hin, öffnet sie, der Meister nimmt einen von drei darin befindlichen Revolvern heraus, zeigt ihn nach allen Seiten, stellt sich, alle seine Bewegungen sind sehr elegant, vor die Kiste und schießt aus etwa eineinhalb Metern in dieselbe.
Sie sehen, Herrschaften, eine saubere Einschußrundung, keine Verbrennungen des Einschußlochrandes. Nun zu meiner Fest-

stellung, daß selbst aus zwanzig Zentimetern Entfernung der Versengungseffekt nicht auftritt.

Er nimmt einen neuen Revolver aus der Schatulle und schießt aus etwa zwanzig Zentimetern in die Kiste.

Sie sehen es, nichts, eine saubere Einschußöffnung.

Und hier, meine Damen und Herren, nun der Beweis!

Mit einem dritten Revolver schießt er aus zwei Zentimetern in die Kiste. Rauch, wie vorher auch, aber ein leichtes Flammenzüngeln um die Einschußstelle, auf das André strahlend zeigt.

Sie sehen es selbst, verbrannter Rand der Einschußstelle!

Und hier, er kündigt es mit erhobenem Zeigefinger an, der endgültige Beweis!

Als würde er nun ein Kaninchen oder ein zuvor verschwundenes Ei hervorzaubern, zieht er ein Stück Stoff aus der Tasche und hält es hoch. Man sieht ein an den Rändern angesengtes Loch.

Das, meine Damen und Herren, ist das Original vom 6. November!

Er legt es neben das dritte Einschußloch, zeigt noch einmal darauf, wendet sich zu den Geschworenen.

Wenn die Herren Geschworenen sich das vielleicht näher ansehen wollen?

Schon wollen Geschworene nach vorne kommen, da greift Dr. Eller ein:

Nein, nein, keine weiteren Umtriebe jetzt. Wir sind nicht auf der Kirmes. Herr Sachverständiger, wir danken Ihnen.

Der Meister und sein Assistent packen ihre Utensilien zusammen und verlassen den Saal. Noch einmal brandet Beifall auf.

Ich darf bitten! Mittagspause.

Als im Gerichtssaal der erste Schuß fiel, rief draußen vor dem Gerichtsgebäude irgendein Scherzbold: Jetzt hat sich der Hau erschossen. Das pflanzte sich durch die Menge, suchte sich seinen Weg und kam überall in der Stadt als sensationelle Wahrheit an. Da es drei Schüsse gegeben hat, wurde eine Geschichte daraus: Hau hat einen Revolver in den Gerichtssaal geschmuggelt, damit den Staatsanwalt und den Vorsitzenden und dann sich selbst erschossen. Ein Redakteur, zuständig, die Stimmung draußen im Volke zu beschreiben, trug das sogar in seine Redaktion und wollte schon für die Abendausgabe texten: »Drama im Gerichtssaal. Hau richtet sich selbst«. Da kam die Nachricht, Hau lebt, und nicht nur er.

Nach der Mittagspause folgen die psychiatrischen Gutachter. Zunächst tritt der Geheime Rat Professor Dr. Alfred E. Hoche auf, in dessen Freiburger Klinik Hau vom 9. 2. 07 bis 23. 3. 07 zur Beobachtung weilte.

Professor Hoche:

Das Gesetz kennt zwei Gründe, welche eine Bestrafbarkeit eines Angeklagten ausschließen. Der eine Grund ist der, daß er in einem Zustande von Bewußtlosigkeit oder krankhafter Störung seiner Geistesfähigkeit gehandelt hat. Der zweite Grund setzt voraus, daß bei Begehung der Tat die freie Willensbestimmung ausgeschlossen war. Aus den Beweiserhebungen zeigt sich, daß eine erbliche Belastung des Hau auszuschließen ist. In geistiger Beziehung ergab sich, daß es sich bei Hau um eine geistige Intelligenz handelt. Im ganzen verschlossen und abwartend, ist er ein weichlicher, sensibler Mensch, der Stimmungen unterworfen war. Er ist ein ungleichmäßig veranlagter, begabter Mensch, seiner Veranlagung bewußt, der aber zu unberechenbaren Handlungen neigt, die momentanen Stimmungen entspringen. Er ist eine Abweichung vom normalen Typus des Menschen.

Hau lächelt. Kleine Unruhe im Saal.

Es handelt sich nun um die Frage des Geisteszustandes des Angeklagten zur Zeit der Tat und darum, ob die angeführten Voraussetzungen für jene Zeit zutreffen. In dieser Beziehung muß gesagt werden, daß bei Hau Geistesstörungen, Epilepsie, hy-

sterische Anfälle nie wahrgenommen worden sind. Er weiß
sehr genau von den Dingen des Tages am 6. November letzten
Jahres, und es haben sich bei ihm keine Bewußtseinsverän-
derungen ergeben. Man kann fragen, ob er an jenem Tag Ge-
mütsbewegungen unterworfen war, so daß er nicht wußte,
was er tat. Bei Haus Handlungen, die alle vorbereitet und kal-
kuliert waren, ist das nicht anzunehmen. Ich komme zu dem
Schlusse, daß Voraussetzungen, welche eine Bestrafbarkeit
ausschließen, bei Hau nicht vorhanden waren und sind. Die
Abweichungen von der Norm reichen nicht aus, die Voraussetzungen des § 51 zu erfüllen.

Hau lächelt wiederum, Dr. Dietz sieht seine Verteidigungs-
strategie davonschwimmen, und mancher im Saal fragt sich,
ob man für die von Dr. Hoche gemachte Feststellung wirklich
einen Menschen sechs Wochen in einer psychiatrischen Klinik
beobachten muß. Dr. Hoche, gerade 42 Jahre alt, hat schon öffentlich kundgetan, daß er von der Schuld des Hau überzeugt
ist.

Der von der Verteidigung hinzugezogene zweite Gutachter,
Professor Dr. Gustav Aschaffenburg aus Köln, attestiert dem
Angeklagten verminderte Zurechnungsfähigkeit und psycho-
pathische Grundzüge des Verhaltens, einen Anlaß, § 51 zur An-
wendung zu bringen, sieht auch er nicht. Allerdings hält er Hau
für unschuldig und glaubt an einen Freispruch. An den Verteidiger schreibt er am Tag nach der Abgabe seines Gutachtens:
Verehrter Herr Rechtsanwalt, ich habe an der Freisprechung
Ihres Klienten keinen Zweifel mehr, und wenn auch manches
im Dunkel bleibt, an seiner Nichtschuld am Mord hatte ich
seit meinem ersten Besuch keinen Zweifel. Das kann und darf
ich Ihnen erst jetzt sagen. Grüßen Sie Herrn Hau, der trotz aller moralischen Schuld meine Hochachtung durch seine Tap-
ferkeit errungen hat. Ihr ergebener Aschaffenburg.

Dr. Gustav Aschaffenburg, jüdischer Herkunft, wird 1934 aus
dem Staatsdienst entlassen und geht nach Amerika.

KAPITEL 42

Brief des Gef. Hau:

Bruchsal, 3. April 1908

Liebe Mutter,

vielen Dank für Deinen lb. Brief. Und die darin bekundete Sympathie, daß Du an meinem Schicksal so warmen und tätigen Anteil nimmst. Es tut doch gut, solche Liebesbeweise zu lesen, wie Dein Brief sie enthält. Daneben schmerzt es doppelt, für immer von den Seinen getrennt zu sein und das schwere Kreuz allein tragen zu müssen, hinter sich ein Leben in Trümmern, vor sich Nacht und Einsamkeit mit der lauernden Psychose, die ich mit aller mir noch zu Gebote stehenden Willenskraft fernzuhalten suche, die mich aber zeitweise schon in den Bannkreis ihrer Furcht zieht. Aber so trüb auch gegenwärtig die Konstellation scheint, die Hoffnung, daß meine Unschuld an den Tag kommen wird, darf und will ich nicht aufgeben. Wenns nur nicht zu spät geschieht! Du irrst, wenn Du glaubst, daß Vergangenheit und Außenwelt für mich zu existieren aufgehört haben. Ich denke oft an Trier, an Euch, an den Vater vor allem, den Du bitten möchtest, mir trotz all seines Zorns ein paar Zeilen zu schicken, die mir sagen, daß er mir alle Unbill verzeiht.

Von mir gibt's natürlich wenig zu berichten. In der monotonen Folge der Tage, Wochen und Monate geht der Zeitsinn gänzlich verloren. Materiell ist mein Dasein so unerträglich nicht: das Essen einfach, nahrhaft, reichlich, die Arbeit rein körperlich, aber nicht mühsam und nicht unästhetisch, die Lebensweise rationell, kurz: alle physischen Bedingungen für die Erreichung eines biblischen Alters sind gegeben. Das Neue Testament, Thomas a Kempis, Goethe, Lessing und Herder sind als irreale Zellengenossen solchen von Fleisch und Blut jedenfalls vorzuziehen. Auch erlaubt man mir Sprachstudien und gelegentlich Schriftstellerei. Die Behandlung hier ist ganz den humanen Strafvollstreckungsideen unserer hochgepriesenen modernen Cultur entsprechend: ein gutgenährter, arbeitskräftiger Gefangener ist produktiv, während ein toter für den Staat offenbar nur von indirectem Vorteile ist.

Draußen im Hof erscheinen die ersten Anzeichen des Frühlings, und durch das geöffnete Fenster, das den Himmel in zwanzig Rechtecke teilt – vielleicht steht jedes für ein Jahr – trägt eine milde Luft die ruhevolle Harmonie ferner Sonntagsglocken vermischt mit dem allegretto trionfante eines Buchfink-Solisten in meine Zelle. Obs bei mir wohl immer Winter bleiben wird?

Nun leb wohl, grüße den Vater und bewahre Deine Zuneigung zu einem Unglücklichen, der sie mehr als je zu schätzen weiß. Carl Hau.

Im Herbst 1908 stirbt Johann Baptist Hau, der Vater des Karl Hau, ohne seinem Sohn die ersehnten Zeilen der Versöhnung geschickt zu haben.

Ein junger Aufseher kommt an die Zellentür.

Fertigmachen zum Hofgang!

Der Gefangene hängt sich das Schild mit seiner Zellennummer um, setzt die Kappe mit der Gesichtsmaske auf, wartet auf einen Gong, mit dem sich die Zellentür öffnet. Dann reiht er sich ein, bleibt etwa fünf Schritte hinter seinem Vordermann. Zwanzig Gefangene marschieren eine Treppe hinunter, gehen auf ein Gebäude zu, das wie eine Kombination aus zwanzig Bärenzwingern aussieht. In der Mitte ist ein Rundturm, von dem aus die Gefangenen in die einzelnen Käfige treten. Die Türen werden hinter ihnen verriegelt. Ein Wärter begibt sich auf die Spitze des Turmes, von wo er alle Käfige überschauen kann. Die einzelnen Käfige sind Dreiecke mit einer kurzen Grundlinie und langen Schenkeln. Die Grundlinie ist ein hohes Gitter, die Schenkel sind 3 Meter hohe Mauern. An der Spitze des

Dreiecks ist der Eingang. Auf Befehl gehen die Gefangenen. Mit ihren Masken sehen sie grotesk aus. Sie können sich nicht sehen, nicht erkennen, keinen Blickkontakt zueinander aufnehmen. Hau zählt die Schritte. Dreizehn Schritte ein Schenkel, sechs Schritte die Grundlinie, macht 32 Schritte pro Weg, Rundweg kann man das nicht nennen, da es ein Dreieck ist. Ein Weg dauert etwa eine Minute. Der Hofgang dauert eine halbe Stunde, macht etwa 30 Wege. Manchmal schreitet Hau energischer, nimmt die Ecken zackiger und kommt dann auf 36 bis 38 Wege. Hau rechnet: Bei einem Schnitt von 33 Wegen am Tag sind das 1056 Schritte. Ein Schritt eines Mannes seiner Größe mißt etwa 80 Zentimeter. Dann sind das 844,80 Meter. Da der Hofgang jeden Tag stattfindet, sind das im Jahr 308,35 Kilometer. Sollte er 20 Jahre absitzen müssen, würde er in der Zeit 6167 Kilometer zurücklegen, das heißt, einmal von Hamburg nach Washington.

Manche Wärter zählen laut einen Rhythmus vor, brüllen ihn vom Turm herunter, weil sie es hassen, wenn sich einzelne eine individuelle Gangart zulegen.

Dann geht es wieder auf die Zelle.

Einzelhaft.

Dr. Dietz an die Großh. Direktion des Männerzuchthauses Bruchsal:

Erlauben Sie mir, daß ich Ihnen heute per gleichzeitigem Postpaket 5 Bände Montesquieu: »L'esprit des lois / Vom Geist der Gesetze« zugehen lasse mit der Bitte, dieselben als ein Weihnachtsgeschenk von mir in Ihrer Bibliothek gefl. aufzunehmen und die Benützung des Werkes in geeigneter Weise meinem Klienten Karl Hau gestatten zu wollen.

Karlsruhe, 15. November 1909

Dr. Dietz, Rechtsanwalt.

KAPITEL 43

Baden-Baden, 9. November 1906

Mit mehreren Droschken kommt die Familie Molitor von dem Begräbnis der Josefine Molitor aus Karlsruhe zurück. Im Familiengrab der Molitors hat sie ihre letzte Ruhe neben ihrem 1901 verstorbenen Mann gefunden. Olga, Lina mit dem Kind, Fanny mit ihrem Verlobten, Louise, Elisabeth (Betty) Bachelin geborene Molitor mit Oberst a. D. Hans Bachelin, ihrem Mann, und zwei jugendlichen Kindern, Hermine Fecht geborene Molitor mit Emil Fecht, ihrem Mann, und Oberleutnant Karl Molitor mit seiner Frau Johanna und drei Kindern. Alle sind schwarz gekleidet, die Frauen tragen Schleier, Karl trägt Uniform. Eine müde, hungrige Trauergesellschaft, ungeduldige Kinder, eine traurige, stumme, mit niemandem sprechende Lina, die von Olga gestützt wird, da sie nahe am Zusammenbruch scheint.

Man geht ins Haus, wo ein aus dem Hôtel d'Angleterre gebrachtes Leichenmahl vorbereitet ist. Das Personal, verstärkt durch Personal des Hotels, trägt das Essen auf, das fast stumm eingenommen wird. Karl hat den Platz am Kopfende des Tisches eingenommen, er weist die Kinder zurecht, wenn sie etwas sagen wollen, und nach dem Essen fühlt er sich befugt, eine Rede zu halten.

Man habe nun, sagt er, die geliebte Mutter, Schwiegermutter und Großmutter zu Grabe getragen, die durch frevelhafte Hand mitten aus ihrem blühenden Leben gerissen worden sei. Und einer aus der Mitte dieser Familie, einer, dessen Schwiegermutter sie war, habe diese ungeheure Tat zu verantworten.

Olga warnt: Karl, Schluß damit!

Niemand, der klaren Verstandes ist, zweifelt an seiner Schuld. Halt den Mund!

Olga, was fällt dir ein! sagt Betty.

Und wir können nur hoffen, daß den, der diese Familie ins tiefe Unglück gestürzt hat, die verdiente Strafe ereilt.

Olga springt auf.

Spiel du dich hier nicht zum Richter auf!

Lina nimmt das Kind und geht hinaus. Olga folgt ihr. Alle schweigen betreten.

Man wird doch noch die Wahrheit benennen dürfen.

Fanny: Laß es, Karl.

Louise: Ich fand, das war jetzt nicht nötig. Lina hat es wahrlich schwer genug.

Die Gesellschaft löst sich auf. Die Frauen verschwinden nach oben, die Männer machen sich über Schnäpse und Zigarren her. Sie sind sich einig, daß Hau und sonst keiner der Täter ist, daß Lina das wohl nicht so einfach einsehen könne, was man verstehen müsse, und daß Olga eben etwas überspannt sei.

Ihr wißt wohl nicht, daß Olga auch in den Herrn Studiosus verliebt war. Wer weiß, was er ihr noch für schöne Augen gemacht hat.

Worüber ich die ganze Zeit nachdenke, ich wollte vor den Frauen darüber nicht reden, sagt Fecht, ist, daß die Frau Schwiegermutter ohne Herz begraben worden ist. Das ist doch nicht in Ordnung, oder?

Das wird nach dem Prozeß nachgeliefert, sagt Bachelin.

Überleg mal, was bei völlig zusammengeschossenen Soldaten oder bei Explosionsopfern oft nur an Resten des Menschen in den Sarg kommt, sagt Karl.

Jaja, aber das Herz!

Lieber Emil, auf das Herz kommt es nicht an, nur auf die Seele.

Nein, nein, nein, ich lege einmal schon Wert darauf, mit meinem Herzen begraben zu werden.

Wie ist das eigentlich bei den Hingerichteten? Kommt da der Kopf mit in den Sarg?

Natürlich, was denkst du denn.
Denen sollten sie das Herz rausnehmen!
Die haben doch keins.
Sie lachen.

KAPITEL 44

Karlsruhe, Montag, 22. Juli 1907, abends

Auf Drängen der Geschworenen, die nicht damit gerechnet
hatten, daß sich die Verhandlung in die neue Woche hineinzie-
hen würde, sollen noch heute die Plädoyers gehalten und das
Urteil gefällt werden. Nach einstündiger Unterbrechung wird
die Verhandlung gegen zehn Uhr abends fortgeführt. Auf dem
Platz und in den Straßen vor dem Gerichtsgebäude befinden
sich inzwischen Tausende von Menschen, die vom Militär mit
aufgepflanztem Bajonett nur mit Mühe gebändigt und daran
gehindert werden können, den Saal zu stürmen. Die wenigen, die Hau für schuldig halten und seinen Kopf fordern,
werden von Hau-Sympathisanten brutal niedergebrüllt. Berit-
tene Gendarmerie drängt immer wieder in die Massen, um
Schlägereien radaubereiter Elemente zu verhindern. Da es inzwischen dunkel geworden ist, versuchen Waghalsige, den
Zaun hinter dem Gerichtsgebäude zu überklettern. Zwei
Kompanien Leibgrenadiere werden dort eingesetzt. Es kommt
zu zahlreichen Verhaftungen.

Im Saal, wo man das Gejohle von draußen hört, herrscht gespannte Ruhe. Man hat gegen den Lärm alle Fenster schließen
lassen, wodurch es unerträglich heiß ist. Einige Herren im Publikum haben ihre Jacketts ausgezogen und müssen von den
Saaldienern auf diese Unschicklichkeit hingewiesen werden.
Wöhrle schwitzt, das Wasser läuft in Strömen in seinen Kragen. Mit Verwunderung stellt er fest, daß die Familie Molitor
nicht anwesend ist.
Als Vertreter der Anklage hält nun Staatsanwalt Dr. Bleicher
sein Plädoyer:
Wenn wir die entsetzliche Tat, die hier zur Beurteilung steht, in

einem Roman von Gorki, Tolstoi oder Zola lesen, so rufen wir aus: Grauenhaft, aber nur ein Roman! Leider ist es Wahrheit, und es bestätigt sich, daß die schlimmsten Tragödien des Menschenlebens auf der Bühne der Wirklichkeit spielen. Welch unermeßliches Leid haben nicht im vorliegenden Falle maßlose Genußsucht und niedrige Rachgier – denn beides waren die treibenden Faktoren der Tat – über zwei angesehene und glückliche Familien gebracht. Als erstes Opfer fiel eine alte Dame, eine treubesorgte Mutter, das Haupt einer zahlreichen, sie verehrenden Familie. Sie fiel unter dem brutalen Gewaltakt eines jungen Mannes, ihres eigenen Schwiegersohnes, der sie in einen tückischen Hinterhalt gelockt und dort meuchlings ermordet hat. Und der Fluch der bösen Tat forderte bald ein neues Opfer. Noch zitterte in unseren Herzen die Bewegung nach, welche die blutige Freveltat in der ganzen gebildeten Welt ausgelöst hatte, da brachte der Draht eine weitere Schreckenskunde. Die Frau des Angeklagten suchte und fand in den Wellen des Pfäffikoner Sees am 7. Juni 1907 den Tod. Sie schied aus dem Leben in namenloser Verzweiflung über die Bluttat ihres Mannes, den sie über alles geliebt und von dessen Schuld sie sich überzeugt hatte. Doch damit nicht genug! Gebeugt und gebrochen von dem Kummer und Elend, welches das letzte Jahr über ihn und seine Familie gebracht hatte, erlitt der angesehene Vater des Angeklagten einen Schlaganfall, von dem er sich immer noch nicht erholt hat. Noch ein viertes Opfer ist zu beklagen, das unschuldige, vierjährige Kind, das aus der Ehe des Angeklagten entsprossen ist. Trägt es nicht den Makel an der Stirne, daß sein Vater ein Mörder ist und seine Mutter freiwillig in den Tod ging? Noch weiß es ja nichts über sein trauriges Schicksal, aber wie lange wird es dauern, bis eine ungeschickte oder rauhe Hand es über seine Vergangenheit aufklärt, und was mag dann wohl in der Seele dieses Kindes vorgehen? Meine Herren Geschworenen, das sind die vier Wirkungen der Tat, für die sich der Angeklagte vor dem Richterstuhl seines Gewissens und vor dem Forum der Moral zu verantworten hat. Unter die starren Buchstaben des Strafgesetzes fällt nur die erste, die Haupttat. Man würde sie aber meines Erachtens nicht erschöpfend würdigen, wenn man nicht auch diese Folgen berücksichtigte. Ein Dreivierteljahr ist verflossen, seit der friedliche Boden der idyllischen Bäderstadt durch die Bluttat entweiht wurde. Sicherlich wäre es erwünscht gewesen, die Sache zu einem früheren Zeitpunkt zur Verhandlung zu bringen. Die Schuld der Untersuchungsbehörden ist es nicht. Allein, es wurden von seiten des Angeklagten und von anderer Seite solche Hindernisse und Hemmnisse bereitet, daß es nicht gelang, eine frühere Aburteilung zu ermöglichen. In gewissem Sinne ist die Verzögerung nicht zu beklagen. Wir stehen nicht mehr unter dem unmittelbaren Eindrucke der furchtbaren Tat. Unser Urteil wird ein abgeklärtes sein, wir können leidenschaftslos Licht und Schatten verteilen. Allerdings, wie ich zuversichtlich hoffe, frei von falschem Mitleid, mit jener unbeugsamen Festigkeit, welche die Schwere der Tat und das uns anvertraute Amt zur Pflicht machen.

Er schaut zu Hau hinüber, der den Kopf gesenkt hat. Es ist nicht zu erkennen, ob er überhaupt zuhört.

Kommen wir nun zur Person des Angeklagten, der schon einmal seine Waffe gegen eine Angehörige geführt hat, gegen seine Frau: Er hat sich in Amerika eifrig bemüht, sich einen Erwerb zu verschaffen. Von der Professur wendete er sich der Advokatur zu, und er trug sich mit großen Plänen, die ihm viel Geld bringen konnten, sich aber nicht verwirklichten. Er arbeitete nur mit dem Geld seines Sozius und später mit dem Geld seiner Frau, das er von deren Konto abhob, ohne ihr Wissen. Im Jahre 1906 fing das Leben des Angeklagten an, einen unruhigen Verlauf zu nehmen. Er ging nach dem Kontinent, stieg in Wien mit zwei Damen ab, mit denen er das Zimmer teilte, ging nach Konstantinopel und brachte dort sein ganzes Geld durch. Er hat es für seine Pläne verbraucht, aber mehr noch für einen übergroßen Luxus. Die 125 000 Mark, die er vergeudete, gehörten seiner Frau und seinem Sozius.

Als er schon mittellos war, spielte er immer noch den großen Herrn. Trotzdem er nichts mehr hatte, überhäufte er seine Angehörigen mit Geschenken. Es war ein verzweifeltes Schenken. Er sah seinen finanziellen Zusammenbruch vor sich und trug das Todesurteil gegen die Frau, deren Gastfreundschaft er genoß, schon im Herzen. Dann lockte er Frau Molitor nach Paris, wo sie am Ostbahnhof um Mitternacht ankam. Sie schon dort zu töten oder unter ein Automobil zu werfen, gelang wegen zu vieler Passanten nicht. Die Gründe, die er für das Telegramm angibt, die Eifersucht seiner Frau auf Olga, ist nicht stichhaltig. Er hätte in einem offenen Gespräch mit der einen sowie der anderen die Dinge klären oder frühzeitig nach London abreisen können, was er schließlich auch tat. Dort gab er eine Depesche an sich selber auf, in welcher er nach dem Kontinent gerufen wird, und mit der er seine Frau betrog. Am 6. November befand er sich in Baden-Baden, trieb sich in den Straßen um die Villa Molitor herum, wurde von zahlreichen Zeugen dort gesehen und berief dann gegen sechs Uhr die Frau Molitor telephonisch nach der Post. Nach der Tat floh er wie von Furien gehetzt nach Frankfurt, von wo aus er seiner Frau zynisch telegraphierte: Alles zur Zufriedenheit erledigt! Nach seiner Festnahme simuliert er den Geisteskranken, und auf die Frage, ob er den Mord begangen habe, hat er nur die Antwort: Ich gebe keine Auskunft.

Nach langem Verweigern der Auskunft nennt er schließlich einen Grund für seine Reise nach Baden-Baden. Dieses Motiv, das vom eigentlichen Motiv, dem heimtückischen Mord, ablenken soll, ist absolut unglaubwürdig und von der Hand zu weisen. Es wußte niemand von seiner angeblich großen Leidenschaft, schon gar nicht der Gegenstand dieser Leidenschaft. Er hält sich zwei Tage in Frankfurt auf, vergnügt sich dort mit Dirnen und taucht dann in angeblich glühender Leidenschaft vermummt in Baden-Baden auf. Zu welchem wahren Zwecke? Um seine Schwiegermutter zu ermorden! Dann flüchtet er in wilder Hast.

Die gräßlichsten Seelenqualen über die Tat erlitt seine Frau. Der Angeklagte wußte davon. Ein Wort hätte genügt: Ich bin in einer vorbeigehenden Neigung in Baden-Baden gewesen. Er sagte es nicht und hat sie in den Tod getrieben. Sie war von der Schuld des Angeklagten überzeugt.

Nach dem Tode seiner Frau war der Angeklagte von allen Rücksichten frei. Warum sagte er dann nichts von dem Rendezvous in Baden-Baden? Es ist ein untrüglicher Beweis für seine Schuld, daß er uns erst, als er einsieht, es geht um sein Leben, dieses lächerliche Motiv auftischt. In seiner Verzweiflung über seine finanzielle Lage tötete er die Frau, von der er eine Erbschaft zu erhoffen hatte.

Der Verteidiger ist bis heute in derselben Ungewißheit über die Einzelheiten der Tat wie wir. Der Angeklagte sagt ihm: Nehmen Sie nur an, ich hätte die Tat begangen, und richten Sie Ihre Verteidigung danach aus.

Es ist nicht der geringste Zweifel angebracht, daß der Angeklagte der Täter ist und daß ihm die Tat voll anzurechnen ist. Wenn je ein Mord mit Überlegung ausgeführt worden ist, das heißt planmäßig ausgeführt worden ist, dann war es dieser. Die Früchte des Mordes konnten nur Hau zufallen. Seine Existenz war vernichtet, wenn nicht der Erbfall kam. Geben Sie, meine Herren Geschworenen, dem Blute der Getöteten und der Freveltat des Angeklagten die gebührende Sühne und Vergeltung, und sprechen Sie den Angeklagten des Mordes schuldig!

Beantworten Sie die Schuldfrage mit Ja. Verurteilen Sie den Rechtsanwalt Karl Hau wegen Mordes.

Die Forderung des Staatsanwalts ist in Windeseile zu den Massen hinausgelangt. Wütende Schreie, Sprechchöre. »Justizmord!« schallt es durch die Straßen.

Hau sitzt völlig versunken da, als wollte er nun an der Verhandlung nicht mehr teilnehmen, als ginge ihn das alles nichts mehr an, die Arme verschränkt, auf seine Hände starrend. Staatsanwalt Dr. Bleicher allerdings ist sich nicht sicher, ob das nicht noch eine letzte Provokation des Angeklagten gegen seine Person ist, ein arrogantes Ignorieren.

Der Verteidiger Dr. Dietz übernimmt das Wort.

Hat der Staatsanwalt seine Anklage emotionslos, steif, unterkühlt vorgetragen, so zieht der Verteidiger alle Register der Schauspielkunst. Man scheint das seitens des Publikums zu kennen, das sich während des Plädoyers der Anklage eher langweilte, jetzt aber, als würde ein Ruck durch die Anwesenden gehen, aufmerksam wird. Nur die Gesichter der Geschworenen sind kühl und abweisend und versprechen nicht, daß sie den Ausführungen des Dr. Dietz zu folgen gewillt sind. Und Hau? Er zeigt durch keinerlei Regung, daß er den Übergang von Dr. Bleicher zu Dr. Dietz überhaupt wahrnimmt.

Dr. Dietz:

Ich bitte Sie, meine Herren Geschworenen, mit frohgemutem Herzen um das Leben des Angeklagten, um seine Freisprechung.

In einer Ecke Gelächter.

Sicherlich, der Angeklagte ist eines der größten Rätsel, das es gibt. Er legt seinen Kopf bis unter das Fallbeil, um einer Dame, die er unerlaubt liebte, zu ersparen, daß ihr Name in allerlei Beziehungen gebracht werde. Und nicht umsonst spricht ein Psychiater von dem bis zur Selbstaufopferung gehenden Mut des Angeklagten. In solchem Falle kann man nicht kommen und sagen: Der Mann ist verdächtig, denn er gibt im letzten Moment eine unglaubhafte Erklärung. Wir haben hier vergebens auf die Prophetenstimme gewartet, die uns die Beweise bringen sollte, daß ein junger, vielleicht leichtsinniger, aber geistig hochstehender Mensch die Tat begangen hat.

Aus einer Familie, mit der er durch Bande verbunden ist, die nie gelöst werden können, haben sich Schwurhände erhoben, die ihn als Täter bezeichneten, ohne den Funken von einem Beweis erbringen zu können. Hier die Fährte. Das andere überließ man dem Staatsanwalt. Er soll allein diese Fährte verfolgen. Aber: Wo ist der vornehme Herr, der hinter den Damen Molitor herlief, wo sind die anderen Herren, die auf der Straße herumgingen? Wo? Unsere findige Kriminalpolizei konnte sie nicht auffinden. Sie sind aus der Welt verschwunden. Wenn das Verbrechen ungesühnt bleibt, dann bedanken Sie sich bei den Leuten, die auf die falsche Spur hingewiesen haben, und bei der Untersuchungsbehörde, die so wacker gearbeitet hat, daß sie in dem kleinen Baden-Baden die vier Herren nicht finden konnte.

Er nutzt Bewegung im Publikum zu einer kleinen Kunstpause. Er gefällt sich im Reden, mag das vor dem Spiegel zu Hause geübt haben und findet es schade, daß Hau, der große Kollege aus Amerika, ihm nicht zuzuhören scheint, geschweige denn ihn anschaut.

Nun zu den Zeitungsnotizen! Die Presse ist eine Großmacht, sie kämpft mit Erfolg im öffentlichen Leben. Ihre Vertreter sind Leute von Gewissen und Ehre, die sich nicht bezahlen lassen, um danach in gewissem Sinne zu schreiben. Aber sie braucht Informationen. Doch diese sollen dem Urteil nicht vorgreifen. In welcher Verzweiflung müssen der Angeklagte und der Verteidiger hier stehen, wenn schon vorher geschrieben wird: Köpft ihn, er ist schuldig, macht nicht viel Federlesens? Er hebt die Stimme, deklamiert.

Und wenn die Welt voller Staatsanwälte wäre, die die Zeitungen vorher bearbeiten und ihnen das fertige Urteil produzieren, Sie, meine Herren Geschworenen, dürfen sich dadurch nicht beeinflussen lassen!

Er schaut zu den Geschworenen, nimmt aber bei ihnen keinerlei Regung wahr.

Ich sage Ihnen, meine Herren, die Annalen dieses Prozesses sind noch lange nicht geschlossen.

Nun zum Indizienbeweis.

Der Staatsanwalt hat aus einem längst zusammengebrochenen Kartenhaus einen Scheiterhaufen zur Verbrennung des »Raubmörders« gemacht. Dieser »Raubmörder« ist ein sonderbarer Raubmörder. Er, der hochangesehene Universitätsprofessor, vermummt sich, läßt sich in Frankfurt einen Bart ankleben, über den selbst Kinder lachen und rufen würden: Schaut, da ist ein Raubmörder! In Paris gibt er das Telegramm, das jetzt als Mordabsicht gedeutet wird, ausgerechnet dem Portier des Hotels, in dem er wohnt. Er geht nach Baden-Baden und rennt dort um die Villa Molitor herum, damit ihn jedermann in der Stadt sehen kann, alles das tut er, um möglichst unerkannt zu bleiben. Dann geht er zu einem Postbeamten, tätigt einen Anruf und begeht schnell mal einen Mord, dann geht er seelenruhig nach London. Halten Sie das für die Psychologie eines Raubmörders? Dann hätten es die Raubmörder gut in Baden-Baden!

Nein, an all dem ist nichts Verbrecherisches, meine Herren!

Wir haben es hier vielmehr mit dem blindwütigen Verliebten zu tun, einer allgemein bekannten Spezies. Wenn die Liebe in Betracht kommt, dann werden nicht nur Weiber zu Hyänen, sondern auch Rechtsanwälte zu Eseln.

Gelächter.

Das alles ist ein Sherlock-Holmes-Roman, wie er besser nicht geschrieben werden kann. Ja, Herrschaften, die Sache ist zum Lachen. Und! Der Gutachter Professor Aschaffenburg hat mir privatim noch geschrieben, er habe vom ersten Tage an, nachdem er Hau in die Augen geguckt hat, sich von seiner Nichtbeteiligung am Morde überzeugt.

Bewegung.

Das ganze Vorleben des Angeklagten weist auf eine Dekadenz hin. Ich habe daher nicht gern seine Verteidigung übernom-

men, sondern nur der Tränen seines Vaters und seiner Stiefmutter wegen.

Was treibt dieser Kerl, ich muß ihn so nennen, nicht alles in
seiner sexuellen Abnormität! Sein Weib fühlt sich zurückge-
setzt. Sie hat Angst vor der Olga. In allen Briefen ist immer von
Olga die Rede. Die Eifersucht seiner Frau ist stets auf die Olga
gerichtet, die er langsam zu lieben und zu begehren beginnt.
Seine Sinnlichkeit macht sich geltend!

In Paris sieht er, daß das dreieckige Verhältnis – an dem Fräulein Olga völlig unschuldig ist – nicht mehr geht. Daher das
Telegramm, das der Staatsanwalt als Mordversuch auslegt.
Jetzt gibt es also neben dem Totbeten und anderen Tötungs-
arten auch das Tottelegraphieren!

Gelächter.

Vor der Abreise nach Amerika, wo bereits mehrere Prozesse
seiner harren, geht er nach Baden-Baden, um das geliebte Weib
noch einmal zu sehen. Er stellt es so dumm als möglich an.
Nein, wahrlich, ein Raubmörder ist der Mann nicht, wohl
aber ein verliebter und abscheulicher Mensch. Solche sind sel-
tener Mörder als beklagenswerte Kreaturen.

In Baden-Baden irrt der Mann umher, telephoniert und rennt
dann zur Villa Molitor, um die Angebetete zu sprechen. Was
sieht er?! Fräulein Olga kommt mit der Mutter aus dem Haus.
Er stürmt enttäuscht davon – der große Mann mit dem schwarzen Mantel, nicht der kleine Mann mit dem braunen, der den
Damen Molitor folgte! Frau von Reitzenstein und der Kutscher Braun haben ihn gesehen. Und Fräulein Eisele. Nach
ihren Aussagen kann er nicht der kleine Mann mit dem braunen Mantel gewesen sein. Zeugen, deren Wahrheitsliebe vom
Staatsanwalt angezweifelt wird.

So hat sich das in Baden-Baden abgespielt.

Mein Mann fuhr mit der Kutsche vom Alleehaus zum Bahnhof
und mit dem nächsten Zug davon. Der Mann des Staatsanwaltes schoß inzwischen, lief die Lindenstaffeln hinunter, sprang

über das eiserne Gitter, in seinem langen Paletot, lief in unmenschlicher Geschwindigkeit die belebte Straße entlang zum Bahnhofe.

Dort treffen sich die beiden Männer. *Mein* Mann kommt gemächlich per Droschke an, der Mann des Staatsanwaltes hat gerade einen Geschwindigkeitslaufrekord aufgestellt und kommt keuchend an und wurde dabei von niemandem gesehen! Vermutlich rennt der Herr im braunen Mantel auch irgendwie zur Bahn. Alle drei fahren davon. Da kommt der Staatsanwalt in Ermangelung der anderen und sagt: Die anderen haben wir nicht, den Hau haben wir, also köpfen wir ihn. Gelächter, das Dr. Eller jetzt wütend unterbricht mit der Drohung, den Saal räumen zu lassen. Er habe von dem Radau auf der Straße draußen gerade genug.

Man macht sich die Sache einfach. Man klagt den Mann an, den man kriegen kann, und sucht mit List und Tücke einige Gründe gegen ihn zusammen. Geldgier, das möchte ich noch einmal wiederholen, kommt nicht in Frage. Könnte er jetzt die Prozesse in Amerika führen, die ihm dort angeboten sind, würde er pro Prozeß bis zu 75 000 Mark verdienen. Wäre er in Geldschwierigkeiten gewesen, hätten ihm seine Verwandten ausgeholfen, was er wußte, aber gar nicht in Anspruch genommen hat. Nein, Herr Staatsanwalt, lieber mordet die Bestie, als daß sie sich von Verwandten Geld leiht! Und daß der Angeklagte seinen Sozius in Amerika um 60 000 Mark gebracht hätte, hat sich auch als nicht beweisbar gezeigt, zumindest liegt keine Anzeige darüber vor.

So kläglich und so traurig und dilettantisch war noch nie ein Indizienbeweis wie der des Staatsanwalts. Wenn Sie, meine Herren Geschworenen, als Schöffen diesen Mann wegen Schießens an unerlaubten Orten auf Grund dieses Indizienbeweises mit drei Mark bestrafen sollten, Sie würden dem Staatsanwalt ins Gesicht lachen. Wie soll dieser Indizienbeweis für eine Verurteilung wegen Mordes genügen?

Dieser Staatsanwalt hat ein Waterloo erlitten der schlimmsten Art. Sprechen Sie den Mann frei!

Der Staatsanwalt soll die verdächtigen vier Männer finden, damit wir sie gegenüberstellen.

Wer hat die Tat vollbracht? Sie wissen es nicht, ich weiß es nicht, der Staatsanwalt weiß es am allerwenigsten.

Dieser Prozeß hat wieder einmal gezeigt, wie notwendig eine Strafprozeßreform ist. Hier herrscht noch die Barbarei von 1810. Das Verfahren hat aber auch gezeigt, wie wichtig es ist, das Schwurgericht als Institution aufrechtzuerhalten. Sie haben es in der Hand, durch einen Freispruch die vernünftige Existenz desselben zu beweisen. Sprechen Sie meinen Klienten frei, und Sie werden auf dem Boden der neuen Zeit stehen. Wir alle werden aus diesem Prozeß lernen. Auch der Angeklagte wird, wenn Ihr Spruch ihm die Freiheit wiedergibt, ersehen, was für eine furchtbare Sache es um den Ernst des Lebens ist. Er wird geläutert daraus hervorgehen und so mit uns erkennen: das große gigantische Schicksal, das den Menschen erhebt, wenn es den Menschen zermalmt! Ich bitte Sie um die Freisprechung des Angeklagten.

Er schaut sich stolz nach allen Seiten um und setzt sich. Hau hat seine Haltung nicht verändert, scheint nicht mehr anwesend zu sein. Der Lärm draußen nimmt zu.

Dr. Bleicher, der noch einmal das Wort ergreift, muß schon lauter sprechen, um verstanden zu werden:

Ich will mit dem Verteidiger nicht darüber rechten, ob seine Ausführungen mit ihrem Humor dem Ernst der Sache entsprechen. Ich hab niemals aktiv die Presse in Anspruch genommen, immer nur im Wege der Berichtigung.

Dr. Dietz wütend:

Dann haben Sie eben in Anspruch nehmen lassen!

Ich, Herr Verteidiger, kenne den hohen Wert der Presse. Zum angeblich eingestürzten Kartenhaus: So schlecht kann es nicht gebaut sein, da es nicht eingefallen ist, obwohl der Verteidiger fünf Tage dagegen angerannt ist. Meine Herren, lassen Sie sich nicht düpieren. Vom Köpfen ist ja noch gar keine Rede. Vom Schuldigsprechen bis zum Köpfen ist ein weiter Weg. Der Mann ist schuldig, das hat selbst seine Frau gesagt.

Dr. Dietz:

Beschmutzen Sie nicht posthum das Andenken der hochanständigen Frau des Angeklagten. Und ferner: Was taugt eine Zeugin, die während der Mordtat in London weilte und von nichts wußte, die danach von einer haßerfüllten Familie zu Gedanken gedrängt wurde, denen sie sich im Tode versagte?

Ehe das so weitergeht, beendet der Vorsitzende, der sehr ruhig allem zugehört hat, den Streit.

Angeklagter, wollen Sie noch etwas sagen?

Hau reagiert nicht.

Angeklagter! Wollen Sie – Sie haben das letzte Wort!

Hau schreckt auf, als habe er geschlafen, und starrt den Vorsitzenden an. Ob Sie noch etwas sagen wollen.

Kurze Pause, dann fest und laut und entschlossen:

Nein.

KAPITEL 45

Karlsruhe, August 1907

Was hat Olga Molitor am 6. November 1906 zwischen 2 Uhr und 4 Uhr getrieben, ehe sie sich zum Tee in die Villa Engelhorn begab? Kann sie nicht trotz ihrer Ableugnung eine Zusammenkunft mit Hau gehabt haben? Und was kann da alles geschehen sein? Ausgefeimte Verbrecher, wie Olga Molitor und Karl Hau es vielleicht sind – weshalb nicht? – können in wenig Zeit viel Schreckliches ausbrüten. Warum sollte Hau nicht zur Genossin seiner Schmach, zur verbrecherischen Olga gesagt haben: wir müssen fliehen. Deine Mutter ist uns im Wege, sie muß also ermordet werden. Dann bekommst du ihre Erbschaft, ich werde auch schon zu Geld kommen, wir werden gut leben können – ein freies Räuberleben. Hier hast du eine Pistole ...

Dr. Bleicher kann und mag nicht weiterlesen. Das schreibt Paul Lindau in der »Freien Wiener Presse«, einem Blatt, das von Anfang an pro Hau geschrieben hat. Lindau faßt zusammen, was der Pöbel auf der Straße sagt und denkt, und er distanziert sich nicht davon, sondern zieht eine Täterschaft oder Mittäterschaft Olgas in den Bereich des Vorstellbaren. Der Autor spielt durch, wie Olga geschossen hat, während Hau schon sichtbar und nachweisbar auf dem Weg zum Bahnhof war, wie aber auf die getreue und mutterliebende Olga kein Verdacht falle, wie man Hau festnehme, ihm aber den Mord nicht nachweisen könne und ihn freisprechen müsse. Diese Theorien geistern durch die Schmierenpresse, wie Bleicher sie nennt. Ein großer Stapel solchen Drecks liegt auf seinem Schreibtisch. Er mag es gar nicht alles lesen. Seit das Urteil gesprochen worden ist, herrscht keine Ruhe mehr. Und das wird nicht aufhören. Dr. Dietz bereitet die Revision vor, und er setzt sich auf jedes Pferd, das der Pöbel durch die Stadt treibt. Und Herzog, dieser Schmierfink, Chefredakteur der »Badischen Nachrichten«, hält ihm die Steigbügel. Diese beiden – sozialdemokratisches Gesocks.

Dr. Bleicher weiß nicht, was er sich mehr wünschen soll, daß der Großherzog den Hau begnadigt oder daß das Schafott ihm ein Ende macht. Sitzt Hau lebenslänglich im Zuchthaus, werden seine Verteidiger und alle Vertreter seiner Unschuld keine Ruhe geben. Es wird immer wieder neue Anträge und Vorwürfe geben, ein Antrag auf Wiederaufnahme des Verfahrens wird den nächsten jagen, und die Presse wird aus immer größeren Eimern Jauche über die badische Justiz ausschütten. Und was ist, wenn der Pöbel sein Opfer hat und laut »Justizmord« durch die Gassen schreien kann? Ist das dann besser zu ertragen, nur weil man verfahrensmäßig nichts mehr damit zu tun hat? Dr. Bleicher weiß nicht, was er sich wünschen soll – außer Ruhe, Ruhe, Ruhe. Er muß über den Angeklagten nachdenken, der doch von der Aufgeregtheit des Pöbels gar nichts wahrzunehmen schien. Seine Art der Verteidigung, der Selbstverteidigung, die eigentlich doch eher eine Nichtverteidigung war, die Gelassenheit, mit der er das Urteil annahm, was bedeutet das alles? Das fragen sie ihn am Stammtisch heute abend auch, und er sagt ihnen seine Meinung darüber: Der Hau nimmt das Urteil an, weil er weiß, daß er es verdient hat, weil er schuldig ist. Er hätte auch gestehen können. Aber dann hätte er nicht all diese Claqueure, diese Jünger, diese Kämpfer um seine Freiheit; er genießt den Kult um seine Person. Das ist seine Art, mit der Schuld umzugehen.

Baden-Baden, 15. August 1907
Schreiben des Rechtsanwalts Dr. Schäfer an Dr. Bleicher:
Bezüglich der von Ihnen mir mitgeteilten und in der Presse reichlich vertretenen Vorwürfe gegen Fräulein Olga Molitor gestatte ich mir, Ihnen ergebenst Folgendes mitzuteilen:

Gelegentlich des von mir betreuten Abschlusses des Verkaufs der Villa Molitor zu Baden-Baden am 4. August d. J. hatte ich ein Mittagessen mit dem Ehepaar Bachelin, einer Schwester des Fräulein Molitor und derselben. Fräulein Molitor sprach dabei die Überzeugung von der Schuld des Hau aus. Sie habe diese Überzeugung zwar nicht aufgrund der Vorgänge am Tatort gewonnen, wo sie lediglich einen fliehenden Mann im Mantel wahrgenommen habe, sondern durch Zusammenfassung aller Verhältnisse. Meine Frage, ob ich hiervon Gebrauch machen könne, bejahte Fräulein Molitor.

Ich darf Ihnen versichern, daß diese Äußerungen der Genannten insofern ernstzunehmen und von Bedeutung sind, da Fräulein Molitor es war, die sich lange gegen die Schuldannahme in ihrer gesamten Familie und weiterer Verwandtschaft zur Wehr gesetzt hat.

Bruchsal, Dezember 1907

Zelle Nr. 264 von 408 Einzelzellen
Länge 3,90 m, Breite 2,50 m, Höhe 2,90 m
Hochklappbares Bett
Tisch
Schrankregal
Bank (klappbar)
Kübel für Notdurft
Kappe mit angenähter Gesichtsmaske, zu tragen bei Verlassen der Einzelzelle.
Bekleben von Pappschachteln mit bunten Streifen.
$^1/_2$ Stunde Hofgang (mit Maske)
3 Mahlzeiten
4 × pro Woche Gottesdienst bzw. Religionsunterricht (mit Maske).

Personalbeschreibung des Häftlings Nr. 334, Hau, Karl.

Geboren:	3. Februar 1881
Größe:	1,77$^{1}/_{2}$ m
Statur:	schlank
Farbe der Haare:	braun
Farbe der A-brauen:	dto
Farbe der Augen:	dto
Gesichtsform:	rund
Gesichtsfarbe:	blaß
Bildung der Stirne:	gewölbt
Bildung der Nase:	dto
Bildung des Mundes:	dto
Zähne:	gut
Barthaare:	rasiert
Kinn:	kurz
Sprache bzw.	
Dialekt:	gemischt
Bes. Kennzeichen:	Glatze

Unterschrift des Sträflings: Carl Hau
Aufgenommen, Bruchsal, 3. Dezember 1907
Der Oberaufseher: Reiß

In der ersten Nacht in der Zelle in Bruchsal hadert Hau mit seinem Schicksal. Er wägt ab: Bei seiner schlechten Gesundheit ist es absehbar, daß er das Zuchthaus nicht überleben wird, aber winkt nicht vielleicht durch ein Wiederaufnahmeverfahren doch noch die Freiheit? Und wäre ein Selbstmord das Eingeständnis der Schuld? Hätte er dann nicht schon damals durch Linas Gift, das sie ihm bei ihrem letzten Besuch anbot, mit ihr in den Tod gehen sollen? Er überlebt die Nacht, hat eine Entscheidung gefällt, die er fast zwei Jahrzehnte durchhält. Er schreibt später:
Genug! Ich will leben. Im tiefsten Inneren hege ich die Hoff-

nung – nein, es ist mehr als Hoffnung, es ist fast Gewißheit –, daß einst ein neuer Tag für mich anbrechen wird, wenn auch vielleicht erst nach langer Nacht. Im Drama meines Lebens fehlen noch einige Akte. Jetzt beginnt der Akt: Im Zuchthaus. Spielen wir ihn gut. Danach werden andere Akte kommen. Wenn das Drama zu Ende ist, wird das Schicksal schon selber den Vorhang herunterfallen lassen.

Im April 1908 teilt die Anstaltsleitung der Justizbehörde in Karlsruhe mit, daß das Verhalten des Gef. Hau zu keinerlei Klagen Anlaß gebe.

Im Mai 1908 stellt Dr. Dietz den Antrag auf ein Wiederaufnahmeverfahren, das wegen »nicht erwiesener Erheblichkeit« abgelehnt wird.

KAPITEL 46

London, 7. November 1906

Karl Hau ist mit dem Zug um 5 Uhr 04 nachmittags in London angekommen und mit einer Droschke zum Hotel Cecil gefahren.

Es ist 6 Uhr, als er an der Rezeption seine Post entgegennimmt und sich telephonisch bei seiner Frau ankündigt, die mit der Tochter im Appartement im 4. Stock auf ihn wartet. Schon im Flur kommt sie ihm entgegen, weint und ist kreidebleich.

Was ist los?

Olga hat ein Telegramm geschickt.

Was schreibt sie?

Mutter ist etwas zugestoßen. Sie ist tot.

Um Gottes willen.

Er nimmt sie in die Arme. Sie gehen ins Appartement. Sie weint und weint. Das Bäbi will den Papa begrüßen, versteht die Situation gar nicht.

Es klingelt. Ein Inspektor Smith wird gemeldet.

Hau geht an die Tür, öffnet.

Inspektor Smith, Scotland Yard. Sind Sie Mr. Hau?

Nein.

Sie sind nicht –?

Ich bin Burnakeddin, der verfolgte Sohn des Sultans Abdul Hamid.

Der Inspektor lacht.

So sehen Sie aus! Verabschieden Sie sich von Ihrer Familie, ich gebe Ihnen fünf Minuten Zeit. Mr. Karl Hau, Sie sind verhaftet.

Karl! Was ist los?

Ein Mißverständnis, meine Liebe, nichts als ein Mißverständnis.

KAPITEL 47

Karlsruhe, Montag, 22. Juli 1907, $^1/_2$ 2 Uhr nachts

Vorsitzender:
Hat der Angeklagte die verwitwete Frau Geheimrat Molitor
vorsätzlich getötet?
Obmann der Geschworenen:
Ja, mit mehr als sieben Stimmen.
Große anhaltende Bewegung im Saal.
Hat er mit Überlegung gehandelt?
Ja!
Große anhaltende Bewegung.
Hau wird in den Saal geführt. Die Fragen und Antworten wer-
den nochmals verlesen. Hau nimmt es, ohne Regung zu zeigen,
zur Kenntnis.
Staatsanwalt:
Ich bitte, auf die im Gesetz vorgesehene Strafe zu erkennen
und auf Aberkennung der Ehrenrechte auf die Dauer von 10
Jahren.
Vorsitzender:
Gibt es noch Anträge?
Dr. Dietz:
Nein.
Hau:
Nein.
Das Gericht zieht sich noch einmal zur kurzen Beratung zu-
rück. Im Publikum sind heftige Diskussionen im Gang. Hau
wirkt vollkommen ruhig und gefaßt. Als er mit seinem Vertei-
diger spricht, geht ein Lächeln über sein Gesicht. Das Gericht
kommt zurück.
Vorsitzender:
Der Angeklagte Karl Hau wird wegen des Mordes an der ver-

witweten Frau Geheimrat Josefine Molitor zum Tode und zum dauernden Verlust der Ehrenrechte verurteilt. Die Kosten des Verfahrens hat der Verurteilte zu tragen. Haben Sie noch etwas zu erklären?

Hau:

Nein.

Das Publikum nimmt das Urteil mit erstaunlicher Ruhe auf, als hätte es durch die Urteilsverkündung seine Meinung von der Unschuld Haus revidiert. Hau gibt dem Verteidiger stumm die Hand und wird abgeführt. Nach einiger Zeit, da sich abzeichnet, daß man das Publikum nicht nach draußen lassen kann, weil dort die Massen lauthals schreien und den Justizmord beklagend an das Gebäude heranstürmen, wird es auch drinnen laut. Wöhrle, der an den Tisch der Korrespondenten gegangen ist, um mit Paul Lindau ein paar Sätze zu reden und seine abschließende Meinung zu hören, schließt sich den Journalisten an, die von Saalwärtern durch einen Hinterausgang hinausgeschleust werden. Es ist weit nach Mitternacht, aber immer noch so warm, daß die frische Luft kaum Kühlung bringt. Hier im Hinterhof des Gerichts, wo Droschken warten, um die Herren Geschworenen und das Gericht wegzubringen, ist es still.

Es ist ein Skandal, ein Skandal, sagt Paul Lindau immer wieder.

So, sagt Wöhrle, kenne er seine badischen Landsleute auch nicht, die doch eher bedächtig seien.

Nein, ruft Lindau, die Leute haben recht. Dieses Urteil ist ein Skandal.

So sprechen auch die Massen draußen. Sie sprechen mit Pflastersteinen.

Eine Droschke bringt die beiden, der Morgen dämmert schon, in die Stadt, wo, jegliche Polizeistunde ignorierend, die Lokale noch Bier ausschenken und zahlreiche Menschen in heftigen, vom Alkoholkonsum genährten Diskussionen verharren. Auch

Wöhrle ist aufgewühlt. Hat er nach Verkündigung des Urteils getreu seinem Glauben an Kaiser, Staat und Obrigkeit noch geglaubt, daß hier Recht gesprochen worden ist, so nagen auch an ihm jetzt Zweifel. Da ist von Zeugen die Rede, die man, weil sie Hau entlastet hätten, abgewiesen habe, von Verfahrensfehlern, davon, daß Olga den Menschen, der geschossen hat, gut hätte sehen müssen, denn der Schuß ist aus allernächster Nähe, quasi mit ans Opfer angelegter Pistole erfolgt. Und, fragt einer, warum man sich denn gar nicht für die Tatsache interessiert habe, daß Fräulein Olga Molitor eine Pistole besitze, was ein Waffenhändler bestätigt habe. Als sich auch noch das Gerücht ausbreitet, daß ein gewisser Baron von Lindenau aufgetaucht sei, der gesehen haben will, daß Olga ihre Mutter erschossen hat, fließt das hochgekochte badische Gemüt über. Schon fordern die Allerhitzigsten den Kopf der Roten Olga.

Das gibt eine feine Revision, Paul Lindau reibt sich die Hände, hoffentlich ist dieser Dilettant von Verteidiger dazu in der Lage.

Die »Badische Presse« am Dienstag, den 23. Juli 1907:
Die Vorgänge auf der Straße:
Während im Schwurgerichtssaal des Landgerichtsgebäudes um Leben und Tod die furchtbaren Würfel rollten und Vorsitzender, Staatsanwalt und Verteidiger nach der schier übermenschlichen Anspannung, welche diese fünf Tage des Hau-Prozesses über alle ihre seelischen, geistigen und körperlichen Kräfte gebracht, darangingen, das Schicksal des Angeklagten in die Hände der Geschworenen zu legen, spielten sich bei der draußen vor dem Gerichtsgebäude des Spruchs harrenden Menge ebenso höchst bedauerliche wie würdelose Szenen ab. Denn inmitten des in berechtigter Wißbegierde oder Teilnahme wartenden Publikums erhielten hier immer mehr Elemente die Oberhand, die wir bisher zu unserer Genugtuung niemals in solcher Weise als Beherrscher der Straße sich aufspielen sahen und gegen deren Auftreten der gesunde Sinn un-

serer gesamten Bürgerschaft ohne Ausnahme von Partei und Stand ganz energisch protestiert.

Da wenige Minuten vor zwei Uhr das Urteil bekannt gegeben wurde, dauerte es nur kurze Zeit, bis überallhin die Kunde davon gedrungen war. Die große Menge tat ihre Stimmung durch Johlen und Pfeifen und Schreien kund. Man hatte dieses Urteil augenscheinlich nicht erwartet und gab nun seiner Unlust darüber Ausdruck. Aber diese Art der Sympathiekundgebung für den Angeklagten war jedenfalls eine höchst unglückliche. Und wie man auch zu dem Angeklagten Hau stehen mag, dessen weiteres Schicksal der Revision unterliegt, *die Freiheit der Rechtsprechung wollen wir uns in Deutschland durch die ›Rücksicht auf die Straße‹ nicht verkümmern lassen.* Über das Vorgehen des Militärs, das mit *aufgepflanzten Seitengewehren* erschien, wie auch die *Gendarmen blank gezogen* hatten, kann man nur voll des Lobes sein, zumal die Straßenauftritte trotz heftigen Aufbegehrens der Massen unblutig verlaufen sind.

Paul Lindau schreibt wenige Tage später:
Die Tragödie ist aus. Auch das Satyrspiel hat ihr nicht gefehlt. Den schweigenden Männern, die sich zur Beratung zurückziehen, hat man zu schlechter Letzt das Herz zur Todesverurteilung noch möglichst leicht machen wollen und ihnen ermunternd zugerufen: Es wird ja nicht gleich geköpft!
Jawohl! Lebenslänglich Zuchthaus tuts am Ende auch. Für einen Angeschuldigten aber, der der Begnadigung vielleicht gar nicht bedarf, ist auch das wohl zu viel.
Die Unsicherheit, ob das Urteil der Karlsruher Geschworenen denn wirklich den Schuldigen getroffen hat, wird die unheimlich bewegte öffentliche Meinung nicht eher zur Ruhe kommen lassen, als bis stärkere Beweise als die bisher erbrachten die angstvollen Zweifel lösen. Einen Schuldigbefundenen haben wir, aber keine Gewißheit der Schuld.

Anders sieht das ein nur mit den Initialen z-u ausgewiesener Autor am 10. August 1907 in der Deutschen Volkswehr:

Der Prozeß gegen den amerikanischen Anwalt Karl Hau, welcher die Welt, so weit diese durch die Presse dargestellt wird, einige Wochen hindurch höchst unnötig in Aufruhr versetzt hat, endete am 23. Juli mit der Verurteilung des Angeklagten zum Tode. Hau, in der Eifel geboren, war ein frühreifes Bürschchen, das sich schon mit 14 Jahren nicht mehr im Zaume zu halten verstand und gar bald zu einem Lebejüngling tollster Extravaganz auswuchs. Hau ist ein Goetheaner, der die Genußsucht, die Liebe und Freud' ohn' Unterlaß über alles stellt, dem die Treue zur Langeweile wird, und dem es lieblich ist, ein Wort zu brechen. Gleich dem Altmeister Goethe hat auch er sich durchgewunden auf jene Höhe, von der herab man Sünde und Verbrechen nicht mehr als Hindernisse, sondern als Förderniße des Heiligen verehrt und lieb gewinnt.

Dem Morde ward international eine ungewöhnliche Beachtung geschenkt, wie man das sonst nur in rituellen Blutabzapfungsfällen oder bei Landesverrätereien à la Dreyfus gewöhnt war. Was die Herren der Welt interessiert, darüber muß ihre Presse berichten, ausführlich, eingehend. In der Anklage gegen Hau, jenen Verbündeten der Milliardengauner à la Rockefeller, sieht sich eine Weltherrschaftspolitik schwärzester Observanz hinsichtlich ihrer geheiligten Pläne bedroht. Was Wunder also, daß unter diesen Umständen dem intimeren Geschäfts- und Rechtsagenten der amerikanischen Milliarden- und Weltbeschwindelungspolitiker eine ganz außergewöhnliche Beachtung zuteil wird.

Wir sahen noch selten einen Fall, wo so wie hier nicht durch den Tatbestand und die Lage des Rechtes, sondern durch die Aufwühlung der Volksleidenschaften die Urteilsfindung beeinflußt werden sollte.

Daß aber alle Hetzereien und Aufwühlereien weder Geschworene noch Richter beeinflußt haben, war gewissermaßen ein

357

Lichtblick in diesem sonst so trüben, dunklen, schwärzlich-amerikanischen Prozesse; und es hat uns gefreut, daß der Jesuitenschützling Hau trotzdem zum Tode verurteilt wurde.

Justizrat Dr. Erich Sello, der sich während der Prozeßtage mit Paul Lindau heftige Wortgefechte lieferte, nimmt den Fall Hau nicht in seine Sammlung »Berühmte Justizirrtümer« auf. Er schreibt vielmehr:
Gerade in diesem Prozesse hat sich unser deutsches Strafverfahren, wie uns scheinen will, als ein solides Werkzeug erwiesen, das zur Ermittlung objektiver Wahrheiten geeignet ist. Und wenn am Tage von Haus Verurteilung aus Amerika zu uns herüber telegraphiert wurde, unser deutsches Strafverfahren sei nichts als eine menschenunwürdige Tortur, kein amerikanischer Geschworener würde Hau verurteilt haben, so dürfen wir darauf gelassen erwidern: um so schlimmer für Amerika.

Ferdinand Wöhrle liest das alles nicht. Er sitzt voller Wehmut in der Murgtalbahn, die ihn nach Hause bringt, und denkt wieder einmal daran, wie alles gekommen wäre, hätte er damals auf Korsika den Mut gehabt, um die Hand der Lina anzuhalten, ehe dieser unselige Jüngling, dieser schwarze Engel auftauchte, um erst der Olga und dann der Lina den Kopf zu verdrehen. Diese Olga, die Hau auch später so sehr um allen Verstand gebracht hat, wäre doch für ihn die bessere Frau gewesen. Hätte er sie damals genommen, er wäre wohl nie ein Mörder geworden. Wöhrle erschrickt. So darf er das nicht denken. Denn einige der Zweifel, die er am Rande des Prozesses und nach dem Urteil gehört hat, haben sich auch in ihm niedergeschlagen, so daß er nicht sagen kann, dieser Hau hat geschossen, er ist ein Mörder und wird zu Recht geköpft. Man muß gewissenhaft sein mit den Sätzen und Wörtern, hatte der alte Geheimrat Molitor einmal zu ihm gesagt, auch mit den Sätzen und Wörtern, die man nur denkt, gar nicht ausspricht oder gar niederschreibt. Hau wäre also, hätte er damals die Olga genommen, die doch zu seinem extravaganten Leben viel besser gepaßt hätte, niemals in den Verdacht geraten, ein Mörder zu sein.

Ferdinand Wöhrle heiratet 1910 die Tochter eines Rechtsanwalts aus Rastatt. Sie haben vier Kinder. Wöhrle stirbt bei der großen Grippeepidemie von 1918.

KAPITEL 48

Karlsruhe, September 1907

Dem Anlaß nicht entsprechend, aber angesichts seiner Naivi-
tät verständlich, begrüßte Schababerle den im Morgengrauen
nach dem Urteil in die Villa Hübsch transportierten Hau fast
freudestrahlend, jedenfalls überaus freundlich mit dem Satz:
Hab ichs Ihnen nicht gesagt, der Herr Dr. Ritter vertut sich
nie!

Schababerle, gewillt, Hau bei Laune zu halten, vertritt die
Auffassung, in der er sich mit dem Großteil der Bevölkerung
eins weiß, daß man Hau nicht den Kopf abschlagen könne, solange auch noch ein Funken Unsicherheit über seine Schuld
vorhanden ist.

Verteidiger Dietz hat Revision eingelegt, und ein Gnadengesuch läuft. Nun heißt es warten. Schon machen Gerüchte von
neuen Zeugen die Runde, schon wird Olga öffentlich als Täterin in Erwägung gezogen, wogegen sie mehrere Prozesse führen wird. Einen gegen Albert Herzog, den Chefredakteur der
»Badischen Zeitung«.

Hau geht im Hof des Untersuchungsgefängnisses spazieren,
immer um das Schafott herum. Was wird die schlimmere
Strafe sein, der Tod auf diesem Ungetüm oder lebenslange, das
heißt also, bei guter Führung etwa zwanzigjährige Haft im
Zuchthaus? Wird er zu guter Führung imstande sein? Das eine
wäre die Erlösung, das andere die lange Pein mit der Frage, ob
man das überlebt; ein Sterben auf Raten also gegen den Tod
in einer Sekunde. Was hätte er sich und der Welt ersparen können, hätte er damals auf den Rat des Engländers Inspektor
Smith gehört. Lina würde leben, das Kind wäre bei ihr. Zu
spät. In zwanzig Jahren wird er 46 Jahre alt sein. Bei guter
Führung sind es vielleicht ein paar Jahre weniger. Aber was

hilft das Rechnen. Noch steht die Hinrichtung im Raum. Der Justizminister Dusch, der dem Prozeß zeitweise zuhörte, hat sich gegen eine Begnadigung ausgesprochen. Die Zeichen stehen schlecht, sagt Dr. Dietz. Alles hängt von der Laune des Großherzogs ab. Der, heißt es, ist sehr krank. Es ist nicht gewiß, ob er oder sein Sohn die Entscheidungen trifft. Ob der Großherzog großherzig ist? kalauert Hau und muß lachen. Schababerle hat das beobachtet und sagt später zu Hau, das habe er noch nicht erlebt, daß ein Todeskandidat um das Schafott herumläuft und vor sich hin lacht. Nein, so was! Er glaubt, sagt er, man hätte dem Herrn Doktor Hau doch den Paragraphen 51 geben sollen. Ob er glaube, fragt Hau, daß es im Irrenhaus besser sei als im Zuchthaus? Das weiß Schababerle nicht. Da war er noch nicht. Aber gehört habe er einiges. Dort seien ja hauptsächlich geistig hochgestellte Leute, nicht wie hier und im Zuchthaus dieser Abschaum von Verbrechern. Ob er, Hau, das bestätigen könne, was seine, Schababerles Beobachtung sei, daß die geistig hochgestellten Personen oft eher verrückt würden als die anderen, die Dummen, wolle er einmal so sagen, die Normalen könne er auch sagen, egal. Treuherzig schaut Schababerle Hau an und sagt:

Glauben jetzt Sie selbst, Herr Doktor, daß Sie normal sind oder nicht?

Normal, Schababerle.

Ha, dann siehts schlecht aus.

Nach sechs Wochen wird Hau zum Gefängnisvorstand Dr. Ritter gebracht. Der sitzt hinter dem Schreibtisch, läßt Hau stehen, bewacht von Schababerle.

Dr. Ritter:

Verurteilter, Sie sind zu lebenslänglichem Zuchthaus begnadigt. Das bedeutet, Sie werden in die Strafanstalt Bruchsal überführt. Sie können froh sein, daß Sie den Kopf behalten. Ich wäre nicht für Ihre Begnadigung gewesen. Ihre Schuld steht ganz außer Frage. Ihr ganzes Verteidigungssystem war falsch,

jetzt sehen Sie, was Sie davon haben. Ein offenes Geständnis zur rechten Zeit hätte Ihnen vieles erspart. Ich weiß nicht, wie Sie das einschätzen, aber bei Ihrem durch diverse Ausschweifungen zerrütteten Körper werden Sie das Zuchthaus nicht überleben. Das hat schon ganz andere Staturen hingerafft. Also machen Sie sich gar keine Hoffnungen. In ein paar Jahren sind Sie begraben und vergessen. Also: Wir werden uns nicht wiedersehen. Denken Sie daran, auch jetzt, da Ihr Revisionsantrag läuft, ist es für ein sauberes Geständnis nicht zu spät.
Hau lächelt.
Haben Sie noch etwas zu sagen?
Ich wünsche Ihnen für Ihre Karriere noch viel Glück.
Abführen!

Karlsruhe, 3. Dezember 1907

An den Händen gefesselt wird Hau in den Gefängnishof gebracht. Dort warten eine vergitterte Kutsche, ein Kutscher und zwei bewaffnete Kriminalbeamte. Vor der Kutsche sind zwei Pferde eingespannt.
Ein Zweispänner, sagt Hau, was für eine Ehre!

EPILOG

Rom, 19. März 1926

Ministerium des Inneren
Höhere Polizeischule und Lokale Quästur
An das badische Landespolizeiamt Karlsruhe:
Am Abend des 4. Februar 1926 wurde vom Schäfer Marinelli
in den Ruinen der Villa Adriana in Tivoli ein Unbekannter
sterbend aufgefunden, von welchem man feststellte, daß er im
Albergo Sirena in Tivoli wohnte, wo er sich als Arthur Lee, aus
Rom kommend, ausgegeben hatte. Der Unbekannte wurde gegen 20 Uhr mit krampfhaften Erscheinungen nach dem Kran-
kenhaus in Tivoli gebracht, wo er, vergeblich jede Art Hilfe
erhaltend, verstarb, ohne noch einmal zu Bewußtsein gekommen zu sein.
Auf Ersuchen der Quästur von Rom begab sich ein Beamter
nach Tivoli, um zur technischen Bearbeitung der Leiche zu
schreiten. Der Beamte nahm die Personenbeschreibung und
die Fingerabdrücke auf und schritt dann zu den photographi-
schen Arbeiten. Kleidungsstücke und verschiedene bedeu-
tungslose Gegenstände sowie die Leiche selbst führten nicht
zur Identifizierung der Person, lediglich ein buntes Herrenhemd war bei Schostal & Hertlein in Wien gekauft worden.
Die Leiche wurde nach Rom verbracht und durch mich persönlich im Gerichtsmedizinischen Institut begutachtet. Dies-
seitiger Stelle ist ein anatomisch-pathologischer Bericht nicht
erstellt worden. Es scheint jedoch Mord ausgeschlossen zu
sein. Internationale Vergleiche der Fingerabdrücke haben nach
Meldung der Polizeidirektionen Wien und Berlin das auch
Ihnen zugegangene positive Ergebnis gezeigt.
Gezeichnet Ottolenghi.

Badische Staatsanwaltschaft Karlsruhe an Zuchthausdirektion
Bruchsal:

Karlsruhe, den 29. März 1926

Meine Erhebungen haben ergeben, daß der am 4. Februar des
Jahres in der Villa Adriana in Tivoli/Italien gefundene Unbekannte, der am gleichen Tage starb, der wegen Mordes an seiner Schwiegermutter Frau Molitor verurteilte Karl Hau aus
Großlitten war.

Erster Staatsanwalt. Gez. R.

Sechs Wochen später hebt die Staatsanwaltschaft Karlsruhe
den Widerruf der Beurlaubung des Karl Hau auf.

Wo auch immer er ruhen mag, er ruht mit ihrem Segen.

Als freier Mann.

LITERATUR

Carl Hau, Das Todesurteil. Die Geschichte meines Prozesses, Berlin 1925
(Einseitige Beschreibung des Prozesses aus der Sicht des Angeklagten, der seine Unschuld beteuert.)

Carl Hau, Lebenslänglich. Erlebtes und Erlittenes, Berlin 1925
(Eindrucksvolle Beschreibung der 17 Zuchthausjahre.)

Erich Sello, Die Hau-Prozesse und ihre Lehren, Berlin 1908
(Zeitgenössischer Versuch, Haus Schuld und die Schlüssigkeit des Indizienprozesses zu beweisen.)

Paul Lindau, Karl Hau und die Ermordung der Frau Josefine Molitor. 6. November 1906, Berlin 1907
(Zeitgenössischer Versuch, die Unschuld Haus und die Unzulänglichkeit des Indizienprozesses zu beweisen.)

Fritz Friedmann, Hau ist kein verstockter Mörder!, Berlin o. J.
(Zeitgenössisches Pro-Hau-Pamphlet.)

Reiner Haehling von Lanzenauer, Das Strafverfahren gegen den Rechtsanwalt Karl Hau, in: »Zeitschrift für die Geschichte des Oberrheins« Nr. 153 (2005)
(Heutiger Versuch, Haus Schuld und die Schlüssigkeit des Indizienprozesses zu beweisen.)

Der Fall Hau ist umfangreich dokumentiert im Generallandesarchiv Karlsruhe.

Jakob Wassermann verwendete Motive des Falls Hau für seinen Roman Der Fall Maurizius, Berlin 1928

Die Figur der Baronin Antonietta Saint Léger ist dem Roman Narren des Glücks (Köln 2004) von Liane Dirks entnommen. *(Dank an die Autorin!)*

Auf der Homepage www.carlhau.com informiert Robert Rickover über seinen Großvater Carl Hau.

Bernd Schroeder
im Carl Hanser Verlag

Mutter & Sohn
Roman
2004. 168 Seiten

Rudernde Hunde
mit Elke Heidenreich
Geschichten
2002. 208 Seiten

Die Madonnina
Roman
2001. 208 Seiten

Versunkenes Land
Roman
2001. 248 Seiten

Unter Brüdern
Roman
2001. 304 Seiten